国家出版基金项目
NATIONAL PUBLICATION FOUNDATION

新世纪长篇小说叙事经验研究

王春林　著

作家出版社

丛书总序

张志忠

一

呈现在读者面前的这部九卷本丛书，是笔者主持的国家社科基金重大招标项目"世界性与本土性交汇：莫言文学道路与中国文学的变革研究"的最终结项成果。从 2013 年 11 月立项，其间在青岛和高密几次召开审稿会，对项目组成员提交的书稿几经筛选，优中选优，反复打磨，历时数载，终于将其付梓问世，个中艰辛，焦虑纠结，真是不足为外人道也。

"世界性与本土性交汇：莫言文学道路与中国文学的变革研究"课题内含的总体问题是：作为从乡村大地走来、喜欢讲故事的乡下孩子，到今日名满天下的文学大家莫言；作为拨乱反正、改革开放的伟大时代之情感脉动的新时期文学；作为在被西方列强的坚船利炮打开国门，被动地卷入现代性和全球化，继而变被动适应为主动求索，走上中华民族独立和复兴之路的三千年未有之大变局的描述者和参与者的百年中国新文学这三个层面上，在其发生和发展的过程中，做出哪些尝试和探索，结出哪些苦果和甜果，建构了什么样的文学中国形象？百余年的现代进程所凝结的"中国特色中国经验"，如何体现在同时代的文学之中？在讲述中国故事的同时，百年中国新文学塑造了怎样的自身形象？它做出了哪些有别于地球上其他国家、其他民族文学的独特贡献而令世界瞩目？

针对上述的总体问题，建构本项目的总体框架，是莫言的个案

1

研究与中国新时期文学、百年中国新文学的创新变革经验和成就总结相结合，多层面地总结其中所蕴涵的"中国特色中国经验"，通过个案研究与宏观研究相结合的方式展开，研究重点突出，问题意识鲜明。我们认为，莫言的文学创新之路，是与个人的不懈探索和执着的求新求变并重的，是与新时期文学和百年中国乡土文学的宏大背景和积极助推分不开的，而世界文化的激荡和本土文化的复兴，则是其变革创新的重要精神资源。反之，莫言的文学成就，也是新时期文学和百年中国乡土文学的重大成果，并且以此融入中外文化涌动不已的创新变革浪潮。

本项目的整体框架，是全面考察在世界性和本土性的文化资源激荡下，莫言和中国文学的变革创新，总结新时期文学和百年中国乡土文学所创造的"中国特色中国经验"。这一命题包括两条线索，四个子课题。

两条线索，是指百年中国新文学面临的两大变革。百年中国新文学，其精神蕴涵，是向世界讲述现代中国的历史沧桑和时代风云，倾诉积贫积弱面临灭亡危机的中华民族如何置之死地而后生，踏上悲壮而艰辛的独立和复兴之路，以及与之相伴随的民族情感、社会形态的跌宕起伏的变化的。百年中国新文学自身也是从沉重传统中蜕变出来，在急骤变化的时代精神和艺术追求中，建构具有现代性和民族性特征的审美风范。前者是"讲什么"，后者是"怎么讲"。这两个层面，对于从《诗经》《左传》《楚辞》起始传承甚久的中国文学，都是"数千年未有之大变局"，表现内容变了，表现方式也变了，都需要从古典转向现代，表述现代转型中的时代风云和心灵历程。

所谓"中国特色中国经验"，并非泛泛而言，是强调地指出莫言和新时期文学对中国形象尤其是农民形象的塑造和理解、关爱和赞美之情的。将目光扩展到百年中国新文学，自鲁迅起，就是把中国乡土和广大农民作为自己的重要表现对象的。个中积淀下来的，是以艺术的方式向世界传递来自古老而又年轻的东方国度的信息，显示了正在经历巨大的历史转型期的"中国特色和中国经验"，其中有厚重的历史底蕴，就是中国农民在现代转型中一次又一次地迸发出强悍蓬勃的生命力，在历史的危急关头展现回天之力，如抗日战争，就是农民组成的武装，战胜了装备精良的外来强敌。改革开放的新时期，农民自发地包产到户，乡镇企业的勃兴，和农民工进城，都具有历史的标志性，根本地改变社会生活的面貌，改变中国的命运，也改变了农民自身——这些改变，恐怕是近代以来中国最为重要最为普遍的改变。

　　文学自身的变革，也是颇具"中国特色"的。古人云，若无新变，不能代雄。今人说，创新是文学的生命。这是就常规意义而言。对新时期文学而言，它有着更为独特的蕴涵。新时期文学，是在"文革"造成的文化断裂和精神荒芜的困境中奋起突围。这样的变革创新，不是顺理成章的继往开来，而是在很大程度上另起炉灶，起点甚低，任重道远。由此，世界文化和本土文化资源的发现和汲取，就成为新时期文学能够狂飙突进、飞速发展的重要推力。百年中国新文学的起点，五四新文学运动，同样地不是有数千年厚重传统的古代文学自然而然的延伸，而是一次巨大的断裂和跳跃，它是在伴随着现代资本主义的政治经济扩张汹涌而来的世界文化、世界文学的启迪下，在对传统文学、传统文化的彻底审视和全面清算的前提下，在与传统文化的紧张对立之中产生，又从中获得本土资源，破土而出，顽强生长，创建自己的现代语言方式和现代表达方式的（有人用"全盘性反传统"描述五四新文学，只见其对传统文化鸣鼓而攻之的一面，却严重地忽略了五四那一代作家渗入血脉中的与传统文化的联系）。

　　我们的研究，就是以莫言的创新之路为中心，在世界性与本土性的中外文化因素的交汇激荡中，充分展现其重大的艺术成就，揭示其与新时期文学和百年中国乡土文学的内在联系和变革创新，为推进二十一世纪中国的文化创新和走向世界提出新的思考，作出积极的贡献。

　　为了使本项目既有深入的个案研究，又有开阔的学术视野，在个案考察和宏观研究的不同层面都作出新的开拓，本项目设计由点到面、点面结合，计有"莫言文学创新之路研究""以莫言为中心的新时期文学变革研究""莫言及新时期文学变革与中外文化影响研究""从鲁迅到莫言：百年中国乡土文学叙事经验研究"四个子课题。

二

本项目相关的阶段性成果计有报刊论文400余篇，学术论著10部，分别在多所大学开设"莫言小说专题研究"课程，并且在"中国大学慕课"开设"走进莫言的文学世界"和"莫言长篇小说研究"课程，在"五分钟课程网"开设"张志忠讲莫言"30讲，多位老师的研究论著分获省市级优秀学术成果奖，可以说是成果丰厚。作为结项成果的是专著10部，论文选集1部，共计280万字。一并简介如下（丛新强教授的《莫言长篇小说研究》已经由山东大学出版社出版，论文集《百年乡土文学与中国经验》因为体例问题未收入本丛书）：

（一）子课题一"莫言文学创新之路研究"包括3部专著。

张志忠著《莫言文学世界研究》。要点之一是对莫言创作的若干重要命题加以重点阐释：张扬质朴无华的农民身上生命的英雄主义与生命的理想主义；一以贯之地对鲁迅精神的继承与拓展，对"药""疗救"和"看与被看"命题的自觉传承；大悲悯、拷问灵魂与对"斗士"心态的批判；劳动美学及其对现代异化劳动的悲壮对抗等。要点之二是总结莫言研究的进程，提出莫言研究的新的创新点突破点。

李晓燕著《神奇的蝶变——莫言小说人物从生活原型到艺术典型》，对莫言作品人物的现实生活原型索引钩沉，进而探索莫言塑造人物的艺术特性，怎样从生活中的人物片断到赋予其鲜活的灵魂与秉性，完成从蛹到蝶的神奇变化，既超越生活原型，又超越时代、超越故乡，成为世界文学殿堂中熠熠生辉的典型形象，点亮了神奇丰饶的高密东北乡，也成就了世界的莫言。

丛新强《莫言长篇小说研究》指出，莫言具有自觉的超越意识，超越有限的地域、国家、民族视野，寻求人类的精神高度。莫言创作中的自由精神、狂欢精神、民间精神等等无不与其超越意识有关。它是对中心意识形态话语所惯有的向心力量的对抗和制衡，是对个体生存价值和人类生命意识的全面解放。

（二）子课题二"以莫言为中心的新时期文学变革研究"的2部书稿，城市生活之兴起和长篇小说的创新，一在题材，一在文体，着眼点都在创新变革。

二十世纪七十年代末期开始的社会—历史的巨大转型，是从农业文明形态向现代文明和城市化的急剧演进，成为我们总结莫言创作和中国文学核心经验的新视角。江涛《从"平面市井"到"折叠都市"——新时期文学中的城市伦理研究》将伦理学引入文学叙事研究，考察新时期以来城市书写中的伦理现象、伦理问题、伦理吁求，揭示文本背后作者的伦理立场，具有青年学人的新锐与才情。

新世纪以来，长篇小说占据文坛中心，风云激荡的百年历史，大时代中形形色色的人物命运与心灵悸动，构成当下长篇小说创作的主要表现对象。王春林《新世纪长篇小说叙事经验研究》就是因应这一现象，总结长篇小说艺术创新成就的。作者视野开阔，笔力厚重，对动辄年产量逾数千部的长篇作品做出全景扫描，重点筛选和论述的长篇作品近百部，不乏名家，也发掘新作，涵盖力广博，尤以先锋叙事、亡灵叙事、精神分析叙事、边地叙事等专题研究见长。

（三）子课题三"莫言及新时期文学变革与中外文化影响研究"的成果最为丰富，有4部书稿。

樊星教授主编《莫言和新时期文学的中外视野》立足于全面、深入地梳理莫言在兼容并包世界文学与中国本土文学方面表现出的个性特色与成功经验，莫言创作与后期印象派画家凡·高色彩、意象和画面感之关联，莫言与影视改编、市场营销、网络等大众文化，莫言的文学批评，莫言的身体叙事等新话题，对作家和文本的阐释具有了新的高度。

张相宽《莫言小说创作与中国口头文学传统》指出，从口头文学传统入手，才能更好地理解莫言小说。大量的民间故事融入莫言文本，俚谚俗语、民间歌谣和民间戏曲选段的引用及"拟剧本"的新创，对说书体和"类书场"的采用、建构与异变，说书人的滔滔不绝汪洋恣肆，对莫言与赵树理对乡村口头文学的借重进行比较分析，深化了本著作的命题。

莫言与福克纳的师承关系，研究者已经做了许多探讨。陈晓燕《文学故乡的多维空间建构——福克纳与莫言的故乡书写比较研究》独辟蹊径，全力聚焦于福克纳的约克纳帕塔法文学领地和莫言的高密东北乡文学王国的建构与扩展，采用空间叙事学、空间政治学等空间理论方法，从空间建构的角度切入，刷新了莫言与福克纳之比较研究的课题。

李楠《海外翻译家怎样塑造莫言——〈丰乳肥臀〉英、俄译本对比研究》，将莫言《丰乳肥臀》的英俄文两种译本与原作逐行逐页地梳理细读，研究不同语种的文字转换及其中蕴涵的跨文化传播问题，中文、英文、俄文三种文本的对读，文学比较、语言比较和文化比较，界面更为开阔，论据更为丰富，所做出的结论也更有公信力说服力。

（四）子课题四"从鲁迅到莫言：百年中国乡土文学叙事经验研究"是本项目中界面最为开阔的，也是难度最大的。百年中国的现代进程，就是乡土中国向现代中国、农业化向城市化嬗变的进程。百年乡土文学，具有最为深厚的底蕴，也具有最为深刻的中国特色中国经验。从研究难度来说，它的时间跨度长，涉及的作家作品众多，要梳理其内在脉络谈何容易。现在完成并且提交结项的是1部专著，1部论文集，略显薄弱。

张细珍《大地的招魂：莫言与中国百年乡土文学叙事新变》从乡土小说发展史的动态视域出发，发掘莫言乡土叙事的新质与贡献，探索新世纪乡土叙事的新命题与新空间，凸显其为世界乡土文学所提供的独特丰富的中国经验与审美新质，建构本土性与世界性同构的乡土中国形象。

张志忠编选的项目组成员论文集《百年乡土文学与中国经验》，基于 2018 年秋项目组主办"从鲁迅到莫言：百年乡土文学与中国经验"国际学术研讨会的会议成果，也增补了部分此前已经发表的多篇论文。它的要点有三：其一，勾勒百年乡土文学的轮廓，对部分具有代表性的重要作家和作家群落予以深度考察。其二，对百年乡土文学中若干重要命题，作出积极的探索。其三，在方法论上有所探索和创新。这部论文集选取了沈从文、萧红、汪曾祺、赵树理、浩然、陈忠实、贾平凹、路遥、张炜、莫言、刘震云、刘醒龙、李锐、迟子建、格非、葛水平等乡土文学重要作家，以及相关的山西、陕西、河南、湖南、四川、东北等乡土文学作家群落，从不同角度对他们提供的文学经验予以深度剖析，并且朝着我们预设的建立乡土文学研究理论与叙事模型的方向做积极的推进。

三

在提出若干学术创新的新命题新论点的同时，我们也在研究方法上有所探索和创新。务实求真，文本细读，大处着眼，文化研究、精神分析学、城市空间与地域空间理论、城市伦理学、比较文学研究、民间文学研究理论、文化领导权理论、生态批评、叙事学、文学发生学、文学场域等理论与方法，都引入我们的研究过程，产生良好的效果，助推学术创新。

本项目成果几经淘洗，炼得真金，在莫言创作和中国现当代文学的创新经验研究上，都有可喜的原创性成果。它们对于增强文化自信、以文学的方式向世界讲述中国故事和促进中国文学走出去，都有极好的推动作用。对于当下文坛，也有相当的启迪，鼓励作家在世界性与本土性交汇中创造文学的高原和高峰。

我要感谢本项目团队的各位老师，在七八年的共同探索和学术交流中，我们进行了愉快的合作，沉浸在思想探索与学术合作的快乐之中。我要感谢吴义勤先生和作家出版社对出版本丛书的鼎力支持，感谢李继凯教授和陕西师范大学人文社科高等研究院对丛书出版的经费资助，感谢本项目从立项、开题以来关注和支持过我们的多位文学、出版、传媒界人士。深秋时节，银杏耀金，黄栌红枫竞彩，但愿我们这套丛书能够为中国文学的繁荣增添些许枝叶，就像那并不醒目的金银木的果实，殷红点点，是我们数年凝结的心血。

2020 年 11 月 5 日

目　录

导　论

　　文学与学术界迄今为止都没有能够形成为公众所普遍认可的关于长篇小说这一文体的概念解说，但对于这一文体重要性的认识，却可以说是一种毋庸置疑的客观事实。关于长篇小说的内涵及其重要性的理解和认识，在这里，我更愿意引用苏联文学理论家波斯彼洛夫的精辟见解。需要强调的一点是，波斯彼洛夫是在与短篇故事比较的过程中，来凸显长篇小说特征的："短篇故事是关于作品人物生活中的某个意外地得到解决的事件的叙述，而长篇小说从发展的趋向说乃是一部某个人（或一些个人）的个性与一定的社会环境相冲突的完整的发展史。""总之，长篇小说乃是这样一种叙事作品（无论它们的叙事形式具有什么样的特点），它的主要主人公（或主要主人公们）通过自己相当长的一段生活经历，显示出自己的社会性格的发展，这种性格发展是由于主人公的利益与他的社会处境和社会生活的某些常规发生矛盾所造成的。这就是长篇小说性体裁的作品的内容方面。"①按照波斯彼洛夫的进一步考察，欧洲的长篇小说最起码先后经历了两个不同的发展阶段。早期的一种形式是冒险题材长篇小说，后期的则是有中心情节的长篇小说。"在这类小说（笔者注：指后一类）的情节中，贯穿着一个统一的冲突，它有时是简单的，有时是复杂而多线索的，但总是集中在某种一定的，常常是很狭小的时空范围之内。""有中心情节的长篇小说的作者们对人的性格的认识要深刻和复杂得多。他们力求在自己的主人公的精神世界中，多少明确地揭示出人物的思想信念，他们在行动

新世纪长篇小说叙事经验研究

---

① 　（苏）格·尼·波斯彼洛夫：《文学原理》，生活·读书·新知三联书店 1985 年版，第 335—336 页。

和态度上所依据的原则。因此有中心情节的长篇小说，无论过去或现在，通常总是建筑在主要主人公之间的思想和道德的对比的基础上，建筑在由此而产生的冲突的基础上。"①两相比较，一个可信的结论就是，后者也即具有中心情节的长篇小说，很明显要比前者也即那些冒险题材的长篇小说，思想艺术方面有着更高的成熟度。正因如此，所以愈是随着时间的推移，就愈是会有更多的作家趋向于后一类型长篇小说的创作。"后来，在十九世纪至二十世纪的文学中，各国、主要是欧洲各国的最著名的大作家都写'有中心情节'的长篇小说。他们主要采用小说（广义的意思）的体裁形式，有时也用长诗体形式。这些长篇小说的题材开掘得更深了，情节线索，主要的和从属的，铺展得更复杂了，它们常常成了某些时期的民族生活的艺术'百科全书'，在这方面完全可以与'风俗描写'体裁最著名的巨作相媲美。"②在进行了以上论述后，波斯彼洛夫的结论性观点是："长篇小说是在与它同一组的所有体裁中，最大的和最重要的一种体裁，因此这组体裁可以称之谓长篇小说性体裁。"③尽管说波斯彼洛夫的观点也难称完备，但他关于长篇小说基本内涵及其重要性的认识，却还是具有相当的合理性。也因此，我们更多地愿意在他的这个层面上来理解使用长篇小说这一概念。

　　既然长篇小说是一种意义和价值特别重要的时代与社会"百科全书"式的文体形式，那它的兴盛与否在很大程度上能够显示着某一个历史时期文学成就的高低，就是顺乎逻辑的一件事情。具体到已有百年历史的中国现当代文学领域，作为现代文学文体之一种的现代长篇小说，可以说曾经先后出现过三次创作高潮。第一次，是在二十世纪三四十年代，茅盾、巴金、老舍、李劼人、路翎、沙汀、钱锺书等作家一系列长篇小说的发表出版，在标志现代长篇小

---

① （苏）格·尼·波斯彼洛夫：《文学原理》，生活·读书·新知三联书店1985年版，第337页。
② （苏）格·尼·波斯彼洛夫：《文学原理》，生活·读书·新知三联书店1985年版，第337页。
③ （苏）格·尼·波斯彼洛夫：《文学原理》，生活·读书·新知三联书店1985年版，第338页。

莫言与当代中国文学创新经验研究

2

说文体成熟的同时，也构成了现代长篇小说创作的第一次高潮。第二次，是到了二十世纪五六十年代，在所谓的"革命历史"和农村题材这两大领域，先后出现了以"三红一创、青山保林"为代表的一批长篇小说。第三次，就要一直等到二十世纪的九十年代了，以出现于1993年的"陕军东征"（主要包括陈忠实的《白鹿原》、贾平凹的《废都》等五部长篇小说）为突出标志，出现了现代长篇小说创作的第三次高潮。需要特别指出的一点是，这一次长篇小说的创作高潮持续时间很长，一直到今天为止都丝毫未见衰颓之势。我这里主要关注研究的新世纪长篇小说，很显然就处于这个高潮时段之内。具体来说，在二十世纪九十年代所奠定的坚实基础之上，进入新世纪之后的中国长篇小说创作，取得了极其丰富的高端思想艺术成就。本书的主要内容，就是以这个时段内那些有代表性的长篇小说为研究对象，集中探讨其中的叙事经验问题。

需要特别强调的一点是，我这里的所谓叙事经验，并不仅仅只是局限于艺术形式层面，其中既包含艺术形式层面，也包含思想内容层面，融汇了内容与形式双重层面在内的一种综合性考察与研究。从新世纪以来中国长篇小说的创作现实出发，我的这部著作共计十三章，大约可以被切割为六大部分。第一部分主要包括新世纪长篇小说的"先锋叙事"和"史诗性叙事"这两章，更多的是从艺术形式的层面考察研究新世纪长篇小说。第二部分主要包括"宗法文化叙事"和"方言叙事"这两章，旨在从"全球化"时代的本土性角度来探讨新世纪长篇小说。第三部分主要包括"精神分析学叙事"和"亡灵叙事"这两章，更多的是从精神性内涵的角度来对新世纪长篇小说有所探讨和研究。第四部分主要包括"抗战叙事""革命叙事"以及"'文革'叙事"这三章，更多地着眼的，则是新世纪长篇小说创作的取材层面。第五部分主要包括"边地叙事"和"大上海叙事"这两章，更多地关注研究新世纪长篇小说的地域性问题。最后一部分主要包括"底层叙事"和"知识分子叙事"这两章，虽然同样是聚焦于取材层面，但如果说第四部分旨在关注"事件"，而这一部分则更多地集中于社会阶层的考察与研究。

第一章　仍然新锐如初的先锋叙事

一、先锋叙事的来龙去脉

很显然，要想深入讨论新世纪长篇小说创作中的先锋叙事问题，首先就必须从概念的意义上厘清究竟何谓先锋叙事的问题。虽然所谓的先锋叙事肯定是一个众说纷纭难以简单界定的文学概念，但最起码我们仍然有必要说明本文是在怎样的一种意义上使用这个概念的。那么，究竟何谓先锋叙事呢？我们注意到，曾有学者进行过这样的一种概括总结："'先锋'一词的本义是指：作战或行军时的先头部队，现多用于比喻义，含有'开拓者、拓荒者'的意思。总之，他们是以先驱者的姿态出场，并且具有某种导向作用。'先锋'在日常话语流行甚久，但它进入文学话语及批评话语则是不久以前的事。它发生在十九世纪末二十世纪初西方文学观念革新时期。二十世纪西方文学涌现出一大批'新面孔'，诸如象征主义、表现主义、超现实主义、意识流、魔幻现实主义、新小说派、荒诞派、黑色幽默等等，理论统统将它们归属于'现代主义'门下。'现代主义'源于法语 moderne，意指现代的、新的、先锋的。而这些文学流派因为在各个领域不同程度地反叛传统和标新立异而具有某种'先锋'的意味。'先锋'的命名本身包含着的'文学前沿'、'开创者'等意味，为那种看来异常突兀的背离确立一种'合法化'的陈述。所以，在西方大多数理论家的眼中，'现代派'或现代主义与'先锋派'是同一能指的不同所指。"[1]

---

[1]　肖翠云：《先锋文学》，选自南帆主编：《二十世纪中国文学批评 99 个词》，浙江文艺出版社 2003 年版，第 122—126 页。

首先应该承认，以上所引述的关于文学艺术领域内的所谓先锋问题的论述基本上代表了目前国内学术界对这个问题的主流看法。但是，如果我们将这种看法，与同样对所谓的先锋问题进行追根溯源式的学术探究的西方本土学者的看法做一比较，就不难发现二者之间实际上存在着明显的差异。具体来说，我们所选取的参照对象乃是美国学者卡林内斯库，是其一部关于现代性的名著《现代性的五副面孔》。在这部产生了相当大影响力的著作中，卡林内斯库格外详细地考察了"现代主义""先锋派""颓废""媚俗艺术"以及"后现代主义"这样与"现代性"问题密切相关的五个重要概念。虽然同样强调先锋一词的本义与战争存在着一定的关系，但在卡林内斯库看来，这一概念所普遍运用于文学艺术领域的时间却很显然要早于中国学者所理解的十九世纪末："在十九世纪的前半期乃至稍后的时期，先锋派的概念——既指政治上的也指文化上的——只是现代性的一种激进化和高度乌托邦化了的说法。"①不仅仅在所谓先锋派的兴起时间上存在着理解的差异，更为关键的问题还在于基本性质理解上的分歧。与我们通常只是将先锋理解为文学艺术领域的革新者形成鲜明区别的是，卡林内斯库特别指出了所谓两种先锋派的问题。②很显然，卡林内斯库在这里所强调的先锋派其实具有双重的先锋意味。其一，当然是艺术形式意义上的革新意义。其二，则是对于艺术家们正置身于其中的现实社会进行一种坚决的批判性表达。而后者，则往往是国内的学术界很容易忽略的一个方面。事实上，只有在如上这样一种双重的意义上理解先锋派的概念内涵，可能才是比较准确到位的。

由卡林内斯库的论述再回到国内，就可以发现，在骆一禾的

---

① （美）马泰·卡林内斯库:《现代性的五副面孔　现代主义、先锋派、颓废、媚俗主义、后现代主义》，顾爱彬、李瑞华译，商务印书馆2002年版，第103页。

② （美）马泰·卡林内斯库:《现代性的五副面孔　现代主义、先锋派、颓废、媚俗主义、后现代主义》，顾爱彬、李瑞华译，商务印书馆2002年版，第121页。

5

《先锋》一诗以及徐敬亚的《崛起的诗群》一文中率先使用先锋一词之后，先锋就开始了与中国当代文学缠绕不休的复杂历史过程。虽然在具体使用的过程中确实存在着很大的分歧，但国人更多地还是在一种小说创作流派的意义上运用先锋这一概念的，尤其是在二十世纪八十年代的中期之后。“在中国当代文学语境中，‘先锋文学’就是指以形式主义为旗帜、以叙事革命为轴心、彻底颠覆既有文学传统的文学。它的代表性作家是形成自己叙事风格的年轻作者，主要有马原、洪峰、扎西达娃、苏童、余华、格非、叶兆言、孙甘露等。”[①]我们此处所引述的是一种类似于词典性质的《二十世纪中国文学批评 99 个词》中的说法。将先锋理解为一个文学流派，显然不同于把先锋理解为一种艺术的形式特征，但从基本特质的界定上来看，这儿的说法与前面我们所引述的国内关于先锋的一种普遍理解，还是表现出了相当程度的一致性。这也就是说，尽管二者一个是普遍概念，而另一个是特指概念，但共同的一点却是：二者都是在一种形式主义的层面上来理解看待先锋概念的。在这一点上，作家马原的情形可谓一个极好的例证。我清楚地知道马原是对中国当代小说的叙事产生过根本性影响的重要作家，然而，当我细细搜寻究竟哪部作品才真正堪称马原的代表性小说作品的时候，我却非常困惑。虽然诸如《冈底斯的诱惑》《虚构》《上下都很平坦》这样的一些作品在发表的当时都曾经名噪一时，但在时过境迁之后的今天看来，经过必要的时间过滤之后，从严格的艺术意义上来说，这些作品却真的已经难称优秀了。这样，自然也就出现了一种令人费解的矛盾情形。一方面，马原的重要性是毋庸置疑的，但在另一方面，他却并没有能够创作出真正堪称经典的优秀小说来。因此，我们也就很难把他看作是一位优秀的作家。难道一个重要的作家居然可以不是一位优秀的作家吗？这二者又是怎样统一在马原这个作家个体身上的呢？应该说，对这个问题，尽管我曾经进行过

① 肖翠云:《先锋文学》，选自南帆主编:《二十世纪中国文学批评 99 个词》，浙江文艺出版社 2003 年版，第 122—126 页。

煞费苦心的思考，但却难以得出有足够说服力的结论来。可以说，一直到现在，当我们发现其实所谓的先锋，在中国当代文学的语境中，向来就是一种形式主义概念的时候，才得到了根本的解决。既然所谓的先锋只是一种形式主义的概念，那么，作为先锋文学代表性作家的马原的根本价值，当然也就只能体现在小说的叙事层面上了。

　　然而，只要将《二十世纪中国文学批评99个词》中对于先锋这一概念的界定和理解，与卡林内斯库著作中的理解稍加对比，我们就不难发现国内学术界在这一问题上的偏颇和疏漏所在。既然存在着如此明显的偏颇，那么，我们很显然也就不能够继续只是在形式主义的层面上理解并使用先锋这个概念了。我想，我们的确应该接受来自卡林内斯库著作的有益启示，应该在基本的叙事精神与叙事技巧这样两个层面上来理解先锋的概念。具体来说，本文所使用的先锋叙事这一概念，就包含了如上两个层面的双重内涵。当然，这也并不就意味着，我们的这种理解就很难得到其他学者的呼应。就笔者个人有限的视野而言，最起码，批评家洪治纲对于先锋概念的理解，是庶几与我们相近的。我们注意到，在强调"先锋文学作为反叛与开拓的艺术实践"的同时，论者也特别强调"真正的先锋就是一种精神的先锋，它体现的是一种常人难以企及的精神高度，是一种与公众意识格格不入的灵魂探险。只有作家的精神内部具备了与众不同、绝对超前的思想禀赋，具备了对人类存在境遇的独特感受和发现，他才可能去寻找新的审美表现方式，才有可能去颠覆既有的、不适合自己艺术表达的文本模式"[1]。在这里，洪治纲不仅强调了形式与精神层面上的两种先锋的同等重要性，而且还相当深入地探讨了二者之间的内在必然联系。必须明确指出的是，本文也正是在这样的一种双重意义上理解并运用先锋叙事这个概念的。

---

① 　洪治纲：《捍卫先锋，就是捍卫文学的未来》，《文学报》2009年1月22日。

二、先锋叙事在新世纪长篇小说中的具体表现

在梳理并明确了先锋叙事这一概念的基本内涵之后,我们就需要关注考察先锋叙事在新世纪长篇小说中的具体表现了。就我作为一个新世纪长篇小说创作的忠实追踪者有限的观察视野来看,新世纪长篇小说中的先锋叙事主要表现为以下四种不同的形态。

首先是一种虽然貌似现实主义叙事,如果从人物的精神实质上看,却有着相当程度先锋性色彩的长篇小说。这一方面,最具代表性的便是吴玄的《陌生人》。如果只是从作品的叙事语调上看,《陌生人》所带给我们的绝对是一种现实主义的阅读幻觉。"何开来消失一年之后,来了一个电话说,我还活着。我说,我想你也活着。他说,你想得很对。我就告你一声,我还活着,别的也没什么可说。我以为他要问问何雨来的,他也没问,就挂了电话。"在我们一般的阅读印象中,似乎举凡是带有先锋意味的小说作品,就都会带有一定程度的艺术变形,最起码,在叙述语言上,也会明显地散发出一种所谓的先锋气息来。但是,对《陌生人》的阅读,如果仅仅只是从叙述语言上看,却明显地背离了这样一种原则。关于这一点,只要读一读小说开头处的这一段叙事话语,即不难得到有力的印证。关键的问题还在于,这样的一种叙事风格一直贯穿整部长篇小说的始终。所以,我们就很难从小说的叙事语言上,辨认出《陌生人》所具备的先锋品格来。然而,就在我们试图将《陌生人》解读为一部具有现实主义品格的长篇小说的时候,吴玄对于主人公何开来精神世界的特别揭示与描述,却明确地告诉我们,从基本的叙事精神立场上来说,吴玄的这部《陌生人》只能够被看作是一部具有突出先锋品格的现代主义小说。

那么,何开来究竟是怎样的一个形象呢?说透了,小说中的"陌生人"何开来是一个不仅根本谈不上什么理想追求,而且连自己在日常生活中本应承担的基本责任都拒绝承担的,简直可以称之

为无用的"废物"的人物形象。何开来曾经是一个异常优秀的中学生，所以他才能够考入全国著名的南京大学历史系去读书。然而，就在家人为他倍感自豪的时候，毕业时他却做出了一个令所有人都感到诧异的举动，那就是回到老家箫市："毕业后，他回到箫市，分在市府办公室当秘书。他是自己要求回来的，本来，在1992年，大学生还算是相当稀缺的物种，分在北京、上海、广州这些大城市，并不困难，这肯定也是大部分人的选择。"诧异也罢，理解也罢，何开来毕业时这种异乎寻常的选择还是完全可以用个性来加以解释的，只要他回到箫市之后能够正常地工作生活就行。但谁也没有想到，对于何开来种种更加不可理喻的反常举动而言，这才仅仅是一个开始。粗略计来，回到箫市之后，围绕何开来，大约先后发生过这样几件比较重要的"大事"。一件是工作上的调动。一般情况下，人们只会选择由电视台调往市府工作，而不会反其道而行之，但何开来却偏偏就是要主动跑到电视台去当记者。另外两件就都与所谓的爱情婚姻有关了。一是和医生李少白。在通常人眼里，不失英俊、潇洒的电视台记者何开来与漂亮、安静而又内敛的医学院毕业生李少白的结合，完全可以说是相当般配的。遗憾的是好景不长，一向习惯于逃避责任的何开来很快就从李少白身边逃走了。二是和富婆杜圆圆。何开来与和他太不般配的杜圆圆的结合本身，似乎凸显出了何开来非同一般世俗的人生价值理念，然而，同样令人不可思议的是，这样一种缺乏激情的平静生活并没有能够持续很久。就在杜圆圆因刀伤住院的时候，何开来再一次地逃向了生活中的别处。这样看来，李少白与叙述者对于何开来的认识和评价就是相当到位的。"她一定是越想越糊涂，最后只好摇头说，这个，我也不知道，这个，不好说，很难说，说不清楚，反正他从北京回来后，我们是一天比一天陌生，待在一个屋子里，完全就像两个陌生人。他说，他一直在心灵内部寻找什么东西，但是，故乡是陌生的，他以为爱情就是故乡，他爱我，他经历过爱情，但是，他发现爱情也是陌生的，我也是陌生的，就连他自己，他也是陌生的。"而在叙述者的心目中："我想象得出他还是老样子，不死不活。他活着其实跟死了也差不多。我这样说，并不是冷漠，我的意思是他的活法跟别人不一样，他像死人一样活着。"

必须承认，何开来这一形象虽然还明显地带有与西方现代文化极其相似的移植性色彩，虽然小说对于何开来性格形成的必然过程交代得很不够，但他毕竟应该被看作是作家吴玄对于当代人某种生存状况的独到发现，是这种独到发现被艺术凝结之后的一种结果。何开来不仅对事业、爱情、婚姻、家人，而且对于自己，都感到特别"陌生"，都表现出一种相当惊人的冷漠态度，以至于连丝毫的责任感都谈不上的性格特征，正是吴玄对于当下时代国人某种普遍精神状态的独到发现与表达。在何开来这个人物身上，我们甚至可以明显地感觉到有某种存在主义意味的存在。此处所谓存在主义，并不只是单纯指称以萨特为突出代表的那种较为狭隘意义上的存在主义，而是指作家在自己的小说创作中突破了一种简单的生活层面之后，在某种显然更为深入的存在论的层面上来对笔下的人物进行艺术性省思。在这个层面上，吴玄《陌生人》中的何开来，就能够让我们联想到法国作家加缪笔端的"局外人"。其实，也并不仅只是加缪，只要我们稍为留心一下，就不难发现近些年来诺贝尔文学奖的颁奖倾向。就我个人的体会而言，无论是大江健三郎、耶利内克，还是库切、凯尔泰斯，抑或是帕慕克、格拉斯，这些获奖者的作品都明显地表现出一种存在论的思想意味。这就充分说明，能否在一种存在论的意义层面突入现实生活，并且对自己所表现的客体对象进行某种存在论意义上的深入思考，乃是衡量某一文学作品优秀与否的重要标准之一。这样看来，出现在吴玄笔下的这位何开来，很显然已经多少体现出了存在论的况味，虽然吴玄做得肯定还不够好。从根本上说，一方面，可能是受到来自现代西方文明影响的缘故；另一方面，则很显然与中国当下时代经济的迅猛发展以及由此而导致的物欲的空前膨胀存在着直接的联系，我们发现，在当下的中国的确出现了一种相当令人惊异的精神的空洞化和虚无化倾向。吴玄选取何开来这样一个接受过高等教育的青年知识分子作为自己艺术审视表现的对象，由此而对当下时代国人一种普遍的精神空洞化与虚无化状况进行相当尖锐的批判性表现，不能不说是一种值得充分肯定的睿智之举。在关于先锋叙事概念的界定过程中，我们曾经刻意地强调精神与形式层面上双重内涵的重要性。事实上，在客观存在的文学现实中，既有双重意义上的先锋存在，也有单一层面上的先锋存在。我们这里所具体分析的《陌生人》，很显然就属于一种精神层面上的先锋叙事。

其次，是一种带有强烈寓言色彩的长篇小说。在新世纪以来，这一方面最有代表性的作家就是阎连科。可能是由于自己坚持过很长一个时期现实主义小说创作的缘故，当然同时也与中国文化语境的影响有关，阎连科很可能是当下中国文坛现实主义的焦虑情绪最为强烈的一位作家。这一点，在作家为其长篇小说《受活》所写的"代后记"《寻找超越主义的现实》中便有着突出的表现。其中，阎连科对长期以来在文坛盛行的所谓"现实主义"深感不满，他不无激烈地写道："现实主义，与生活无关，与社会无关，与它的灵魂——'真实'，也无多大干系，它只与作家的内心和灵魂有关。真实不存在于生活，只存在于写作者的内心。现实主义，不存在于生活与社会之中，只存在于作家的内心世界。现实主义，不会来源于生活，只会来源于一些人的内心。内心的丰饶，是创作的唯一源泉。"①

阎连科的小说创作，以发表于1997年的中篇小说《年月日》为界，可以明显地划分为风格不同的两个阶段。前一个阶段的写作风格与中国文坛主流现实主义小说风格呈明显一致的状态，而到了后一个阶段，小说写作风格却发生了很大的变化。然而，尽管阎连科的写作风格已经发生了极大的变化，但或许是置身于中国文化语境中的缘故，阎连科却仍然坚持要把自己的小说看作是现实主义小说，所以，也就会有《受活》的"代后记"中对于传统现实主义的猛烈攻击，会有多少带有一些强词夺理性质的对于所谓现实主义的

---

① 阎连科:《寻找超越主义的现实》(《受活》代后记)，选自《受活》，春风文艺出版社2003年版，第370—371页。

个人化理解与反复申说。我们所谓阎连科的现实主义焦虑的说法，也正是由此而来的。客观公允地说，我们虽然理解阎连科何以会生成这样一种特别的现实主义焦虑，但阎连科的见解存在着明显的偏颇却也是无法否认的事实。在我们看来，无论是从阎连科在创作谈中所屡次强调的内心世界的真实也好，还是从其后期的文本创作实际来看，阎连科《年月日》之后的作品，都只能被理解为是具备了鲜明先锋品格的现代主义小说作品。这样看起来，那几部曾经给阎连科带来极大声誉的长篇小说，诸如《日光流年》《坚硬如水》《受活》《丁庄梦》《风雅颂》，都应该被归入这个行列之中。而且，阎连科还很快提出了与现实主义划清界限的"神实主义"，此处不赘。

作为一个艺术风格极为鲜明的现代主义小说家，阎连科可谓是精神与叙事层面上的双重先锋。从精神的层面上看，阎连科绝对是现实生活短兵相接的一位尖锐审视与批判者。二十世纪八十年代以来的中国社会中，逐渐地形成了一种关于现代化问题的普遍共识。那就是，现代化不仅是中国而且也是整个世界发展的一种必然趋势与必然归宿，只有这样一种不可逆转的现代化，方才可能赐予人类所期盼的一切幸福，任何一种与现代化相悖逆的选择都是不可信的，都有可能把人类导向某种灾难的深渊。这样一种关于现代化的理念，很显然已经成为二十世纪八十年代之后中国最为普遍且不容置疑的意识形态神话。而《受活》的价值则正鲜明地体现出了阎连科对于这样一种普遍共识的质疑，对于这样一种意识形态神话的有力洞穿。如果我们认为现代化的实现从根本上意味着某种对于人类福祉的终极关怀的话，那么人的全面现代化，较之于经济的积极发展而言，自然也就显得更为重要了。在这个意义上，柳县长不惜以极大地损害并侮辱受活人精神自尊的方式，组织"绝术团"出演以筹措巨额购列款的行为，就绝对应该受到质疑和批判。以这样一种凌辱伤害底层社会的方式求得经济上的高速发展的现代化模式，当然应该予以坚决否定。因此，我们才认为，阎连科在《受活》中对于现代化思维所进行的必要的质疑和反思，对于底层社会所表现出的悲悯关怀，也就的确是相当难能可贵的了。

如果说《受活》批判的主要是针对一种弥漫全国的现代化思维的话，那么，在《风雅颂》中，阎连科的批判矛头就对准了当下时代的中国知识分子。通过主人公杨科在京城以及故乡耙耧山脉中的双重悲剧性遭际，作家既把批判的矛头指向了当下时代极不合理的学术体制与社会体制，同时也指向了精神极度颓伤萎靡的知识分子自身。杨科不仅没有能够凭借自己的《诗经》研究成果晋升教授，反而因此被逐出了清燕大学的遭遇，一方面固然体现着学术体制的弊端；但在另一方面，正如李丹梦所指出的，却也明显地折射表现出了杨科自己作为一个农裔知识分子内心世界中的精神痼疾。[①]在批判社会的同时，也能够将批判反思的笔力指向自身，对自身的内心世界进行堪称深入的揭示与思考，是阎连科的《风雅颂》最具锐力的精神锋芒所在。

　　与精神层面的先锋品格同样重要的，是阎连科小说中一种越来越突出的寓言特征。"现代批评引申了寓言的这种多重指涉性和复义性，认为寓言的方式与现代世界的分裂性是一致的。寓言构成了'那种物与意义、精神和人类的真实存在相割裂的世界的表现方式'。如果说，'象征'对应着一部理想的整体性的历史，那么，'寓言'则对应着颓败与破碎的历史，不再有整体性。与象征所体现的有机整体相对立，寓言表现了一个分崩离析的无机世界。"[②]本文就是在这种意义上使用寓言这个概念来指称阎连科的这些长篇小说的。就《受活》和《风雅颂》来说，阎连科首先运用艺术变形的方式讲述着明显具有荒诞色彩的故事。在《受活》中，作家所集中讲述的是受活庄在茅枝婆的领导下先是入社，然后又千方百计地要退社，而且最后居然真的退社成功的中心故事。在其中又交叉叙述了受活庄的残疾人凭借着自身的种种绝术四处出演赚钱，与政治狂人柳县长试图到俄罗斯购买列宁遗体这样两个次中心的故事。如果从现实生活的层面上来看，阎连科所讲述的这些故事都是荒诞不

①　李丹梦：《面对心灵的"乡土"》，《文艺争鸣》，2009 年第 2 期。
②　吴晓东：《〈城堡〉的寓言品质》，选自《漫读经典》，生活·读书·新知三联书店 2008 年版，第 9—10 页。

经的，缺乏起码的可信度。然而，如果从寓言的意义上看，阎连科这貌似荒诞不经的故事中却包含着作家对于当下的市场经济时代，对于长期以来一直主导着中国社会发展的现代化思维，所进行着的其实异常严肃深刻的批判性思考。在《风雅颂》中，杨科目睹妻子与副校长的奸情，没有理直气壮地对其进行声讨反而下跪哀求，杨科在精神病院讲授《诗经》居然大受欢迎，杨科在县城里的天堂街与众小姐相伴过年，杨科最后率领着天堂街的小姐以及一伙专家教授，向着所谓的"诗经之城"逃去，等等，这样一些故事中荒诞不经的色彩同样是十分明显的。但正是在这些相当荒诞的故事中，阎连科不仅对当下时代中国知识分子萎靡、卑怯、猥琐的精神世界给予了痛切尖锐的批判性揭示，而且对现实生活中存在着的极不合理的学术与社会体制也进行了深入的否定性思考。必须强调的一点是，我们以上虽然只是对阎连科小说中的内涵做了某一方面的理解论述，但这却并不意味着阎连科的作品只具有我们所指出来的思想内涵。正如同王鸿生可以从《受活》中读出"反乌托邦的乌托邦叙事"①，李丹梦则可以从《风雅颂》中读出农裔知识分子的精神痼疾来一样②，阎连科的这些具有突出寓言意味的长篇小说的"多重指涉性和复义性"也是毋庸置疑的。而这，很显然更符合我们对于寓言这一概念的基本理解。这样，我们当然也就有更充分的理由把阎连科的这些长篇小说看作是带有鲜明先锋意味的寓言叙事作品。

再次，是一种更多带有叙事方式上的变革意味的现代主义小说，李洱与刁斗是这一方面的两位代表性作家。如果说阎连科属于半路出家的先锋叙事作家的话，那么，李洱与刁斗这两位更为年轻的作家从小说创作的起始阶段开始，就一直在矢志不渝地进行着先锋叙事的艺术实验。他们都创作过不止一部带有先锋叙事意味的长篇小说，但最能代表他们这一方面艺术成就的长篇小说却是李洱的《花腔》和刁斗的《我哥刁北年表》。所以，我们此处对他们先锋

① 王鸿生：《反乌托邦的乌托邦叙事——读〈受活〉》，《当代作家评论》，2004 年第 2 期。
② 李丹梦：《面对心灵的"乡土"》，《文艺争鸣》，2009 年第 2 期。

叙事的探讨就将主要结合这两部小说而进行。面对《花腔》，我们必须注意在《真实就是虚幻？》一节中，曾经出现过这样两段叙述话语。一段是"常常会有这样一个幻觉：一个被重复讲述的故事，在它最后一遍被讲述的时候，往往更接近真实。……一位精神病学专家告诉我，这说明我在潜意识之中是个'人性进化论者'，即相信随着时间流逝，人性会越来越可靠。其实，'真实'是一个虚幻的概念"。另一段则是"但是，至少人们对真实的渴望还是真实的吧？对我来说，如果没有这种对真实的渴望，我就不会来整理这三份自述，并殚精竭虑地对那些明显的错讹、遗漏、悖谬，做出纠正、补充和梳理"。很显然，这两段叙述话语中所潜藏着的正是李洱《花腔》全部的叙事哲学所在，作家的整部小说正是按照这样的叙事哲学而渐次展开的。具体来说，《花腔》中主要出现了三种不同层次的叙述声音：第一个层次的叙述者是"我"，是冰莹之女蚕豆的女儿。蚕豆的生父虽然是宗布，但她精神上的父亲却是葛任，与她没有血缘关系的葛任对她的呵护胜过亲生父亲。这样，"我"也可视作是葛任的后人，出于澄清葛任死亡真相的目的，"我"开始了自己探寻历史真相的历程。探寻的结果首先便是白圣韬、赵耀庆（阿庆）与范继槐这三位当事人的自述的产生，而白圣韬、赵耀庆和范继槐便构成了第二个层次上的叙述者。对三个人的自述，"我"不时地要通过对其他史料的引证来加以纠正、补充和梳理。而这些史料却也同样来自其他的历史知情人，比如黄炎、田汗、川田、安东尼·斯威特、孔繁泰、毕尔牧师、埃利斯牧师等可以被视作第三层次的叙述者。这样，在小说文本中以第一人称"我"出现的各个层次的叙述者便有近二十人之多。我们所聆听到的正是这些不时地发生着矛盾冲突的来自不同当事人的关于葛任的叙述声音，或者说是"历史的回声"①。就这样，分属于三个叙事层次上的近二十位叙述者，便开始了他们充满了歧义与冲突的叙事过程。对这整个叙

① 王春林：《对知识分子与革命关系的沉思与表达》，《山西大学学报》，2004 年 5 期。

事过程的实录结果，就是长篇小说《花腔》的产生。叙述者的根本动机本来是试图努力澄清历史的真相并再现历史的真实，但叙事的最终结果却明显地构成了对于叙事动机的彻底解构。在读过《花腔》之后，一种异常真实的感受，就是通常意义上一种"真实"感觉的被完全瓦解。却原来，根本就不存在一种本质意义上的所谓生活或者历史的真实。我们通常所理解的真实，其实只不过是一种主观性色彩很强的关于"真实"的幻觉而已。归根到底，只存在着叙事的真实，而并不存在着所谓的本质真实。对于既往真实幻觉的彻底破除，对于历史本身的一种空洞与虚无化本质的有力揭示，正可以被看作是李洱《花腔》通过形式层面上的先锋叙事而最终达到的一种精神层面上的先锋内涵。

刁斗《我哥刁北年表》的先锋性，同样十分突出地表现在小说的叙事形式上。在小说临近结尾的时候，我们读到了这样的一段话："以上文字，皆为我哥刁北所写。我的意思是，这部关于我哥刁北的书，不是我写的，是他自己写的，只不过，他借用我的口吻，采用了第三人称的叙述方法。他五十岁生日那天，我确实答应过为他写传，可一直没动笔，我也没想动笔。"却原来，我们所读到的不过是主人公刁北一种"变相"的"自传"而已。那么，作家又为什么要使用这样一种叙述人称上的刻意转换呢？必须承认，刁斗的努力确实取得了相当的成功。一个十分明显的标志就是，虽然我们早已知道小说的实际叙述者乃是刁北自己，但却还总是在有意无意之间把小说中以"刁斗"的身份出现的"我"看作是小说的叙述者。这样一种叙述者混淆情形的出现，就有力地说明着刁斗小说叙事人称运用上的娴熟与成功。这样一种叙事人称的特别设定，可以使得小说同时获取第一人称和第三人称这样两种叙事效果，使得小说在基本的叙事问题上，一方面具有了第一人称的内在与真切，另一方面也具有了第三人称的客观与可靠。除了叙事人称的特别设定之外，刁斗这部小说叙事上的另外一个特点就突出地体现在基本的叙事结构上。

在基本的叙事结构上，最为突出地凸显出了刁斗小说叙事"碎片化"的一种艺术追求。比如小说的第三章,"我"曾经这样描述:"叙述者首先讲述的是 1952 年,我爸和我妈怎么样发生第一次关系的故事。然后,就是 1973 年,刚刚被解除了劳动教养之后的我哥刁北,怎样在北京我姥姥家与他的第一任恋人纪学青相遇的事情。接下来,时间很快又跳回到了我哥刁北的劳教时间,讲述他怎样因为从冰窟窿中救出关光进而被提前释放的故事。然后,时间又向前一下子蹦到了新世纪的 2001 年,我哥刁北和他的女友潘新菊一块结伴去了遥远的黑龙江。接着,时间很快就又跳返到了堪称浩劫的'文革'期间,叙述纪学青怎样因为与外国人搭腔而被捕,最后设法从牛棚中逃回至姥姥家中的事情。最后,叙述者的视点转移到了那个因为无法控制自己的放屁问题而最终被迫以自杀形式了结的名叫遇毓的女孩子身上,这个女孩与我哥刁北之间的关系,是她死去之后,由我哥刁北替她拟写了墓碑上的所谓'临终遗言'。就这样,虽然只是短短的一章篇幅,但作家却刻意地操纵着时间,使时间先后发生了多达 5 次的扭转变化。其实,并不只有第三章是这样的,小说的其他各章所采用的也都大致是类似的结构方式。"①

值得注意的是,刁斗这样一些叙事方式上的特别设定,与作家对当下时代的中国知识分子形象的理解和塑造存在着相当紧密的关系。而这也就意味着刁斗的先锋性长篇小说,在形式的先锋之外,还具有着精神层面上的先锋特质。说到底,在这部长篇小说中,刁斗所刻意塑造的是我哥刁北这样一个具有明显悲剧性色彩的知识分子英雄形象。如同刁北这样的知识分子形象,在其他作家的一些小说中,比如胡发云的长篇小说《如焉 @sars.come》中,就肯定会是一个被作家所充分肯定的知识分子英雄形象。但出现于刁斗小说中的我哥刁北,却很显然已经是一个处于被解构过程之中的知识分子英雄形象了。很显然,刁斗之所以要刻意地打破自然的时空秩序,

---

① 王春林:《2008 年的长篇小说创作略论》,《文艺争鸣》,2009 年第 2 期。

要采用一种明显带着拼贴意味的结构方式，其根本的艺术意图，正是要凭此而凸显出类似于我哥刁北这样的知识分子形象在现实生活与历史过程中一种经常性的精神尴尬处境来。正是在这一点上，如同刁北这样的知识分子形象，可以让我们联想到美国作家索尔·贝娄的代表作《赫索格》来。这样一种联想的形成，也就充分凸显了刁斗长篇小说精神层面上的先锋性特征。

最后，在一些批评界很少把他们与先锋叙事联系起来的优秀作家的长篇小说中，其实也同样地存在着某种十分突出的先锋叙事品格，尽管这些作家的先锋叙事方式之间实际上是各具特点的。可能是受制于某种思维惯性制约的缘故，我们注意到，在文学批评界，只要一提及先锋一词，大家联想到的就是出现于二十世纪八十年代中后期的先锋文学思潮，就是马原、余华、格非、苏童等这样几个耳熟能详的作家名字，好像所谓的先锋已经变成了专属于这批作家的一种专利似的。这种观念确实存在着很大的误区，一方面，我们当然承认先锋文学是一个曾经产生过不小影响力的思潮概念；但在另一方面，我们也更应该认识到，所谓的先锋更是一种精神的先锋，一种表现方式上的先锋。从后者的意义来看，先锋当然就不可能是某些作家的专属品了。不仅如此，与二十世纪八十年代中后期那些只是一味地专注于在形式主义层面上进行实验探索的先锋作家形成鲜明区别的是，这些同样运用先锋叙事方式的作家们同时更把小说理解为某种关乎精神的事物，真正地在形式与精神有机结合的层面上对中国当代小说的发展演进产生了扎实有效的推进作用。因此，我们在研究分析先锋叙事问题的时候，实际上根本不应该忽略这些切实进行着先锋叙事的作家。具体到我们所关注的新世纪这个时段，在长篇小说创作中同样进行着某种难能可贵的先锋叙事探索的作家，主要有史铁生、韩少功、李锐、蒋韵这样几位。这种情形的出现，其实在某种程度上确证着先锋叙事本身的巨大生命力。如果二十世纪八十年代那些先锋文学作家的创作努力可以算作是先锋叙事在中国当代文学中的播种扎根的话，那么，这些成熟作家对于先锋叙事的操作和运用，就应该被看作是先锋叙事的开花结果。从这样的意义上看来，这些作家在先锋叙事方面所做出的艰苦努力当然不容低估。

具体说来，这些同样在先锋叙事方面做出了不懈努力的长篇小说作品，主要有史铁生的《我的丁一之旅》、韩少功的《暗示》、李锐和蒋韵合作的《人间》等。

史铁生的先锋叙事早在二十世纪的八九十年代之交发表的中篇小说《一个谜语的几种猜法》中，就已经成为其小说创作的一种显著特色。要想探讨史铁生《我的丁一之旅》这部长篇小说的先锋特征，我们还得征引批评家洪治纲的相关看法："这一时期（指二十世纪 80 年代后期以来）的先锋作家，更多的是从生命的存在境域出发，从人的自然属性出发，不断地逼近各种人性的潜在部位，倾力于对人类生存内部的困厄、迷惘、焦灼、苦难进行一种深度的理性探究，以取代以往先锋小说中过度自信和执着的理想质色。"[1]从这样一个角度来衡量史铁生的《我的丁一之旅》，就不难发现其中所存在的双重先锋意味。史铁生的小说创作一贯是以其存在层面上对于人生的深入思考而引人注目的，这一点，在他的这部以对性与情的思考为表现重心的长篇小说中有着甚为突出的表现。由于自己身体条件的原因，所以史铁生的小说创作自然不可能向外在的社会生活领域扩张，而只能向着自我乃至整个人类的内在人性世界做一种纵深的挖掘和表现，并进而对人类的存在之谜进行更加独到的勘探与思索。然而，小说创作毕竟不是哲学论文，史铁生的这一切深邃思考均得依赖于必要艺术手段的设定与运用。或者说，精神层面上的先锋性往往是与形式层面上的先锋性同步实现的。就《我的丁一之旅》而言，其精神的先锋性便是依赖于形式层面上的两种先锋探索而得以完美实现的。首先，是对叙述者"我"的一种独特设定。不难发现，在史铁生的这部小说中，"我"既是丁一，又不是丁一，在更多的时候，"我"又是亚当，或者说是人类的某种代名

① 洪治纲：《中国当代先锋文学发展主潮》（下），《小说评论》，2005 年第 6 期。

新世纪长篇小说叙事经验研究

词。这样看来，小说中所展示着"我"的丁一之旅，便又可以被理解为是"我"的人类之旅、"我"的存在之旅，等等。但也正是在"我"的……之旅的过程中，史铁生对于人类的性与情，对于人类的存在进行了格外深入的探求与思考。其次，则是对于一种戏剧性对话结构的刻意营造。史铁生小说的故事情节向来并不复杂，这部长篇小说也同样如此。构成了小说主体内容的只是一个又一个的人物对话场景，这些对话具有着十分突出的对抗与辩难色彩。从小说的基本构成上来看，这充满了对抗与辩难色彩的对话过程是十分必要的。因为任何一部小说的成立，都需要具有一定的故事情节张力。在史铁生这里，这艺术张力的具体体现就只能是具有对抗与辩难色彩的对话过程。正是因为有戏剧性对话结构的存在，所以才一方面推进了小说故事情节的演进发展，另一方面也进一步凸显出了作家对人类存在所进行的深入思索，并且使《我的丁一之旅》表现出了某种格外强烈的对于形而上存在问题的探寻意味。

关于韩少功，批评界一种普遍性的看法，就是把他看作是一位少有的具有突出思想能力的作家。这一点，早在他二十世纪八十年代扮演"寻根文学"旗手的时候，就得到强有力的印证。从长篇小说的创作来看，韩少功的先锋性在二十世纪末的那部曾经名噪一时的《马桥词典》中，就已经表露无遗了。今天重新回头审视，《马桥词典》的先锋性实际上主要表现为两点。其一就是通过语言释义的方式，将马桥这样一个特定地域内人们的生存方式凸显在读者面前，其中当然渗透着作家对于现实与历史生活进行的存在论思考。某种意义上，韩少功的《马桥词典》可以理解为是对海德格尔所谓"语言是人类存在的家园"这个著名命题的形象化诠释。其二是对于词典这样一种结构方式的巧妙使用。词典体本身就可以被看作是韩少功小说最基本的叙述结构，而这种叙述结构本身就是破碎的。早在写作《马桥词典》的时候，韩少功就已经得风气之先地以破碎式的叙述结构，将读者导引向了一个早已碎片化了的现代世界观念。在《马桥词典》的基础上，韩少功进入新世纪之后创作的长篇小说《暗示》，在小说的先锋性方面就走得更远了。在这部由"隐秘的信息""具象在人生中""具象在社会中""言与象的互在"四部分组成的长篇小说中,韩少功紧紧围绕着人类不仅可以以言传意,而且更可以以象传意这一质点问题展开了自己对人生、社会诸问题不乏存在意味的深入思考。如果说,《马桥词典》充斥于全篇的主要还是故事,虽然这些故事都已经完全零碎化了,但毕竟还符合小说的基本规范的话,那么这部《暗示》中虽然也偶有一些虚构的故事和人物穿插其中,但占据文本主要地位的却已经是作家对人生社会诸问题存在论意义上的一种深邃理性思考了。在这个意义上,我们甚至完全可以把《暗示》看作是一部以彻底颠覆解构传统的长篇小说文体规范为基本追求的长篇小说。虽然一般的读者或批评家仍然将《暗示》理解为长篇小说,但若真正地尊重文本实际的话,反倒不如把《暗示》称之为一部巨型的思想随笔更为合适。其实,对于韩少功而言,在他写作《暗示》的时候,究竟要把这部作品写成小说抑或思想随笔并不是一个关键的问题。真正关键的问题在于,无论采用什么样的表达方式,只要能恰如其分准确无误地把自己的思想传达给广大的读者就意味着艺术上的成功。这也就是说,韩少功的长篇小说创作已经达到了某种"从心所欲而不逾矩"的自由境界。在这个意义上,当然也可以把《暗示》看作是某种艺术上的"返祖"现象。正如同古代的《庄子》可以集散文、寓言乃至小说的因素于一体来表达自己的思想一样,我们庶几也可以把韩少功的《暗示》看作是具备了这样一种性质的文学作品。当我们这样解析《暗示》的时候,其先锋性实际上早已经表露无遗了。

作为一部"重述神话"的长篇小说,重述"白蛇传"故事的《人间》是作家李锐和蒋韵到目前为止唯一一部合作完成的作品。其中的先锋性因素主要表现在结构线索的特别设定上。《人间》最起码包含了这样四条结构线索。一是发生于二十世纪现实时空中的秋白的故事,二是白蛇与许宣之间的爱情故事,三是"蛇人"粉孩儿与"笑人"香柳娘的梦幻之恋,四是青蛇与"范巨卿"之间的悲情人生。不仅如此,在具体的叙事过程中,作家还分别采用了第一人称自述与第三人称全知这样两种不同的叙述方式。很显然,这样的一种叙述结构不仅具有形式上的意义，同样更具有一种与小说思想主旨密切相关的精神性意义。我们之所以强调《人间》先锋性特征的具备，正是因为李锐和蒋韵通过这样一种叙述结构的特别设定，相当有效地传达出了某种特定的带有存在论色彩的深刻人生况味。从叙述的流程来看，小说中的四条结构线索是相互缠绕在一起的，忽而秋白，忽而法海，忽而白蛇许宣，忽而又是青蛇"范巨卿"。认真地思索一下，我们就不难发现这样一种相互缠绕着的叙述结构背后所潜藏的精神性意义。具体来说，李锐、蒋韵的《人间》讲述的是一个跨越了千年时空的、建立于佛教轮回转世观念之上的关于前世今生的神话故事。这样一种前世今生的轮回变迁，这样的一种深刻的精神性意义，不正是只有依赖于小说中这样一种四条结构线索相互缠绕的叙述结构，才得到完美的艺术表现吗？

三、新世纪长篇小说中的先锋叙事之价值衡估

以上，我们对先锋叙事在新世纪长篇小说中的具体表现，进行了一番相对深入的扫描与分析。接下来需要探讨的，就是我们究竟应该怎样看待评价先锋叙事的问题了。要想深入地研究这个问题，首先就必须对进入二十一世纪以来中国整体意义上的长篇小说创作情况有相对清晰的了解。"与80年代相比，90年代的文学语境更加开放和多元化，许多在前一时期还被认为是'异端'的现代主义表现技巧，在90年代得到了文学界的普遍认同，意识流、象征、隐喻、夸张、反讽、变形等手法堂而皇之地出现在各类小说作品中。经过几代小说家坚持不懈的探索和努力，西方现代主义手法和本土文学在90年代达到了某种高度的融合。"[①]如果我们承认以上描述的合理性，那么，观照一下新世纪以来的长篇小说创作，就

---

① 王春林：《新时期长篇小说文体流变概述》，《文艺报》，2008年12月13日。

不难发现，与形式层面上的实验探索特别活跃、小说文体创新意识相当突出的二十世纪九十年代相比，新世纪以来的长篇小说创作确实从整体上呈现出一种格外沉寂的发展态势。虽然小说文体创新意识的匮乏，并不意味着就缺少能够称得上优秀的小说作品，但中国的长篇小说创作在新世纪明显地失去了对于所谓先锋叙事的尝试运用热情，却又的确是一种无法否认的客观事实。从文学创作的基本发展演变规律来看，这或许是在经历了二十世纪九十年代蓬勃异常的先锋叙事创造期之后，一个自然的创作调整期的出现。一个十分明显的迹象就是，这个时期的长篇小说创作呈现出一种相当普遍的回归传统现实主义叙事模式的艺术倾向。许多作家重新回到五四文学、古典文学中去汲取有益的精神养料，力求在既往长篇小说艺术经验积累的基础上，探寻带有某种鲜明本土化特征的小说文体形式。

一个关键的问题在于，究竟是什么原因导致了新世纪长篇小说创作中本土化艺术倾向的形成。我们认为，除了文学创作周期性的自然调整之外，还存在着另外两个不容忽视的重要原因。首先，就是文化全球化这样一种总体文化态势的影响。应该注意到，伴随着经济全球化的日益发展，所谓的文化全球化也变得越来越咄咄逼人了。虽然对于文化全球化，学术界有着各种不同的理解与看法，但我们却更倾向在一种"后殖民"的"新型文化帝国主义"的意义上来看待并使用这一概念。如果说文化全球化的确意味着一种"新型文化帝国主义"的扩张的话，那么，对于明显处于弱势地位的中华文化而言，当然也就存在着一个如何以有效的方式张扬本土中华文化，并以之对抗愈来愈咄咄逼人的文化全球化态势的迫切问题。新世纪长篇小说创作中这样一种本土化艺术倾向的出现，从一个更为广阔的文化范围来看，正可以被看作是具有强烈文化责任感的中国作家对抗文化全球化态势的一种积极有效的努力。

如果说，这样的一种对抗努力具有相当积极的意义的话，那么，另外的一个原因，恐怕就必须引起我们的高度警觉了。这另外的原因就是来自所谓市场经济时代的负面影响。虽然我们无意否定市场经济的迅猛发展对中国的现实社会所带来的巨大变化，与此同时，我们也应该能够看到，正是市场经济的时代才导致了一种可以称之为市场消费意识形态的形成。如果说传统意义上的意识形态更多地带有政治色彩的话，那么所谓的市场消费意识形态就特别地注重对经济收益的考量。"二十世纪九十年代以来，市场经济对计划经济的全面取代深刻地改写了社会的整体面貌。文学虽然在使用价值上有别于其他商品，但作为文化商品的图书也以其具体可算的交换价值像其他商品一样进入流通领域。"①既然文学作品的交换价值得到了空前的强化，那么作家们更注重于自己的作品在文化市场上的占有份额，也就成了顺理成章的事情。要想让自己的作品卖得好，自然就得适应读者的阅读层次，也就不能够让读者产生看不懂的感觉。长篇小说的创作也同样如此，要想取得很好的市场效应，作家们就不能够再坚持那样一种带有明显的精英色彩的先锋叙事了。这样说来，新世纪的长篇小说之所以会表现出一种异常突出的回归故事的现实主义艺术倾向，与市场效应这只看不见的手的无形操纵，同样存在着直接的关系。事实上，也正是在文化全球化与市场消费意识形态这双重原因的制约和影响之下，新世纪的长篇小说中的先锋叙事倾向遭受了某种强有力的抑制，成为一种只有很少一部分作家还在坚持的高雅艺术追求。

然而，先锋叙事虽然在新世纪的长篇小说创作中受到了明显的抑制，但正如同我们在第二部分所具体描述分析的，毕竟还有一部分作家以相当坚定的姿态坚持进行着先锋叙事的艺术努力，而且取得了不小的艺术成就，产生了一定程度的艺术影响。我们认为，无论是从小说艺术多元化的角度来说，还是从中国长篇小说未来的艺术发展来考虑，新世纪长篇小说中的先锋叙事倾向都具有十分重要的意义和价值，值得我们倍加爱护和珍惜。实际上，就西方文学中本来意义上的先锋而言，原本就带有十分突出的少数、精英的意味。"就社会方面说，现代西方文明在汤因比看来是中产阶级或资

---

① 申霞艳：《消费社会的文学生产》，《文艺争鸣》，2009 年第 2 期。

产阶级时代……"①欧文·豪的观点也极为相似:"'我们面临着我们文化中的一个新阶段,就其动机和源泉来说,这个阶段代表着摆脱现代主义沉痛遗产的愿望……新的感受力受不了观念。它受不了复杂而有条理的文学结构,而这些就在昨天还是批评界的口头禅。相反它需要的是像太阳一样绝对、像性高潮一样无可辩驳、像棒棒糖一样可口的文学——尽管文学也许是一个不恰当的词……左派作家的伦理焦虑不合它的口味,这些左派作家历经挫败,再也不能接受确定性的麻醉。它厌恶曼给予我们的那些反讽的放大复制品,厌恶卡夫卡引领我们走入的那些陷阱的幻象,厌恶乔伊斯留给我们的那些日常的恐惧与恩典。它流露出对理性的轻蔑,对心智的不耐烦……它烦透了过去:因为过去可笑之极。'看起来欧文·豪最憎恨的是后现代主义对公众喝彩的兴趣。现代主义是一种'少数派文化',它通过同一种'支配性文化'相对抗来定义自己。"②汤因比更多的是从社会文化的层面论述现代派、先锋派文化的对抗性颠覆性,而欧文·豪则是从文学的层面,但他们却共同地指出了具有鲜明的先锋派色彩的现代主义,与所谓的大众社会或者大众文化之间的不相容性。当然,两位先生都是从现代西方社会文化以及文学发展演变的角度来谈论这一问题的。在现代西方,当然是先有现代主义,而后有后现代主义。现代主义带有相当突出的少数精英的先锋派的色彩,后现代主义则更多地体现着大多数的大众社会文化的狂欢意味。正因为如此,所以他们的观点无法简单地套用来讨论中国当下时代的社会、文化以及文学。

当代中国的实际情况是,曾经长期坚持实行一种所谓的社会主义计划经济,一直到晚近一个时期,才开始真正地走上了务实的以

① (美)马泰·卡林内斯库:《现代性的五副面孔 现代主义、先锋派、颓废、媚俗主义、后现代主义》,顾爱彬、李瑞华译,商务印书馆2002年版,146页。
② (美)马泰·卡林内斯库:《现代性的五副面孔 现代主义、先锋派、颓废、媚俗主义、后现代主义》,顾爱彬、李瑞华译,商务印书馆2002年版,148页。

经济建设为中心的所谓市场经济的发展道路。然而，与现代西方所走过的发展道路完全不同的是，在中国，与曾经的计划经济相对应的却是一种可以称之为精英文化的事物，学术界至今谈起来都依然把二十世纪八十年代看作是一个充满理想主义色彩的所谓纯文学时代，就是一个极其有力的证明。我们通常意义上的所谓先锋文学发生并得到初步发展的时间，也正是在这个时候。然后，就是所谓市场经济时代的到来了。任谁都无法轻易否认的一个客观事实就是，正是伴随着以务实的经济建设为中心的这样一个市场经济时代的到来，一种可谓是汹涌澎湃的大众文化的思潮，成为当下甚至带有明显主导性色彩的文化思潮。受这样一种大众文化思潮制约影响的缘故，当下中国的一种极为严重的弊端，就是一贯坚持精神品位的所谓严肃文学创作也为了迁就市场，为了获得良好的市场效应，而表现出一种非常明显的媚俗化艺术倾向。这样一种带有突出市场色彩的大众文化作用于长篇小说创作领域的一个直接结果，我们认为，就是前面已经一再提及过的，长篇小说中出现了一种非常鲜明的回归故事，或者干脆就是自觉地降低自身的思想艺术品位，以充分地适应市场化的需求这样的总体创作态势。在这里，虽然我们并没有全面否定大众文化的企图，大众文化的形成及其在当下时代的异常兴盛，肯定有它自身的一番道理，但是，如果为了中国文学未来的发展计，我们觉得还是应该大力肯定并提倡一种抵抗大众社会与大众文化的严肃文学创作。具体到新世纪以来的长篇小说写作领域，我们认为，一种虽然是少数但却弥足珍贵的先锋叙事艺术倾向的存在本身，就是抵抗大众文化思潮的有效方式。"作为反大众价值判断的反应之一，知识分子形成了先锋理论。根据这个理论，大众在文学和艺术上总是错误的。艺术上真正有价值的东西被看成是占人口少数的知识分子的突出才智。"[①]论者强调说明了先锋派与大众文化之间尖锐对立的这样一种事实存在。他山之石，可以攻玉，借

① （英）约翰·凯里：《知识分子与大众：文学知识界的傲慢与偏见，1880-1939》，吴庆宏译，译林出版社 2008 年版，第 20 页。

助别人的理论最终还是要服务我们正置身其中的社会现实。归根到底，从中国当下时代的文化与文学现实来看，如果确实着眼于中国文学的未来发展，那么，我们也就应该义无反顾不遗余力地大力肯定新世纪长篇小说创作中的先锋叙事倾向，它具有十分重要的现实与历史价值。这也正如同洪治纲所指出的："一个民族的文学发展，最需要的，正是作家必须拥有这种卓尔不群的先锋精神"；"捍卫先锋，就是捍卫中国文学的未来"①。对于新世纪以来中国长篇小说创作中的先锋叙事问题，我们所持有的也应该是这样一种坚定的毫不妥协的立场。

---

① 洪治纲：《捍卫先锋，就是捍卫文学的未来》，《文学报》，2009 年 1 月 22 日。

第二章 追求宏阔气魄的史诗性叙事

一、"史诗性"内涵辨析

要讨论新世纪长篇小说中的"史诗性叙事"，就得搞明白究竟何为"史诗性"。在王又平看来，所谓的"史诗性"，"可以说是中国当代文学批评中的最高级别形容词，称道一部作品是史诗，也就是将这部作品置于最优秀的作品的行列。因此'史诗风范'在相当长的时期内作为一种文学理想一直为作家所企慕、所向往，形成了作家的'史诗情结'。当一部作品具有宏大的规模、丰富的历史内涵、深刻的思想、完整的英雄形象、庄重崇高的风格等特点时，便可能被誉为'史诗性'"①。

对于"史诗性"，文学史家洪子诚的看法同样值得注意。洪子诚认为："史诗性是当代不少写作长篇的作家的追求，也是批评家用来评价一些长篇达到的思想艺术高度的重要标尺。这种创作追求，来源于当代小说作家那种充当'社会历史家'，再现社会事变的整体过程，把握'时代精神'的欲望。"②

在我看来，"史诗性"在当下时代屡遭诟病的关键原因乃在于在中国当代文学史上相当长的一段时期内，它们与当时那种特定的意识形态之间存在着极为密切的关联。"史诗性"的不幸在于它们被一个特定的时代选定为一种最理想的宣谕表现那种特定的意识形态的艺术样式。这正如同泼脏水不能将婴儿一同倒掉，我们固然可以否定那个时代那种特定的意识形态，但我们却无论如何也不应该

---

① 王又平：《新时期文学转型中的小说创作潮流》，华中师范大学出版社 2001 年版，第 380 页。

② 洪子诚：《中国当代文学史》，北京大学出版社 1999 年版，第 108 页。

同时将"史诗性"这样的一种艺术样式也予以彻底的否定。事实上，文学史上所曾经出现过的所有艺术样式之间都没有所谓的高下与先进落后之分，我们需要认真关注的只应该是什么样的一种故事内容适合于以什么样的一种艺术样式加以表现的问题。从这个意义上说，也就确实存在着一个为新时期文学以来屡被诟病的"史诗性"正名的问题。需要特别说明的是，我们的目的并不是想要让这"史诗性"重新恢复到"十七年"文学中那样一种极度至尊的地位上去，事实上这也是根本不可能的。我们全部努力的目的仅只是要将"史诗性"从一种被莫名歧视的境地中解放出来，使其真正成为多元化文学样态中的一元。同样值得注意的是，从一种文学史的发展演进过程来看，它是遵循着某种可以称之为"陌生化效应"的发展逻辑的。这就是说，当某一种艺术样式或艺术风格在沉潜了一个较长的历史时期之后再度出现的时候，它所体现出的便是一种突出的"陌生化效应"，而实现这样一种"陌生化效应"的作家作品也就能够相应地获得较高的文学史评价。在"史诗性"业已式微日久的中国当下文坛，对于重新恢复"史诗性"的艺术追求，我们理应予以高度的评价。

二、历史苦难聚焦与新型英雄书写

依照这样的一种标准来衡量，在新世纪以来的长篇小说中，刘醒龙的《圣天门口》、贾平凹的《山本》、刘庆的《唇典》、徐则臣的《北上》、肖亦农的《穹庐》、何顿的《黄埔四期》、梁晓声的《人世间》、陈彦的《主角》等在内的这些作品可以被看作是具有史诗性叙事特质的长篇小说。这一方面，最具代表性的一部作品，就是贾平凹的《山本》。

与现代革命的批判性反思相比较，这部规模篇幅相对巨大的长篇小说的根本意旨，乃是要在更为阔大的历史视野里观察表现苍生的生命苦难并寄托作家真切的悲悯情怀。作家之所以没有将叙事的聚焦点集中在秦岭游击队身上，而是集中在了涡镇，集中在了井宗秀和陆菊人身上，其根本意图显然在此。贾平凹《山本》关注的二十世纪二三十年代的秦岭地区，正是一个"乱哄哄你方唱罢我登场""有枪便是草头王"乃至于"城头"接二连三地"变幻大王旗"的混乱时代。国共两党之武装以及逛山和刀客在内的土匪势力，都纷纷在涡镇这个历史舞台上登场亮相。其中尤以井宗秀的地方武装预备团（后升格为预备旅）、井宗丞置身于其中的中共领导的秦岭游击队，以及阮天保曾经在其中待了很长一段时间的国民党县政府保安队这三支武装力量最为引人注目。从这样一个角度来看，贾平凹的《山本》，很容易让我们联想到罗贯中的古典名著《三国演义》。或许与这部长篇小说主要描写多种政治力量及战争有关，作品的很多艺术设计，都与《三国演义》存在着不同程度的契合之处。刚刚已经提及的能够让我们联想到魏蜀吴三国鼎立的三支武装力量的对峙与碰撞且不说，预备团（预备旅）领导层中的井宗秀、周一山与杜鲁成，很自然便可以让我们联想到刘关张"桃园三结义"，虽然说其中的周一山更带有诸葛亮足智多谋的特点。除此之外，井宗秀他们把麻县长硬生生地从平川县城挟持到涡镇，显然也就是所谓曹操的"挟天子以令诸侯"，而杨钟带着井宗秀专门前往煤窑那里延请周一山的故事情节，其中三请诸葛亮的意味也是特别显豁的。当然，我们之所以要把《山本》与《三国演义》进行各方面的比较，最重要的还是借助于如此一种比较而对贾平凹所持基本历史观的发现。我们注意到，在后记中，贾平凹曾经写过这样一段颇有几分禅意的话语："秦岭的山川河壑大起大落，以我的能力来写那个年代只着眼于林中一花，河中一沙，何况大的战争从来只有记载没有故事，小的争斗却往往细节丰富，人物生动，趣味横生。读到了李耳纳的话：一个认识上帝的人，看上帝在那木头里，而非十字架上。《山本》里虽然到处是枪声和死人，但它并不是写战争的书，只是我关注一个木头一块石头，我就进入这木头和石头中去了。"明明是一部书写战争的长篇小说，但贾平凹却为什么要刻意强调这并不是一部"写战争的书"呢？说"上帝不在十字架上"，而是"在那木头里"，那么，到了《山本》里，这个"木头"又究竟在哪里呢？又或者说，为作家自己所一再强调的那山之"本"，究竟在什么地方呢？事实上，正如同《三国演义》展现在广大读者面前的，乃是若干政治集团彼此之间打打杀杀的历史图景一样，贾平凹《山本》所呈现给广大读者的，也是二十世纪二三十年代一部打打杀杀的历史景观。关键的问题在于，如此一番你死我活的彼此争斗的结果，所造成的结果却是赤地千里生灵涂炭，是把广大普通民众置于所谓万劫不复的苦难境地。

　　说到这里，就必须对贾平凹笔下的涡镇这一主要的故事发生地作一番解说了。黑河与白河这两条河水交汇并形成了一个旋转性极强的涡潭，所以，这个坐落在秦岭深处的镇子，就被叫作了涡镇。但千万请注意，贾平凹《山本》中对于涡镇这一主要故事发生地的设定，带有突出的象征隐喻意味。某种意义上说，作品所集中描写着的那些诸如预备团（预备旅）、秦岭游击队以及保安队这些武装力量，也都如同那一条条黑河或者白河一样，从四面八方汇聚到涡镇这个特定的历史舞台上，上演着某种程度上亘古未变的一出出历史与人性大戏。在这一过程中，一方面充分地暴露了那些枭雄人物人性的善恶，另一方面却也格外真切地表现出了底层民众所必然遭逢的苦难命运，被动地卷入历史漩涡中的苦难。这里的历史漩涡云云，正是从涡镇这一地名演绎而出的直接结果。

　　同样具有突出"史诗性"特质的，是肖亦农的长篇小说《穹庐》。《穹庐》所集中讲述的，乃是大约一个世纪前，曾经长期生活在贝加尔湖畔布里亚特草原一个以嘎尔迪老爹为首领的蒙古部落，排除各种艰难险阻，历经漫漫征途，最后回归到遥远祖国的故事。依照嘎尔迪老爹的自述，这片广袤无际的布里亚特草原自蒙元以来的很长一个历史时段里，一直就是中国的领土。它所遭逢的劫难，开始于公元 1689 年："二百多年了，你们沙皇闹得我布里亚特蒙古人无着无落。从蒙古人入主中原建立大元帝国，我布里亚特蒙古地界就是大元帝国通往欧罗巴的驿站，布里亚特草原是元世祖忽必烈分封给我们的驿站地！大清仍袭旧制，我布里亚特蒙古人经营驿站地，保护大清商旅进入俄罗斯，瓷器、茶叶、丝绸，你们叫大清黑达易吧？黑达易是啥？就是元青花、大清粉彩。"众所周知，中俄《尼布楚条约》的具体签订时间，就是公元 1689 年。嘎尔迪老爹所特别强调的二百多年，正是指从《尼布楚条约》的签订，一直到《穹庐》主体故事发生的二十世纪初。在这长达二百多年的时间里，虽然从现代国家疆域的角度来看，布里亚特蒙古人所生活的贝加尔湖畔这一大片区域，的确已经被明确划归到沙俄的国界范畴，但在嘎尔迪老爹家族前后七代蒙古部落首领，以及他们属下的那些蒙古民众的内心世界里，却一直把自己当作是坚守大清疆土的中华子民。嘎尔迪老爹这段话中所反复强调的"我就是黑达易，我还要告诉我的子子孙孙我们就是黑达易"这样一种坚执不改的理念，所真切传达出的，正是嘎尔迪老爹以及由他所代表的这个蒙古部落一种难能可贵的家国观念。一个关键的问题是，既然嘎尔迪老爹他们的这个蒙古部落在《尼布楚条约》签订后已然在这片广袤无际的布里亚特草原苦苦坚持了二百多年时间，那到了二十世纪初他们为什么非得要不惜千里迢迢，战胜各种艰难险阻彻底辞别地肥水美、牧草茂盛的布里亚特草原，回归到额尔古纳河东岸的祖国呢？究其根本，在于到了这个时候，以嘎尔迪老爹为首领的布里亚特蒙古人，遭遇到了某种可谓是错综复杂的空前困局："一会儿尼古拉二世，一会儿顿河哥萨克，一会儿高布察克"，"日本人从东边来，捷克人从西边来，红党从北边来"，面对着分别来自布尔什维克、日本人、高布察克以及所谓的协约国军队的各种强势威胁，尤其是战争的残酷威胁，嘎尔迪老爹的布里亚特蒙古部落再也支撑不下去，最终万般无奈地做出了放弃布里亚特草原东归故国的决定。

嘎尔迪老爹他们一百年前的那次东归路途是非常艰难的，从最初上路时的三千人，到最后剩下的千余号人，这样的一种数字变化，就已经非常形象地表现出了嘎尔迪老爹他们这个蒙古部落回归故国路途之异常艰难。然而，需要引起我们特别注意的一点是，虽然肖亦农的《穹庐》是一部讲述布里亚特蒙古部落东归故国的长篇小说，但作家却并没有把书写的重心放到这充满着艰难险阻的东归路途中。与一般作家的写作路数不同，肖亦农的一个特出之处，是把书写的重心最终落脚到布里亚特蒙古部落大迁徙之前各种矛盾冲突的关注与表现上。整部《穹庐》一共四十三个章节，集中描写叙述东归以及东归路途故事的，只有最后的区区三个章节。既然只用了三个章节的篇幅来叙述东归以及东归路途的故事，那么，其叙事速度的概略简要与快捷迅速，自然也就可想而知。很大程度上，肖亦农书写重心的如此一种处理方式，让我们联想到欧洲古老的长篇史诗《伊利亚特》。这部古老的史诗，虽然取材于长达十年之久的特洛伊战争的传说，但故事情节的起点，却是希腊联军围攻特洛伊整整九年零十个月之后的一场内讧。而且，整部史诗，叙述到赫克托耳葬礼的时候，就已经结束了。希腊联军内部的这场内讧，发生在前锋将领阿喀琉斯与统帅阿伽门农之间。是他俩之间围绕一个漂亮女俘的拥有权所发生的争执，最终导致了这场内讧的生成。从现代文学理论的角度来看，借用不到一年时间所发生的故事来折射表现长达十年之久的特洛伊战争，一方面，可以见出荷马艺术结构上的匠心独运，能够更集中地聚焦矛盾冲突；另一方面，也明显有助于作家更为深入地挖掘表现人性。尽管与《伊利亚特》的处理方式恰好相反，肖亦农把自己的书写重心放在了东归之前的部分，但最后的艺术效果却是殊途同归，既有利于作家集中聚焦表现不同社会政治力量围绕布里亚特草原的争夺所生发出的各种矛盾冲突，也便于作家更深入地挖掘表现主要人物堪称深邃复杂的人性世界。

如果我们承认洪子诚曾经给出的关于史诗性的理解具有相当的合理性，那么，按照他所给出的四个方面的标准来衡量肖亦农的《穹庐》，其中"揭示'历史本质'的目标""结构上的宏阔时空跨度与规模"以及"重大历史事实对艺术虚构的加入"这三点，可以说是毫无疑义。需要特别展开一说的，是所谓"英雄形象的创造和英雄主义基调"。这个问题的关键，具体来说，也就是我们到底应该如何理解看待嘎尔迪老爹这一人物形象。一方面，嘎尔迪老爹的确称得上是布里亚特草原的一代枭雄，其生性的勇猛、刚健、倔强、豪爽仗义、敢作敢为，都给读者留下了难忘的印象。但在另一方面，到了二十世纪初，伴随着所谓现代性的步步紧逼，布里亚特草原开始进入了多事之秋，布尔什维克、日本人、高布察克以及所谓的协约国军队等各种社会政治力量，不仅长期觊觎这片广袤的沃土，而且也开始以实际的军事行动入侵布里亚特蒙古部落。面对着虎视眈眈的各路豪强，面对着势不可挡的现代性，曾经的草原骑士嘎尔迪老爹实际上陷入到某种前所未有的困境之中，借助于谢尔盖的视角来说，就是："原来嘎尔迪老爹还是个中世纪的骑士，或许更古老一些。可怜的嘎尔迪老爹，可敬的嘎尔迪老爹，你难道还不明白吗，即使在布里亚特草原，你的时代已经结束了，永远地结束了！"正因为如此，所以，出现在读者面前的嘎尔迪老爹，才总是显得那么被动，那么无助、无力甚至无奈。从历史进化论的角度来看，嘎尔迪老爹死命维护布里亚特草原传统秩序的努力，很可能显得特别可笑，但如果我们超越简单的线性历史进化论思维方式，从一种对现代性或者说现代文明的批判与反思的角度来说，则肖亦农对嘎尔迪老爹的肯定与辩护性书写，就理应赢得我们的充分尊重。不管怎么说，嘎尔迪老爹都称得上是一位英雄，虽然他是一位不识时务的逆历史发展方向而动的失败了的英雄。事实上，在阅读《穹庐》的过程中，我们似乎总是能隐隐约约感觉到肖亦农在刻画塑造嘎尔迪老爹这一失败了的英雄形象时的一种价值立场游移。一方面，作家的确把嘎尔迪老爹视作布里亚特草原的一代雄主；但在另一方面，从这一人物总是不断败退的现实境况来看，他的"雄主"特质似乎又总处于某种被消解的状态之中。正所谓瑕不掩瑜，如此一种遗憾的存在，并不足以影响到嘎尔迪老爹的英雄气质。把肖亦农的这部《穹庐》看作是一部具有史诗性艺术追求的长篇小说，也还是能够令人信服的一个结论。

　　同样依照洪子诚给出的标准来加以衡量，刘庆的《唇典》也毫无疑问是一部"史诗性"长篇小说。首先，刘庆之所以用长达十五年的时间来潜心打磨这部沉甸甸的厚重长篇小说，其根本写作意图，正是要通过这部作品以勘探表现二十世纪前半叶东北地区一部复杂曲折的历史。《唇典》既可以看作一部旨在呈现东北抗战历史真实境况的长篇小说，也可以理解为一部旨在透视表现东北人在二十世纪前半叶苦难命运的长篇小说。其中，作家一种力图穿透纷繁复杂的历史表象以把握历史本质的努力，是显而易见的一件事情。虽然说作家最后得出的一部历史不过是一部乱哄哄的"城头变幻大王旗"式的折腾史的结论未必能得到所有人的认同，但刘庆如此一种写作努力的存在却无论如何不容轻易忽视。其次，在结构上的宏阔时空跨度和规模。从二十世纪初叶的 1919 年一直延续到二十世纪末为起始与终结点，而以 1931 年"九一八"事变的发生至 1945 年苏联红军的出军东北为主体叙事时间，其宏阔时空跨度的存在，当然不容否定。其中隐隐约约地存在三条时有交织的结构线索。其一，是郎乌春与满斗父子的戎马生涯；其二，是以柳枝为中心人物的一种东北日常生活图景；其三，是以王良与苏念为中心人物的别一种戎马人生的书写。拥有这样彼此交织的三条结构线索，《唇典》的庞大叙事规模自然无法小觑。第三，重大历史事实对艺术虚构的加入。作为一部叙事时间跨度长达一个世纪的长篇小说，诸如"九一八"事变、伪满洲国成立、苏联红军出军东北、日本战败、土改乃至"文革"这一系列重要的历史事件都进入了作家刘庆的艺术表现视野之中。尽管未能直接指认郎乌春、王良等人物的真实历史原型，但在酝酿构思这些主要人物的过程中有着杨靖宇、赵尚志以及周保中等真实抗联历史人物生平事迹的有效介入，却无论如何都应该引起我们的高度重视。最后，英雄形象的创造和英雄主义的基调。这里的关键问题，在于究竟何为英雄。倘若延续传统的道德完美化的英雄标准，则《唇典》当然与英雄形象的创造几无干系。然而，如果我们转换思维方式，以一种去"政治"去"道德"化的标准来看取《唇典》，则无论是郎乌春、满斗父子，抑或王良，都可以被看作是拥有多年戎马生涯的江湖英雄。甚至，就连那位为《唇典》提供了人道主义精神尺度的李良萨满，也不妨被视为平民中的英雄。这些人物形象的英雄气概弥漫开来，就进一步构成了《唇典》这部长篇历史小说的根本艺术基调。

三、历史变迁与宏阔的艺术结构设定

在长篇小说《主角》中，陈彦所聚焦表现的是舞台上的戏剧人生。其中最重要的一点是，在女主人公忆秦娥跌宕起伏的人生历程中，作家相当出色地凝聚表现了社会与时代的风云变幻。"她叫忆秦娥。开始叫易招弟。是出名后，才被剧作家秦八娃改成忆秦娥的。""易招弟为了进县剧团，她舅给改了第一次名字，叫易青娥。"从叙述学的角度来看，小说一开始的这两段叙事话语带有非常明显的预设叙事色彩，以高度凝练概括的方式，把一部字数几近八十万字的长篇小说的主要内容，三言两语就提炼出来了。从土里土气的易招弟，到差强人意的易青娥，再到极富有诗意的忆秦娥，一个人三个不同的名字，所串连起的，正是女主人公数十年跌宕起伏的人生。

《主角》的故事起始于"文革"即将终结的 1976 年，那一年，尚且被称为易招弟的女主人公刚刚十一岁。从那个时候开始，陈彦的笔触一直延伸到了市场经济的当下时代，故事情节前后持续达40 年之久。到小说结尾处，忆秦娥已经年过半百。因为叙述者的聚焦点始终集中在忆秦娥身上的缘故，从小说类型学的角度来看，这部长篇小说首先可以看作是一部成长小说，或者说教育小说。顾名思义，"成长小说"的要旨就在"成长"二字。具体到陈彦的《主角》，一开始的时候，易招弟还仅仅是九岩沟一位初通人事的青涩女子，被她的娘舅胡三元生拉硬拽着进入了宁州县剧团；到了小说结尾处，秦腔的一代名伶忆秦娥，无论是事业，还是情感都已经饱经沧桑了："她忆秦娥到底算咋回事？就这样乱七八糟地活着人。不排戏、不练功、不一撑一个多小时地在门背后平板支撑着，她还真不知日子该怎样打发了。"忆秦娥这样一位只晓得一心一意练功唱戏的"戏痴"，竟然会对于人生生出一种身心疲惫感，一种百无聊赖感，一种强烈的厌倦感。由此出发，我们便完全可以想象得到，在长达 40 年唱念做打的舞台生涯中，忆秦娥究竟受到了怎么样严重的打击与伤害。从一位懵懵懂懂的无知山村少女，到名满天下的"秦腔皇后"，尤其是到一种人生厌倦与茫然感不期然之间的生出，陈彦所真切写出的，正是秦腔一代名伶忆秦娥满蘸着血泪与汗水的成长过程。

但《主角》绝不仅仅只是一部成长小说。关于这一点，陈彦自己其实也有所自觉："如果仅仅写她的奋斗、成功，那就是一部励志剧了，不免俗套。在我看来，唱戏永远不是一件单打独斗的事。不仅演出需要配合，而且剧情以外的剧情，总是比剧情本身，要丰富出许多倍来。"[①] 以我的理解，陈彦这里所一再强调的剧情以外的剧情，实际上就是在强调忆秦娥个人成长历程之外的社会、时代等因素的重要性。不仅如此，在很多时候，诸如社会、时代等这些一些剧情以外的剧情，在文本中所占的份额还往往会超过忆秦娥本身的份额。这样一来，再把《主角》仅仅看作是一部成长小说，就无论如何都显得有点牵强附会了。因为有了这样一些社会与时代因素的强势介入，《主角》就由一部成长小说而被作家进一步提升为思想艺术境界更为开阔的社会小说了。更进一步说，陈彦这部长篇小说最出彩处，正在于借一个秦腔名伶 40 年的人生历程不无巧妙地写出了 40 年来中国社会的发展演变情形。或者，一种更准确的表达应该是，作家在一种人物与社会彼此互动的情形下，既写出了人物的命运变迁，更传达出了社会与时代的发展演变状况。整部小说共分为上中下三大部分，具体相对应的分别是二十世纪七十年代末、八十年代以及九十年代尤其是邓小平 1992 年南方讲话以来所谓的市场经济这样三个时代。在密切聚焦忆秦娥个人命运的同时，陈彦以其生动的笔触所真切写出的，其实更是特定时代背景下秦腔这一源远流长的传统剧种的命运遭际。其中，尤以上部的表现最为出色。

---

① 陈彦："在自己的土地上讲自己的故事"，中国作家网 http://www.chinawriter. com.cn/n1/2018/0102/c404032-29739915.html.

虽然说在《黄冈秘卷》的书写过程中，作家刘醒龙很明显地征用了自己所归属的那个家族的生存经验，但这部作品却无论如何都不能简单地认定为是一部家族小说。与其说它是一部家族小说，反倒不如说作家是在借助刘氏家族中的若干人物而嵌入历史的纵深处，进而对充满着吊诡色彩的二十世纪中国历史提出尖锐的质疑与反思。从这个角度来看，这部明显征用刘醒龙家族生存经验的长篇小说，与他那部曾经产生过重大影响的鸿篇巨制《圣天门口》，事实上有突出的异曲同工之感。在《黄冈秘卷》中，与历史进程不期然发生过紧密关系的两个家族人物，分别是祖父和父亲。身为织布师的祖父，曾经在黄冈地区很有名的林家大垸做过很多年布。叙述者自始至终都没有提及那个曾经在二十世纪中国历史上发生过绝大影响的重要人物的名字，但明眼人却很容易就能够从字里行间感知到他的巨大存在。"民国十一年，林老大送十五岁的弟弟到汉口求学时，逢人就说，弟弟出门求学是为了将来做大事。别人听了也都点头承认。大家都没有想到，民国十四年，林老大的弟弟在汉口求学不成，跑到广州，进了专事打仗的黄埔军校。"正是黄埔军校的这一番历练，使得这位林老大的弟弟获得了极好的发展契机，如虎添翼般地一路过关斩将，并最终成为共和国功勋卓著的军队统帅。关键还在于，身居高位的他，到最后，竟然出人意外地落了个折戟沉沙的悲剧性结局，一直到现在为止，都属于那种没有定评的毁誉参半的历史人物。与祖父发生过密切交往的，并非林老大的这位弟弟，而只是林老大本人。但也正是通过与林老大的交往，织布师祖父不经意间走入了历史深处，触碰到了历史进程中的一些核心矛盾冲突。大约也只因为如此，作家才会特别设定祖父对于民国十一年的念念不忘。那么，祖父为什么会如此看重民国十一年呢？"民国十一年之所以在祖父看来如此重要，只不过是由于这一年祖父开始在林家大垸的林老大家织布的漫长生涯。"就这样，虽然祖父对民国十一年的念念不忘是因为他从那一年开始在林老大家织布，但在我们看来，作家的如此一种设定却是因为祖父以这样一种方式不期然地介入到了历史的漩涡之中。

祖父对历史进程的深度介入，发生在民国四十二年也即1953年的时候。那一年，为了彻底肃清旧政权的根基，新政权在黄冈全境发起了可谓声势浩大的镇压运动。在当时，一方面，因为"林老大家有两台铁织布机、两台木织布机，成了最富的人"；另一方面，也因为林老大多少有点仗着弟弟的势，曾经把枪口对准过农会主席的缘故，林老大便成为这次镇压运动最大的靶子，并且及时地得到祖父的逃亡路径指点与金钱资助。就这样，根本就不懂政治为何物的织布师祖父，凭借着人性本身的善良，无意间便介入到社会历史的演进过程之中。尽管说林老大最后的脱逃，并非完全依托他们俩事先的精心设计，但在整个过程中，祖父的确发挥了不小的作用，却是毫无疑问的一件事情。虽然说到后来县农会的人只是训斥了一顿便将祖父放回了家，但祖父的所作所为却已经不仅改变了林老大的命运，而且也深刻地影响到了黄冈地区这一次镇压运动最终的虎头蛇尾结局。那一年，虽然说镇压运动在大江南北风起云涌，但林老大的事却让当地的农会组织彻底颜面扫地。一个关键原因在于，身为当地首富的林老大尚且受不到相应的惩处，那其他那些等而下之者自然也就可以被网开一面了。这样一来，就在镇压运动在全国各地如火如荼地进行的时候，黄冈地区却表现出了一种不合时宜的空前寂静。刘醒龙在《黄冈秘卷》中关于这一事件的真切记述，首先还原披露了如同林老大曾经差一点被新政权镇压这样一些鲜为人知的历史史实。事实上，在新政权建立的过程中，也的确有不止一位类似于林老大这样的身份特殊者，曾经惨遭新政权的无端荼毒。一方面，是林老大弟弟们舍生忘死的浴血奋战；另一方面，却是类似于林老大这样差一点被新政权镇压，两相对照，真正情何以堪。其中，一种悲剧意味的存在，就是毋庸置疑的一种历史事实。另外，刘醒龙的相关记述，也在无意间凸显了如同祖父这样微不足道的小人物介入历史演进过程的偶然性。很大程度上，祖父在这一过程中所表现出的人性善良，与镇压运动本身的残酷，形成了极其鲜明的一种对照。实际上，也正是依托如此一种鲜明对照的存在，刘醒龙完成了某种不动声色的对于一段沉痛历史的批判性沉思。

倘若我们以洪子诚先生所提出的"史诗性"长篇小说诸要素来具体衡量徐则臣的《北上》，会心者就不难发现，其中最引人注目的一点，就是所谓"在结构上的宏阔时空跨度与规模"，也即徐则臣在小说结构方面的煞费苦心，以及煞费苦心之后的匠心独运。

　　对于徐则臣《北上》的艺术结构，具体来说，我们其实可以从以下两个方面展开进一步的分析。首先，从大的时间关节点来说，整部《北上》，可以说主要由历史与现实这样两条结构线索组合而成。这里，需要特别说明的一点是，我们对于所谓历史与现实的一种理解与界定，其具体的分水岭乃是 1949 年中华人民共和国的成立。举凡发生在 1949 年之前的故事，就属于历史的范畴。而发生在 1949 年之后的故事，则属于现实的范畴。依照这样的一种标准来衡量，《北上》中的历史这一条结构线索，就主要包括"第一部"中的"1901 年，北上（一）"、"第二部"中的"1901 年，北上（二）"以及"1900—1934 年，沉默者说"这样共计三个部分。更进一步说，历史这一部分又可以被进一步划分为主次不同的两条结构线索。其中，前两个都被命名为"北上"的旨在描写意大利人小波罗在公元 1901 年从杭州出发，一路沿着大运河乘船北上的部分，可以被看作是主要的结构线索，而另外一个被命名为"1900—1934 年，沉默者说"的旨在交代描写小波罗的弟弟，另一位意大利人费德尔·迪马克也即马福德在中国一段充满传奇色彩的人生经历的部分，乃可以被看作是相对次要的一条结构线索。同样不容忽视的一点是，我们这里所强调的小波罗乘船北上的那两个部分，不仅可以看作是历史这一部分中最主要的一条结构线索，而且即使与线索更为繁多的现实部分相比较，徐则臣这部长篇小说的书写重心，也很明显地落到了历史中的小波罗北上这一环节。质言之，徐则臣之所以执意要把这部长篇小说命名为"北上"，其根本原因恐怕也正在于此。

　　历史的结构线索之外，另外一条结构线索就是现实这一部分。具体来说，现实部分主要由"第一部"中的"2012 年，鸬鹚与罗盘""2014 年，大河谭"和"2014 年，小博物馆之歌"，加上"第二部"中的"2014年，在门外等你"，以及"第三部"中唯一的"2014年6月：一封信"，加起来共计5个部分的内容组成。其中，四条更次一级的结构线索之间（其中，"2014年，大河谭"与"2014年6月：一封信"这两个部分，很显然可以看作是同一条结构线索。尽管说后者相对于全篇来说带有非常突出的综合性结局意味，但我们却仍然坚持把它们归结为同一条结构线索。其中一个重要的原因在于，这两个部分都采用了第一人称限制性的叙事方式。以第一人称"我"出现的叙述者，都是电视节目《大河谭》的制片与编导谢望和）虽然互有巧妙的指涉与折射，但严格说来，却都可以看作是相对独立的不同结构线索。不能不强调的一点，就是徐则臣对于第一人称限制性叙事方式与类似于上帝式的第三人称叙事方式的交叉性巧妙混用。除了历史部分中的"1900—1934年，沉默者说"与现实部分中的"2014年，大河谭"与"2014年6月：一封信"这两部分内容之外，小说的其余部分所采用的，全部都是类似于上帝式的具有全知全能特点的第三人称叙事方式。

　　还有一点不容忽视的是，徐则臣实际上采用了一种巧妙的家族传承的方式，把看起来毫不相干的历史与现实这两大部分扭结编织成为一个有机的艺术整体。具体来说，"2012年，鸬鹚与罗盘"中的邵秉义与邵星池父子，乃是"北上"中邵常来的后代；"2014年，大河谭"中以第一人称叙述者"我"出场的谢望和，以及那位与谢望和发生了感情纠葛的大学女教师孙宴临，分别是历史中"北上"谢平遥与孙过程两位人物的后代；"2014年，小博物馆之歌"中，除了再度登场的邵秉义与邵星池父子之外，"小博物馆"系列旅馆的创办者周海阔，实际上是"北上"中的小轮子也即周义彦的后代；"第二部"中的"2014年，在门外等你"这一部分中的胡问鱼、马思艺、胡静也以及胡念之，则是"1900—1934年，沉默者说"这一部分中小波罗的同胞兄长费德尔·迪马克也即马福德的后代。至于最后单独被徐则臣处理为"第三部分"的"2014年6月：一封信"，则很明显带有某种数条线索集聚的意味，曾经在前面现实部分不同结构线索中登场的人物形象，绝大多数再一次出现在这一部分。比如孙宴临、胡念之、周海阔、邵秉义与邵星池父子等。这些人之所以能够汇聚在一起，盖因为大运河的缘故。更进一步说，他们的集聚，乃是因为谢望和所编导创作的历史纪实类节目《大河谭》的缘故。这一部分的第一人称叙述者之所以不是别人，而是谢望和，根本原因显然在此。与此同时，我们也不能不注意到，在这些人交谈的过程中，所围绕的中心话题，其实是很多年前曾经与中国的大运河发生过紧密关联的两个意大利人。这样一来，不只是现实的数条结构线索，而且连同历史的两条结构线索，也都被作家巧妙地汇集在了一起。从这个角度来说，"第三部"乃完全可以看作是故事情节的一种大归结。

事实上，"第三部"的重要性，除了现实与历史两方面结构线索的大汇集之外，更重要的一点，是艺术地给出了大运河书写的意义和价值。作家之所以要刻意地借助考古学家胡念之之口，不仅强调纪实与虚构的手段可以同时使用，而且还特别强调"强劲的虚构可以催生出真实"。在我看来，作家借助于胡念之如此一种明显背离考古学家职业操守的"妄言"，其根本意图其实是试图为徐则臣自己以大运河为关注中心的长篇小说《北上》"张目"。唯其长篇小说属于一种不仅允许虚构，而且很大程度上更看重虚构与想象的文体，所以徐则臣才会通过人物之口，特别强调虚构的方式对于呈现大运河的重要性。到了小说的结尾处，正当谢望和为电视片《大河谭》后续资金问题所严重困扰的时候，突然传来了大运河申遗成功的喜讯。如此一个利好消息的传来，一下子就解决了电视片《大河谭》资金短缺问题的燃眉之急。到这个时候，第一人称叙述者"我"也即谢望和格外清醒地意识到："我突然意识到，对眼前这条大河，也是攸关生死的契机，一个必须更加切实有效地去审视、反思和真正地唤醒它的契机。一条河活起来，一段历史就有了逆流而上的可能，穿梭在水上的那些我们的先祖，面目也便有了愈加清晰的希望。"在这里，徐则臣更是以"夫子自道"的方式点明着身为大运河之子的自己，到底为什么一定要完成《北上》这样一部长篇小说的书写缘由。却原来，单行本封条上那格外醒目的"一条河流与一个民族的秘史"这句话的渊源，乃是这段叙事话语。更进一步说，也正是从作品结尾处的这段叙事话语中，我们方才能够彻底琢磨明白作家到底为什么一定要将这部同时关涉历史与现实的长篇小说命名为"北上"。从写实的层面上说，"北上"的标题固然根源于历史部分小波罗他们一行的沿大运河北上之举，但如果从象征的层面上说，我们就更应该注意到大运河的实质不过是自打隋炀帝开凿起始便一直流淌至今的一脉流水。面对这条从遥远的历史深处流淌至今的大河，我们无论如何都不能遗忘孔子面对大河时所发出的"逝者如斯夫"的那声浩叹。孔子的创造性天才表现在，他把那浩浩荡荡不停地流淌着的河水，与看不见摸不着有着突出抽象意味的时间，紧密地联系在了一起。这样一来，抽象的无形的时间便获得了一种形象化的可能。如果说河水与时间之间的确存在着如此一种互通性的话，那么，小波罗他们的沿大运河北上，其实也就拥有了某种回溯时间的意味。进一步说，假若我们把如此一种回溯时间的象征意味与徐则臣《北上》中现实与历史相交织的书写结合在一起，那么，这"北上"很显然也就拥有了某种沿着时间的河流上溯的意味。如此一种时间层面上的上溯，具体到《北上》之中，也就可以看作是由现实的部分而进一步追溯到一百多年前的晚清义和团时代。

推论至此，一个无论如何都绕不过去的话题就是，既然自打隋炀帝开凿大运河起始，迄今已有长达 1500 年之久的历史，那么，徐则臣在《北上》中为什么要把他的上溯时间确定为 1901 年的义和团运动前后的那个时间关节点呢？要想理解作家的这一选择，首先必须充分认识到这一时间关节点在中国历史上的重要性。众所周知，十九世纪末二十世纪初，乃是中国社会由传统形态向现代形态转型的一个关键时期。换言之，这个时候，也正是以"后发""被动"为突出表征的中国"现代性"发生并潜滋暗长的一个重要时刻。《北上》中曾经涉及的诸如"戊戌变法"、义和团以及八国联军等，都是中国"现代性"生成过程中发生的主要历史事件。中国"现代性"发生与转型的一个重要标志，就是只知道有"天下"而不知道有"世界"的中国人，终于打开视野，强烈地意识到在"天朝大国"

之外，还有一个更为广阔的"世界"存在。大约也正因为如此，徐则臣才会在《北上》中，特别地写到意大利人小波罗兄弟，写到那些传教士，写到八国联军。所有这些，相对于中国人来说，都是一种异质的存在。所谓的"现代性"，正是伴随着这些异质存在的到来而进入古老中国，并在中国开始潜滋暗长的。既然是一种异质性的存在，那他们的到来，就必然会与中国的本土存在，发生尖锐激烈的碰撞与冲突。满清王朝、义和团与八国联军这几种不同的社会政治势力之所以会生发出各种盘根错节的矛盾纠葛，其根本原因显然在此。

　　只要是关注徐则臣的朋友，就都知道，他是一位拥有突出"世界"意识的作家。这一点，在他几部有影响的长篇小说中都留下了鲜明的痕迹。《耶路撒冷》中，不仅主要人物之一初平阳，心心念念想着要去耶路撒冷去留学，而且小说的标题也明显地凸显着作家的"世界"意识。《王城如海》中的主人公之一高级知识分子余松坡，曾经在美国有过长达二十多年的生活经历。他从美国回到雾霾深重的北京工作，所携带着的，无疑是一种"世界"性的生存经验。到了这部《北上》中，诸如小波罗、传教士以及八国联军这样一些"世界"性因素的存在，干脆就与那个特定历史时期所谓"现代性"在中国的发生紧密联系在了一起。从这个角度来看，与其说《北上》是一部书写大运河的长篇小说，反倒不如说作家的根本主旨更在于中国"现代性"发生的关注与书写。徐则臣真正的着眼点，其实是所谓"数千年未有之大变局"。在这样一种地理与时间微妙转换的过程中，"现代性"在中国的发生悄然无声地取代了大运河，成为了《北上》真正意义上的潜在主人公。而这，也正是徐则臣把自己的上溯时间最终确定在晚清时期的 1901 年这个时间关节点上的根本原因所在。与此同时，我们既无法遗忘中国古代诗人白居易的名言"文章合为时而著"，也无法遗忘意大利美学家克罗齐的名言"一切历史都是当代史"。之所以强调这一点，其实是在强调历史书写中具备一种现实感的重要性。很多时候，我们可以发现历史发展演变过程中惊人相似一面的存在。不知道是不是与中国人的轮回与循环观念有关，反正在我个人的一种理解中，我们所置身于其中的当下时代，与徐则臣所重点书写的晚清时期，某种程度上的确存在着惊人相似的一面。就此而断言《北上》是一个有着强烈现实感的小说文本，这一结论可以说有着相当的可信度。

通过以上分析，我们即不难确证，徐则臣的《北上》这部时间跨度超过了一百年的长篇小说，的确称得上是在艺术结构上具备了"宏阔时空跨度与规模"的特点。关键问题在于，徐则臣设计如此一种堪称宏阔繁复的艺术结构，究竟意欲达到怎样的艺术目标呢？要想很好地理解这一点，我想，我们首先需要对徐则臣的思想价值立场或者说叙事动机有真切的了解。这便是作家在小说故事尚未开始时便给出的两条"题记"，分别来自中外两位作家的"题记"。一个是曾经创作过《拉丁美洲被切开的血管》的拉丁美洲著名作家爱德华多·加莱亚诺。爱德华多·加莱亚诺说："过去的时光仍持续在今日的时光内部滴答作响。"加莱亚诺的这句话，毫无疑问是在强调现实与历史之间那样一种无论如何都不可能被切断的紧密内在关联。正因为历史与现实之间关系紧密，所以，徐则臣才可以依凭如此一种叙事语法，借助于现实中的电视片《大河谭》而去叩击、打开历史的大门。另一个，则是中国清代杰出诗人龚自珍《己亥杂诗》中的第83首："只筹一缆十夫多，细算千艘渡此河。我亦曾糜太仓粟，夜闻邪许泪滂沱。"对于这首诗，龚自珍自己给出的自注内容是："五月十二日抵淮浦作。"龚自珍的这首诗创作于公元1839年。那一年，诗人在北京与杭州沿大运河的往返途中，曾经创作了315首绝句，后来结集为《己亥杂诗》。其中，第83首，是诗人抵达淮浦也即清江浦时目睹繁忙的漕运（此处之"漕运"，专指狭义上的"运河漕运"）景象时的有感而发。一方面，诗人看到漕运动用了大量的人力（指拉船的纤夫）物力（指运粮的船只）；另一方面，他由纤夫们劳作时所发出的"邪许"声而联想到了包括自己身为享受者的内心愧疚。尤其是最后的"泪滂沱"三字，更是写出了诗人一种同情普通民众苦难的人道主义情怀。如果我们把文本中谢平遥曾经那么专注于龚自珍《己亥杂诗》的阅读，与小说的这一题记结合在一起，那我们从中所真切感受到的，恐怕也正是作家徐则臣面对历史与现实中围绕大运河所发生的种种人生苦难时那样一种格外难能可贵的人道主义悲悯情怀。九九归一，说到底，那位禁不住"泪滂沱"者，既是晚清时的龚自珍，更是当下时代的徐则臣自己。很大程度上，正是因为徐则臣拥有如此一种思想与情怀，所以他才能够写出如同《北上》这样一部对现实与历史进行双重的审视与反思的力量沉雄厚重的长篇小说力作。

最后我们要加以分析的，是刘醒龙的长篇小说《圣天门口》。需要特别指出的是，我们主要也还是从洪子诚所标举的"史诗性"的四个方面来衡量对照刘醒龙的《圣天门口》。首先是一种"揭示'历史本质'的目标"。在我看来，刘醒龙之所以沉潜 6 年时间写作这样一部长达 100 万字的巨型长篇小说，其根本目的便是要全面地勾勒表现二十世纪的中国历史，便是要对二十世纪中国历史的"本质"作一种深入的挖掘与探究。而且，从文本的实际情形来看，刘醒龙也的确从自己个人对历史的理解角度出发，极有力地挖掘表现出了二十世纪中国历史的"本质"。其次是"在结构上的宏阔时空跨度与规模"。应该说，刘醒龙《圣天门口》的一大突出特征便是时间跨度的巨大宏阔，主体故事时间从二十世纪初一直延伸到了二十世纪六十年代，但更值得注意的却是小说中对于汉族创世史诗《黑暗传》的完整穿插。在某种意义上说，正是《黑暗传》的适时而完整的穿插更加明显地拉长了《圣天门口》的时间维度。从空间跨度来看，虽然作家的笔力集中于天门口小镇，借天门口小镇而浓缩凝聚二十世纪中国的历史风云，小说的标题很显然也正来源于此。但与此同时，我们也应该注意到，作家的笔墨其实还是经常游离于天门口小镇之外，且不断地延伸辐射至武汉、香港、甚至东京、巴黎这样的地方的。如此看来，《圣天门口》中的空间跨度也就不可谓不宏阔了。此外，小说中人物的众多与情节线索的纷繁复杂同样也可以看作是《圣天门口》具有宏阔规模的一个突出表征所在。再次是"重大历史事实对艺术虚构的加入"。从本质上看，小说当然是一种虚构的文体，事实上我们所阅读着的大多数小说都是

莫言与当代中国文学创新经验研究

纯然的虚构作品。但是，从"史诗性"的角度来看，它就必然会要求有重大历史事实的充分介入。以这样的标准来衡量，《圣天门口》的"史诗性"同样是当之无愧的。首先，在《圣天门口》长达六十多年的时间跨度内，我们所熟知的诸如土地革命、白色恐怖、肃反、中日战争、解放战争、国共的合作与破裂、土地改革乃至于大跃进、"文革"武斗这样一些发生于二十世纪中国的重要历史事件，均在小说中得到了一种格外形象生动但却又十分深入的艺术表现。而且，与那些凌空蹈虚的"新历史小说"形成鲜明对照的是，小说中的傅朗西、杭九枫等人物都是有着历史上真实的人物原型的。如此看来，说《圣天门口》中有着充分的"重大历史事实对艺术虚构的加入"便绝非妄言了。最后则是"英雄形象的创造和英雄主义的基调"。《圣天门口》中当然有着传统意义上的英雄形象的创造，在这一方面首屈一指的便是杭九枫。更何况，作家刘醒龙对于这样一位与朱老忠、周大勇、梁大牙们属于同一英雄人物谱系的英雄形象的塑造，还显得格外真实且别具一种人性的深度。然而，我们不应该拘泥于传统英雄观念的拘囿而对英雄作出一种狭隘化的理解。从一种更为现代也更为宽泛的意义上看，如梅外婆、雪柠乃至于董重里、王参议这样的人物形象又何尝不可以被理解为是一种更加本真的新型英雄形象呢？梅外婆与雪柠虽然自身饱受凌辱但却依然不改以"爱"的行迹拯救众生与自我的人道主义悲悯情怀；董重里不惜担当"叛徒"罪名而从革命队伍中坚决出走；王参议在梅外婆的精神感召下日渐倾向一种仁慈、博爱的情怀并在抵御日军的细菌战时惨死。如此种种，在我看来，其实都可以当作英雄行为加以理解看待的。如果我们承认，不仅仅杭九枫、傅朗西是英雄，梅外婆、雪柠、董重里、王参议他们同样是英雄，而且还是更大的英雄，那么说《圣天门口》是一部沉淀交响着英雄主义基调的优秀长篇历史小说也就自是顺理成章之事了。

第三章　复古与守成的宗法文化叙事

一、宗法文化的再度发现与不自觉书写

　　长篇小说创作的异常兴盛发达，是二十世纪九十年代中后期以来中国文坛一种不争的客观事实。大约从 1993 年特别引人注目的"陕军东征"起始，中国作家就已经把极大的创作热情投注到长篇小说这种文体之上。正因为有着众多作家的积极参与，所以长篇小说之成为当下时代中国小说界的第一文体，就是无法被否认的一种创作现象。既然是最重要的小说文体，那么，长篇小说创作某种程度上也就具备着一种风向标的意义。许多时候，通过对长篇小说创作的观察，我们可以洞悉中国文学界一些思想艺术变化迹象的发生。只要对于近期一批透视表现乡村生活的长篇小说比如贾平凹的《秦腔》与《古炉》、铁凝的《笨花》、葛水平的《裸地》、马旭的《善居》等作品稍加留心，敏感者就不难从中发现一种旨在守望回归宗法制文化传统的叙事趋向的出现与形成。

　　必须看到，长篇小说中对于宗法制文化传统的肯定回望式表现，经过了一个由不自觉到自觉的发展过程。在早一些时间出现的《秦腔》与《笨花》中，作家还只是凭借自己的艺术直觉意识到曾经被排斥的传统文化的价值所在，尚且没有明确地为宗法制传统张目。先来看贾平凹曾经获得过茅盾文学奖的《秦腔》。作为一部直逼当前中国乡村现实生活的长篇小说，我以为，《秦腔》的主要价值体现在两个方面。一方面是对于当下时代中国乡村世界凋敝破败状况的真切再现，另一方面则是为日渐衰落的中国传统文化谱写了一曲饱含深情的挽歌。小说之所以题名为"秦腔"，实际上与文化挽歌这条线索存在着紧密的内在联系。具而言之，小说中与秦

腔密切相关的主要人物有二,一个是秦腔女演员白雪,另一位则是曾经担任过学校校长的夏天智,也可以说是乡村世界中的一位知识分子形象。而且,这两位与秦腔渊源颇深的人物形象,还曾经是公公与儿媳妇的关系,只不过白雪后来与夏天智的儿子夏风离婚了。

　　小说中的夏天智痴迷于秦腔艺术,他不仅常用大喇叭播放秦腔,而且还亲自动手在马勺上绘制秦腔脸谱。毫不夸张地说,秦腔之于夏天智的重要性不亚于生命,对夏天智而言,秦腔正是他生命意义之所在。小说中的另一个秦腔艺术爱好者是白雪,她对秦腔的感情与她专业秦腔演员的身份有着很大的关系,她对秦腔的留恋带有更多的感性色彩,但夏天智对秦腔的痴迷却明显更倾向于理性。所以,我认为《秦腔》中的夏天智可被视作秦腔的精灵。为了秦腔艺术,夏天智利用父亲的权威命令儿子夏风设法出版自己绘制的秦腔脸谱集,并想帮助秦腔艺术家王老师出一盘磁带。但让人遗憾而又无奈的是,尽管夏天智如此迷恋秦腔,尽管他尽力想要挽回秦腔的颓势,但在时代大潮面前,这些努力都无异于螳臂当车,秦腔的衰落已是不可逆转的事了。当然,小说中的“秦腔”无疑有着浓厚的象征意味,秦腔的衰落最终所指向的是传统文化的衰落。在这个意义上,夏天智不仅是秦腔的精灵,他更是传统乡村世界和传统文化的化身。

　　如果把夏天智理解为乡村世界中传统文化的化身,那么小说中诸多艺术描写的意义也就随之而一目了然了。比如,清风街上无论谁家发生了纠纷,只要夏天智一到,这样的纠纷马上就可以被解决,甚至在夏氏家族内部,夏天智在这方面也拥有着超越乃兄夏天义、夏天礼的权威力量。从以上的文本事实来看,夏天智其实更应该被理解为是一种传统道德精神的象征性人物。细读《秦腔》文本,我们便不难发现在清风街的日常生活中,夏天智的为人行事中总是恪守体现着扶危济困的传统道义,总是洋溢闪烁着一种迷人的人性光辉。不管是他对秦安的关心匡扶,还是他对若干贫困孩子的资助,都一再强化着夏天智作为一种传统道德精神载体所独具的人格魅力。

　　然而，与夏天智对于传统道德精神的坚持与恪守形成鲜明对照的，却是清风街在市场经济冲击下道德的日渐败坏。首先，是在夏家的下一代人，尤其在夏天义的五个儿子之间，经常会因为赡养老人等家务事而大吵乃至大打出手，虽有夏天智的强力弹压也最终无济于事，其中尤以庆玉的表现为甚。其次，是一些市场经济条件下的丑恶现象开始出现于清风街并渐呈蔓延之势，其中最突出的一个标志，便是丁霸槽酒楼上妓女卖淫现象的出现。最后，则是曾经在夏家延续多年的过春节时那种格外充满人情味的各家轮流吃饭的传统的最终消失。在这个意义上，如果说夏天智对于秦腔的失落衰败尚且无能为力的话，那么对于这样一种美好的传统文化、传统道德精神最终的必然消失终结就更加回天无力了。从这样一个角度看来，夏天智的死亡，实际上强烈地预示标志着一个时代的结束。无可奈何花落去，似曾相识燕不归，通过夏天智悲剧性人生的描写展示，贾平凹内心中对于中国传统文化的真诚向往得到了淋漓尽致的艺术表现。正因为如此，他才要在《秦腔》中为中国传统文化的消逝谱写一曲感人至深的文化挽歌。

　　《笨花》的一个非常重要的主题意向，同样是对中国传统文化与传统道德的认同与肯定。我们注意到，铁凝在小说之前曾经写过这样的题记："笨花、洋花都是棉花。笨花产自本土，洋花由域外传来。"一方面，铁凝是在说棉花；但在另一方面，如果结合具体的社会文化语境，在一种象征的意义层面上，所谓的笨花与洋花，也未尝不可以被看作是中西不同的文化传统的隐喻式表达。尤其是在当下这样一种西风强劲的情势下，铁凝之所以强调笨花，将笨花与洋花并举，显然意在凸显中国传统文化意义价值的重要性。这一点，集中体现在向喜和向文成父子身上。

　　向喜是《笨花》中一位塑造相当成功的旧军人形象。向喜幼年时曾经学习过《孟子》《论语》，这两本书尤其是《孟子》对他的一生产生过很大的影响。所谓"伴随了他一生"，强调的正是这一点。从向喜一生的行迹来看，可以说他所秉承遵循的正是儒家文化的基本原则。这一点，其实在他为自己特意选择的"中和"与"谦益"的字号中即已有明显的表现。小说中向喜之所以敢于违抗顶头上司王占元的意志，拒绝执行监督枪杀一千二百余名士兵的命令，其根本的原因正在于此。由于自己特定的身份限定，抗战爆发后，向喜被迫采取了一种隐忍自保的不介入方式。然而，即使如此低调，他也不可能完全自避于时代的风云之外。当日军士兵逼上门来的时候，忍无可忍的向喜为援救一位素不相识的卖艺者，还是毅然决然地将自己的枪口对准了贸然来犯的日军士兵。"是什么原因使向喜举起了粪勺？是他听见了玉鼎班和施玉蝉的名字，还是他听见日本兵骂了他'八格牙路'，还是他又想起了保定那个小坂？也许这些都不是，也许就是因为日本人要修停车场，铲了他保定双彩五道庙的那块灯笼红萝卜地吧。"导致向喜反抗的原因可能是多方面的，但我特别感兴趣的却是关于铲了他的萝卜地这样一个原因的叙述。假如可以把红萝卜地理解为中国人日常生活的象征的话，那么包括向喜在内的无数中国普通民众对日军殊死反抗的真正原因恐怕正在于此。正在于日本人铲掉了他们的红萝卜地，正在于日本人侵犯了他们的尊严并严重地扰乱改变了他们正常的日常凡俗生活。就这样，向喜的形象最终定格为日军兽行的一位坚决反抗者。实际上，也正是在这样一种义举的描写展示过程中，儒家文化所倡导的杀身成仁舍生取义那样的人生最高精神境界，在向喜身上得到了近乎于完满的艺术表现。

与向喜形象相映生辉的另一位人物形象，乃是可以称之为中国乡土社会的精灵的向文成。虽然向文成幼年时有过差点导致瞎眼的不幸遭遇，虽然他的父亲是曾经叱咤风云的直系将军，但在向文成身上却丝毫没有骄娇二气，他始终在以一种平和的心态微笑着面对生活。在笨花村，向文成可以说是一位乡村知识分子，也可以说是一位乡村中气度优雅的绅士与救死扶伤的医生。将向文成特别地设定为一位医生，或许是有某种隐喻象征意味的。作为一位医生，其诊治众生疾病的普济行为，所隐喻说明的可能正是向文成精神层面上那样一种普济众生的根本特征。细读《笨花》文本，即不难发现，无论是在平素的日常凡俗生活中，还是在战争爆发后紧张的非正常生活中，向文成都是以一位朴实、聪慧而又厚道的急公好义与扶危济困者的形象而出现的。当西贝梅阁因"受洗"而陷入人生困境时，挺身而出帮助她的，是向文成；当被村人视为不祥之物的活犄角的女儿奔儿楼身患疾病时，力排众人的非议为其救治的，是向文成；抗战爆发后，毅然地将自己家新盖不久的大西屋捐出以作为后方医院场所的，同样是向文成。可以说，《笨花》中的向文成乃是中国乡土社会孕育出的一位中国传统美德的集中体现者。认真地说起来，其实向文成的一生中也并没有什么可歌可泣足以惊天动地的伟绩，有的只是日常凡俗生活中点点滴滴累积起来的平常小事。然而，正所谓集腋成裘聚沙成塔，事实上，也正是在这样一些点点滴滴平常小事的描写与展示过程中，向文成这样一位乡土社会的精灵，一位秉承着民族道义与美德的那样一种仁者爱者的形象，才令人真实可信地出现在读者面前。

二、宗法文化的自觉思考与书写

某种意义上，正是因为有了贾平凹与铁凝在《秦腔》《笨花》中对中国传统文化的肯定性书写，才为后来一些长篇小说更加集中地思考表达宗法制传统的问题提供了充分的可能。说到宗法制传统，就必须注意到，宗法制传统的一个非常重要的问题，就是特别看重人与人之间的血缘关系。关于中国宗法制长期存在的奥秘，曾经有学者进行过深入的描述研究："群体组织首先是以血缘群体为主，因为这是最自然的群体，不需要刻意组织，它是自然而然地集合成为群体的。先是以母氏血缘为主，进入文明社会以来就是以父系血缘为主了。以父系血缘为主的家族，既是生产所依赖的，也是一种长幼有序的生活群体。它给人们组织更大的群体（氏族、部落直至国家）以启示。于是，这种家族制度便为统治者所取法，成为中国古代国家的组织原则，形成了中国数千年来家国同构的传统。"①按照王学泰的分析描述，宗法制传统在中国有着可谓源远流长的漫长历史。正因为宗法制在中国乡村世界曾经存在多年，就积淀形成一种超稳定的社会文化结构。

与古代中国乃是一种农耕文明特别发达的国度有关，这样一种宗法制传统主要存在于广大的乡村世界当中。尽管说发生于十九世纪末二十世纪初的现代性转型从根本上改变了中国社会的基本面貌，使传统中国变成一个现代意义上的民族国家，但是，如此一种强劲有力的现代性思潮却一直未能对乡村世界的宗法制生存秩序造成根本性的撼动与改变。这一点，在《古炉》中同样有着鲜明的体现。尽管说自从土改开始，朱大柜就成了古炉村一言九鼎的村支书，但在他成功的乡村统治背后，家族力量的存在与支撑却是无法被忽略的一种重要因素。道理非常简单，设若没有朱姓家族势力在古炉村的强势存在，单凭朱大柜的一人之力，面对着夜霸槽这样的挑衅者，要想巩固自己的地位，恐怕还是不大可能的。在古炉村，朱姓家族势力的存在，正是宗法制传统的一种具象体现。

在《古炉》小说具体描写的二十世纪六十年代中期，在类似于古炉村这样的西部乡村，还残留着宗法制文化传统，但到了当下的中国乡村世界，如此一种带有强烈民间自治意味的宗法制社会传统，已经荡然无存了。在这里，一个不容回避的问题是，如此一种已经进入超稳定状态的社会文化结构，在成功地抵制对抗所谓的现代性数十年之后，为什么到现在居然荡然无存了呢？究竟是什么样的原因导致了这一切的发生？从根本上说，真正摧毁了乡村世界中宗法制社会文化传统，恐怕正是自从土改之后一波未止更强劲的一波又至的政治运动。当然了，在一种宽泛的意义上，这些政治运动也可以看作是现代性的一个有机组成部分，可以称之为革命现代性。但是，普遍意义上的现代性与革命现代性毕竟有着很大的区别，其中一个重要方面，就是革命现代性的暴力性质。正因为

① 王学泰：《游民文化与中国社会》（增修版上），同心出版社2007年版，第29页。

如此，所以我们在这里才更愿意把二者剥离开来，直截了当地把革命现代性称之为政治运动。从这个角度来看，一部《古炉》展现在我们面前的，实际上也正是"文革"这样一种极端的政治运动如何蚕食摧毁乡村世界宗法制社会的过程。这一点，在蚕婆、善人、朱大柜等几个主要人物身上都留下了明显的痕迹。我们必须注意到蚕婆、善人在古炉村地位的尴尬性。从民间宗法制社会的角度来说，蚕婆与善人无疑都属于德高望重的长者，是乡村世界道德精神的立法者与维护者。尽管说他们在乡村里的尊崇地位，经过土改以来历次政治运动的冲击之后，已经有了明显的削弱，但是，正所谓瘦死的骆驼比马大，在古炉村人们的心目中，他们有时候依然能够得到一定的尊重。一方面，无论是善人的不断给村人说病布道，还是蚕婆在村里日常事务处理过程中的不可或缺，被人们称之为"婆"，都充分地说明了这一点。但在另一方面，从政治运动的角度来说，由于蚕婆是"伪军属"，善人是被迫还俗的僧人，因此他们必然地要被划入另册，要作为"阶级敌人"受到批斗和冲击。很显然，正是在类似的政治运动一次又一次的冲击过程中，蚕婆与善人过去被尊崇的地位逐渐瓦解。他们地位的瓦解，实际上也就意味着宗法制社会文化传统必然的烟消云散。《古炉》中的朱大柜，其身份带有双重意味。一方面，他是古炉的村支书，是历次政治运动的推动和执行者；另一方面，他又是朱氏家族的利益代表者，尽管没有族长的明确身份，但事实上却承担履行着族长的职责。虽然说在小说文本中，双重身份既有合一的时候，但也有发生尖锐冲突的时候，但最终的结果却是政治身份对宗族身份的淹没和取代。如此一种结果所说明的，依然是宗法制社会文化传统无可奈何地被摧毁。因此，说到《古炉》开头处狗尿苔摔破那件青花瓷的具体象征寓意，恐怕就只会是我们所强调的宗法制社会文化传统。

阅读葛水平的《裸地》，一个不容忽视的人物形象，就是那位出现在暴店镇的传教士米丘。在一部旨在书写表现二十世纪上半叶中国乡村生活的长篇小说中，作家为什么一定要描写这样一位洋人形象呢？除了借此更好地完成关于女女形象的塑造之外，米丘出场更为重要的原因，恐怕就是要进一步深化表达盖运昌没有子嗣命运的文化象征意味。必须注意到葛水平小说故事所发生的时间，是二十世纪的上半叶。这个历史阶段的暴店镇，实际上正处于我们前面已经强调过的现代性对中国宗法制传统形成冲击的一个时期。一方面，以乡绅盖运昌们为代表的乡村自治传统还在有效地运转，并在实际上操控着暴店镇的社会存在局面。但在另一方面，这种立基于宗法制之上的乡村自治传统却也已经明显地受到了现代性的强烈冲击。在这个层面上，那个洋人米丘，显然就应该被看作是现代性的一种象征。女女偶尔遭受一次外国人的强暴，就生下了聂大。与聂广庆在一起时，也生下了聂二。唯独和盖运昌在一起，却没有生下任何子嗣。万般无奈之际，女女只好让聂二改姓为盖，总算为盖运昌解决了没有子嗣的问题。在一种文化象征的层面上来看，盖运昌的无后无嗣，就在很大程度上意味着以血缘关系为基本纽带的中国传统宗法社会的被迫瓦解。而导致这一切得以发生的根本原因，正在于以米丘为代表的一种他者异己力量所造成的强有力冲击，仅就这一点来说，葛水平的《裸地》与贾平凹的《古炉》，可谓有着异曲同工之妙。只不过，葛水平强调的，是一种普遍意义上的现代性对于宗法社会的冲击，而贾平凹表现的，则是革命现代性也即社会政治运动对宗法社会的瓦解。杰姆逊早就指出："第三世界的本文，甚至那些看起来好像是关于个人和力比多趋力的本文，总是以民族寓言的形式来投射一种政治：关于个人命运的故事包含着第三世界的大众文化和社会受到冲击的寓言。"[1]很显然，葛水平的这部《裸地》也只有在这样一种"家族—国族"共有寓言的意义上，才能够得到很好的定位与理解。

对于宗法制文化传统在近一个世纪以来在中国乡村世界中的逐渐土崩瓦解进行着全面观照思考的，是山西作家马旭一部名为《善居》的长篇小说。《善居》中的主要人物之一，是石心锤。天性老

① （美）弗雷德里克·詹姆森、张京媛：《处于跨国资本主义时代中的第三世界文学》，《当代电影》1989年第6期。

实善良而且还认死理一根筋的石心锤，幼承庭训，一心向善，终其一生都坚持恪守中国传统道德规范。某种意义上说，"善居"之"善"，最突出地体现在石心锤身上。小说的故事起点，是民国二十八年也即公元 1939 年。如前所言，这个时候，所谓的现代性业已对于宗法制传统形成了强烈的冲击。很可能是因为天高皇帝远的缘故，尽管日本人已经全面侵华，但善居村人的基本生活秩序却并没有遭到严重的破坏，以"善"为核心的传统道德规范依然得到了较好的延续保持。在牌楼前面对偷吃供献的富贵大动家法这一细节，就突出地表现了这一点。然而，这只是故事的开端，就小说的总体情节而言，从这个时候起始，举凡土改、人民公社、大跃进、"文革"，一直到二十世纪九十年代的市场经济，伴随着叙事时间的不断延长，数十年间发生在乡村世界中的重要事件，都在马旭的这部作品中得到了充分的艺术表现。但需要注意的是，时间越是向后推移，善居村石心锤所努力践行的以"善"为核心的宗法制传统就越是遭受颠覆与消解。某种意义上，一部《善居》所出现在读者面前的，正是乡村传统道德体系的溃败史，是宗法制传统不断被消解的一种历史过程。在这个意义上，我们就不妨把小说的题名"善居"作为一种象征来加以理解。"善居"，一方面固然是一个具体的村庄名称，但在另一方面却也是宗法制文化传统的一种象征隐喻。假如说那个牌楼可以说是善居村传统道德规范的一种象征，那么，它的在"文革"中的被烧掉，实际上就意味着"善"、意味着传统道德规范在善居村彻底倒掉了。

一个无法回避的重要问题是，对于以上这些作家不约而同地在自己的长篇小说中如此一种对于古老的宗法制传统大唱文化挽歌的精神价值立场，我们到底该做出怎样一种合理的评价呢？在这方面，一种有代表性的看法来自黄平。在谈到贾平凹的《古炉》时，黄平指出："退回到民国之前，崇尚道德的善人，依奉乡规的蚕婆，懵懵懂懂的不识字的村民，小国寡民，安贫乐道，恪守阴阳五行，礼俗人心。这是否也是'乌托邦'？""比较而言，《秦腔》召唤出的自我阉割了的引生，《古炉》召唤出的十二岁的孩子狗尿苔，他们身上都有一个悖论般的特征：早熟，又无法发育。这恰是贾平凹念兹在兹的传统道德在现代社会的倒影，贾平凹小说中的'孩子'——狗尿苔之外，更典型的是《高老庄》里的石头——既幼稚，又苍老。"①不难看出，黄平对贾平凹包括《高老庄》《秦腔》《古炉》在内的一系列长篇小说中表现出的认同肯定传统道德价值的精神取向，从根本上说，是颇为怀疑的。其实，不只是黄平一位，据我所知，对于贾平凹的此种精神价值立场持怀疑态度的，也还有其他一些批评家。在他们看来，一种现代启蒙精神的匮乏，恐怕正是这样一批作家的精神致命伤所在。首先应该承认，这些批评者的目光是敏锐的，某种意义上说，思想精神层面上的"去启蒙化"，确实是以上一批小说作品的共同思想特点。就当下中国社会客观存在的思想混乱状况而言，强调现代启蒙精神的传播，当然是一件现实针对性极强的事情，我不仅理解，而且也完全赞同。但这样的一种现代启蒙精神，是否应该成为衡量评价小说创作的一个必要标准，恐怕却是需要有所讨论的。我觉得，在一个多元宽容的现代社会中，能够在自己的文学创作中有效地渗入并充分张扬现代启蒙精神，比如像张承志、张炜、史铁生们一样，固然难能可贵，但是，如同我所论述的贾平凹等一批作家这样站在文化保守主义立场上，对于宗法制文化传统，对于中国的传统道德持有肯定姿态的文学创作，似乎也并不应该予以简单的否定。正是从这一点出发，我才特别认同孙郁对《古炉》所作出的一种价值定位："应该说，这是作者对乡土文明丧失的一种诗意的拯救。鲁迅当年靠自己的呐喊独自歌咏，以生命的灿烂之躯对着荒凉，他自己就是一片绿洲。贾平凹不是斗士，他的绿洲是在自己与他者的对话里共同完成的。鲁迅在抉心自食里完成自我，贾平凹只有回到故土的神怪的世界才伸展出自由。《古炉》还原了乡下革命的荒诞性，但念念不忘的是对失去灵魂的善意的寻找。"②现代启蒙精神的表现与传播诚然重要，难道说如

① 黄平：《破碎如瓷：〈古炉〉与"文化大革命"，或文学与历史》，《东吴学术》2012 年第 1 期。

② 孙郁：《从"未庄"到"古炉村"》，《读书》2011 年 6 期。

同狗尿苔、蚕婆以及善人如此一脉对于传统道德价值的守护，这样一种乡村世界的自我救赎就不重要吗？答案必然是否定的。尽管说孙郁的具体谈论对象只是《古炉》，但我以为，他的这种说法，完全可以移用来评价我们这里所具体讨论的这样一种长篇小说创作思潮。

最后，有一点不容忽视的是，以上这批作家的如此一种艺术书写，与当年"五四"时期鲁迅、巴金、曹禺们的作品，已然形成了鲜明的差异对照。熟悉中国现代文学史的人都知道，无论是鲁迅先生的一系列乡村小说，还是巴金的《家》《春》《秋》，抑或是曹禺的《北京人》，都以非常尖锐的笔触对中国传统宗法制社会提出了强有力的批判与否定。然而，令人倍感惊异的是，当时间的脚步差不多又走过了一个世纪之后，我们的作家在他们的小说作品中却已经在有意无意之间成为宗法制的辩护士，开始为差不多已经一去而不可返的宗法制招魂了。关于这一点，只要我们认真地读一读这些长篇小说，细细地体会一下文本深处潜藏着的内在意蕴，就不难有真切的体会。比如葛水平《裸地》中的盖运昌这一形象，如果在鲁迅先生笔下，很可能就是鲁四老爷、赵太爷，在巴金笔下，很可能就是高老太爷、冯乐山，是作家要坚决予以批判否定的宗法制代表。但是，到了葛水平笔下，虽然不能说他的身上就不存在人性的弱点，但相比较而言，从总体的思想倾向上来看，作家对于面对盖运昌时的叙事立场却是肯定的。通过盖运昌的人生悲剧，作家谱写出的乃是一曲关于传统宗法制社会的文化挽歌。因此，现在的问题就是，当下时代的这批作家，为什么会与"五四"的那一代作家，形成如此巨大的思想艺术反差呢？导致所有这一切的根本原因究竟何在呢？尽管一言难尽，尽管很难简单地对此做出全面到位的解释，但在笔者看来，这两批作家所处的不同时代文化语境，显然对他们不同的文化价值取向发生着根本的制约。某种意义上，正是因为鲁迅这一代作家置身于一种以启蒙为主导思想的时代文化语境之中，所以，拥有着强烈反传统精神的他们，才会激烈地反对并颠覆传统的宗法制社会。同样的道理，置身于新世纪的这批作家，之所以会自觉不自觉地在他们的小说作品中为宗法制招魂，为宗法制大唱文化挽歌，一个非常重要的原因，就在于以所谓"国学热"为突出表征的文化保守主义思潮甚嚣尘上。既然是文化保守主义，那么，中国的传统就值得珍惜。说到中国传统在乡村世界里的具体体现，自然也就是那种宗法制的文化秩序了。从这样的一种精神立场出发，这批作家在他们自己的长篇小说中为宗法制招魂，为此而谱写文化挽歌，也就自在情理之中了。

第四章　地域化凸显的方言叙事

一、方言叙事蔚为大观

所谓"方言小说"，也即我们这里所说的"方言叙事"，其具体表现情形有二。一种是指作家在整篇小说中全部使用方言口语来进行自己的叙述活动，这方面最突出的例证是《海上花列传》。《海上花列传》出版于1894年，是当时的松江（今上海）人韩邦庆（字子云）完全用吴语创作完成的一部长篇小说。另一种则是指作家在小说的叙述过程中部分地穿插运用方言口语的创作情形。虽然第一种情形似乎更加符合"方言小说"的内涵，但是，一个不可否认的事实却是，写作过程中对方言口语的完全依赖将会极大地限制小说的传播范围，《海上花列传》的情形就是如此。[①]因此，虽然小说史上确实有如《海上花列传》这样纯粹意义上的"方言小说"存在，但我们此处所说的"方言小说"却更多地只是针对那些在叙述过程中部分地穿插运用方言口语的小说作品而言的。

在对"方言小说"进行了如上的基本界定之后，一个相当显豁的文学事实也就自然出现在了我们面前。那就是，在二十世纪九十年代以来的中国小说界，确实出现了一批相当引人注目的方言小说。虽然作为"街谈巷语，道听途说"的小说天然地与方言存在着亲和性关系，虽然方言小说也并非中国小说进入二十世纪九十年代之后才出现的新生事物，但一个无法否认的事实却是，在二十世纪九十

---

① 虽然胡适等人对《海上花列传》有很高评价，但由于吴语运用的局限，等待它的只能是一种长久的寂寞和失落的命运。直到二十世纪八十年代，在张爱玲动手将这部"失落的杰作"译成英文，并改写为普通话后，《海上花列传》的传播情形才有所改观。

年代以来堪称中国一流小说家的一些作家，比如韩少功、张炜、李锐、莫言、阎连科、杨争光等的一些小说作品中，确实表现出了一种十分鲜明的方言化倾向。这样一批方言小说的集中出现引起了文坛的广泛关注。对此，《文学报》记者罗四鸽在《方言写作能走多远？》的一篇综述性文章中曾有过形象的描述："方言能完全进入文学作品吗？某些方言写作是更接近于文学的本质还只是语言的简单嫁接？方言写作就意味着民间立场吗？在方言式微的今天，方言写作又能走多远？从韩少功的马桥'词典'、莫言的'猫腔'到最近张炜《丑行或浪漫》中的登州方言、刘震云《手机》中的四川方言和河南方言、阎连科《受活》中的豫西方言等，随着越来越多的方言成功走进文学作品，方言写作越来越受到关注。"[1]在方言小说写作越来越受到关注的现实情形下，如何评价方言小说也就随之成为一个众所瞩目的焦点话题。质疑否定者有之，大力肯定褒扬者同样不乏其人。

从质疑否定的方面看，莫言、郜元宝的观点似乎更具代表性。虽然在《檀香刑》中有过运用"猫腔"这样的方言叙事实践，但是在与青年评论家杨扬的对话中，莫言对于小说中更多地依赖方言口语的写作前景还是表示了明确的怀疑态度。[2]而郜元宝则干脆直截了当地指出："像莫言、李锐、阎连科这些作家在作品中尽量排除知识分子身份的作家的叙述语言，'让人物自己说话'，让人物发出自己的声音来，甚至像李锐的《无风之树》经常所做的那样，文字只记录人物的发声而没有本身的意义（类似拟声词的连缀），这是否就能够使文学语言摆脱文人字面传统的限制而回归语言的自然的声音，并且使中国文学从此用自然的语言发出中国人的生命呐喊呢？"[3]从肯定褒扬的方面看，最值得注意的则是作家张炜、阎连科的现身说法。张炜充分地肯定了登州方言的运用对《丑行或浪

---

① 罗四鸽：《方言写作能走多远？》，《文学报》2004 年 4 月 15 日。
② 莫言、杨扬：《小说是越来越难写了》，《南方文坛》2004 年第 1 期。莫言说："我不太同意你的说法，方言写作在今天不太现实。一个最基本的问题是如果用方言的话，读者阅读会面临很大的障碍。"
③ 郜元宝：《声音、文字与当代汉语写作》，《文景》2002 年创刊号。

漫》的成功所产生的重要意义，他觉得这样的写作达到了一种"长期写作生涯中梦寐以求的状态"，并由此认为："从某种意义上说，只有方言才是真正的语言，文学写作从根本上来说还不能依仗普通话，因为它是一种折中过的语言。"①而阎连科则强调"写作《受活》的时候，在语言上我做了较大的调整。像对方言的运用。我希望让语言回到常态的语言之中。让语言回到常态中，对《受活》而言，重要的特点就是对方言的开掘与运用。在当下写作中，方言遭受到了普通话前所未有的压迫，已经被普通话挤得无影无踪了。……汉语写作是伟大的，可如果没有方言的存在，不知道汉语写作会是什么样子，会不会像一间空的房子，空荡无物"②。

以上两种观点针锋相对，对方言小说的写作作出了大相径庭差极大的不同评价。那么，方言小说在二十世纪九十年代以来中国文坛的集中出现究竟是一种应该肯定还是否定的文学现象？二十世纪九十年代以来出现的方言小说较之于此前阶段的方言小说呈现出了怎样不同的特征？这样一批方言小说的出现对于当下中国小说发展的总体格局而言显示出了怎样的价值和意义？以上种种，正是本文所要集中讨论的关键问题所在。

在我看来，虽然我们并不能简单地断言方言小说就能够代表中国小说的未来发展路向，但在文学业已真正呈现多元化状态的今天，这样一批方言小说的集中出现其实具有重要的启示意义。它意味着当下中国一批杰出的小说家极其认真严肃地探求着当代汉语叙事的一种可能性。虽然当代汉语叙事绝对应该是丰富繁茂多元混杂的，虽然这样一种方言化倾向也并非当代汉语小说发展的唯一路径，但最起码，方言小说代表了当代汉语叙事未来发展的可能性方向之一，而且是极有可能取得更加丰硕成果的一种发展路径。因此，我们虽然可以就这些作家具体叙事过程中的得失成败进行具体的分析讨论，但从总体上对方言小说的存在，对这样一种叙事可能

---

① 张炜：《我想抓住"真正的语言"》，《文艺报》2003年4月19日。
② 李陀、阎连科：《〈受活〉：超现实写作的新尝试》，《读书杂志》2004年第3期。

性的探求持一种质疑否定的态度，是并不可取的。我们应该在肯定这一重要文学现象的前提下具体探讨二十世纪九十年代以来集中出现的这一批方言小说具备怎样的艺术特征。我觉得，我们最起码可以从以下三个方面来理解把握二十世纪九十年代以来集中出现的这一批中国方言小说。

二、浓郁的地域文化色彩

首先是浓郁的地域文化色彩的具备。除了极少数的例外，比如说具有明显京味色彩的老舍先生，应该说，大多数的方言小说其实都是以中国广大农村为表现对象的乡土小说。尤其是在二十世纪九十年代以来的当下中国，作为现代化标志与象征而存在的都市，几乎已经没有了方言口语存在的可能。大约只有在那些远离都市的或可以偏僻称之的乡土世界，才会有方言口语大量的留存与运用，因而也才可能为作家方言小说的写作提供一种实在可靠的现实依托。这也就是说，现代化都市之外存在的广大乡土世界，方才是方言小说写作者们真正的用武之地。或者说，所谓运用方言口语写作，只有针对乡土小说而言才是有意义的。而对于乡土小说的写作来说，作家在叙述过程中大量穿插运用方言口语所获致的第一个明显的艺术效果便是突出的地域文化色彩的具备。早在二十世纪之初，在为《海上花列传》撰写的堪称热情洋溢的序言中，胡适就曾经指出"方言的文学所以可贵，正因为方言最能表现人的神理。通俗的白话固然远胜于古文，但终不如方言的能表现说话人的神情口气。古文里的人物是死人；通俗官话里的人物是做作不自然的活人；方言土语里的人物是自然流露的人"①。胡适当然是在比较的意义

---

① 胡适:《海上花列传序》，引自《胡适文集四·胡适文存三集》北京大学出版社1998年版，第408页。胡适所言"神理"，其实也就是《海上花列传》的另一位作序者刘半农所说的"地域的神味"。所谓"地域的神味"其实也就是我们所谓的"地域文化特色"。

上竭力鼓吹方言写作的，但他所谓"方言最能表现人的神理"，"方言土语里的人物是自然流露的人"的落脚点固然是在人物形象的描写塑造上，然而，方言口语之所以能够明显地有助于人物的活灵活现，其根本的原因当然在于方言口语与现实生活之间的那种直接的亲和性关系，同样也在于方言口语本身所携带的突出地域文化特征。语言是文化最核心的表现载体，每一地域最具特征性的文化信息文化脉搏一般都集中通过当地的方言口语而得以体现传达。从这个意义上来看，要想充分地表达人物之"神理"，使人物成为"自然流露的人"，其一大有效途径便是对于携带有突出地域文化色彩的方言口语的成功运用。对于方言口语的成功运用与地域文化特色凸显之间的紧密关系，赵园有着极精辟的分析论述："晋陕文学少北方式的鲁直、粗鄙，或也既因地方风情，也因作者们的方言提炼。黄土地文化的魅力，相当程度来自文学家提取的方言魅力。此种经了提炼的方言作为'质料'，确较别处的方言更富于质感，更有可触摸的泥土之感，对于呈现那黄土地，像是有某种奇妙的'直接性'似的。史铁生生长在北京，写胡同生活并不追求京味的纯粹，对陕北方言却情有独钟。《插队的故事》写乡民，描摹口吻，神情毕见，因方言更见出黄土地的纯良质朴，在这一个城里人、文明人那里感印之深。"[1]虽然赵园此处重点谈论的是二十世纪八十年代那些以黄土地为表现对象的北方一些作家的小说创作，但在我看来，赵园对于方言口语的运用与地域文化特色凸显之间紧密关系的洞见与论述，其意义却并不局限于二十世纪八十年代，对于二十世纪九十年代以来集中出现的这一批方言小说，赵园的分析论断依然是有效的。

在二十世纪九十年代以来出现的那些最具代表性的方言小说，比如韩少功的《马桥词典》、张炜的《丑行或浪漫》、阎连科的《受活》等作品中，作家大量穿插运用方言口语的目的之一当然是首先要真

---

① 赵园:《地之子：乡村小说与农民文化》，北京十月文艺出版社 1993年，第 195 页。

实客观地呈示出自己的表现对象，即通过对方言口语的运用将带有突出地域文化色彩的乡土世界凸显在读者面前。实在地说，《马桥词典》是一部横空出世的奇异之书，这部奇异之书的问世所充分证明的乃是韩少功作为作家的一种深邃的观察力与发达的想象力的存在。但《马桥词典》的成功却与作家对方言口语的运用有着直接的联系。在小说后记中，韩少功曾经承认："马桥是我虚构的一个地方"，"我是依据上述这些词目来虚构的。因此，与其说这些词目是马桥的产物，倒不如说马桥在很大程度上是这些词的产物"。[①]韩少功强调"马桥"是一个虚构出来的地方，但只要联系一下韩少功二十世纪八十年代如《爸爸爸》《归去来》这样一些小说中对方言口语的运用，只要我们将韩氏方言小说的写作与他曾经的知青经历联系起来，那么便不难确认他方言小说的写作与其知青经验之间所存在的密切关系。韩氏本身是湖南人，他当知青时插队的地方亦在湖南境内，因此，"马桥"与其插队所在地之间的同一性其实是不言而喻的。虽曰"虚构"，其实是绝对有所本的。至于韩氏一力强调的"与其说这些词目是马桥的产物，倒不如说马桥在很大程度上是这些词的产物"，其中可以明显看出西方现代哲学中"语言是存在的家园"这种观念对作家的影响来。从《马桥词典》中所具体选取的那些词条，诸如"打起发""晕街""宝气""醒""话份""散发""撞红"等来看，其中确实体现了一种极其明显的湘楚文化色彩。读《马桥词典》，可以突出地通过小说中的方言口语而对带有明显的神秘、幽僻、奇谲意味的湘楚地域文化产生一种强烈而深刻的感受与体悟。

如果说韩少功《马桥词典》中凸显的是一种明显的湘楚地域文化特色，那么张炜《丑行或浪漫》中依托于登州方言所凸显的便是齐鲁地域文化特色，阎连科《受活》中依托于豫西方言所凸显出的就是中原的地域文化特色了。

---

① 转引自敬文东：《被委以重任的方言》，中国人民大学出版社 2003 年版，第 34 页。

从张炜的创作历程来看，运用登州方言写作《丑行或浪漫》是一种必然会形成的写作现实。具体来说，早在他的中篇小说《蘑菇七种》以及长篇小说《九月寓言》中，张炜就已经开始明显地关注并表现民间乡土生活了，在关注表现民间乡土生活的同时，一种来自民间的语言因素也开始慢慢地滋长，开始逐渐地融入了张炜的写作之中。在这个意义上，则完全可以说登州出生登州长大的张炜以自己的"母语"创作出来的这一部《丑行或浪漫》乃是循着《蘑菇七种》《九月寓言》这条创作路径顺延而出的一个自然而然的结果。或者可以这样说，《丑行或浪漫》在张炜笔端的出现其实并不令人惊讶，只要张炜遵循恪守自己所已经择定的创作逻辑，那么他或迟或早都要写出一部如《丑行或浪漫》这样的小说作品来。《丑行或浪漫》语言上最突出的特色，当然是对方言口语的成功运用，方言口语在整部长篇小说中可以说是比比皆是随处可觅。诸如"窝儿老""暄蓬蓬""懵了瞪""张口叉""上紧""嚯咦""来哉""砸了锅""郎当岁""白不洌剌""胡咧咧""泼掾""老了苗""撒丫子""脱巴""酒漏""不喜见""坏了醋""搅弄""迁磨""悍气""物件""饿痨""泼皮""人家老孩儿""主家""骚达子"等，或者是北方方言区共有的方言，或者是登州一带独用的方言。事实上，也正是因为有对上述方言口语的成功运用，所以张炜这部《丑行或浪漫》才在读者面前和盘托出了一个充满独特地域文化色彩的乡土世界。正如张新颖所说："即使是字词共同的（这一类在作品里不少见），说话的'气口'也绝不相同。也就是说，在方言里，声音比文字重要，有不少方言是有音无字的；说到'气口'就更见方言的精细微妙、源远流长了。一种地方'气口'不仅发散当时当地生活的气息，而且更能够上接古音古韵，所以有时特别有力和生动。"[1]只要我们将《丑行或浪漫》与《马桥词典》略作比较，即不难发现，不仅其中所使用的方言口语分属不同的方言系统，而且从张炜使用的这些

---

① 张新颖:《行将失传的方言和它的世界——从这个角度看〈丑行或浪漫〉》,《上海文学》2003年第12期。

方言语词中，我们感受到的也是明显不同于湘楚文化的齐鲁文化特色。具体来说，既是齐鲁大地的一种典雅厚朴，也是一种包容坦荡，更是一种堪称充沛饱满的元气十足。

虽然同属一个共同的北方方言区，阎连科方言小说中所使用的豫西方言却又明显地不同于张炜的登州方言。阎连科是当下中国文坛一位十分重要的实力派作家，他进入二十世纪九十年代以来连续创作的《日光流年》《坚硬如水》《受活》均是表现乡土生活的优秀长篇小说。在《日光流年》和《坚硬如水》中，阎连科对于方言的浓厚兴趣业已初露端倪，然而真正地以对方言口语得心应手地大量运用而引人注目的却是《受活》。小说的标题"受活"本身就是一个北方方言词，更普遍地使用于豫西耙耧山脉之间（应该注意到，阎连科几乎所有最优秀的小说都是以耙耧人为具体表现对象的），意即享乐、享受、快活、痛快淋漓。在耙耧山脉，也暗含有苦中之乐、苦中作乐之意（在这个意义上，结合小说文本实际，我们应该明确地意识到小说标题"受活"中所包蕴的一种强烈反讽意味的存在）。《受活》的语言特色当然也是决定于对方言口语的大量运用，诸如"受活""热雪""处地儿""儒妮子""圆全人""死冷""脚地""顶儿""地步""头堂""撒耍娇娇子"等，均属于阎连科掌握得十分熟练的豫西方言。在这种类型的方言语词中，我们所感受到的乃是中原文化所特有的一种凝重、板结与侉气十足。韩少功、张炜、阎连科之外，如莫言《檀香刑》中对"猫腔"的运用，如杨争光《从两个蛋开始》中对关中方言的运用，如李锐《无风之树》《万里无云》中对吕梁山民方言口语的运用，均极有力地渲染传达了一种十分强烈的地域文化色彩，也都属于二十世纪九十年代以来值得注意的优秀的方言小说作品。

三、方言精神或者民间立场

其次是一种方言精神的表达或者说是民间立场的确立。所谓方言精神就是指作家寄寓在方言口语中的一种深刻的文化精神，或者也可以说是作家借助于方言口语的运用而建构起一种个人化视域中（或意义上）的民间立场。我们此处的民间，借用的是二十世纪九十年代以来广有影响的陈思和先生的看法。在陈思和看来，所谓"民间"，"是指中国文学创作中的一种文化形态和价值取向"，"'民间'所涵盖的意义要广泛得多，它是指一种非权力形态也非知识分子的精英文化形态的文化视界和文化空间，渗透在作家的写作立场、价值取向、审美风格等方面"。[①]民间是"一种非权力形态也非知识分子的精神文化形态的文化视界和文化空间"，表现这样一种独特的文化视界和文化空间的有效方式之一便是对方言口语的成功运用。虽然方言口语的运用并非再现民间世界的唯一手段，但方言口语与民间世界之间的天然亲和性却决定着方言口语的运用对民间世界进行艺术表现时的重要性与有效性。诚如张新颖所言："用民间语言来表现民间，民间世界才通过它自己的语言，真正获得了主体性；民间语言也通过自由、独立、完整的运用，而自己展现了自己，它就是一种语言，而不只是夹杂在规范和标准语言中的、零星的、可选择地吸收的语言因素。"[②]

我们之所以一再强调方言对民间世界再现的重要性，是因为在那些独特的方言语词中，往往潜隐着民间世界一种特异的世界观，一种别致的理解认识世界的思维方式。比如在《马桥词典》中，马桥人往往把"死"说成"散发"，具有着堪称深远的幽微大义。事实上，在马桥人把"死"说成"散发"的过程中，确实存在着马桥人一种朴素而独特的对世界的理解与阐述方式。在某种意义上正是由于有了这样一种朴素世界观的支撑，所以才会有马桥这一民间世界的形成。

不独《马桥词典》的情形如此，其他的方言小说也都以各自

---

① 陈思和：《中国当代文学史教程》，复旦大学出版社 1999 年版，第 363 页。

② 张新颖：《行将失传的方言和它的世界——从这个角度看〈丑行或浪漫〉》，《上海文学》2003 年第 12 期。

不同的方言口语再现着各自不同的民间世界。比如《丑行或浪漫》。
《丑行或浪漫》中写主人公第一次出逃，在得知自己所深爱的老师
雷丁死去的消息之后来到河边，看到河两岸挖出来的红薯成堆成簇
地晒着太阳，村子里家家户户都在做南瓜饼时，接下来写了这样一
段话，"蜜蜡挨近的是两个小媳妇，就问她们：'快有孩儿了吧？'
一个摇头说：'没呢。不歇气吃酸杏儿时候才是哩。'另一个接上：
'也有到时候撒了泼吃辣椒，一口一个大红辣椒眼都不眨。'她们
啧啧着，都说这是早晚的事儿：'那些不懂事的男人哪，像小孩儿
一样怪能闹腾，早晚有一天嘭嚓一声，让咱怀上了。'几个人哈哈
大笑。小媳妇说：'男人们真有办法，能让咱爱吃酸和辣什么的。'
另一个说：'那得看是谁了。如果是俗话说的盐碱薄地，就生不出
根苗了。'最后一句让蜜蜡瞪大了眼睛，长时间不再吱声。有人问
她：'大妹妹咱多句话儿：你有了婆家还是没有？''没有。''哟哟，
快许下个吧，大奶儿喧蓬蓬日子久了也不是个法儿呀'"。以上所引
的这段叙事话语单从字面上看，纯粹意义上的方言语词似乎并不算
突出。但引用这样一段在《丑行或浪漫》中极其普遍的叙事话语，
正是为了更好地说明一种方言的活泼精神在小说叙述过程中的渗透
与贯穿，当然同时也能够更好地说明张炜是怎样凭借方言口语来再
现一个活泼泼的民间世界的。此处对身体因素的发现其实也正是对
一个与现代城市截然不同的民间乡土世界的发现，而在这样一个民
间乡土世界被呈现的过程之中，张炜所熟练使用的登州方言确实发
挥了一种不可低估的重要作用。

四、本土化叙事艺术探求

　　最后则是突出地体现了这一批优秀作家对现代汉语叙事艺术
的新探索，体现了一种明显的本土化艺术追求倾向。小说是叙事的
艺术，如何更合理更独具特色地叙事是所有小说家们必须重点关注
思考的命题。对于白话文运动以来已有近百年历史的中国现代小说

而言，如何在世界文坛的总体背景之下确立现代汉语小说的叙事传统乃是一个必须以自身的创作实践做出积极应对的命题。谈及小说叙事，便又涉及小说与语言的关系，因为作家根本不可能离开语言去进行自己的叙事活动。"对于作家来讲，最根本的是你所使用的语言。你反复运用它，你是凭着语言来表达自己，看起来你是在使用它，其实语言就是你身体的一部分，它和你的内脏、四肢、听力、视力、智力一起组成一个完整的人。你的手和脚当然有工具的功能，但那绝不是工具，那是你生命的一部分。作家就是把语言这个部分不断地拿出来，做成小说给人看。"[1]应该承认，李锐不仅一针见血地道破了小说与语言之间的紧密关系，而且还巧妙地破除了颇为盛行的语言工具论。既然作家必须依凭语言才能进行自己的叙事活动，那么使用什么样的语言进行叙事就显得相当重要了。这样，对于在二十世纪九十年代以来继续从事汉语小说写作的作家而言，究竟是采用作为现代汉语主体的普通话，还是采用带有明显西方色彩的欧化语，抑或采用更加贴近于民间日常生活的方言口语，来进行自己的小说写作活动，事实上，也就决定着作家们不同甚至截然对立的艺术立场的存在。

就新时期文学开始以来小说叙事的发展过程来看，虽然不能说在二十世纪八十年代就没有作家运用方言口语进行自己的叙事活动，但一批有影响的方言小说的集中问世，却又确实是二十世纪九十年代以来才出现的一种文学现象。在二十世纪九十年代之前的新时期小说中，作家们不仅更多地选择普通话来进行自己的叙事活动，而且在一段时期内还曾经以欧化语的写作作为自己追求的最高目标。诚如李锐所言："由此，我就想到所谓的国语，即我们现在所接受的这个书面语，它已经成为一种等级化的语言，普通话已经成为这个国度里最高等的语言，而各省的方言都是低等的。而在书面语里头，欧化的翻译腔被认为是新的、最新潮的、最先锋的。一

---

[1]　李锐、王尧：《李锐王尧对话录》，苏州大学出版社 2003 年版，第189 页。

个中国作家，如果用任何一种方言来写小说，那么，所有的人都会说你土得掉渣。"对应于二十世纪八十年代的小说创作，应该说，李锐的描述是可以得到证实的。最起码，在当时出现的一批"新潮"或"先锋"小说中，大多数作家都是以欧化的翻译腔进行小说叙事的。在这个意义上，我们完全可以把二十世纪九十年代以来出现的这一批方言小说看作是对二十世纪八十年代先锋小说写作一种强有力的反拨，看作是这批作家在新的文化语境中对于现代汉语小说叙事艺术的新探索。同时，在文化的意义上看，这一批方言小说的出现也可以被理解为是对一种始终处于主流状态的"现代化叙事"所进行的一种清醒深刻的反思。这一点最突出地体现在阎连科的《受活》之中。

《受活》中有对于豫西方言的大量运用，然而，更加值得注意的却是一种堪以凝重称之的方言精神在小说的整体叙述流程中的普遍渗透。比如小说中这样一段随手摘出的叙事话语："再看一下台下的百姓们，瞎子、瘸子、聋子和别的残着的人，不消秘书和断腿猴起手鼓掌提醒儿，那掌声就噼噼啪啪响个不停了，像阵雨一冷猛落在屋瓦上，把一个庄落都震着了，弥盖了，经经久久地不息着，连树上那些许的青叶子，都生冷冷地给震落下来了。县长望着台下满世界人的脸上汪着的红，自个脸上刚刚那一息阴沉也被荡得没有了，只剩下被那掌声鼓噪起来的足满和灿灿然然的笑。"应该说，在这段话语中，严格意义上的方言语词大约只有"一冷猛""庄落"以及"生冷冷"等不多的几个。然而，由于运用了"提醒儿""不停了""震着了""弥盖了""经经久久不息着""足满""一息阴沉""灿灿然然"等带有强烈乡土地域气息的表达方式，再加上阎连科在《受活》通篇中一再反复使用的"哩""哦""呢"等语气叹词，那样一种渗透流贯于叙事过程之中的方言精神也就昭然若揭了。我们注意到，在《受活》中，方言口语还具备了别一种突出的

① 李锐、王尧：《李锐王尧对话录》，苏州大学出版社，2003年版，第194—195页。

结构功能，成为作家阎连科一种特别得心应手的结构手段。具体来说，就是阎连科在叙述故事的过程中十分自然贴切地将方言口语穿插于自己充满乡土气息的叙述话语之中，然后又以注释的方式在"絮言"部分牵引出另外一个故事来。这样，借助方言口语的运用以及对方言口语的解释，小说文本自然而然地形成了一种虽然复杂但却又格外清晰的多重复合的叙事结构。这样一种异常巧妙的结构方式，与阎连科排斥公元纪年而只是刻意地使用天干与地支这样一种中国独有的纪年方式相结合的结果，便是一种作家所一贯致力的小说本土化艺术追求的自然实现。由方言口语叙事再进一步具体到小说所欲表现的思想内涵，便是阎连科依托于小说文本而对一种现代化意识形态神话所表现出的质疑与沉思倾向。小说中能够令读者联想到"现代化"一词的当然是柳县长之不择手段地谋求最大经济效益的行为。经济的发展当然是十分重要的，经济的发展与否无疑是衡量一个社会现代化程度的重要标尺。但问题的关键是，当把现代化简单等同于经济的发展，当为了经济的发展而忽略了人的现代化时，必将带来严重的后果。《受活》中，柳县长以牺牲受活人尊严的方式获取巨额购列款，其行为逻辑正契合了这种狭隘的现代化观念，这样的现代化追求值得我们警醒。值得注意的是，《受活》之外，韩少功、莫言、张炜、李锐等的方言小说中也都同样贯穿着一种十分难能可贵的对"现代化叙事"的怀疑与反思精神，对于这一点，明眼人不可不察。

谈及这一批方言小说叙事策略上一种明显的本土化追求，就必须与二十世纪九十年代以来中国的总体社会环境联系起来进行考察。二十世纪九十年代之后的中国进入了市场经济的时代，也进入了一个"全球化"直逼眼前的时代。在某种意义上完全可以说，"全球化"已经是当下时代最不容忽视的本质之一。尤其是在文学理论批评领域，"全球化"已经成为一个十分流行的语词。那么，何谓"全球化"呢？"概括而言，'全球化'概念有四种基本阐释或话语：一、全球化是通过资本、信息和市场而形成另一种形态的帝国体制，文化全球化则是一种新型的文化帝国主义。二、全球化只是一个'神话'，经济全球化不是什么新玩意，十九世纪末就出现过。而所谓民族国家弱化和消亡论则完全是耸人听闻。三、全球经济和市场的一体化，促使世界资源的优化组合和信息共享，是人类进步的历史进程。四、全球化是推动社会、政治和经济转型的主要动力，并正在重组现代化社会和世界秩序。"[1]虽然以上四种对"全球化"的界定理解均各有其道理，但我们却更倾向在第一种意义上理解并运用这一概念。事实上，也只有在这样一种意义上，我们才能够更加准确合理地理解把握二十世纪九十年代以来中国出现的这一批方言小说。在与王尧的对话中，李锐曾经通过将汪曾祺与一些作家的比较，提出过一个语言殖民化的问题。在他看来，如果说汪曾祺确实是在努力地确立现代汉语主体性的话，那么那些貌似先锋的作家其实是在"心甘情愿地语言自我殖民化"[2]了。事实上，也正是针对这样一种比较普遍的语言自我殖民化的现实，李锐才一力地主张小说语言的方言口语化的。李锐说："当我把口语变成叙述主体的时候，把'被叙述的'转变成'去叙述的'时候，我也把千千万万个人，把每一个个体生命的体验变成了文学的主体。正是在这个意义上，我的口语倾诉，在本体上对叙述语言有个向前推的拓展，这就是在人本的意义上，在人道主义的意义上对民间口语的提升。"[3]进入二十世纪九十年代以来，李锐一直在理论和创作两方面为现代汉语主体性的确立而努力，他在长篇小说《无风之树》《万里无云》中对方言口语的创造性运用，正可看作是这种努力的一个重要组成部分。要想充分地理解把握李锐这种努力的意义和价值所在，就必须与二十世纪九十年代以来一种越来越明显化了的"全球化"趋势联系起来加以考察。

新世纪长篇小说叙事经验研究

---

① 南帆主编:《二十世纪中国文学批评 99 个词》，浙江文艺出版社 2003 年版，第 152 页。
② 李锐、王尧:《李锐王尧对话录》，苏州大学出版社 2003 年版，第 213 页。
③ 李锐、王尧:《李锐王尧对话录》，苏州大学出版社 2003 年版，第 165—167 页。

事实上，只要我们把李锐、韩少功、张炜、阎连科、莫言等作家在方言口语上的努力与当下时代"全球化"的历史背景联系起来，那么这些作家创作时对方言口语的运用所欲达到的那样一种本土化叙事追求的根本目的也就凸显无遗了。以一种本土化的叙事努力对抗消解几乎无所不在无所不能的"全球化"大潮，正可以看作是韩少功、张炜、李锐、阎连科、莫言他们进入二十世纪九十年代以来倾全力创作方言小说的一个根本动机所在。其实，这样的一种看法并不只是我们自己的看法，一位美国学者的看法同样为我们提供了一份有力的佐证。在谈到韩少功的《马桥词典》时，这位名叫布莱德雷·温特顿的学者说："故事的大部分素材来源于韩少功的亲身经历，这部佳作捍卫了独具特色的地方文化，同时向千篇一律的泛国际化趋势吹响了反抗的号角。"①所谓"千篇一律的泛国际化趋势"其实也就是我们所说的"全球化"。虽然只是在谈论韩少功的《马桥词典》，但在我看来，这样的一种看法其实是完全可以移用来评价二十世纪九十年代以来集中出现的这一批中国方言小说的。如此看来，这样一批方言小说那样一种对抗文化"全球化"的本土化叙事努力所体现的意义和价值就更应该予以充分肯定了。

就在这一批方言小说集中出现的二十世纪九十年代以来，中国的文学开始进入一个无主潮的多元化时代，不同的作家从自己不同的思想和艺术立场出发选择着各自不同的个性化的艺术表现方式。方言小说的写作只不过是其中较为突出的一个文学现象而已。从这个角度来看，虽然我们对于二十世纪九十年代以来出现的这一批方言小说在中国文学总体格局中的重要性予以充分的估价，但它也只能是众声喧哗的多元化时代中的一元而已。我们此处对方言小说重要性的强调绝不应该以对其他艺术倾向的排斥否定为前提，这是必须予以特别强调的。然而，即使是就方言小说本身而言，其实也并非高枕无忧。在过去的许多日子里，方言与普通话之间的矛盾一直

---

① （美）布莱德雷·温特顿:《当词语超越含义之时》，崔婷译，《当代作家评论》2004 年第 4 期。

是尖锐存在着的，方言曾经遭受过无数次的压制打击。但直到今日，方言却依然以鲜活的方式存在于生活与小说之中。如此看来，方言的消亡实在也并不是很容易的事。对于当下时代中国的那些曾经写出过优秀方言小说的作家而言，需要面对的最重要的问题还是在已有成就的基础之上，如何才能写出更加杰出的方言小说作品来。

第五章　探索心灵迷宫的精神分析学叙事

一、精神分析学叙事概念的提出

现代主义作品与传统现实主义作品之间的差异与区别何在？与更加关注外在社会现实的现实主义文学相比较，西方现代主义文学的一大特质，毫无疑问是更加关注人类内在的主体精神构成。

正是由这样的一段话，笔者联想起了自己几年前曾经做出的一个判断："观察二十世纪以来的文学发展趋势，尤其是小说创作领域，一个非常值得注意的事实，就是举凡那些真正一流的小说作品，其中肯定既具有存在主义的意味，也具有精神分析学的意味。应该注意到，虽然二十世纪以来，曾经先后出现了许多种哲学思潮，产生过很多殊为不同的哲学理念，但是，真正地渗透到了文学艺术之中，并对文学艺术的发展产生着实质性影响的，恐怕却只有存在主义与精神分析学两种。究其原因，或者正是在于这两种哲学思潮与文学艺术之间，存在着过于相契的内在亲和力的缘故。"① 对于我的这种看法，张志忠在他的一篇书评中也给出过一种补充性的说法："我愿意补充说，这种'过于相契的内在亲和力'，有着深刻的世纪文化语境：上帝死了，人们只有靠自己内心的强大去对抗孤独软弱的无助感；上帝死了，人们无法与上帝交流，就只能返回自己的内心，审视内心的恐惧和邪恶的深渊并且使之合理化。前者产生了存在主义，后者产生了精神分析学。两者都是适应多灾多难的二十世纪人们的生存需要而产生，也对这个产生了两次世界大战

---

① 王春林：《乡村女性的精神谱系之一种》，见《多声部的文学交响》，北岳文艺出版社 2012 年版，第 49 页。

和长期冷战的苦难世纪的人们的生存发挥了重大作用。它们是人的精神世界的产物（它们无法在客观世界得到验证，弗洛伊德学说在文学中比在医学界受到更大的欢迎，与其说它是医学心理学的，不如说它是文化学的），又作用于人们的精神世界。"[1]有了张志忠的补充，我的说法自然显得更有说服力。

我当年提出来的这种未必成熟的说法，在西方著名学者彼得·盖伊那里得到了很好的印证。在彼得·盖伊的理解中，现代主义最根本的特征之一，就是与弗洛伊德，与精神分析学之间的内在紧密关联："弗洛伊德精神分析学说对于现代西方文化的影响并未彻底显现出来。尽管这种影响并非直截了当，但肯定可以说是巨大的，特别是对于中产阶级知识分子而言，他们的艺术品位也不可避免地与现代主义的产生和发展紧密地交织在一起。"[2]"但是，不管读者认为弗洛伊德对于理解本书内容有什么样的帮助，我们都应该清醒地认识到，任凭现代主义者多么才华横溢，多么坚定地仇视他们时代的美学体制，他们也都是人，有着精神分析思想会归于他们的所有成就与矛盾。"[3]由此可见，是否具有精神分析学深度，的确可以理解为衡量当下时代文学作品优秀与否一个不可或缺的重要标准。而值得欣喜的一点是，当下时代的很多长篇小说中，都已经自觉或不自觉地拥有了这种精神分析学的维度。

新世纪长篇小说叙事经验研究

二、精神分析学叙事的局部运用

比如，唐颖的长篇小说《上东城晚宴》中对女主人公里约深层欲望的尖锐揭示。从表面上看，里约和男主人公于连之间形成了

---

[1]　张志忠：《谁为当下的文学声辩》，《文艺评论》2013 年第 9 期。

[2]　（美）彼得·盖伊《现代主义——从波德莱尔到贝克特之后》，译林出版社 2017 年版，第 2—3 页。

[3]　（美）彼得·盖伊《现代主义——从波德莱尔到贝克特之后》，译林出版社 2017 年版，第 3—4 页。

77

鲜明的对照，他们俩，一个是现实的，一个浪漫的。因为现实，于连方才步步为营地发展成为纽约曼哈顿上东城的成功人士。因为浪漫，里约才要不管不顾地跑到遥远的异国他乡来寻找情感的未来可能。关键的问题在于，里约果真有那么浪漫吗？她和于连之间难道仅仅只是一种来自身体的彼此吸引吗？我想，答案恐怕没有那么简单。事实上，我之所以会关注这一问题，与小说中的三个细节紧密相关。其一，在他们俩第一次上床后，里约一种明显的感觉是："她一直认为自己是个没有性高潮的女人，但他可以让她有高潮的幻觉，因为，她的快感不完全是肉体的。"也正因此，里约方才生出一问："她后来有时问自己，假如他是个 loser（失意者），同样的身体同样的器官同样的激情，还会有性高潮的幻觉吗？"严格说来，并不是性高潮会不会产生的问题，而是换成 loser（失意者），里约到底会不会和他们上床的问题。其二，在他们之间因为里约参加跨年派对而发生冲突又重新和好之后，于连主动陪里约逛街。逛街时，两人曾经讨论到礼物的问题。当于连提及自己有可能给里约买一件 Tiffany 首饰的时候，里约很有些不以为然："是的，里约要的不是礼物，而是比礼物更重的东西，那东西不是于连可以给的，心里却还存着希望似的。"也正是在这次对话的过程中，于连主动提及要送自己的画给里约："Tiffany 的钻石哪有我的画值钱呢？"其三，在大年夜的那场派对晚宴上，里约和于连众目睽睽之下钻到二楼卫生间里发生了性关系。关键不在于发生在卫生间里的性关系，而在于里约答应于连畸形性要求的一个前提。对于连的畸形要求，里约一开始持拒绝的态度，没想到于连却祭出了一个特别的活宝：桌上有一张水墨抽象画，上面已经题了她的名字，不能不承认，来自于连的这一礼物发生了根本作用。此前的里约还在扭扭捏捏，此后的里约便不管不顾地就范了，就这样"他坐在抽水马桶盖上，让她坐在他身上，这姿势的刺激还不如说是在这特殊时刻偷欢的刺激，恐惧令她魂飞魄散，同时却感受到前所未有的亢奋"。很显然，第三个细节和第二个细节之间，存在着某种承接关系。关键的问题是，于连为什么一再提及要送自己的画给里约？我们都知道，作为一位成名的艺术家，于连的画有着极高的市场价值，他的一件艺术品的拍卖价就有可能达到百万美元之巨。也因此，于连的主动送画给里约，才会从根本上扭转里约的态度。刻薄或者极端一点说，最起码，卫生间里的那个里约，并不是在和于连做爱，她实际上是在和那张很可能价值百万美元的画作做爱。一方面，我们当然无法否认里约与于连之间的这场情欲战争的确有身体因素存在；但在另一方面，被遮蔽在身体因素之后且更具决定性的，其实是于连作为一位成功人士的社会身份，以及与他紧密联系在一起的雄厚物质经济基础。从这个角度来看，里约此前关于于连假如是一个 loser（失意者）的设问，就肯定不是空穴来风。事实上，致使里约第二次出现在纽约的重要因素之一的高远，本就是一位 loser（失意者）。与于连相比较，除了没有能够取得事业的飞黄腾达以及拥有上东城的豪宅之外，可以说其他方面的条件相差无几。这样一来，里约之所以舍高远而取于连的根本原因，其实也就不言自明昭然若揭了。从表面上来看，里约的确是一位具有实足浪漫情怀的文青，竟然和萍水相逢的于连一时不管不顾地打得火热，但只要我们联系以上三个耐人寻味的细节，就不难发现潜藏在浪漫情怀背后的金钱与物质力量不动声色的隐然存在。归根到底发生作用的，还是金钱和物质的力量。在这个意义上说，貌似超脱现代的里约，依然难脱物质女人的窠臼。究其根本，唐颖之所以能够穿越表象，揭示出里约精神世界里所深潜着的物欲追求，正是依凭着一种精神分析学的努力。

与唐颖《上东城晚宴》异曲同工的，是李凤群的长篇小说《大风》。《大风》中的精神分析学深度，突出地表现在小说一开始那个由少年张广深担任叙事者的文本部分。故事开始的时候，张广深的年龄只有五岁。五岁那年一个乌漆抹黑的夜晚，熟睡中的张广深被父亲从睡梦中摇醒。因为父亲诓骗他说要赶早去娘舅家走亲戚，所以张广深便稀里糊涂地跟着父亲动了身。没想到的是，这一走，张广深就永永远远地失却了自己的故乡，以至于很多年之后，他都会为自己当年对爹的顺从懊悔不已："如果那晚我动一下脑筋，没有上我爹的当，兴许我现在还住在颍上村，不过也难说。"在真正上路之后，张广深方才搞明白，他们不仅不是要去娘舅家，而且父亲还开始变得张口就是谎言。明明被别人认出是梅长声梅大哥，但他却矢口否认。明明自己的家乡是颖上村，但到了父亲嘴里，却一会儿被说成马坝村，一会儿又变成了孟河村。关键还在于，父亲母亲不仅自己满嘴谎言，而且还想方设法迫使本来口无遮拦的张广深也硬生生地闭了嘴。就这么，一家三口一路撒谎一路走来，等他们终于走到一个叫乌源沟的地方可以落脚的时候，一家人都已经面目全非了，父亲梅长声变身为张长工。梅学文也即这一部分的叙事者"我"变身为张广深；与此同时，伴随着姓名的变化，张广深一家人的身世也发生了惊人的变化："我爹告诉他们，他做了一辈子的长工，什么活都干过，什么苦都吃过"，至此，从姓名到身世，张长工一家的身份转换彻底完成。一个不容回避的尖锐问题是，好端端的一家人为什么要慌里慌张地逃离故乡颖上村？父亲梅长声／张长工为什么不仅变得满嘴谎言，而且还要编造自家苦大仇深的身世？所有这一切，对于年仅五岁的梅学文／张广深来说，无论如何都是不可能理解的。但在貌似实录的叙事话语中，李凤群还是留下了一些带有强烈暗示色彩的蛛丝马迹："我是迷迷糊糊地听到我爹在说我娘舅吃了枪子的事。亏我娘舅最疼我，什么时候吃了枪子我都不晓得，他们连头都没有让我磕一个。"梅学文／张广深的娘舅为什么会吃枪子？那位路人又为什么要特别提到地主逃跑的事情？如果把这两个细节，与后面张广深对小伙伴专门讲述的那个自己家曾经非常富有的细节（"我曾经对我的一个小伙伴说我记得我家有十间瓦房，我还见过银锭子，我吃过蜜桃，我脖子上挂过银锁。"）综合在一起做出判断，那么，一种合乎逻辑的结论，恐怕就是，梅长声一家人之所以要从故乡颖上村慌慌张张地一路逃奔到乌源沟落脚，关键就在于他们家乃是拥有相当土地财产的地主。唯其如此，在获悉了同为地主家庭的娘舅吃了枪子之后，为了保全性命，梅长声才会在想方设法搞到一纸证明后，携妻带子不管不顾地匆匆忙忙逃离了故乡。在这里，非常耐人寻味的一种艺术处理方式，就是他们一家人尤其是张长工父子二人的身份转换。梅长声变成了张长工，梅

莫言与当代中国文学创新经验研究

学文变成了张广深。人都说行不更名，坐不改姓，对于一向被笼罩在祖先崇拜文化氛围中的中国人来说，若非情况特别严重，是断不会轻易更名换姓的。李凤群的这种身份转换方式，甚至可以让我们联想到鲁迅先生的《阿Q正传》来。《阿Q正传》中，显示赵太爷绝对威权的一个重要细节，就是他居然轻而易举就剥夺了阿Q姓赵的权利。当阿Q强调自己也姓赵的时候，赵太爷的回应，只是特别傲慢的一句"你也配姓赵？"，对于鲁迅先生如此一种细节设定的深意，我起初并没有太在意。只有在对国人的祖先崇拜心理有了深透的了解之后，我才真正明白了鲁迅先生其实是在借助这一细节表现阿Q精神世界被伤害的严重程度。当一个人被逼迫到连自己都做不成，只能够满嘴谎言，只能够以身份转换的方式才可以勉强生存下来的时候，其内在精神世界的绝望与哀伤，很显然已经达到了一种无以复加的程度。哀莫大于心死，到了李凤群的《大风》中，恐怕就得置换成哀莫大于更名改姓了。需要注意的是，就在张长工他们一家仓仓皇皇的奔逃途中，也还发生了一件颇有象征意味的事件，那就是张广深的路遇花狗受惊撞树："那狗受了惊，张开大嘴，一阵猛叫，想吞了我似的，我转身想跑，一头撞到一根树桩上。那回跌得很惨，额头上破了洞，血把眼睛都糊住了。"就情节序列的完整性而言，张广深撞树这一细节的设定，当然是在为此后他的变傻做必要的铺垫。意谓，张广深是被这一撞给撞傻的。但其实，在写实的意义之外，这一细节设定的象征意味也是不容忽视的。假如我们把那根树桩理解为已经发生了天翻地覆变化的社会与时代，那么，张广深的一头撞上树桩，很显然就象征隐喻着如同张氏父子这样的个体在一头撞上社会与时代这个庞然大物之后，只能够被碰得头破血流。

　　通过以上的分析，即可看出，只有让张广深这样处于懵懂无知状态的孩子承担第一人称有限叙事者的功能，方才能够传达出那种简直就是讳莫如深的命运变幻感来。身为童稚小儿，张广深根本就不理解究竟何为土改与农业合作化运动，什么叫作地主与农民，留在他生命记忆中的一种刻骨印记，只能是一家人连累带饿疲于奔命式的奔逃经历。唯其不理解，所以才会产生一种莫名的恐惧与惊悚感，并在此基础上进一步生成一种强烈的对自己所寄身于其中的现实世界的不信任感。倘若把年仅五岁的叙事者张广深置换为张长工这样的成人，或者干脆就采用全知的第三人称叙事方式，那作品所取得的艺术效果肯定就不会是现在这个样子了。并不是说就不能采用其他非童年视角的叙事方式展开历史叙述，而是说那样一来所取得的艺术效果很可能极明显地背离李凤群的写作初衷。正因为在少年如同白纸一般纯洁稚嫩的内心世界打下了殊难磨灭的精神创伤印记，所以才会构成一种缠绕整个生命过程的难以化解的心理情结。与其他那些同类题材的小说作品相比较，李凤群的独辟蹊径处，就在于不仅敏锐地洞悉并意识到了这种心理情结的存在，而且还在这部《大风》中对这种心理情结进行了足称淋漓尽致的艺术书写。当其他作家都在竞相展示历史现场本身的残酷与苦难程度的时候，李凤群却不动声色地把自己的艺术关注重心转移到了政治运动所导致的严重精神症候的书写与表达上。

三、精神分析学叙事的覆盖全局

倘若说精神分析学艺术手段在《上东城晚宴》与《大风》中只是一种局部式运用，那么，鲁敏的长篇小说《奔月》与严歌苓的长篇小说《芳华》就可以被看作是通篇皆是的精神分析学文本。

《奔月》是一部描写一个名叫小六的现代女性意外失踪故事的曾经一度彻底销声匿迹的作品。沿着精神分析角度展开来说，我们对小六自我消失动机的理解，就绝不仅仅应该停留在父亲缺位的问题上。更进一步说，小六的自我消失，其实意味着女主人公对于真实自我本原的执着追寻："好像是慢慢磨出光亮的铜镜，镜中渐渐显露出一个有棱有角、面目诡异之我。"面对着充满如此诡异色彩的另外一个自我，小六的感觉自然是惊诧莫名："怎么会是这样的一个我？为什么？"相比较而言，促使小六借车祸之机自我消失的更为根本的原因，却是她想要"以骇俗的消失"这一特别的方式去发现自己的另一面，"去寻找一个本我的根源"。然而，鲁敏借助于小六的自我消失所进行的探寻真实自我本原的此种人生实验，最终不仅没有得出预期的明确结论，反而陷入到更为严重的自我迷失状态之中。具而言之，漂泊至乌鹊落脚的小六的这种自我迷失，主要表现在以下两个方面。其一，与作为人类个体存在符号的姓名相比较，小六本身无论如何都证明不了自身的存在。这一点，集中不过地表现在她与林子之间的性关系上。那个时候，男女双方都已经处于性欲极度高涨的状态，就在如此关键时刻，欲火纵身的林子却还是硬生生地刹车了。刹车的主要原因，是林子试图搞明白小六的真实名字。用他自己的话来说，就是"我不愿意喊着吴梅的名字来跟你这样"。面对着林子简直就是咄咄逼人的执着追问，马上让小六联想到自己主动失踪前与情人张灯之间彼此毫不知情的性关系，并陷入了一种深深的困惑之中；必须承认，小六的诘问是特别强有力的。这里的一个关键问题，恐怕就是"我是谁"的问题。说到底，到底小六本身是她自己，抑或只有她的名字才是她自己，事实上是一个类似于庄周"我是蝴蝶"那样异常深刻的具有哲学内涵的生命终极追问。

小六之所以要借车祸之机逃离南京，逃离自己原先的日常生活，本来是为了达到一种自我主动消失的目的，未曾想到，当她在乌鹊真正落脚之后，却不仅没有做到销声匿迹，反而事与愿违地以"吴梅"的姓名方式日渐浮出了海面。这一点真切认识，只有在陪同钱助理参加过那场不无盛大的酒宴之后，方才清晰地浮现到小六的意识层面。所谓更"在"了，就是指她在落脚乌鹊之后，不仅先后遭遇了林子、籍工与舒姨夫妇以及聚香等几位乌鹊人，而且还经历了从卡通人偶，到超市保洁员、收银员，一直到"最佳员工"，到对于钱助理的不情愿取代，这整个与她的自我消失初衷根本违背的发展过程。到最后，严重刺激小六的神经，并使她骤然间生出再次从被迫"更'在'了"的乌鹊回归南京念头的，正是来自林子的步步紧逼。为了达到和小六在一起结合的目的，林子真正可谓无所

新世纪长篇小说叙事经验研究

不用其极，甚至还偷偷地去派出所告发了小六。面对着咄咄逼人的林子，小六终于生出了再度从乌鹊自我消失的强烈念头。小六离开乌鹊回归南京的念头，在林子想方设法给她以"吴梅"的身份搞到身份证以后，得到了再一次的强化确证。

这里的一个关键问题在于，小六之所以要刻意逃离南京，正是因为对自己原先的生存境况严重不满甚至特别厌恶。她刻意借车祸的机会移步驻足乌鹊，根本意图即是要探寻自我的本原。然而，小六一旦真正在乌鹊落脚之后，很快就会发现，自己在乌鹊的生存方式，实际上与南京并无二致。面对着围绕在自己身旁的林子、籍工与舒姨夫妇以及聚香等人，小六不无沮丧地发现，以"吴梅"的方式出现的乌鹊人生，很大程度上乃可以被视为其南京人生的一种翻版。此种情况，对于一心想摆脱原有人生轨迹的小六来说，当然是不乐意的。

因此，当小六不无惊讶地明确意识到这一点之后，内心里一种葆有探寻自我本原愿望的她，自然也就会再度想方设法逃离乌鹊回归南京了。唯其如此，她才会对林子讲出这样其实连她自己也未必完全明白的话语来："我要我是我。"只有到这个时候，小六方才能够明确意识到什么叫作词不达意，什么叫作言辞无力。因为她口干舌燥地说了半天，也"言不及心中之万一，确实说不清楚。内心的话，多么艰难啊。小六困顿地闭上嘴巴，本也不该在他求婚的时候讲这些"。之所以连小六自己都不知道自己在说些什么，关键处恐怕在于"我要我是我"这一句看似存在语病的叙事话语。"我"不是我还能是谁？什么叫作"我是我"？难道说居然还存在着一个不是我的"我"吗？所有这些延伸出来的问题，实际上只有在哲学的层面上追问思考存在的意义和价值的时候，方才可以成立。日常生活中，一个如同小六这样念念不忘地执着于探究"我要我是我"的人，恐怕只能被理解为精神方面出现了严重的疾患。必须承认，鲁敏的这种描写是蕴含深意在其中的。之所以这么说，乃因为从一种象征的层面上来说，并不只是小六，而是包括你我在内的所有现代人，精神方面都出现了这样或者那样的问题。也因此，鲁敏通过小六借车祸之机出走乌鹊的"反常"行为，所真切书写表达的，正是精神世界出现严重疾患之后的现代人，探求未来精神可能性出路的一种积极努力。只不过，如此一种意义重大的探寻行为，肯定不可能有非常明确的结论得出。很大程度上，这一探寻行为的过程本身，就构成了探寻最大的意义所在。事实上，鲁敏所提出的与自我本原探索紧密相关的一系列生命哲学问题，究其根本，都是无解的，也都是绝望的。大约也正因为如此，所以，作家最后才会让从乌鹊重新返回南京的小六，面对一种物是人非的尴尬处境。归根到底，小六重返南京之后简直就是无所适从的尴尬处境，所强力象征隐喻的，其实还是现代人存在层面上那样一种既不知来路更不知去途的精神世界迷失状况。

与《奔月》相类似，严歌苓《芳华》的精神分析学深度，也突出地体现在女主人公何小嫚身上。只不过，何小嫚的悲剧，与他者的拒绝"触摸"紧密相关。但要充分地说明他者为什么会拒绝"触摸"何小嫚，却需要联系何小嫚那堪称曲折的凄苦身世。由于生父以自杀的形式弃世，年幼的何小嫚只好无奈地以"拖油瓶"的形式跟随母亲进入继父的家。何小嫚精神创伤的最早生成，就是在这个时候：这里，首先潜藏着一个再嫁母亲的内心辛酸。携带着前一个家庭的记忆重组一个新家庭，尤其是还带着前夫的女儿，母亲的处处小心翼翼时时谨小慎微，是完全能够想象出来的。其中，甚至还会有一种干脆就是寄人篱下的糟糕感觉。如此一种境况，对于心智早已成熟的母亲没什么，但对于正处于成长关键阶段，心智尚未成熟的何小嫚来说，就会形成某种莫须有的精神压力。久而久之，何小嫚心灵的扭曲变形，也就不可避免了。一方面顺着母亲的心意委曲求全着，但在另一方面，却又发自本能地反抗着。"发烧"与"红绒线衫"事件的相继酿成，正是这两种力量不断发生碰撞与冲突的必然结果。之所以"发烧"，是因为只有这样，年幼的何小嫚才能重享母女间亲密无间的那种感觉。到这里，我们就可以明白，事实上，具有精神分析学深度的，并不只是何小嫚自己，某种意义上说，她那位总是在委曲求全的母亲，又何尝不是一位难以抚平的精神世界的创伤者呢？究其根本，年幼的何小嫚之所以执意地要在1973年离开上海参军，成为部队文工团中极不起眼的一员，关键原因正在于此，正在于她要竭力挣脱开继父家那样一种极度压抑的生活环境。

　　然而，已经被严重扭曲了的心性却又哪里是可以轻易平复的呢？到了部队之后，她长期形成的这些与众不同的生活习性，依然会在不经意间暴露出来，并再一次地发酵成为了战友们歧视她的根本理由。让萧穗子她们对她的歧视骤然间升级的原因，是所谓的"乳罩"事件。所谓"乳罩"事件，就是指何小嫚把一个用海绵垫塞过的简陋乳罩公然晾晒到了院子里的晾衣绳上，并因此而激起了文工团女同胞们的共同愤怒："这种脸红今天来看是能看得更清楚。那个粗陋填塞的海绵乳峰不过演出了我们每个女人潜意识中的向往。再想得深一层，它不只是我们二八年华的一群女兵的潜意识，而是女性上万年来形成的集体潜意识……对于乳房的自豪与自恋，经过上万年在潜意识中的传承。终于到达我们这群花样年华的女兵心里，被我们有意识地否认了。而我们的秘密向往，竟然在光天化日下被这样粗陋的海绵造假道破，被出卖！男兵们挤眉弄眼，乳罩的主人把我们的秘密向往出卖给了他们。"面对着来自战友们步步紧逼的追问，何小嫚最终爆发出了尖厉刺耳的号叫。那一声借助"乳罩"事件爆发的凄厉无比的号叫，是委屈了太久的何小嫚，对这个不公平不合理的世界迸发出的一种强烈抗议，是压抑太久了的何小嫚，发自内心深处的一种生命呐喊。

　　可怕之处在于，"女兵们对何小嫚的歧视蔓延很快，男兵们不久就受了传染"。正因为这种缘故，才会有舞蹈排练时拒绝"触碰"拒绝托举何小嫚事件的发生。本来，何小嫚的搭档朱克应该在舞蹈时高高地托举起何小嫚，但他却数次三番地拒绝做出这个动作。那么，朱克为什么要拒绝托举何小嫚呢？他给出的理由是，何小嫚身上有着太过于浓的馊味。对此，我们给出的理解是，一方面，何小嫚一贯爱出汗；但在另一方面，则很显然还是"乳罩"事件在作祟的缘故。反正不管怎么说，文工团中的绝大部分男性都拒绝托举何小嫚。值此关键时刻，毅然挺身而出的，又是刘峰。是一直在做好事的刘峰，主动请缨，替代了朱克，高高地把何小嫚托举在了空中。何小嫚之所以会从内心深处爱上刘峰，就与这次托举存在着紧密的内在关联。就这样，由于其他人的不肯"触碰"而导致了刘峰的甘愿"触碰"，而刘峰甘愿"触碰"的结果，则直接导致了何小嫚对他的终身不弃。我们所谓拒绝"触摸"事件对于何小嫚造成的巨大精神创伤，也正突出地体现在这一点上。

然而，正所谓"成也萧何，败也萧何"，何小嫚最后之所以重蹈刘峰的覆辙，也被下放到基层连队，也与她的"高烧"情结紧密相关。凭借"高烧"，她可以重新获得来自母亲的怜爱，但也正是因为假装"高烧"，她最终被下放到了基层连队。事实上，何小嫚这一次假装"发烧"的本意，乃是为了拒演，没承想，团首长一动员，内心里潜藏着的英雄情结马上就蠢蠢欲动，到最后居然弄巧成拙地被捉了个现形。对于这一点，叙述者萧穗子曾经有所分析："正是这样一个满怀悲哀的何小嫚，一边织补舞蹈长袜一边在谋划放弃，放弃抗争，放弃我们这个'烹'了刘峰的集体。她的'发烧'苦肉计本来是抗演，是想以此掐灭自己死透的心里突然复燃的一朵希望。她站在舞台侧幕边，准备飞跃上场时，希望燃遍她的全身。她后来向我承认，是的，人一辈子总得做一回掌上明珠吧，那感觉真好啊。"令人倍觉齿寒处在于，即使在何小嫚已经因为"发烧"事件被下放连队一年之后，这些文工团员对她的歧视却仍然在持续发作中。一直到 1979 年前线爆发战事，有关何小嫚的坏话方才告一个段落，彻底归于沉寂。多少带有一点巧合意味的是，如同刘峰一样，下放连队后的何小嫚，不仅参加了自卫反击战，而且也还由于在战场上勇敢地救出了一名重伤员而成为英雄。没想到，对因为一贯各方面表现落后而总是受到打压与歧视的何小嫚来说，成为英雄这突如其来的巨大荣誉，竟然会硬生生地把她给彻底压垮，竟然使她一度成为一名精神分裂症患者。虽然已经身为英雄，但何小嫚耿耿于怀无法遗忘的，却是自己当年因汗馊而被嫌弃被拒绝"触摸"的凄惨往事。紧紧地抓住了这一点，自然也就写出了何小嫚这一人物身上最为重要的一种精神分析学深度。

四、聚焦于一代人的精神分析

徐则臣的长篇小说《耶路撒冷》，以对七〇后一代人的深度精神分析而特别引人注目。具体来说，能够成为徐则臣精神分析对象的，首先是初平阳、杨杰、易长安、秦福小这四位主要人物形象。必须指出的一点是，这四位人物形象，都有着双重的精神情结。一方面是他们共同的情感记忆，另一方面却又是各自不同的精神创伤。我们且先来看过他们各自不同的精神创伤。首先自然是带有明显视角意味的书写者初平阳。初平阳的精神创伤，来自他的恋人舒袖。两人不但真心相爱，而且为了初平阳，舒袖还曾经毅然辞去教职，陪着他住到北京去复习考博。但最终的结果却是有情人难成眷属，却是无可奈何的劳燕分飞各西东。什么样的原因导致爱情悲剧的形成呢？首先是来自舒袖父母的压力，但更重要的，恐怕还是舒袖自身无法排除的焦虑："初平阳初试未卜的焦虑，找不到合适工作的焦虑，无法融入初平阳的学术圈子的焦虑，低矮贫困的生活的焦虑，冬天冷得像冰窖、夏天热得如烤箱的住房的焦虑，无所事事的焦虑，焦虑本身的焦虑。"正是在这一大片焦虑中，舒袖最终选择了退缩。此外，初平阳自己的坚持不够，也是爱情悲剧的成因之一。尽管已经分手了，尽管舒袖已为人母，但他们两人内心深处却还一直真心相爱着。因为相爱，才会痛苦。因为相爱，舒袖的存在，自然也就成为初平阳永远都无法解开的一种心结。

其次是杨杰。做水晶石生意的老板杨杰难以纾解的情结，与他的母亲李老师紧密联系在一起。李老师曾经是当年的插队知青。自打出现在鹤顶的时候开始，李老师就是一副"北京人"的形象。然而，李老师尽管自称北京人，而且也还坚持给北京寄信，但据知情人说，信封里装着的永远都是白纸。李老师同时也还几次回北京探亲，但她的探亲最后却都变成了周游世界。那么，李老师到底是不是北京人呢？如果不是北京人，她又会是哪里人呢？虽然关于李老师的来历小说自始至终未做明确交代，但李老师内心深处北京情结的存在，是显而易见的事情。正因为存在着这种情结，所以李老师才对自己的儿子充满希望："从杨杰懂事开始，她就把杨杰叫到一边，说：'儿子，你叫杰出。妈靠你了，别给北京人丢脸。'"李老师本来希望杨杰能够如愿考入北京大学，但杨杰的学习成绩却实在让人不敢恭维。杨杰之所以要拼命地在北京打拼，并且一定要找一个北京姑娘做媳妇，根本原因正在于此；非常明显，杨杰之所以一定要找一个北京姑娘做媳妇，正是一种代偿心理充分发挥作用的结果。

　　接下来是制假贩假的易长安。易长安无法释怀的情结，与他父母之间的矛盾纠葛，存在着难以剥离的内在联系。易长安的母亲，为生计所迫曾一度是花街的妓女。因为自己的父亲参加"文革"，在武斗中被打成重度残疾，她被迫依靠出卖自己的肉体为生；因为实在不愿意成为女儿的负担，易长安的外公最终吃鼠药自杀。之后，她就嫁给了曾经做过自己嫖客的易培卿。虽然易培卿的选择曾经遭到过家人的反对，但易培卿自己的态度，却是我行我素不管不顾。心里不舒服，易培卿就会酗酒。酒喝大了，就会翻老婆的旧账，到最后便忍不住要动手打老婆，乃至去搞别的女人。成长在这样一个家庭中，易长安叛逆性格的养成，就是自然而然的事情。但关键问题在于，易长安是否因此就摆脱了父亲的阴影存在呢？答案是否定的。易长安不仅没有能够凭此摆脱父亲的阴影，而且他还不无沮丧地发现，自己越是努力挣脱就越是证明着父亲的阴魂不散："他以为他强大了，已经摆脱了父亲，但在最隐秘的事情上，父亲其实还在对他行使着暴力。他自以为是的报复、受虐和赎罪，不过是从相反的方向上证明了父亲的暴力阴魂不散。"

　　最后是曾经游走全国的秦福小。秦福小的精神情结，牢牢地维系在吕冬身上。秦福小十七岁时的离家出走，与弟弟景天赐的自杀有直接关系。当时，和她相约一起出走的，就是吕冬，而生性懦弱的吕冬，没有能够按时出现在码头。吕冬毁约，失望之极的秦福小只好一个人开始了她在中国的版图上游走打工的经历。这么多年来，因为内心一种强烈怨恨心理的存在，秦福小以为自己早已把吕冬抛在了一边。但在重新返回花街之后，她才不无惊讶地发现，实际的情形恰好相反："那个十六年前因为胆怯迟到了的少年，和现在这个装成羊还打算放羊的男人，是同一个人，他叫吕冬；多少年前她就决定放下，多少年后她发现，还是没有放下。"不能够放下，就充分说明吕冬构成了秦福小内心中一种隐秘的精神情结。

由以上分析可见，当下时代的很多长篇小说中，的确已经有着精神分析学深度自觉或不自觉的突出体现。假若我们承认这一点的具备与否，的确可以被看作是衡量长篇小说作品优秀与否的一个重要标准，那么，以上这些作品自然也就属于优秀之列无疑。事实上，由于现代社会人们精神世界的日趋复杂，在小说写作过程中，精神分析学的艺术手段其实大有英雄用武之地。行将结束本文之际，我们所寄望于中国作家的就是，能够使用积极有效的艺术手段，以便使自己的小说写作具备更加深厚的精神分析学深度。

第六章　跨越阴阳两界的亡灵叙事

一、"新闻串串烧"与为历史招魂

　　只要稍加留心，我们即不难发现，最近几年来中国小说界已经出现过若干部同样采用亡灵叙事模式的长篇小说。就我个人有限的阅读视野，诸如余华的《第七天》、雪漠的《野狐岭》、孙惠芬的《后上塘书》、艾伟的《南方》、陈应松的《还魂记》、张翎的《劳燕》、陈亚珍的《羊哭了，猪笑了，蚂蚁病了》等长篇小说，都不同程度地使用了亡灵叙事这种艺术手段。虽然说这些作家对亡灵叙事手段的使用，肯定都有着各自不同的思想与艺术的考量，但在我的理解中，亡灵叙事现象在晚近时期中国小说文本中的扎堆出现，无论如何都有着一种不应该被轻易忽略的社会学原因。这些作家无疑都自觉地捕捉到了当前正处于关键转型时期中国社会的世情乱象：各种社会矛盾的复杂纠结，不同群体利益的尖锐冲突，再加上法治的不够健全与体制的弊端，共同催生并直接导致了一系列不合理社会现象的生成。其中，最引人注目的现象之一，就是很多生命出于各种不同原因的非正常死亡。此前一段时间曾经在社会上引起极大关注的内蒙古呼格大冤案，就是这一方面一个极有代表性的案例。细细翻检晚近一个时期以来小说中的亡灵叙事，即不难发现，那些亡灵叙事者绝大多数都属于死于非命的非正常死亡者，这些小说中的亡灵叙事者，皆属横死，绝非善终。某种意义上说，正因为这些亡灵内心中充满着愤愤不平的抑郁哀怨之气，所以才不甘心就那么做一个鬼魂中的驯顺者，才要想方设法成为文本中的亡灵叙事者。

　　首先，是余华那部曾经被一些刻薄的网友吐槽为"新闻串串烧"的《第七天》。简单地否定《第七天》，当然毫无道理。但与此同时，就我个人的阅读感觉来说，在余华的写作历程中，《第七天》的思想艺术成就不仅难以望曾经的《在细雨中呼喊》《活着》《许三观卖血记》的项背，而且较之于七年前的那部《兄弟》，恐怕也有所不及。这里，关键的问题并不在于所谓小说过多地征引了当下现实生活中发生过的新闻事件，而在于作家究竟是以怎样的一种写作心态、以怎样的一种艺术方式去关注、表现现实的。我们固然应该承认，《第七天》的确写到了当下时代许多不幸的社会事件，比如强拆、火灾、弃婴、车祸、卖肾、暴力讯问，等等。这些都是近年来引起公众高度关注的社会热点问题。能够关注表现这些问题，说明余华关注底层民生的情怀依旧。不仅如此，余华在小说中意欲达到的批判性主题含蕴也值得肯定。小说的最后一句话，是"我说：'死无葬身之地'"。把小说的亡灵叙事与那些凄惨的人生故事以及这句带有谶言意味的结语结合在一起，作家对于当下现实带有强烈否定性的批判性主题含蕴，自然也就得到了充分的体现。对于小说中所描写的这些普通民众来说，不仅不能够好好活着，而且死了以后居然也"死无葬身之地"！《第七天》的一位竭力辩护者之所以强调小说充分地凸显了余华冒犯现实的写作勇气[1]，其根本原因显然在此。

然而，在充分肯定余华冒犯社会现实的批判勇气的同时，我们还需要明确意识到，对于一位如同余华这样中国文坛一流的作家来说，仅有批判的勇气肯定是远远不够的，问题的关键还在于他是否真正实现了一种艺术的批判。从这个角度来看，《第七天》就无法令人满意。问题的关键，恐怕就在于余华小说结构的不成功。尽管既往的创作实践已经充分证明余华实际上是一位结构能力非常突出的作家，但这却并不意味着《第七天》的艺术结构会同样成功。因为缺少了一种合理的艺术结构，你就不难发现，作家所讲述的那些凄惨故事实际上一直处于一种支离破碎的离散状态之中，并没有能

够形成一个有机的艺术整体。细读作品，就可以强烈地感觉到，杨飞与李青的故事，杨飞与杨金彪的故事，鼠妹与伍超的故事，它们之间根本就没有建立起无法被剥离的紧密联系，而是始终处于一种油是油、水是水的状态之中。打个比方，这些故事正如同散落在地的一堆珠子，余华的问题就在于没有找到一条合适的绳子把它们串联在一起成为一串结结实实的项链。我们之所以在阅读小说的过程中会产生一种如同面对一部流浪汉小说的感觉，根本原因就在于此。小说的第一人称叙述者杨飞，就像一位四处晃荡的流浪汉一样，遇上一个人物就停下来讲述这个人物的故事，有一种强烈的随遇而安的感觉。艺术结构的合理与否，是衡量一部长篇小说优秀与否的重要标准。就此而言，《第七天》艺术缺陷的存在就是非常明显的一件事情。某种意义上，正是因为缺少了一种合理的整一艺术结构，所以余华的《第七天》就更多地停留在了社会现象的表层，未能够透过现象层面，把现象背后那些更为内在深层的生活本质鞭辟有力地揭示出来。

结构之外，是作家故事情节设计的可信度问题。比如说杨飞与李青之间的爱情故事，李青为什么会喜欢杨飞？李青为什么会成为那个腐败高官的情妇？以及李青放弃杨飞选择那位成功男士，都显得过于轻而易举，带有突出的"传奇化"色彩。再比如杨飞与杨金彪之间的父子深情固然感人，但其感人程度与余华自己曾经的《许三观卖血记》中的亲情描写相比，就有点小巫见大巫的感觉了。不仅如此，诸如杨飞生母的火车厕所生子然后漏下遗失、杨金彪的铁路拾孤这样一些情节设计，"传奇化"的色彩同样非常鲜明。故事情节的过于"传奇化"，所带来的就是小说的可信度问题。可信度问题的出现，自然也就意味着余华的《第七天》缺乏必要的艺术说服力。作品之所以会遭到那么多的普通读者吐槽，这方面的原因显然不容忽视。与情节设计的可信度密切相关，余华在人物形象本应具有的人性深度的挖掘表现方面，也留下了不应有的遗憾。余华不是不具备呈现人物丰厚人性内涵的艺术能力，但或许是因为《第七天》的写作过于急就章未能真正沉潜下去的缘故，小说中的那些人物都显得过于单薄，难以给读者留下深刻印象。杨飞也罢、杨金彪也罢，这些形象，与余华此前《活着》中的福贵、《许三观卖血记》中的许三观等具有丰厚人性内涵的人物形象相比较，均有过于肤浅之感。

虽然说余华一直在努力写出当下时代人们一种普遍的生存与精神困境，但实际的情形却是，通过《第七天》的写作，证明的反倒是余华自己一种写作困境的存在。当然，任何一个作家在自己的写作过程中，都不可能没有败笔，不可能篇篇都是精品。写作过程中的艺术失败并不可怕，关键在于作家自己能否清醒地意识到问题的存在，并对之做出深刻的自我反省。我们所寄希望于余华的就是，不再满足于对于社会现实进行浮光掠影的猎奇式书写，而是真正地沉潜到生活的深处，悉心体会把握急遽变化着的现实生活本身的复杂性，早日实现一种思想艺术上的自我超越。

《野狐岭》的思想艺术成功，首先体现在对于一种叙述形式别出心裁的营造上。虽然小说所要表现的核心事件是齐飞卿的哥老会反清的故事，但雪漠所选择的叙事切入点，却是对于百年前两支驼队神秘失踪原因的深入探究：西部最有名的驼队，一支是蒙驼，一支是汉驼，各有二百多峰驼。他们有一种想改天换日的壮志——他们驮着金银茶叶，想去俄罗斯，换回军火，来推翻他们称为清家的那个朝廷。就是这样的两支驼队，竟然像烟雾那样消散了。"很小的时候，我老听驼把式讲这故事，心中就有了一个谜团。这谜团，成为我后来去野狐岭的主要因缘。"为什么是野狐岭，因为野狐岭正是百年前那两支驼队的最终消失之地。关键问题在于，既然那两支驼队早在百年前就已经神秘失踪了，那"我"还有什么办法能够把他们的失踪之谜弄明白呢？荒山野岭，往事传说，孤坟幽影，通灵法术，为这样的招魂提供了用武之地。

实际上，也正是凭借着如此一种招魂行为的艺术设定，雪漠非常成功地为《野狐岭》设计了双层的第一人称叙述者。招魂者"我"（也即雪漠），是第一层的叙述者。而包括木鱼妹、马在波、齐飞卿、陆富基、巴特尔、沙眉虎、豁子、大嘴哥、大烟客、杀手（联

莫言与当代中国文学创新经验研究

系杀手所叙述的内容认真地追究一下，就不难发现，这个无名的杀手其实是木鱼妹。又或者，杀手与木鱼妹本就是同一个人的一体两面，可以被看作是一种精神分裂的结果），甚至连同那只公驼黄煞神在内，所有这些被招魂者用法术召唤来的百年前跟那驼队有关的所有亡灵，就构成了众多以"我"的口吻出现的第二个层面的第一人称叙述者。招魂者"我"正是通过这许多个作为亡灵的"我"从各不相同的叙事立场出发所作出的叙述，最大限度地逼近还原了当时的历史现场。首先值得注意的，就是作为第一层叙述者的招魂者"我"。为了在野狐岭通过招魂的手段有效地还原百年前的历史现场，招魂者"我"可谓历尽了千难万险。在生存条件特别严酷的野狐岭，招魂者差不多都要付出生命的代价了。某种意义上，招魂者所遭遇的艰难处境与百年前那两支驼队的生存苦难之间，其实存在着一种相互映照的对应关系。雪漠对于招魂者处境艰难的艺术表现，能够帮助读者更好地理解那两支驼队在百年前的神秘失踪。尤其不能忽略的是，那些亡灵的叙述甚至会反过来影响到招魂者的精神世界。"我被木鱼妹的故事吸引了，这真是一个意外的收获"；"除了木鱼妹外，我印象最深的，是马在波。在把式们的记忆中，他一直像临风的玉树"；"我最希望自己的前世，是马在波"；"只是，故事越往前走，我越发现，自己可能是故事里的任何一个人。因为他们讲的故事，我听了都像是自己的经历，总能在心中激起熟悉的涟漪。这发现，让我产生了一点沮丧"。究其根本，招魂者"我"之所以会对那些亡灵产生渐次强烈的认同感，会以一种"前世今生"的方式认定"自己可能是故事里的任何一个人"，就意味着他的精神世界已经无法抗拒来自亡灵们的影响。

然后，就是那些一直在进行着交叉叙事的第二个层次的亡灵叙述者。从根本上说，每一个个体都有着迥然不同于他者的精神世界，有着自己独特的世界观。正所谓"横看成岭侧成峰，远近高低各不同"，对于同一个历史事件，拥有不同世界观的人类个体从不同的精神立场与观察视角出发，所看到的自然是差异明显的景观。更大的事件且不说，即使是给骆驼做掌套这样一个看似微不足道的事情，在不同的叙述者那里，也有着不同的理解和评价。与掌套事件相比较，更为典型的，恐怕却是关于木鱼妹那样一种可谓是差异极大的理解与判断："在对木鱼妹的解读中，就有着境界的高下：在木鱼妹自己的叙述中，她是以复仇者形象出现的；大嘴哥眼中的木鱼妹，是个可爱的女孩子；而马在波眼中，木鱼妹却成了空行母。"不同叙述者眼中木鱼妹形象的差异之大，所充分凸显出的，正是叙述者的话语权问题。

　　雪漠之所以要在《野狐岭》中设置如此之多的叙述者，正与话语权的归属问题关系密切。那么，对于雪漠在叙述者设定方面的积极努力，我们究竟应该予以怎样的衡估呢？必须注意到，如同《野狐岭》这样在一部作品中设置众多第一人称叙述者的情形，在现代以来的小说作品中其实屡见不鲜。究其实质，可以说是小说艺术形式现代性的一种具体体现。之所以这么说，是因为把众多的人物设定为叙述者，就意味着赋予了他们足够充分的话语权，是对于他们各自主体性的尊重与张扬。在充分尊重人物主体性的同时，因为把阐释判断事物的权利最终交付给了广大的读者，所以，如此一种分层多位叙述者的特别设定，实际上也就意味着对于读者主体性的充分尊重。正因为这种艺术设定最大限度地实现了对于人物与读者的双重尊重，所以自然也就成为了小说所具现代性的关键性因素之一。毫无疑问，对于雪漠《野狐岭》中分层多位叙述者的艺术设置方式，我们必须在这个意义上加以理解。但千万请注意，正是通过这些看起来歧义丛生的叙述，雪漠相当有效地复现了当时的历史现场。

　　分层多位叙述者的特别设定之外，与小说对于生命存在主题的艺术表现密切相关的，还有雪漠在后设叙事方面所作出的艺术努力。所谓后设叙事，就是指在事件已经完成之后的一种有点类似于"事后诸葛亮"式的叙事方式。所谓"事后诸葛亮"，其本意多少带有一点贬义的色彩，但我们在这里却纯粹是一种毫无褒贬的中性意义上的使用。因为生命是一种不可逆的发展演进过程，一般情况下，人只能够顺着时间之河走向生命的终点。依循一种正常的生活与生命逻辑，任谁都不可能对自己的人生做一种终结之后的再度省思。唯其不可逆的生命过程中充满着很多难以弥补的遗憾，所以人们也才会用"事后诸葛亮"的说法把这种遗憾形象生动地表达出来。但雪漠值得肯定之处，却在于通过招魂术的巧妙征用，使得那些已经死去多年的亡灵得以重新复现汇聚于当下时代的野狐岭，不无争先恐后意味地讲述着百年前发生在同一个地方的两支驼队神秘失踪的故事。这样一来，招魂者之外的其他那些第一人称叙述者，就既"入乎其内"，能够在历史现场以一种同步的方式感性地叙述故事的发生发展，又"出乎其外"，能够在时过境迁已然时隔百年之后的现在，以一种极度理性的方式回过头来重新打量审视当年发生的那些历史故事。比如，汉驼的驼王黄煞神，对于同一件事情，就有着前后对比极其鲜明的不同叙述。常言道："当局者迷，旁观者清"，雪漠对于后设叙事方式的特别设定，就使得那些曾经处于当局者位置的亡灵叙述者获得了一种类似于旁观者的澄明与通透。《野狐岭》的主体故事是关于百年前两支驼队神秘失踪事件的叙述，关于武昌起义的形象描述，是拜雪漠恰如其分地采用了后设叙事方式的结果。究其实质，雪漠的《野狐岭》之所以能够以一种格外犀利的笔触揭穿社会历史与生命存在的真相，正与这种后设叙事方式的设定关系密切。

二、亡灵叙事的社会政治批判

然而，同样是对于亡灵叙事手段的艺术征用，孙惠芬的表现又与雪漠有着明显的不同。在《野狐岭》中，雪漠首先设定了一位具有招魂能力的叙述者"我"，由"我"使用招魂手段把弃世已久的百年前的那些亡灵，那些蒙与汉两支驼队神秘失踪事件的当事者的亡灵，全部召集在当下时代的野狐岭，通过法术的运用迫使当年的那些幽魂从各自不同的叙事立场出发进行叙述，进而最大限度地逼近还原百年前的历史现场。与雪漠征用多位亡灵叙述者的那样一种罗生门式的叙事方式形成鲜明区别的是，在《后上塘书》中，孙惠芬只是设定了一位亡灵叙述者。这位亡灵叙述者，不是别人，正是小说中的女主人公之一，那位小说一开篇就被杀害了的刘杰夫的妻子徐兰。说起来，《后上塘书》的故事情节并不复杂，通篇的中心事件就是徐兰的意外被杀。徐兰的被杀之所以能够引起各方的高度注意，与她的丈夫刘杰夫在上塘村位置的重要存在着直接关联。上塘人刘杰夫，可以说是当下时代一位特别令人羡慕的成功人士，一位颇具几分诡异色彩的传奇人物。因为有了刘杰夫，才维护了上塘作为一个村庄的尊严。作为上塘村的一位普通村民，本名刘立功的刘杰夫创业发迹的历史，可以说是与二十世纪八十年代中国的改革开放同步而行的，也正是凭借着改革开放时代背景的强劲支撑，刘杰夫的创业发迹方才成为了可能。这样行走于合法与非法的黑白两道的暴发户，本来与上塘也不存在什么关系。关键在于，很多年之后，发迹后的刘杰夫居然回到了上塘村来发展他的事业；如此一位上塘的显赫人物，他的妻子意外被杀身亡，自然会成为一个引人注目的中心事件。

事实上，整部小说的叙事结构正是围绕着徐兰之死建立起来的。徐兰意外被杀，那么，她究竟因何被杀？谁才是真正的凶手？小说第一节，除了概略地介绍刘杰夫的创业发迹历史之外，集中记述徐庆中杀妻一案及其具体告破经过："他杀死老婆的原因非常简单，大半年没回家，想回家和老婆亲热亲热，老婆却护着身体坚决不让动，怀疑老婆生了外心骂了几句难听话，结果，从不会发火的老婆居然扇了他响亮耳光，结果，他一个狠劲儿，就把老婆掐死在炕上"，并且，由徐庆中杀妻而引出了徐兰被杀事件。如果第一节某种意义上可以被理解为小说的序幕，那么，从第二节开始，就进入了故事的主体部分。贯穿于文本始终的双线结构，也正是从这一节才正式开始的。从这一节开始，尽管多数的章节都在以第三人称的全知方式讲述着警方积极介入之后的破案过程，但亡灵叙事的适度穿插，一方面可以以第一人称从死者徐兰冤魂的角度追述往事，观察家人亲戚对于自己猝死的种种反应；另一方面却也与第三人称的全知方式构成了互补的另一条结构线索。但不管是哪一条结构线索，其最终都指向了对于真正杀人凶手的确定与寻找。

就此而言，孙惠芬的这部《后上塘书》在艺术设计上确实带有几分突出的悬疑色彩。那么，徐兰到底惨死于何人之手呢？在侦破的过程中，考虑到刘杰夫的特殊身份，被怀疑的对象先后几经迁移。最初的被怀疑对象，是刘杰夫的表弟瓶起子。因为在刘杰夫回上塘发展的过程中，曾经损害过瓶起子的利益。瓶起子承包着村里的二百亩果园，为此与刘杰夫产生利益争执，就此"便和刘杰夫较上了劲"。然后，是徐兰的朋友黎平的那位丈夫。接下来，就是那位已经伴随了刘杰夫多年的情人孔亚娟。作为刘杰夫的情人，不仅上位的企图早已昭然若揭，而且在案发后居然三天都没来上班。凡此种种，她的被怀疑，差不多就可以说是铁板钉钉逃无可逃的事情。问题在于，以上各位，也只不过是被怀疑的对象而已，随着情节的渐次演进，他们的嫌疑逐个被排除。那么，究竟谁才是凶手呢？

小说中所提供的最后答案，想来的确很是有些匪夷所思。正所谓"踏破铁鞋无觅处"，人们无论如何都不可能料想到，到头来，真正的杀人凶手居然会是长期和徐兰生活在一起的她的嫡亲姐姐徐凤。自然，徐凤的杀人，绝非蓄谋已久的刻意之举，而是一时心慌意乱情形下的意外失手。但无论有着怎样的理由，无论是怎样一种情形的失手，徐兰的无端被杀，却都是一种无法被否认的客观事实。借助于徐凤的失手杀人，孙惠芬一方面写出了人性世界的复杂构成，另一方面呈现出一种尖锐的阶层对立现实。徐凤的异常行为，与她所处的情感精神困境密切相关。哀莫大于心死，被迫嫁给了没有什么共同语言的于吉堂的大姐徐凤，实质上就处于一种心如枯槁如同行尸走肉一般的状态之中。如果说做过多年乡村教师的徐凤在退休之前，尚且能够在学校在学生那里找到精神寄托之所，那么，离开了学校之后，其精神的失落简直就是一种必然的结果。徐凤之所以在退休后应邀到妹妹徐兰家给外甥子健做家庭教师，根本原因正在于此。就这样，徐凤进入了妹妹徐兰和妹夫刘杰夫的家庭。而也只有在进入到徐兰的家庭之后，曾经的道德卫道士徐凤的生命，方才获得了一种新的绽开可能。在后来写给刘杰夫的长信中，徐凤对自己的道德心理做出过透辟的自我剖析，究其实质，徐凤道德洁癖的生成，与她三岁时的一段经历有关——正因为三岁时便目睹过父母之间的情感冲突，所以，在徐凤的内心深处有一种可谓特别根深蒂固的道德洁癖。可怕之处在于，徐凤的此种道德洁癖，不仅使她在生活中出演着监督他人的卫道士角色，而且也更是在时时实施着不无严酷的道德自我监督。

应该看到，徐凤自身人性的觉醒与复苏，乃是在她进入妹妹徐兰的家庭之后发生的事情。人性觉醒后的徐凤方才意识到自己人生历程中曾经错失过的情感风景，方才有勇气坦然直面自己真实的内在情感世界。从此之后，那位老男人就开始走进了徐凤那干涸已久的情感世界；但即使是那时候的徐凤自己，也根本不可能料想到，到最后，自己居然会因为这样一份晚来的真诚情感而误打误撞地成为致妹妹徐兰于死地的杀人凶手。按照徐凤的叙述，那一次在家里被徐兰无意间撞破，乃是自己多少年来第一次鼓起勇气在老男人面前彻底打开自己；然而，就在这两位熬煎多年的情侣终于在床上合二为一的时候，身为女主人的徐兰却不合时宜地闯进家门。关键在于，徐兰不仅闯进家门，而且在发现了床上的异常情况之后，还试图去揭开床单。不揭不要紧，徐兰出乎本能的这一揭，就把自己彻底地送上了不归路。由于徐兰在错误的时间出现在了自己本不应该出现的地方，无意间撞破了一桩好事，一场无端的失手杀人案就此酿成。而也正是在回述杀人事件发生的过程中，徐凤那足称复杂的人性世界被孙惠芬以一种抽丝剥茧的方式层层展示在了广大读者面前。

艾伟的《南方》的一个突出特点，同样是对于亡灵叙事手段的特别征用。以亡灵的形式现身并承担着叙事功能的，乃是第一人称的叙事者罗忆苦。在被曾经的男友须南国严重毁容并残忍杀害之后，罗忆苦的亡灵不依不饶地盘旋缠绕在永城的上空而久久不散："如今我成了一个亡灵，我对这一切有了全新的理解。灵魂是存在的，它有能量，会游动，它还容易被控制，被另一个更强大的灵魂吸附。"之所以要把罗忆苦设定为一个第一人称的亡灵叙事者，对于艾伟来说，肯定有其特别的用意。在有效借助已经处于某种非现世限制状态的罗忆苦的目光来犀利洞察人世奥秘的同时，真切传达一种存在命运的荒谬与虚无，进而赋予小说文本一种强烈的命运感，乃可以被看作罗忆苦亡灵叙事的主要功能之一。细读罗忆苦叙事的那些部分，类似于这样一种感喟命运无常的话语并不少见。如此一类命运感喟的话语，若不借助于罗忆苦这样的第一人称叙事者便难以道出。此类具有鲜明超越性色彩的话语在《南方》中的出现，其承担的叙事功能多少有点类似于《红楼梦》中的"石头神话"与"太虚幻境"，意在传达作家对于人生命运的某种形而上的体悟。曹雪芹可以水乳交融地把"石头神话"与"太虚幻境"编织进他的红楼世界之中，但对于艾伟来说，要想使自己的小说作品具有一种形而上意味，恐怕就得借助于如同罗忆苦这样已然摆脱了现世生存逻辑限制的亡灵叙事者，方才可能。

　　更进一步说，对于罗忆苦，我想，我们完全可以用一半是天使，一半是魔鬼来加以评价。作为一位第一人称的亡灵叙事者，罗忆苦一方面真实讲述着自己所经历与观察着的社会人生，其中尤以对自身罪恶的叙述而令人触目惊心。但在另一方面，她又总是在叙述罪恶的同时，进行着不无真切的自我忏悔与自我批判。比如，在肖俊杰误杀须南国妻子胡可的事件发生后，罗忆苦的叙述是充满忏悔之感的，因为肖俊杰对须南国的强烈仇恨，正与罗忆苦和须南国之间的偷情存在着直接关系。同胞姐妹罗思甜溺水而亡后，罗忆苦"泪流满面。我意识到我对罗思甜伤得有多深。我就是那个凶手"。类似的叙事话语，可以说一直贯穿于罗忆苦的亡灵叙事之中。就这样，一方面陈述着自己总是与罪恶相伴的不堪人生，另一方面却又一直在进行着一种事后诸葛亮式的自我忏悔与批判，通过罗忆苦以第一人称呈现的亡灵叙事，我们所感知并还原的那个罗忆苦形象，其精神世界充满着内在的撕裂感，一种感染力相当突出的艺术张力。无论如何，亡灵罗忆苦的忏悔是真诚的，绝非虚与委蛇。就此而言，她的忏悔其实昭示了一种自我精神救赎的可能。

《南方》中存在着"我""你""他"三种叙事人称，"我"是罗忆苦，"你"是肖长春，我们都已经进行过深入的讨论。而"他"，则是指杜天宝。单只是从叙事结构的层面上说，杜天宝的存在对于《南方》也有着三足鼎立的重要意义。然而，究其实质，杜天宝的存在，绝不仅仅只是具备叙事结构上的意义。关于杜天宝，我们一定要注意到，罗忆苦每每总是会把这个白痴与天堂联系在一起进行谈论："'杜天宝，杜天宝，／他是个傻瓜。／杜天宝，杜天宝，／他看上美女啦。'从前，西门街的孩子们喜欢唱这歌谣。现在，我的耳边又听到了这歌声，只是现在这歌声听起来少了从前的戏谑，变得庄严起来，好像这歌声来自天堂，是从天而降的天国的声音，是上苍对杜天宝的赞美，是一首关于杜天宝的赞美诗。"虽然是罗忆苦的亡灵叙事，但罗忆苦的背后，站着的却是作家艾伟。而这，也就意味着以上对于杜天宝的赞词，实际上都可以被看作是艾伟对于杜天宝这一人物的基本态度。现在的问题是，艾伟为什么要发自内心无比真诚地为一个白痴不吝赞词大唱赞歌呢？首先，先让我们看看杜天宝到底是一个什么样的人物。白痴杜天宝，本来与父亲相依为命，等到在冷库工作的父亲在1963年夏天被冰块砸死之后，他就变成了一个无依无靠的孤儿。杜天宝的人生也不是全无污点。其一，曾经跟着惯偷赵三手做过一阵小偷。其二，曾经在因偷吃而被丈母娘蕊萌指责后恼羞成怒，对蕊萌大打出手。除了这两个污点之外，生活中的杜天宝简直称得上是一个"毫不利己，专门利人"的"活雷锋"。他仿佛不懂得什么叫作自私，总是在无条件地向任何需要他帮助的人热情地伸出援手。明明自己是一个被别人可怜的白痴，但杜天宝却总是在杞人忧天地可怜着别人，甚至可怜那些死去的人们。

如果把杜天宝的人生境况与艾伟借助于罗忆苦之口对他的赞美联系起来，那么，作家塑造这一白痴形象的深层寄寓，自然也就随之浮出了水面。艾伟刻意塑造这样一个白痴形象，是要把拯救世界与人性救赎的希望寄托在他的身上。《南方》的一大特质，就是对于现实世界的颓废、堕落乃至于毁灭的犀利表现。一种充满罪恶感的末世情调在《南方》中的存在与弥漫，是一个无法被否认的文本事实。也正因此，我们方才特别强调，《南方》是一部在"生与死"的生命过程中对"罪与罚"进行着尖锐的诘问与思考的长篇小说。一个不容回避的关键问题是，这个堕落的世界究竟怎样才能够获得有效拯救？首先，我们必须承认，艾伟对此一问题确实进行了足够深入的思考，并且也给出了自己的答案。一方面是犯罪作恶者的自我忏悔与救赎，不管是肖长春，还是夏小恽与罗忆苦，其情形均是如此。另一方面，则是来自他者的拯救与救赎。白痴杜天宝存在的根本价值与意义，就突出地体现在这一方面。阅读《南方》，你会发现一种有趣的对比现象。那就是，如同夏泽宗、夏小恽、罗忆苦、须南国这样的精明者，大都无法逃脱死于非命的不幸命运。出现于文本中的罗、肖、杜、夏、须五个家庭，除了杜家之外，其余四个家庭都称得上是家破人亡，一片凋敝颓败之镜像。只有由白痴杜天宝与比他还要更加白痴的碧玉组成的家庭，其最终的归宿称得上是圆满。两相比较，艾伟之试图依托白痴杜天宝的存在而拯救世界、救赎人性的艺术意图，就表现得异常鲜明了。我们都知道，中国人缺乏真正意义上的一种宗教精神信仰。面对着支离破碎一片凋敝颓败之像的现实世界，西方人可以到上帝那里去获得一种拯救与救赎的根本依托。而中国人，又该怎么办呢？万般无奈之际，艾伟发现了白痴杜天宝。在他把杜天宝作为拯救与救赎的希望的这样一种价值设定背后，不难看出中国传统道家思想影子的存在。所谓的"抱残守缺"，所谓的"大智若愚"，所谓的"返璞归真"，讲得其实都是这种道理。

　　尽管我们非常理解艾伟拯救世界与人性救赎的艺术意图，但这个希望真的可以被寄寓在白痴杜天宝身上吗？白痴杜天宝端的能够担得起如此沉重的负担与责任吗？说实在话，我自己对此，很是有些怀疑。鲁迅先生当年在《文化偏至论》里，就曾经尖锐地指斥中国是一个"沙聚之邦"，并希望它能够有朝一日真正地"转为人国"。那么，"沙聚之邦"的中国能够"转为人国"吗？究竟什么时候才能够"转为人国"呢？对于这些沉重异常的问题，我愿意与作家艾伟一起继续思考下去。

陈应松《还魂记》中的第一人称叙述者"我"也即柴燃灯，也同样很不幸地死于非命。身为在押刑犯的他，在监狱中苦苦煎熬二十年时间，但在他即将服刑期满，眼看着再有三个月的时间就可以被释放出狱的时候，却因为刑犯之间的彼此报复而被三个同改整死在疵纱堆里。非正常死亡之后的"我"冤魂不散，顽强地从一堆疵纱中挣扎出来，飘荡向遥远的野猫湖故乡——柴燃灯的"生养地"。按照野猫湖也即楚地的民间传说，"养生地"也"就是你的胞衣所埋之地"。当逝去的灵魂触碰到标志着出生时刻的"养生地"的时候，他的灵魂方才可以在某种程度上"复活"现身，如同生前一般四处游荡寻访。很显然，倘若我们要寻找陈应松亡灵叙事的缘起，楚地的民间传说是一个不可忽视的原因，热衷于谈论鬼魂，正是楚地自古以来的一个重要传统。由此，陈应松《还魂记》中对于亡灵叙事手段的征用，除了类同于以上作家一样的社会学原因之外，很大程度上乃可以被视为具有悠久历史的楚地巫祝文化传统在当代的一种遥远回响。与此同时，西方魔幻现实主义以及中国的神魔小说，无疑也影响并滋养了陈应松的小说创作。

从根本上说，正是依托于一种充满吊诡色彩的艺术想象力，依托于第一人称叙述者"我"也即柴燃灯冤死之后的灵魂返乡，陈应松方才得以在他的《还魂记》中成功地建构起一个充斥着魑魅魍魉的可谓是亡灵遍地群魔乱舞的乡村世界。在这个诡异的乡村世界中，到处都是不合现实生活之逻辑的、超现实的世相图景。然而，需要注意的是，尽管从艺术表现形式的层面来看，《还魂记》的现代主义超现实意味十分突出，但倘若联系中国当下的社会现实细细辨来，你就不难发现，其实陈应松关于那个亡灵遍地游荡的亡灵乡村世界的书写，时时处处都折射指向着我们置身于其中的现实社会。从一种社会批判情怀的角度来说，《还魂记》正是当下这个犬儒化时代一部并不多见的充满着强烈现实感的长篇小说。不管怎样荒诞变形，也无论怎样想象夸张，陈应松作为"底层叙事"代表性作家那样一种真切的社会关怀都不会被轻易放弃。如果说陈应松是一位批判现实主义精神十足的优秀作家，那么，《还魂记》就可以被看作是一部充满现代主义超现实意味的批判现实主义小说。一方面是超现实，另一方面又极具现实感。某种意义上说，《还魂记》在当下时代中国文坛的特殊之处，正在于它相当奇妙地把超现实的艺术表现形式与深刻的批判现实主义精神有机地组合为一个艺术整体。

《还魂记》尖锐犀利的现实批判锋芒，首先指向了社会体制的不合理与不公平，指向了一贯草菅人命肆意妄为的现实权力。这一方面，其不幸命运遭际最具代表性者，莫过于身兼第一人称叙述者功能的柴燃灯。柴燃灯的母亲云婆子虽然人长得很漂亮，标致程度如同仙女，但脑子却不怎么好使。因是之故，她居然稀里糊涂地把柴燃灯生在湖边。更糟糕的是，"她扯断脐带，将你扔进湖里"。若非放鸭人抢救及时，柴燃灯恐怕早就死于非命了。三四岁时，因为给大伯去做"引蛋"结果却"引"出了一个女孩，恼怒的大伯也曾经"一把将我推下湖坎"，亏得有割草老人及时施救，否则柴燃灯就可能再遭劫难。这一事件在年幼的柴燃灯心里刻下难忘的印记，一直到他化为冤魂再度返乡时，依然对此念念不忘。但柴燃灯却终归时乖命蹇，到他五岁的时候，父母不仅把他丢下跑了，而且永远不知所终。被父母无情遗弃后的柴燃灯，只好成为守闸人柴草的养子。这样一来，曾经一度设计陷害过他的柴棍，就顺理成章地成了他的"大伯"。但他人生最大的不幸，恐怕却是被村长老秦陷害，因莫须有的"强奸"罪名被送进了监狱，度过了长达二十年之久的牢狱生涯。荒唐之处在于，这位因为"强奸"罪而被判决入狱的柴燃灯，居然一直到他成为冤魂返乡时，都仍然是一个没有接触过女性身体的童男子。也因此，柴燃灯的被错判入狱，并不是村长老秦单凭一人之力就能够做到的。在这一冤狱被构陷造成的过程中，也还有其他拥有生杀予夺权力者的推波助澜与助纣为虐。其中的关键人物有二。一位是镇里审判庭的庭长，因为自己的心情不好，因为手中拥有绝对的权力，一个审判庭的庭长，就可以罔顾事实，随随便便判处一个无辜者死缓。而柴燃灯自己，明明没有犯罪，最后却被迫认罪，也是屈打成招的结果。一位是县政法委的潘主任，作为主管政法工作的更高一级的领导，潘主任理应认真查核事实，在确证犯罪事实无误的情况下，方才能够批准案子。然而，从他"我不怕邪，我也是坐过牢的"这句话中所明显透露出的，恐怕却是他明明知道自己犯下了草菅人命的错误，但却没有丝毫悔改的表现。正是他们与村长老秦一起联手，共同制造了柴燃灯的悲剧命运。正因为此，柴燃灯竟然在监狱中有了某种不可思议的安全感，我们完全可以由此想见那如同"狂风暴雨"一般的国家机器对他的伤害达到了怎样一种严重的程度。

失去必要监督的现实权力不仅可以陷害如同柴燃灯这样不幸者的人命，而且可以让黑鹳庙村的一众普通村民自觉臣服于村长老秦的淫威之下。比如柴棍，为了巴结村长，捞取好处，竟然把自己的女儿狗牙送到了色鬼老秦的床上。同样的情形，也突出地表现在柴燃灯同学大脚弓的妻弟戴孝身上，要替姐姐出头打抱不平的戴孝，之所以半路上缩回头来，很显然也是服膺现实权力逻辑的一种结果。后来的事实果然证明，有村长罩着就是不一样。当戴孝失手打死邻家老头的时候，因为有村长的帮忙说项，庭长只判了他区区八年徒刑。也正因此，在如同柴棍这样普通村民的心目中，尽管村长老秦长期肆意蹂躏欺辱他们，尽管他们有时候也会恨得咬牙切齿，尤其是在村长儿子结婚时的那场假酒宴竟然致使村里的大部分男人都变成瞎子之后，柴棍他们实在想杀了村长以平复满腔怨气，但到头来却还是放弃了这个念头。之所以如此，关键原因恐怕还在于在柴棍们的心目中，手中拥有生杀予夺大权的村长格外令人敬畏。然而，问题的另一面在于，虽然村长老秦在黑鹳庙村作威作福欺男霸女简直无恶不作，但现实生活中的他却也有卑躬屈膝刻意逢迎的时候。正所谓官大一级压死人，在一个官本位的专制社会之中，无论官大官小，都必须服膺于现实的权力逻辑。如此一种社会体制，所最终规训造就的，只能是如同村长老秦这样处于极端分裂状态的奴性人格。

带有因果报应色彩的一点是，吴庭长一方面草菅人命，极端不负责任地制造着类似于柴燃灯这样的冤假错案；但在另一方面，他自己到后来却也难逃被冤枉的命运。于是我们看到，一位曾经大权在握肆意妄为的审判庭庭长，到头来居然万般无奈地成为了哭告无门的上访户，其中一种存在层面上的荒诞与吊诡意味，是显而易见的。关键还在于，吴庭长虽然不屈不挠地坚持上访十多年之久，但到头来却依然是无果而终。吴庭长人生悲剧的生成，再一次形成强烈的反讽。

对社会体制不合理的揭露与批判，固然是陈应松《还魂记》非常重要的一个主题意涵，但与此同时，陈应松也把自己的批判矛头犀利地指向了深层意义上的人性之恶。这一方面首当其冲的集中体现者，仍然是那位身兼第一人称叙述者功能的柴燃灯。一方面，冤魂不散的柴燃灯当然是一位无辜的被侮辱与被损害者；但在另一方面，他的人性世界构成中却也存在着极明显的恶的成分，为了减刑，他成了监狱中的告密者。因为柴燃灯的积极检举，"有一个人的减刑泡了汤"。柴燃灯的告密行为，招致的是其他同改的反弹报复，并最终不无残忍地将他整死在疤纱堆里。柴燃灯之所以要告密，是为了减刑后的早日出狱，是因为即使在监狱里也存在着一种鼓励告密的基本制度。由此可见，他人性世界中内在的恶，乃是被社会制度之恶激发而出的一种结果。就这样，社会制度之恶导致人性之恶，而人性之恶，却又反过来愈发加重着社会制度之恶。二者互为因果彼此叠加激发的一种必然结果，只能是现实社会整体罪恶的日益严重。《还魂记》中人性之恶的体现者，绝不仅仅只是柴燃灯一人，这种"恶"可以说俯拾皆是。比如说，那位在黑鹳庙村四处放火的白痴五扣，再比如，那位因柴燃灯也即321的告密出卖而无法越狱去保护女儿的"灰机"737，还有江瞎子和万瞎子那两位从始至终一直互相掐来掐去的瞎子。

在强有力地揭示批判以上林林总总的制度与人性之恶的同时，陈应松极其难能可贵的一点是，保持了一种人道主义的悲悯情怀。这一点，集中体现在小说中的寒婆这一人物身上。寒婆怀有身孕的女儿因为遭遇了五扣这个纵火少年燃放的一场大火而不幸丧命。寒婆对五扣有恨意，但我们却更能感觉到她发自内心的一种悲悯情怀的存在。因为她居然能够以德报怨，成为替五扣遮风挡雨的呵护者。"爱能解决一切吗？"对寒婆行为大惑不解的村长老秦提出了这个问题，我们更想提出给作家陈应松。又或者，在《还魂记》中借助于人物之口提出这一问题本身，就意味着陈应松正在苦苦思索寻找着这一问题的答案。

寒婆这一形象的出现却仍然有着非常重要的标示精神价值尺度的意义。陈应松之所以要在《还魂记》中真切地书写记述如此一个弥漫着绝望气息的乡村世界，究其根本，还是因为作家内心深处深深地热爱迷恋着这个乡村世界。唯其如此，他才会在后记中作出如此一种道白："歌颂故土，被怀旧所伤。我不至于如此悱恻，注视死亡。我能否在一个湖沼的清晨写出大气弥漫的村庄？能否在一座长满荒草的坟墓里找到已逝的温情？在一堵断墙上找到熟悉的欢笑和秋收？这不确定的炊烟般的答案在黄昏浮起时，我的归乡意念布满了痛感和苍茫。"①从作家这段恳切的创作谈中，我们即不难触摸到陈应松对于故乡村庄的那样一种滚烫的热爱之情。因此，一种人道主义的悲悯情怀，就既是属于寒婆这一人物形象的，也更是属于作家陈应松的。

三、亡灵叙事的战争书写

最后我们要分析的，是张翎战争小说《劳燕》中的亡灵叙事。假若说其他这些长篇小说中的亡灵叙事者，的确属于死于非命的非正常死亡者，那么，张翎《劳燕》中三位最主要亡灵叙事者的状况却稍有不同。具体来说，其中的两位明显属于正常死亡，这两位分别是牧师比利和美军军官伊恩。牧师比利之死，很显然是自己过于

---

① 陈应松：《还魂记·后记》，《钟山》，2015 年第 5 期。

疏忽大意的结果。一次看似不起眼的火疖子切除手术时，手术刀一时不慎在比利的食指上割了一个小口子。因其不起眼，所以比利就没当回事，只是做了简单的处理。未承想，到最后，他竟然死于由此而引起的败血症："事后证明，我的犹豫是致命的。三十五小时之后，我死于败血症。"比利之死，与那位名叫诺尔曼·白求恩的加拿大人有一比。同样的死亡方式，两人死后的境遇大不相同："他死在合宜的时间合宜的场合，他从而被封为'以身殉职'的楷模，记载在中国一代又一代的教科书中。而我的死，却被掩埋在纽伦堡审判东京审判中国内战等等的重大新闻里，成为尘粒一样微小的小事。"在叙述者如此一种看似理性节制的比较叙述过程中，我们其实不难感受到些许历史反讽意味的存在。就客观实际的工作状态而言，你很难说牧师比利在抗战中对中国做出的贡献就比诺尔曼·白求恩少多少，但诺尔曼·白求恩的青史留名与牧师比利的寂寂无名却形成了极其鲜明的对照。两相比较的一种直接结果，就是再一次地强力印证了历史的残酷无情。美国海军中国事务团一等军械师伊恩之死，则很显然属于年岁很高的寿终正寝。身为曾经在中国战场参加过二战的一位美国老兵，一直到 94 岁高龄时才与世长辞，无论如何都称得上是寿终正寝了。他们两位，一个死于自己的一时疏忽，一个寿终正寝，毫无理由牢骚满腹怨天尤人。相比较而言，三位亡灵叙事者中，后来的命运格外坎坷者，只是抗战当年那位中美特种技术合作所训练营的中国学官刘兆虎。结合文本后面的交代，刘兆虎其实是因肺癌晚期而且已经扩散转移到了骨头不治身亡的。唯其如此，所以，十七年之后，出现在牧师比利目前的刘兆虎才会是一副瘦骨嶙峋的模样。刘兆虎虽然在那个荒唐的政治至上的年代饱受折磨，而且，我们也不能说，他的罹患重病，就与那种不合理的政治迫害无关，但很显然，就直接的死因来说，刘兆虎的死亡乃是肺癌发作并扩散的结果。这种死亡方式，与其他亡灵叙事小说中那些死于非命的叙述者相比较，恐怕还是应该归之于正常死亡的范畴之中。既然三位亡灵叙事者都属于正常死亡的范畴，那么，同样是亡灵叙事方式的征用，张翎的《劳燕》与其他同类作品的区别，也就非常明显了。

之所以要设定如此一类带有生命达观特色的亡灵叙事者，与张翎意欲完成的叙事意图之间，存在着必然的内在关联。这当然不是说张翎的《劳燕》中，已经不再有社会政治层面的批判内涵。事实上，社会政治批判，仍然是《劳燕》思想内涵一个非常重要，不容轻易忽视的组成部分。这一点，集中通过抗战老兵刘兆虎战后的不幸命运遭际而体现出来。身为一名为民族解放做出了巨大贡献的抗战老兵，刘兆虎在战后不仅没有获得应有的勋章和荣誉，反而因为自己当年错误地参加了美国与国民党联合组织的中美特种技术合作所训练营，就被诬为"美帝国主义训练的特务，国民党的残渣余孽"，并因此而被捕入狱，被判处了长达十五年之久的徒刑，在邻省的一座煤矿服刑。若非阿燕作为一个有心人从他入狱一开始就想方设法在营救他早日脱离苦海，那么，依照刘兆虎的身体状况，到最后服刑期满能不能活着走出监狱，恐怕都是一个问题。最终，凭借着阿燕的不懈努力，刘兆虎得以被提前释放："释放的理由是：我因与一名罪犯的名字相似而被误捕。"却原来，在这个过程中，一共有三名当事人为刘兆虎出具了书面证据，这三个人分别是阿燕、四十一步村的支书杨保久（也即癫痫头）以及契约的执笔人德顺爷爷。但即使营救及时，五年的煤矿服刑生活事实上也已经严重伤害了刘兆虎的身体。这种糟糕的身体状况，再加上后来所遭逢的那个大饥荒岁月，刘兆虎的身体彻底垮掉，就是无法避免的一种结果。这个过程中，虽然已经尽释前嫌的阿燕想尽一切办法为他求医问药，但人力却终归敌不过天意，在饱经苦难人世的蹂躏与折磨整整十八年时间之后，刘兆虎最终还是以一副瘦骨嶙峋的形态出现在了早就在月湖等着他的牧师比利的亡灵面前。

依照我个人的愚见，在将近一个世纪的时空范围内，以中国战场的抗战为根本聚焦点，对非正常的战争状态所导致的人性与命运的裂变进行足够真切的透视与表现，方才应该被看作是张翎《劳燕》意欲达致的高远艺术目标。亡灵叙事手段的有效征用，实际上是为了企及这一艺术目标的基本路径之一。1945年日本天皇"终战诏书"

的宣读，标志着长达十四年之久的中国抗战的全面彻底胜利。这一喜讯，对于那些为了这一天的到来作出过浴血牺牲的抗战将士来说，真的是期待已久。那个特别的时刻，月湖的中美特种技术合作所训练营顿时陷入了一种狂欢的状态之中。也就是在这具有特别纪念意义的一天，三个人相约，"你说以后我们三个人中不论谁先死，死后每年都要在这个日子里，到月湖等候其他两个人。聚齐了，我们再痛饮一回"。没想到的是，相约容易，真正践诺却很艰难。三个人中，最早来到月湖践诺的，是三人中年龄最大的牧师比利。那时候，距离他们约定的时间才不过过去了三个月的时间。十八年的时间过去后，刘兆虎成为第二个践诺者。然后，牧师比利与刘兆虎的亡灵又苦苦等待了长达五十二年的时间之后，以 94 岁高龄辞世的伊恩方才姗姗来迟地抵达月湖践诺。三位抗战老兵（尽管牧师比利并不是正式的军人，但他的所作所为事实上却为抗战做出了很大贡献。从这个角度来看，笔者更愿意把他划入老兵的范畴之中）的亡灵不仅终于如约在月湖相聚，更何况，很显然地，在他们之间，也还夹杂着一位共同的女性。毫无疑问，对于七十二年后终于聚集在月湖的牧师比利、伊恩以及刘兆虎这三位亡灵来说，这位讳莫如深的女性，事实上是他们各自生命历程中最重要的一位女性。只不过，在刘兆虎的眼中，她是阿燕，在伊恩的眼中，她是温德，而在牧师比利的眼中，她是斯塔拉。一位女性，三个名字，分别代表着她生命中的三个不同阶段。实际上，七十二年之后相聚在月湖的三位抗战老兵的亡灵，也正是围绕这位共同的女性，展开了对既往生命历程的追忆。其中的故事焦点，当然是他们由于战争的原因而在月湖地区相识、相交一直到最终分手的整个过程。

由以上的分析，即不难看出，假若张翎致使局限于战争的范围来关注描写战争，那么，这所有的人性与命运裂变，恐怕都无从得以充分的表现。作家只有把叙事时间拉到将近一个世纪的长度，才得以尽可能真切地逼近人性与命运的裂变真相。而这，也正是张翎的战争想象叙事，之所以一定要在差不多长达一个世纪的时间范围内展开的根本原因所在。至于第二个问题，也即张翎为什么一定要选择牧师比利、伊恩以及刘兆虎这三位亡灵来作为小说最主要的三个第一人称叙述者？我想，答案恐怕应该从两个方面加以探寻。首先，从技术的角度来说，普通人的寿命都是有限的，因此，要想从第一人称的角度来对长达百年之久的曲折人生进行叙述，就必须想方设法突破寿命的限制。亡灵的特点，就在于它事实上已经最大限度地挣脱了时间的羁绊，已经拥有了在阔大时空中任意往来的自由。这样一来，技术上的问题，就迎刃而解了。其次，更主要的，恐怕还是一种中正、客观而又平静的叙事态度问题。一方面，牧师比利、伊恩以及刘兆虎，都曾经是历史的在场和见证者，而且都与女主人公发生过程度不同的情感纠葛；另一方面，他们现在都已经是身在天国的亡灵，已经与历史现场拉开了足够大的距离。这样的一种情形，很自然地就会让我联想到苏东坡的名句"不识庐山真面目，只缘身在此山中"。很大程度上，只有既置身其内而又跃身其外者，才可能把事情的真面目看清楚。而这三位亡灵叙事者，正可以做如此一种理解。更进一步说，一者，这三位亡灵叙事者都属于正常死亡，再加上他们都已经远离尘嚣，都已经摆脱了置身于历史现场时必然会同时具有的各种喜怒哀乐的情感困扰，因而，也就能够用一种与意气用事无关的通透眼光来看待曾经的恩怨人生。究其根本，同时拥有三个名字的女主人公这样一位具有相当人性深度的人物形象，也正是依赖于如此一种通透的目光才能够被成功刻画塑造成形的。

第七章　民族悲情与抗战叙事

作为二十世纪中国一个重要的历史事件，抗日战争在近些年来已经得到了越来越多有责任感的作家积极而广泛的关注。仅就个人有限的阅读视野，诸如张翎的《劳燕》、何顿的《黄埔四期》《来生再见》《湖南骡子》、袁劲梅的《疯狂的榛子》、熊育群的《己卯年雨雪》等，都属于其中有代表性的作品。与此前曾经产生过广泛影响的那些抗战小说相比较，这批长篇小说的突出之处在于，作家们开始站在一种新的思想高度，借助于一种新的世界观或者说战争观来重新打量观察抗战并进而有新的发现与洞见。"不识庐山真面目，只缘身在此山中"，与此前那些更多地仅仅局限于抗战而展开抗战叙述的长篇小说，比如"十七年"期间的《敌后武工队》《烈火金刚》《野火春风斗古城》《新儿女英雄传》《风云初记》，甚至包括进入"新时期"之后诸如莫言的《红高粱家族》等抗战作品不同，以上这一系列重新书写抗战的长篇小说，一个突出特点，就是历史表现视野的空前开阔。所谓历史表现视野空前开阔，其实明显意味着这些作家不再仅仅局限于抗战的那个具体历史时段，而是在一个更为广阔的长达数十年的历史空间中来充分展开抗战叙述。如此一种写作努力，所必然导致的一个结果，就是当下世界这一维度对于抗战书写的切实介入。正如同观者"跳出庐山，反观庐山"，在跳出庐山的束缚之后重新观察庐山必将会有新的发现一样，一旦拥有了当下世界这一维度的介入与烛照，这些作品所呈现的思想艺术面貌自然也就焕然一新了。无论是海外作家张翎的《劳燕》与袁劲梅的《疯狂的榛子》，抑或内地作家何顿的抗战系列长篇，在这一方面的表现可以说都非常突出。具体到云南作家范稳，他的《吾血吾土》与《重庆之眼》这两部长篇小说也同样突出地体现出了"跳出庐山，反观庐山"的思想艺术特点。

一、抗战的"事件化"叙述

范稳多年来一直孜孜不倦地致力于长篇小说这一文体的创作，曾经在这一写作领域取得骄人的成绩。先是有以边地与宗教为书写对象的"藏地三部曲"相继问世，《水乳大地》《悲悯大地》《大地雅歌》三部作品中，思想艺术成就最高者，当数《水乳大地》。然后，范稳的注意力便由边地和宗教而转向了抗日战争，开始了他抗战系列长篇小说的创作，截至目前，已经先后有《吾血吾土》与本文所主要探讨的《重庆之眼》两部问世。

如果说《吾血吾土》是一部旨在聚焦知识分子苦难命运的长篇小说，那么，到了《重庆之眼》中，范稳的艺术聚焦点，就集中到了抗战期间的重庆轰炸这一具体的历史事件之上。它不仅成为范稳思考表现抗战的一个切入点，而且更成为了贯穿整个小说文本的核心事件，所以，我们才认定范稳的《重庆之眼》是一部以"事件化"叙述为其鲜明特色的抗战长篇小说。

对于一部小说尤其是长篇小说来说，小说的艺术结构是一个不容忽视的问题。我们注意到，作为一位理性很强且有着多年小说创作经验的小说家，王安忆自然非常明白结构问题对于一部小说的重要性："当我们提到结构的时候，通常想到的是充满奇思异想的现代小说，那种暗喻和象征的特定安置，隐蔽意义的显身术，时间空间的重新排列。在此，结构确实成为一件重要的事情，它就像一个机关，倘若打不开它，便对全篇无从了解，陷于茫然。文字是谜面，结构是破译的密码，故事是谜底。"①既然结构被看作是一种"破译的密码"，那么，分析其具体的结构方式对于理解把握一部

① 王安忆:《雅致的结构》，http://www.360doc.com/content/17/0707/05/7661 498_669470287.shtml.

小说的重要性，当然也就显而易见了。具体到范稳的《重庆之眼》，其艺术形式上的一大抢眼之处，首先在于一种三线并置的宏阔艺术结构的精心营造。所谓三线并置的艺术结构，就是说范稳在《重庆之眼》中，围绕重庆轰炸这一具体事件，煞费苦心地设定了三条时有交叉的结构线索。其中最主要的一条结构线索，就是抗战期间，日军飞机对于作为战时陪都的山城重庆可谓是持续不断的轰炸与袭扰，与中国军民面对这种来势汹汹的轰炸行动那样一种可谓是众志成城地进行坚决反抗的不屈意志与行为。一方面，由于重庆地处大西南的大巴山地区，地势险要而地况复杂，易守难攻；另一方面，大概也因为日军拉开的战线太长、国力兵力所不及的缘故，整个抗战期间，日军的地面部队始终未能抵达进入包括重庆在内的大西南地区。然而，除了足够强大的地面部队之外，二战期间的日本还有着较之于中国强大得多的军事装备。其中，一个突出的地方，就是日军空中力量的特别强悍。既然日军的地面部队无法攻入大西南地区，尤其是作为中国战时陪都的山城重庆，那就只能依靠强大的制空力量来对重庆实施连番不断的轰炸行为了。由于整体科学技术发展水平制约的缘故，在当时，飞机的空中轰炸可谓威力无比，用作品中一位日本飞行员的话来说，就是："空中轰炸在那个年代还是个新鲜的技术，我们被称为'带有翅膀的炮兵''飞行在天空中的骑兵'。"某种意义上，战争的较量就意味着军事装备先进与否的较量。毫无疑问，对于中日战争时的日军来说，他们一个非常明显的企图，就是凭借强大的空中打击力量而最终制服重庆，制服中国。

关键的问题是，面对着日军简直就是来势汹汹的轮番轰炸，身居重庆的包括中国军队在内的中国人又该如何应对呢？首先必须承认，因为对于空中轰炸的过于陌生，国人曾经一度陷入过手足无措一片恐慌的状态。但一度的震惊与慌乱之后，紧接着的便是沉着冷静的积极应对。一方面，表现为包括那些达官贵人在内的普通中国人千方百计的躲避行为。这种躲避行为最突出的表现，就是开挖日机轰炸时可以供人临时藏身避命的防空洞。正是依凭着这些精心挖出的防空洞，绝大多数重庆人的生命得到了很好的保障。范稳小说中的相当一部分篇幅，被用来描写展示重庆人如何在防空洞中躲避日机轰炸的情形。其中，甚或还包含有一定的国民性批判的意味与色彩。这一点，突出地表现在第十七节"大隧道之殇"中。在当时，准备私奔到延安的刘云翔和蔺佩瑶，为了躲避邓子儒的疯狂追捕，情急之下，只好躲到了十八梯大隧道的那个公共防空洞里。既然是公共防空洞，那其中的拥挤程度便可想而知："隧道里灯光昏暗，人声嘈杂，大人喊孩子哭。这是一个巨大的蒸笼，是一个塞满了沙丁鱼的大罐头，在外面的轰炸和燃烧弹的烈焰中慢慢地要将一洞子人蒸熟、烤焦。"由于实际容纳的人数远远超过了防空洞设定的容量，时间越长，防空洞里的空气就越稀薄。伴随着空气的逐渐稀薄，防空洞里早已挤作一团的人们便一时陷入了慌乱惊恐的状态之中：面对着空气稀薄即将带来的死亡，一贯擅长于"窝里斗"的一盘散沙的国人们，顿时失去秩序，陷入一片混乱的状态之中。如此一种混乱不堪的状态，很容易就能够让我们联想到数年前的日本大地震之后，日本国民们的精神镇定与社会的井然有序。即使面对着死亡的巨大威胁，日本的国民们也仍然镇定如常，仍然表现出了极高的思想与道德素养。两相比较，我们就不能不为我们民族的国民劣根性而深感惭愧不已。自始至终一直提倡国民性批判的鲁迅先生，早已仙逝多年，但我们的国民性却仍然还处于这样一种糟糕的境况之中。细细想来，的确情何以堪。而范稳能够在一部抗战小说中巧妙引入国民性批判的题旨，他的一种文化关切情怀，诚属难能可贵。面临如此一种严重的境况，亏得有刘云翔的振臂一呼："我们不要拥挤了，否则就是自相践踏，是我们自己在残害自己的同胞啊！这不正中了日本人的奸计吗？大家请安静下来，保持镇静，镇静！"尽管到最后迫于客观条件的限制，大隧道防空洞里的不少人因为窒息而死亡，但刘云翔的强劲呼吁却无疑还是起到了明显的阻碍或者延缓死亡的作用。尤其是被困的人们齐声合唱"五月的鲜花"的那个场景，更是强有力地传达出了中华民族众志成城誓死抵御外侮的不屈意志。

实际的情形也的确如此，范稳《重庆之眼》一个非常突出的思

莫言与当代中国文学创新经验研究

想指向，就是要充分地展现面对日军连番不断的大轰炸，中国人那坚不可摧的生存意志："山城扛住了半年多的轰炸，在哀伤与废墟之间，人们慢慢接受了轰炸就是这个国家抗战的一部分的现实。敌机刚刚飞走不到半个小时，消防队和防护团的人们还在救火、救伤员、拉尸体，有伤亡的家庭还在哭泣，幸存的店铺就已摆出热腾腾的稀饭、小面、抄手（馄饨）。从防空洞里钻出来的人们，该做啥子还做啥子……山城本来就是一座生活气息浓郁、生命力旺盛的城市，在不能立足的地方都能盖房子，日本人的大轰炸显然也阻挡不了人们结婚过日子。"这样，自然也就有了邓子儒与蔺佩瑶之间那场盛大的战争婚礼。很大程度上，能够在充分彰显战争残酷性的同时，把中国民众那样一种坚韧的日常生活意志传达出来，正可以看作是范稳抗战书写的一个突出特色。对于这一点，借助于日军飞行员的视角，范稳也曾经有所思索和表达。作品中的一个重要情节，就是描写面对着日军飞机的大轰炸，重庆人照常在端午节时举办盛大的龙舟比赛。如此一种情形，让日军飞行员川崎大感震惊。重庆人或者说中国人的如此一种精神镇定，直让自己的战争对手也惊叹不已。正所谓"士可杀而不可辱"，范稳在这里写出的，很显然是中国人一种威武不能屈的民族精神。但是，且慢，除了国人的民族精神之外，范稳还进一步从人类的角度对此进行深入的思考。"这种士气是一个诗的国度才拥有的骄傲，这样的国家能够在帝国海军航空队无差别'细密暴击'下照常举办纪念一个诗人的龙舟赛，这与其说是一种士气，不如说是他的国民的诗意。成吨成吨的炸弹、燃烧弹也炸不毁、烧不尽人们骨子里的诗意。谁能毁灭骨子里的诗意啊？就像世界上的任何力量也不能毁灭一个人心中刻骨铭心的爱。"到这个时候，范稳的所思所想就不再仅仅局限于国人气节的表现了。当他把战败了的日本拉进来进行思考的时候，实际上就已经明显超越了国家民族的范畴，而是站在了一种更为普泛的人类的意义层面上。从这个角度来看，这位日军飞行员口口声声不可摧毁的"诗意"，事实上也就可以被理解为某种"精神"或者"意志"。古往今来的一部人类历史，早已充分证明，一个人的肉体固然可以被摧毁，但这个人内在的"精气神"，亦即此处所谓如同"爱"一般的"诗意"却无论如何都是坚不可摧的。

面对日军的疯狂轰炸，手无寸铁的普通民众自然可以依赖防空洞逃避，那么，中国军队又该如何应对呢？虽然从总体军事装备的先进与否来说，中国军队很显然较之于早已武装到牙齿的日本军队差了许多，但这却并不意味着中国军队就会被动地挨打。在力所能及的范围内凭借自身的努力与日军的空中力量做最大限度的对抗，乃是这支军队与军队中的每一位军人责无旁贷的人生选择。与强大的日本海军航空队相比较，中国空军的军事实力的确要弱小许多。虽然中国空军的空中力量不够强大，但正所谓"屡败屡战"，尽管两支军队的空中对抗总会以中国空军的不幸落败而告终，但中国空军却毫不气馁，继续以顽强的意志在我们的领空捍卫着国家和民族的尊严。其中最具代表性的一个飞行员形象，就是《重庆之眼》中主要人物之一的刘云翔。正是刘云翔，这位中国空军第四大队的空军中尉，在端午节那天的中日空战中，以极其矫健利落的身手，击落了一架日机。刘云翔之所以被重庆的民众当作民族英雄来崇拜，其根本原因正在于此。

二、彰显"文明高度"的抗战叙事

如果说范稳的《重庆之眼》是一部抗战的"事件化"叙述的长篇小说，那么，袁劲梅的《疯狂的榛子》就是一部充分彰显了"文明高度"的抗战小说。然而，在展开对《疯狂的榛子》的全面分析之前，需要首先指出的，却是如同袁劲梅这样拥有海外生活背景的作家在展开其文学想象时某种共有的思想艺术特质。那就是，虽然并非全部，但其中的很多小说作品却都具有一种鲜明不过的国际观照视野。所谓国际观照视野，就是指小说的主体故事尽管发生在国内，但相关人物的生存轨迹却往往会延伸到国境之外的异国他乡。比如，严歌苓的长篇小说《扶桑》，张翎的长篇小说《金山》《阵痛》以及《流年物语》，陈河的长篇小说《红白黑》《在暗夜中欢笑》、中篇小说《猹》，陈谦的中篇小说《特蕾莎的流氓犯》《繁枝》、长篇小说《镜遇》，张惠雯的短篇小说《岁暮》《醉意》等，其故事情节，或者干脆就全部发生在国外，或者最起码，人物的命运也会与异国他乡发生一定的关联。之所以会出现如此一种普遍情形，盖与作家的一种海外生存经验密切相关。与之形成鲜明对照的是，虽然不能说绝无仅有，但在那些没有海外生活经验的作家所写的小说作品中，我们却甚少看到国际观照视野的出现。即使偶有例外，那样的一种文学想象也往往会显得捉襟见肘，因其名不副实而很难给读者一种真切的感觉。这就再一次充分说明，无论怎样学富五车才高八斗的作家，他那看似天马行空般的文学想象也须得依赖于自身刻骨铭心的生活经验。正所谓"巧妇难为无米之炊"，虽然我们一直强调艺术想象力的重要性，而且很多人也会本能地形成某种艺术想象可随心所欲任意而为的感觉，但在实际上，一个作家的文学想象，绝不可以无所依托。这些海外作家成功的写作经验，又一次告诉我们，只有那些最刻骨铭心的生活经验，方才有可能成为文学想象最可依赖的生活资源。又或者，只有依托于自我真切生活经验的小说写作，才可能具备足以征服读者的艺术说服力。

之所以要专门探讨海外作家文学想象所具备的国际观照视野，乃因为袁劲梅的《疯狂的榛子》正是这样的一部作品。这并不仅仅体现为对生活经验作为文学想象资源的再度强有力证实，它的重要性，更在于为袁劲梅透视表现近百年中国历史提供一种人类文明的高度。换言之，作家之所以能够在《疯狂的榛子》中成功实现自己反思近百年中国历史的艺术意图，端赖于如此一种人类文明高度的设定。在《疯狂的榛子》中，与这种人类文明高度密切相关的那些人物形象，一方面是几位移居海外的中国人，包括喇叭、"浪榛子"、范白苹、颐希光等；另一方面则是几位曾经在中国生活过的美国人，包括马希尔、皮尔特、丹尼斯、瑞德中校等。倘若没有这些人物形象的存在，那么，所谓人类文明的高度也就无法想象。一个突出例证，就是瑞德中校他们在战争理解问题上的非同一般与不同凡响。2015 年，是中国的抗日战争暨世界反法西斯战争胜利七十周年，不知道是无意间的巧合，抑或是作家的有意为之，袁劲梅在《疯狂的榛子》中也以不小的篇幅写到了抗日战争。瑞德中校、马希尔等一众美国人之所以来到中国，正是为了参加"中美空军混合联队"，以实际行动支援中国的抗日战争。来到中国，实际介入了抗日战争，自然也就会形成对于战争的理解与看法。我们所反复提及的人类文明高度，首先就突出体现在这些美国人的战争观念中。范箬河在《战事信札》中所有关于战争的深度思考，均可以说是接受这些美国战友影响的结果。比如关于两个"我"的理解与认识："当航空兵开起枪或扔起炸弹来，我们常常觉得周围的世界不是真的。我们有两个'我'。一个'我'只做着我们任务里说的事儿。生活再苦，空战再激烈，这个'我'是个航空战士。他都得承受，都得去做。""还有一个'我'却不在战场。在家乡，他是个好人、正常人、清净人，谁也别想碰他。我的那个'我'，在桂林，在你身边。马希尔的那个'我'，在宾州水码头的红枫林里，他的副机长的那个'我'在爱荷华某个小镇里。我们的那个'我'高高地待在天上，或藏在我们心里的一个角落。这个角落是绝不让战争碰的。"两个"我"的区分，恰切合理地解释了战争状态下参战者的某种自我分裂情形。不管是正义还是非正义，战争的本质都是一种必须付出无辜生命代价的暴力行为。虽然说中美两国的参战者都带有突出不过的被迫性质，但他们战争行为的结果却仍然是要不可避免地伤害剥夺他者的生命。就对敌对方生命的伤害与剥夺而言，敌我双方显然毫无区别。问题在于，从一种文明的角度来说，任何人都没有理由去剥夺别人的生命。就此而言，战争的本质就是邪恶的。范箬河他们之所以要一再强调战争是由疯子发动的没有逻辑可言的暴力行为，其根本原因正在于此。范箬河他们既然是战争的参与者，那就必得遵循战争本身的逻辑。一遵循战争的逻辑，自然也就会有那个开枪或者扔炸弹的"我"的生成。战争的存在本身，就把本属正常的人扭曲成为一种毫无主体意志可言的杀人机器。正因为清醒地认识到了战争邪恶本质的存在，所以，如同范箬河这样的参战者才要尽一切可能葆有另外一个作为正常人的"我"。有了这个正常人的"我"的存在，才能最大限度地保证参战者不会被彻底异化为杀人机器。范筏河之所以特别迷恋舒暖，除了发自内心的喜欢之外，实际上也存有借她而葆有正常人的"我"的一种私心："家和女人，让战士不沦落成野蛮人。我们想方设法把家和女人留在心里。"美国的飞行员们之所以都喜欢"用他们的女朋友、太太、巫女、女明星、电影里的女人的名字"来命名自己的飞机，一个不容忽视的重要原因恐怕在此。与野蛮人相对立的，自然是文明人。由此可见，无论是范筏河《战事信札》中对于战争性质的理解判定，抑或是对于两个"我"的特别区分，所彰显出的也就是一种人类文明的高度。正因为如此，范筏河才会强调："在这一夜，我基本同意怀尔特的文明理论，我也想当文明人。我打仗，只是因为：必须有人来结束'战争'这个脏活。"

　　与两个"我"的区分同样重要的，是围绕"汉奸"问题所发生的一场争论。事情的起因，是范筏河没有给在地面为日本军队干活的中国劳工撒放提醒他们及时撤离的传单。原因在于，他认定这些为日本军队干活者"大多都是汉奸"，他的行为遭到了怀尔特的坚决反对。怀尔特说："所有非战斗人员，都不是你的敌人。那些民工是你的同胞。战争是人类的悲剧，它不光是要死人，它还会把人变成野兽。我不想你们这些年轻人在战争结束之时，却失去你的悲悯之心。所有战争中的规则都是非正常规则。"当范筏河以自己对日本人充满仇恨为由做自我辩解时，怀尔特语重心长地告诉范筏河，自己也并非对日本人没有仇恨，因为他的两个弟弟就都是在战争中命丧日军之手。一个对日本人满腔仇恨的人，居然能够以如此一种博大的悲悯情怀来面对战争，来对待战争中的平民，所充分体现出的，正是一种理性色彩鲜明的文明高度。应该注意到，与一般意义上的"英雄"理念不同，范筏河心目中的"英雄"，居然是如同怀尔特这样在战时也能在内心里坚持正常生活伦理的参战者。据此来反观战后已然超过半个世纪的中国战争文学史，在数量众多的战争文学作品中，最起码在我，并没有看到过类似一种既有反战姿态也有悲悯情怀的战争观念的表达。质言之，能够提出战争状态中的两个"我"理论，能够把战时伦理与正常伦理间隔区分开来，所强力凸显出的，其实是一种带有突出普世意味的人类文明高度。

说到抗日战争，不能忽略的另外一点，是借助于如同马希尔这样的美军参战者眼光而对中国抗战乃至中国文化做出的深刻反省。一方面，蒋介石的中央政府因为领导抗战而能令行天下，拥有着执政的合法性；但在另一方面，中央政府内部却又因为派系的矛盾而直接阻挠影响着抗战。一个突出的表现，就是湖南首府长沙的最终失守。镇守湖南的薛岳司令尽管曾经发誓死守长沙，但最终却因为得不到蒋介石的强劲后援而失守长沙。归根结底，只因为他不是蒋氏的嫡系。就这一点而言，长沙失守的责任确乎应该由蒋氏承担。然而，问题的另一面在于，派系的存在确也实际影响着蒋氏对抗战的领导，比如，东战区某李司令就曾经致电史迪威总部声称不仅"长、衡"已失，而且蒋委员长已被其废了，要求把所有的物资全部送到他那里去。尽管严酷的抗战现实要求国人上下一致对外，但客观存在的派系争斗却又实在无法避免。也因此，"我们中方人员打的是两场战争，一场是抗击日本暴力侵略；另一场是对付我们制度的问题。美方人员只打一场抗日战争"。于是，也就有了怀尔特对于衡阳失陷的独到理解，"美国军队有严格的军衔等级，那是为了有效打仗。可你们的军衔等级，也不是为了有效打仗，是为了有效统治。效忠不效忠，嫡系不嫡系，给不给面子，成了比对和错、胜和败还要重要的事儿"。必须承认，怀尔特的确有着非同一般的洞察力。他的发现，让范箫河备感震惊。为什么是怀尔特而不是范箫河发现了这一点呢？一个重要的原因，恐怕在于美国或者干脆说是西方文化参照系的存在与映衬："大概是因为他没见过'嫡系'、'效忠'这类中国文化深层的事，一看到，就特别敏感。"这里有两点值得特别注意。其一，范箫河在《战事信札》中每每叙及美方参战者对中国战事的精辟洞悉，其洞悉者往往是怀尔特。之所以如此，盖因为作为一名老飞行员的怀尔特，是CACW亦即"中美空军混合联队"中"最有思想的人之一"，外号就叫"教授"。其二，更重要处在于，叙述者特别提及"中国文化深层"。一旦触及中国文化深层，显然就意味着作家的思考视野不仅仅局限于抗战本身，而且也已经由现实的抗战进一步延伸至历史的纵深，把现实存在的"中国问题"提升到"中国文化"的高度来做更深入的探究。从根本上说，只有在不同文明形态比较的层面上，才可能触及"中国文化深层"相关问题的探究与思考。就此而言，袁劲梅的批判，既关乎抗战时期由蒋氏政府主导的政治体制，也关乎中国文化深层所存在的问题。

同样对战时中国社会问题进行细致观察的，是另一个当年第14航空军中的罪犯，后来成为"中国问题专家"的老兵汤姆森。汤姆森在当年之所以成为令人不齿的罪犯，是因为他在中国的黑市上倒卖东西：倒卖美元，卖 PX 军餐食物，倒卖过一次汽油。但请注意，汤姆森的犯罪，一方面固然与其内在的心性有关，另一方面却更与中国文化土壤的熏染有着不容剥离的内在渊源。正所谓"橘生淮南则为橘，橘生淮北则为枳"，袁劲梅借助于汤姆森这一人物形象，所试图一力揭示的，仍然是与上述"嫡系""效忠"密切相关的中国文化痼疾。具而言之，汤姆森的犯罪，与他发现的中国社会"奥秘"有关："我不懂，卷进黑市的中国军官，怎么就能在这么糟糕的生死关头，不打仗，反而在黑市上从商？效忠和规矩都不是法，他们不守法，光要捞黑市上的快钱。让我更不懂的是：为什么中国人在黑市上总是自己人骗自己人；当华东战局这么糟糕的时候，还自己人打自己人？"尽管存在着明显的文化差异，虽然难以接受理解，但嗅觉格外灵敏的汤姆森却从中发现了自己的可乘之机："原来，我突然掉到了一个没有'法律'只有'关系'的世界。"面对着这一明显的异质世界，汤姆森感到特别困惑。但既然无"法"可依，既然是一个"关系"社会，那汤姆森自己也就可以浑水摸鱼了。尽管在战时就已经为自己的行为受到过军事法庭的严厉惩处，但一直到战争结束后汤姆森才开始慢慢生出忏悔意识。具有暴力性质的战争，本身就是邪恶的。此外，战争的邪恶还表现为能够激发出人性深层的恶，汤姆森的存在即是突出的一例。但相比较而言，袁劲梅如此一种书写的主旨，恐怕还在于揭示中国文化存在的问题。那就是，无论是否有抗战的发生，中国社会没有"法律"只有"关系"的痼疾都是一种客观事实。只不过，这种痼疾必须有西方或者说一种普世的文明为参照才可能被清楚看出。不管是前面已经提及的怀尔特、马希尔，抑或是这里的汤姆森，这些来自遥远美洲大陆的航空兵的最重要的意义显然在此。

同样是一部具有彰显文明高度内涵的抗战小说，张翎的《劳燕》最引人注目的特点，却表现为艺术形式的实验与探索方面。具体来说，作家叙事艺术上的努力，主要表现在多种文体形式的适度穿插式征用上。举凡书信、日记、新闻报道、地方志、戏文，乃至于两只狗之间的对话，等等，全都被张翎有效地纳入了自己的叙事进程之中。作为叙事源头的那封丢失在尘埃中的信件，自不必说，文本中穿插的由美国海军历史档案馆所珍藏的伊恩写给家人的三封家书，其叙事上的重要作用也不容忽视。借助于这三封家书，一方面巧妙交代了如同伊恩这样的美国青年为何会主动请缨，远渡重洋，到远东也即中国战场参战的根本动机，另一方面也简洁地叙述了美军战士在中国日常生活的艰难状况。同时，也还草蛇灰线般地含蓄讲述了自己和温德之间的情感纠葛："我的心情以至很低沉，所以我做了一些蠢事——我是指情感上的蠢事。我尚不知道我的愚蠢会把我带进天堂还是地狱。"联系后面的写信时间来判断，伊恩在这里很显然是在以一种美国人的自嘲方式和妹妹丽雅谈论着自己与温德之间的情感故事。新闻报道的形式，则出现在《美东华文先驱报》关于抗战胜利七十周年的特别纪念专辑报道中。张翎的叙事智慧，突出地表现在人物特写的主角，是当年远赴中国战场作战的美国海军中国事务团的一名成员伊恩·弗格森（简称伊恩），这位伊恩，与前面曾经两度提及的信件被不慎丢失的伊恩，以及那三封家书的书写者伊恩，都是同一个人。而报道的书写者、这家报纸的资深记者凯瑟琳·姚，与伊恩之间却又是充满着恩怨纠葛的亲生父女关系。由凯瑟琳·姚撰写的这则以伊恩为主人公的人物特写，以格外详尽的笔触，真切记载了伊恩曾经深度介入过其中的一次夜间行动炸毁日军军需库的战斗过程。多少具有一种巧合意味的是，日记形式的作者，居然也是这位伊恩。而且，伊恩的日记，也恰好被作家穿插到了这次炸毁日军军需库的特别行动过程之中。借助于伊恩的日记这种形式，张翎对战争状态下人物一种特有的微妙心理状态进行了特别真切的揭示与记述。请一定不能轻易忽略伊恩这段日记对于美军战士战争中潜意识的真切揭示。如果说由于长时段行军所导致的严重疲劳与饥饿感而诱发对于食物的联想，尚且不难理解，那么，由此而更进一步地联想到对于参战意义的怀疑，乃至于战争所不可避免造成的伤残现象，并由此而引发出对作为暴力机器的战争的整体否定情绪，很显然就是现代意义上反战思想的一种集中表达了。

地方志的穿插，则是在小说开始不久，阿燕她们家所在的偏僻山乡四十一步村惨遭日军炸弹袭击之后。关于那场袭击，多年之后的县志中是这样记载的："一九四三年三月三十一日早晨七时二十分左右，六架日军轰炸机突袭我县四十一步村，投下十一枚炸弹。除一枚落入水中，一枚落在山坳之外，其余九枚皆在居民区和茶林爆炸，炸毁民房九间，造成八人死亡，二十九人受伤。牲畜伤亡不计其数。"小说是一种虚构的文体，尤其是在第一人称的叙事模式中，叙述的主观性色彩非常突出。在虚构的小说中引入地方志这种形式，意在凸显事件本身的客观与真实性。更进一步，张翎之所以要刻意地引入地方志的形式，也是为了强调这一突发事件对于若干主要人物未来命运的决定性影响。非常明显，正是这一突发事件，从根本上改变了阿燕与刘兆虎这两位人物的命运走向。

至于戏文，则很显然是指在鼻涕虫壮烈牺牲后筱艳秋的那一场越剧演出。那一场越剧演出，一共演出了两个剧目，其一为《梁山伯与祝英台》，其二为《穆桂英挂帅》。倘若联系张翎的《劳燕》文本，你就不难发现，其实这两个剧目都是精心选择的一种结果。在国家全民抗战的时代背景下，选择《穆桂英挂帅》这样的剧目，其意义不言自明。关键还在于《梁山伯与祝英台》这一剧目选择的潜在内涵。作为中国戏曲舞台上长盛不衰的一个经典剧目，《梁山伯与祝英台》所讲述的，其实是一个真诚相爱者最终被迫劳燕分飞的爱情悲剧。所谓"劳燕分飞"，按照《现代汉语词典》的权威解释，典出"古乐府《东飞伯劳歌》：'东飞伯劳西飞燕。'后世用'劳燕分飞'比喻人别离（多用于夫妻）"。以此来对应于张翎的小说标题，则张翎的标题显然包含两方面的寓意。其一，是指情侣之间的一种被迫分手。从这一角度来看，小说中来自美国的牧师比利与海军中国事务团军官伊恩这两个人物，都在不同程度爱上了他们各自心目中的斯塔拉或者温德。然而，由于乖谬的命运作祟的缘故，他们的这种情感追求，到最后却都没有获致圆满的结果，男女被迫劳燕分飞。其二，则是指一种事实上已经超越了男女情感的真切凝结着战争期间的血与泪情义的战友情感。按照伊恩的理解，只有那些彼此之间存在着生命凝结的朋友，方才能够称得上是"战友"。这四位主要人物在战争结束后不得不分手，并且因为国情的不同而走上迥然相异的人生道路，也就的确称得上是"劳燕分飞"了。而且，他们四位的交集，充满了偶然的意味，但他们的最终分手，却又是必然的。那么，作家之所以选择《梁山伯与祝英台》这样的一个剧目来穿插到文本中的根本用意，自然也就异常显豁了。归根到底，即使是一个演出剧目的穿插运用，也一样是作家艺术上深思熟虑的一种结果。

二者之间形成对话关系的那两只狗，分别是隶属于伊恩的幽灵与隶属于温德的蜜莉。身为军犬的幽灵，其父亲是一只柯利犬，母亲是一只英国灰狗，二者杂交的结果，就是幽灵这样一只"集智慧和速度于一身"的公狗。拥有如此一种天性优势的幽灵，似乎从一开始就注定了它成为军犬的命运。具体来说，作为一只经过特殊培训的侦察犬，幽灵"可以在行军时成为队伍的先导，能搜捕到人耳所无法察觉的异常动静，看见人眼所不能发觉的陷阱和地雷导线，或者埋伏于树枝之下的武器装置。一旦发现异常，它不会发出任何声响，而只是用竖起耳朵或项背上的毛的方式，来提醒主人可能到来的危险"。而蜜莉，则是一只白色的梗犬。按照百度的说法，这种犬，一般来说，精力充沛、个性活跃，是一种对主人忠诚、亲善的犬种。梗犬一般个子较小，灵敏，活泼，富于表现，兴奋性强，大多属于宠物犬。蜜莉的主人，原来是一个瑞典传教士。这位传教士在回国前，把蜜莉留给了牧师比利，比利又把它转送给了斯塔拉。请注意，当幽灵与蜜莉这两只狗之间开始对话的时候，幽灵已经在一次战斗中因为救人而壮烈牺牲，变成了真正的"幽灵"。它们之间的这种对话关系，一直延续了长达五十天之久，一直延续到蜜莉因怀孕难产身亡也变身为"幽灵"的时候。借助于幽灵与蜜莉这两只狗之间的对话，可以叙述交代一些人物的情感隐私，比如伊恩在失去原来的美国女友艾米莉·威尔逊之后的暗地悲伤。在收到前女友的美国来信之后的号啕大哭，既然只有幽灵一只狗在现场，那么，伊恩的悲伤便只有通过幽灵的叙述才能够为读者所了解。当然了，作家之所以要特别采用两只狗对话的方式，其根本意图乃是试图借此而巧妙地叙述传达它们各自的主人伊恩和温德之间的一段跨国爱情。更为关键的是，在比较了伊恩与牧师比利之间的差异之后，利用一次伊恩不慎受伤的机会，聪明的蜜莉通过温德见不得牧师比利的缝合过程这一细节，便清晰地洞察了自己的主人温德对伊恩之间的微妙感情生成。实际上，幽灵也罢，蜜莉也罢，张翎却又哪里是在写狗？写来写去，她所写出的，也还是人。

三、湖南作家何顿的抗战书写

以上几部作品之外，湖南作家何顿的《湖南骡子》与《黄埔四期》也各有其不容忽视的思想艺术价值。尽管小说的故事时间长达百多年之久，尽管后半个世纪也的确属于远离了战火硝烟的和平年代，但就我们的一种阅读直感，《湖南骡子》最精彩最引人入胜的部分，恐怕还是前半部分关于战争的描写与反思。在这里，应该予以特别关注的，就是作家对于抗战尤其是国共两党在抗战中所发挥的不同作用进行了颇富新意的深入探究与表现。我们注意到，最近一些年来，伴随着历史史料的挖掘与发现，曾经长期处于被遮蔽状态的一部真实的抗战历史，开始逐渐地得到了一种史学意义上的还原。在这个意义上，何顿的这部《湖南骡子》，就完全可以看作是第一部全方位整体性地再现国军惨烈的抗战情景，真实还原抗战历史的长篇小说。其中最为精彩的，肯定莫过于四次长沙会战的描写。虽然说迫于日军的优势兵力，其中的第四次会战以国军的失败撤退而告终，但前三次会战国军的胜利却是毫无疑问的。长沙会战，对于气焰特别嚣张、自以为不可一世的日军，形成了沉重的打击，彻底地打破消解了日军不可战胜的神话。在这里，需要提出的一个问题是，这些国军将士，为什么会在对日作战中表现得如此勇敢呢？对于这一点，作家何顿借用"我"爹何金山回答杨福全提问的方式给出了自己的思考："区别很大啊，这也是我军溃败和共军节节胜利的原因，因为共军的士兵各个脑袋里都装着理想、装着杀富济贫，打仗敢玩命，一心要消灭我军，好早日实现他们的共产主义。我们的官兵却凝聚不起来，因为我们不是为理想而打仗。打日本鬼子时，我们同仇敌忾，就有凝聚力，敢玩命，战斗力就强。我这些天总是想，为什么一与共军作战我军就溃不成军？就几十万军队又几十万军队地被共军歼灭？这是我军官兵没有理想，不知道为谁打仗，就不愿打仗，而上头却不停地催我军打仗，这就丧失了当年打日本鬼子时的那股锐气，这是关键。"在这里，何顿一方面说明了长沙会战之所以能够对日军形成沉重打击的原因，另一方面也对比性地分析了国军最后惨败的原因。事实上，这样的一种思路，也就为"我"爹他们后来的和平起义埋下了最初的伏笔。

说到对于战争的描写与表现，《湖南骡子》最值得注意的地方，还并不仅仅是对于国军将士真实抗战情形的还原性呈现，而是作家在"我"爹何金山这个人物身上所深刻寄寓着的一种差不多可以称之为反战思想的人道主义悲悯情怀。尽管从其人生经历来看，父亲的前半生可以说都是在血雨纷飞的战场上度过的，但特别值得注意的一个地方却在于，如此一位半生军旅生涯的将军，在骨子里居然是一位带有强烈厌战情绪的反战主义者。这一点，早在抗战之前，就已经凸显无疑了。在赵振武师长因为内战而不幸身亡之后，父亲终于下定了当逃兵的决心。一位已经官至团长的军人，宁愿做一名老兵饭店的老板，也不愿意继续自己的军旅生涯，而且还为此感到很快乐。这样的军人还不可以被看作是反战主义者吗？说父亲何金山是一个反战主义者，还与他在战场上的一些反战言论有关。即使是在抗战的过程中，父亲何金山也有过类似的言论："武汉会战在即，弟兄们，你们都是好青年，杀敌的最有效方法就是不被敌人杀死，你们在战场上都要保护好自己，不要成为日本鬼子的枪靶子。"一位半生行伍的军人，可以把自己战士的生命看得比所谓战争的胜负重要得多，能够如此地珍惜生命，自然就是一种难能可贵的反战意识了，尽管粗通文墨的父亲何金山自己也未必明白究竟什么叫作反战思想。

　　然而，尽管说能够通过父亲何金山这一军人形象的塑造传达出一种难能可贵的反战思想，但如果在更高的层面上来看待评价何顿在《湖南骡子》中对于战争所进行的反思，那么，我们就不得不承认，与那些更具思想超越性的小说作品相比较，何顿的反思还是有一定缺憾的。

　　以逼真的写实手段成功地还原真实的抗战情景，有效地为国军将士正名，确实应该被看作是何顿《湖南骡子》非常值得注意的一大成就。但需要我们进一步追问的却是，何顿究竟采取怎样的一种叙事策略才有效地取得了如此突出的一种艺术效果。在这里，我们就必须注意到作家对于叙事重心的睿智设定。《湖南骡子》采用的，是具有相当叙事难度的第一人称叙事方式。小说的叙述者"我"，是何氏家族这个大家族的第三代成员，他不仅叙述传达故事，而且也作为一位小说人物介入到故事的进程之中。从基本的创作动机来看，通过"我"的视角，讲述长达百年之久的家族、国族历史，可以说是何顿最根本的一种思想艺术追求。需要引起我们特别注意的，乃是何氏家族的复杂构成。何氏家族不仅源远流长，从"我"的爷爷何湘汉起始，到"我"自己孙子辈的何娟、何懿，构成了所谓的"五世同堂"，而且，家庭成员的构成成分也相当复杂。既有父亲何金山这样的国民党军人，也有大叔何金江、二叔何金林、三叔何金石这样的共产党人。既有何家桃的丈夫郭铁城这样的右派分子，也有何陕北、何白玉这样的"文革"造反派。或者也可以这么说，一部中国近现代史上出现过的各种社会政治力量，都多多少少在何氏家族这里留下过自己的痕迹。唯其如此，一部家族史，才可以被当作一部生动、具象的国族史来理解认识。詹姆森早就指出："第三世界的本文，甚至那些看起来好像是关于个人和力比多趋力的本文，总是以民族寓言的形式来投射一种政治：关于个人命运的故事包含着第三世界的大众文化和社会受到冲击的寓言。"①某种意义上，何顿的这部《湖南骡子》，正可以被看作是杰姆逊此种观点的恰切注脚。在这五代人中间，就出生的年龄而言，与抗战发生着密切关系的，实际上正是父亲何金山他们这一代人。父亲一代共有兄弟四人，尽管其中老二、老三以及老四都先后参加了共产党，而且，共产党也确实以游击战的方式积极地介入了抗战的过程之中，但必须注意的却是，叙述者"我"的视点一直都集中聚焦在自己的父亲何金山身上。这就正如戏剧舞台上的追光一样，由于叙述者的目光自始至终都追随着国军的高级将领何金山，所以，小说所出现在读者面前的，就是一部壮烈无比的抗战史了。

在小说艺术形式的层面上，何顿的《湖南骡子》以其鲜活的文本事实鞭辟入里地告诉我们，对于一部小说而言，叙事视点的选择该有多么重要。道理实际上也非常简单，"十七年"期间的那些革命历史小说，之所以能够极其有效地"在既定的意识形态的规限内，讲述既定的历史题材，以达成既定的意识形态目的"②，能够有效地"讲述'革命'的起源的故事，讲述革命在经历了曲折的过程之后，如何最终走向胜利"③，一个非常重要的原因，恐怕就在于作家的叙事视点自始至终都聚焦在共产党人，聚焦在革命者的身上。从文学史的角度看，何顿这部《湖南骡子》一个不容忽视的价值，

---

① （美）弗雷德里克·詹姆森：《处于跨国资本主义时代中的第三世界文学》，见张京媛主编《新历史主义与文学批评》，北京大学出版社1993年版，第235页。

② 黄子平：《"灰阑"中的叙述》，上海文艺出版社，2001年版，第2页。

③ 洪子诚：《中国当代文学史》，北京大学出版社1999年版，第106页。

就是通过抗战过程中国军将士浴血奋战坚决抗日史实的还原，相对于曾经产生过巨大影响力的革命历史小说，实现了某种思想艺术的可贵超越。

与《湖南骡子》相比较，更能代表何顿抗战小说成就的，是他另外一部影响更大的《黄埔四期》。除了内隐作家的写作动机之外，作品开始之初，贺强与贺百丁父子的这段对话，其实也具有某种预叙的功能。所谓预叙，按照叙事学理论，就是在故事尚未完全展开之前以某种暗示的方式把故事情节的基本走向提前有所交代。这一方面，典型不过的一个例证，就是曹雪芹《红楼梦》中的贾宝玉神游太虚幻境那一部分。虽然主要人物的故事还有待展开，但作家却非常巧妙地利用每一人物的判词这种形式，提前暗示了这些人物未来的命运走向。具体到何顿的《黄埔四期》，在这部由抗战书写与战后命运遭际两大部分组成的长篇文本中，何顿以近乎于纪实文学的笔触纤毫毕现地把包括淞沪会战、武汉会战、徐州会战、中条山会战、豫中会战、兰封会战、长沙四次会战在内的以国民党军队为主体进行的所有会战，甚至包括西南边陲中缅交界地区的远征军作战，也全部纳入自己的笔下。问题在于，何顿究竟采取怎么样的一种艺术结构方式，才能够把国民党的抗战历史全景式地纳入自己的表现视野之中呢？具体来说，何顿采取的可谓是一种双重的双线结构。所谓双重，就是指在时间的层面上，何顿以抗战胜利为界，分别讲述着两个不同时间段落里的故事。其中，抗战胜利前的故事，从谢乃常与贺百丁他们的投考黄埔军校开始写起，一直到抗战胜利为止。抗战胜利后的故事，从抗战胜利写起，一直写到了"文革"结束后的当下时代。所谓双线结构，就是指不管是抗战书写抑或是战后命运遭际，何顿都是依循着谢乃常和贺百丁这两位曾经担任过国军高级将领的起义军官的人生轨迹而渐次展开的。从这个意义上说，他们两位的不同人生轨迹，自然也就构成了《黄埔四期》一种不断交叉推进的双线结构。抗战后的命运遭际故事姑且置而不论，单只是就抗战胜利前的故事来说，何顿正是通过对于谢乃常与贺百丁他们两位战争行迹的特别设定，格外巧妙地把我们前面提及的那些会战连缀编织在了一起，进而达到了全景式地再现展示国军抗战历史的根本写作意图。比如，为了把"一·二八淞沪抗战"有效纳入自己的叙事框架之中，何顿煞费苦心地安排谢乃常在北伐战争结束后被校长蒋介石调任到"黄埔同学会"工作。能够进入这个机构工作，说明谢乃常在蒋介石的心目中有着很高的信任度。正是从这种信任度出发，蒋介石才会特别派遣他到驻扎在上海的三十二军去担任特派员，并且亲自授予他上校军衔。这样，谢乃常就顺理成章地到了上海。担任特派员期间，正当盛年的谢乃常先后与陆琳、黄莹两位女性发生情感纠葛缠绕。然而，特派员这一身份虽然意味着谢乃常深得蒋介石的信任，但却终归是一个闲职。对于热衷于建立功勋的谢乃常来说，所渴盼的是能够在军中担任一个实职。因此，当他有可能通过高中汉的推荐而出任十九路军的一个团长的时候，他就迫不及待地向蒋介石提出了自己的强烈要求。蒋介石尽管略有迟疑，但最后还是满足了谢乃常的要求。由蔡廷锴任军长的十九路军，是史称"一·二八淞沪抗战"的主力，何顿就顺理成章地把"一·二八淞沪抗战"有机地纳入了《黄埔四期》之中。与此同时，也正是借助于这一部分的叙事，何顿写出了谢乃常之所以会失去蒋介石信任的主要原因。根据小说结尾处曾冠雄的事后揭秘，谢乃常失去蒋介石信任，乃是因为被别人告黑状的缘故。如此一种"前科"，再加上他后来被蔡廷锴他们强拉进反蒋兵变，以及"西安事变"时与杨虎城、共产党的过往密切，数种因素叠加在一起的结果，便使他彻底失去了蒋介石的信任，一直被"内控"使用。所谓"内控"，"就是在有效范围内控制使用"。在黄埔四期的一众学员中，谢乃常虽然出头最早，北伐军时就已经升任团长，但一直到抗战结束为止，也只不过是一个区区少将，根本原因显然在此。就这样，借助于谢乃常的参与淞沪战事，何顿一方面巧妙地把"一·二八淞沪抗战"有机地纳入了《黄埔四期》的整体叙事之中，另一方面却也草蛇灰线般地写出了曾经一度受宠的谢乃常为什么会失去蒋介石的信任，所收到的就是一箭双雕的艺术效果。

回顾中国长篇小说的本土传统，既有《红楼梦》《金瓶梅》这

莫言与当代中国文学创新经验研究

样以日常叙事为特色的世情小说，也有《三国演义》《水浒传》这样侧重于宏大历史人物与事件的家国叙事，还有《西游记》《封神演义》这样带有明显幻想色彩的神魔小说，当然也少不了如同《儒林外史》这样讽喻特色极其鲜明的文人叙事。细细辨析何顿《黄埔四期》艺术传承上的来龙去脉，毫无疑问属于《三国演义》《水浒传》家国叙事一脉。小说之所以被命名为"黄埔四期"，乃因为其主要内容就是要描写展示一群黄埔军校第四期学员在抗战期间以及抗战后堪称跌宕起伏不无吊诡的命运变迁。其中的两位核心人物，就是贺百丁与谢乃常。时年只有二十岁的谢乃常，本是湖南郴县一家豪绅的公子，其妻田贵荣已经身怀六甲。某一天早上，谢乃常忽发奇想，要去县城买葱油饼吃。没承想，这位热血青年一生的命运就此改变："他并不知道，他这一去会有好多年不会回来。"在县城，谢乃常意外遭遇准备前往广州投考黄埔军校的贺百丁、贺怀国以及陈德三位年轻人。"谢乃常天生是个热心肠，受其父影响，爱读'三国''水浒'，尤其欣赏《水浒传》里那些豪爽仗义的好汉，便说：'我请你们吃饭吧。'"这一吃饭不要紧，关键是四位青年说得特别投机。谢乃常热血沸腾，顿然决定随同他们三位一起南下投考黄埔军校。从此开始，四个人就同吃同睡同进出，结下了颇为深厚的兄弟情义。这才有了由陈德提议的结拜兄弟一说。紧接着进行的北伐战争中，谢乃常他们又相继结识了另外四位同样来自湖南的黄埔四期学员，结拜的阵容再次扩大为八兄弟。何顿在以上八兄弟之外，不无简略地先后穿插叙述过诸如张灵甫、胡琏、李弥等几位历史上实有其人的黄埔四期学员的故事，但整部《黄埔四期》却仍然是以叙述结义八兄弟尤其是谢乃常与贺百丁的故事为主体的。应该注意到，就在这个不长的叙事段落中，何顿曾经先后分别提及《三国演义》与《水浒传》。不管他的这种提及是有意还是无意，着眼于文本实际，也无论是小说的叙事内容，还是小说的故事展开方式，抑或主要人物殊难化解的心理情结，都可以说与《三国演义》和《水浒传》这样的家国叙事存在着不可剥离的内在关联。

实际上，正是借助于中国本土一种家国叙事小说传统的自觉传承，通过双重的双线结构方式的特别设定，何顿方才格外深入地完成了他关于残酷抗战历史的真切艺术书写。我们所谓残酷抗战历史，可以从两个方面加以理解。其一是抗战当年那样一种血雨腥风的惨烈战争场面，其二是当年的抗战英雄在战后所遭受的一系列不公正待遇。先来看第一点。导致抗战情形特别惨烈的主要原因，在于中日军事力量的对比格外悬殊。决定战争胜负的关键性因素，一方面是双方军事实力的对比，另一方面则是精神意志的较量。从这两个方面来衡量，抗战全面爆发时中日之间的状况绝对是日优我劣。一方可谓武装到牙齿，虎视眈眈有备而来，另一方却不仅兵力国力贫弱，而且匆忙上阵仓促应战。更何况日本人一贯以所谓"不成功便成仁"的"武士道"精神举世闻名，而国人却大多皆属被"精神胜利法"所主宰的愚弱国民。双方对阵的结果，由此即不难预测。实际的情形也果然如此，贺氏父子在对话中提及的那些会战中，除了长沙会战、徐州会战中的台儿庄战役、昆仑关大捷以及后期的滇缅会战之外，其余会战的结果均以我军的失败而告终。但整体意义上的抗战并不以一时一地的胜负为其根本的胜负，胜利也罢，失败也罢，正是借重于国军正面战场的一系列会战，这场长达八年之久的全面抗战方才取得了最终的胜果。也因此，虽然国军的大多数会战以失败而告终，但多少带有一点吊诡意味的是，正是这一系列的失败最后奠定了抗战胜利的基础。倘若没有这一系列惨烈异常的会战，那么，所谓的抗战胜利自然也就是无稽之谈。正因为中日双方存在着多方面的巨大差距，所以，面对着来势汹汹的日军，国军的抗战场面才会特别惨烈。这一点，在何顿的笔下有着鲜明有力的表现。"日本兵也不要命，龇牙咧嘴地与国军官兵拼刺刀，勇敢得像一头头狮子，国军却如勇猛的亚洲鬣狗，两人或三人围着一个日本兵死缠烂打地砍杀，这样不计血本地厮杀了半个多小时，夺回了阵地，却为此战死四十多人。""到处都是伤兵、死人和血，一股强烈刺鼻的血腥气充斥在空中，仿佛是一片浓雾，令人恶心、窒息。"

硝烟与尸臭弥漫的战场，自然会让初次直面死亡的战士心生恐惧。实际上，也正是通过贺怀国与杨狗蛋这两位带有对比性色彩的人物形象的描写，何顿极真切地写出了战争的惨烈与残酷。贺怀国不仅是贺百丁的结拜兄弟，而且已经被提升为营长，然而，面对着"太强大""太拼命太能打"的日军，面对着触目皆是的国军将士的尸体，贺怀国终于被吓破了胆，大敌当前竟然不管不顾地临阵脱逃。被抓回来之后，贺怀国以对家人的责任而强作自我辩解。家庭的牵绊肯定也是实情，但导致贺怀国临阵脱逃的根本原因，恐怕还是面对着战争的惨烈境况一种求生的本能占了上风。与贺怀国形成鲜明对比的，是杨狗蛋。杨狗蛋第一次上战场时，也曾经本能地逃跑。因为有过羞耻的逃跑经历，所以在医院面对着贺百丁，杨狗蛋才会羞愧万分。面对着贺百丁犀利的目光，杨狗蛋"不敢吭声，身体在他注视下瑟瑟发抖，这种颤抖让贺百丁内心深感怜悯，想自己第一次上战场时也很害怕就更加用力地盯着他"。却原来如同贺百丁这样的铮铮铁汉第一次上战场时也会产生恐惧心理。又或者，任是谁，第一次上战场，面对荷枪实弹的对手，面对近在咫尺的死亡，内心都会有恐惧心理生成。只不过，后来大多都依凭强大的精神意志战胜了这种恐惧心理。即如杨狗蛋这样曾经的逃兵，在战胜恐惧心理的困扰之后，也成为贺百丁手下一名特别勇敢特别能战斗的得力干将。贺怀国与杨狗蛋，虽然一个后来成为身经百战的英雄，另一个则因为可耻的脱逃而被执行枪决，但他们最初上战场时面对死亡、面对战争的惨烈与残酷时候的那样一种恐惧心理，却并没有什么不同。

　　无论如何，抗战的惨烈与残酷都是一种不可被否认的客观事实。谢乃常他们结拜的八兄弟中，因战场脱逃被枪决的贺怀国除外，高中汉、郝光发两位也都先后血洒疆场为国捐躯。其中，值得展开一说的，是高中汉。作为小兄弟的高中汉，长期追随大哥谢乃常。没想到却在一次对红军作战时被弹片削掉一颗睾丸，另一颗也因发炎被军医割掉，结果就变成了一位不男不女的阴阳人，性情从此大变，心理的女性化倾向日益严重，一个明显标志，就是他居然会如同小妾一般地吃陆琳的醋。不管什么时候，只要看到或者想到谢乃常与陆琳在一起亲热，高中汉就会受不了，以至于那段时间谢乃常都不敢与陆琳肌肤相亲。但就是这样一位心理严重变态者，在战场上的表现却一样勇猛异常，最终杀身成仁。战死疆场，诚然悲壮，但高中汉的特别之处却在于，早在血洒疆场之前，他的正常人性就已经被残酷的战争给严重扭曲了。携带一种被战争严重扭曲的精神心理而为国捐躯，高中汉的如此一种情形，不管怎么想来都令人痛心不已。

由以上的分析可以看出，进入新世纪后，一批以抗战为书写对象的战争题材小说，的确已经呈现出了与"十七年"间那批战争小说的显著区别。我们相信，在拥有如此相对丰富的战争题材小说书写经验之后，未来岁月里中国当代的战争题材长篇小说创作将会获得更为开阔的发展空间。

第八章　辛亥革命以降的革命叙事

革命这一语词，不管怎么说都是二十世纪以来理解把握中国社会绕不过去的关键词之一。在进入新世纪以来的长篇小说中，有不少作家不约而同地把自己的关注点集中到自辛亥革命以降的历次革命浪潮，创作出了一批值得注意的优秀作品。择其要者，包括雪漠的《野狐岭》、张炜的《独药师》、田中禾的《父亲和她们》、贾平凹的《老生》与《山本》、刘醒龙的《圣天门口》与《黄冈秘卷》等。

一、革命的反思与历史的虚无

我们的话题，首先从雪漠的《野狐岭》说起。小说对于历史苦难的真切再现固然难能可贵，但相比较而言，更加值得注意的，却是在呈示历史苦难的过程中，对于哥老会反抗颠覆清廷行为的批判反思，是对于人性困境那样一种堪称洞隐烛微的观察表现。前者，在木鱼妹的叙述中表现得格外突出："那时节，我信了飞卿他们的话，我以为，要是我们真的赶走了梅浆子，来个清官。或是灭了大清，百姓就会幸福。也许，正是因为我有了这一点善心，后来的坝里，才有了我的许多传说。他们为我修了庙，称我为'水母三娘'。后来，我死后，因为人们的祭祀，我还是以另一种形式关注着凉州。我睁着一双水母三娘的眼睛，看到了大清的灭亡，看到了民国的建立。后来，来了日本人，死了很多人。再后来，两兄弟又打架，死了很多人，再后来，一兄弟胜了。再后来，是一场大饥荒，饿死了很多人；再后来，又是无休无止的武斗，死了很多人。我一直在追问，我们当初的那种行为，究竟还有没有意义？"正所

新世纪长篇小说叙事经验研究

137

谓"早知如此，何必当初"，木鱼妹、陆富基以及大嘴哥这些幽魂叙述者之所以能够对百年来的历史作出如此一种尖锐犀利的追问反思，很大程度上正得益于雪漠对于后设叙事形式的成功运用。

同样不容忽视的，是雪漠对于人性困境的洞察与表现。这一点，首先突出地体现在齐飞卿起义中。虽然齐飞卿们以鸡毛传帖的方式充分发动民众参加凉州起义的出发点，是为了从根本上动摇乃至颠覆清廷的统治，具有无可置疑的"政治"正确性，但他们根本就不可能预见到，一旦民众被发动起来，就极有可能会陷入某种严重失控的无序状态。对于人类群体集体无意识中所沉潜着的人性之恶，法国学者勒庞曾经在其名著《乌合之众》中进行了相当深入的揭示与剖析。在其中，勒庞的惊人发现是，个人在群体中很容易便会丧失理性，失去推理能力。到了某种特定的情境之中，个体的思想情感极易接受旁人的暗示及传染，变得极端、狂热，不能容忍对立意见。一句话，因人多势众产生的那种力量感，将会让个体失去自控，甚至变得肆无忌惮。就此而言，雪漠《野狐岭》中关于凉州人在齐飞卿起义中的相关描写，就可以成为勒庞观点强有力的一种佐证。原本是善良的民众，结果却在某种集体力量的强力裹挟之下，最终变成了肆无忌惮的"嗜杀的屠夫"。究其实质，其中那种无以自控的莫名力量，正是人类所难以超越的一种人性困境。

这种人性困境，也还同样凸显在雪漠关于那两支驼队发生内讧的艺术描写之中。内讧的起因，可以说与两支驼队中两位驼王之间的争风吃醋存在着直接关系。蒙驼的驼王褐狮子出乎意料地赢得了汉驼中一只年轻母驼俏寡妇的欢心，这就使得对俏寡妇情有独钟的汉驼驼王黄煞神气不打一处来，陷入了严重的心理失衡状态。作为报复，恼羞成怒的黄煞神，甚至不惜以犯忌讳的方式张口咬了褐狮子。关键在于，两位驼王之间的争斗，最终严重地影响到了两支驼队之间的合作关系。一方面是要为褐狮子复仇，另一方面更是出于内心中贪欲之念的强力驱使，蒙驼队的大把式巴特尔终于决定把汉驼队的货抢到自己驼队。巴特尔的背信弃义，固然令人不齿，但相比较而言，真正袒露出人性之不堪的，却是在巴特尔翻脸不认人

莫言与当代中国文学创新经验研究

之后，那些汉驼队中若干驼把式的恶劣表现。这一方面，最具代表性的，莫过于蔡武和祁禄。无论是所谓"嫦娥奔月"，还是"倒点天灯"，皆属于蔡武与祁禄折磨自己同类的残忍手段。那么，既然曾经是非常要好的手足兄弟，蔡武和祁禄何至于如此呢？很大程度上，还是大嘴哥一语道破了天机："蔡武和祁禄的家境不好，以前老陆常帮他们。也许，对老陆多次的帮，他们会感到不舒服。有时候，在无奈接受别人的帮助时，心里其实是很难受的。也许他们会想，凭什么是你帮我？欠别人的情多了，就会成为一种活着的压力。不然，我无法解释他们折磨老陆时的那种异样的热情。"却原来，对于别人的帮助，却也会在特定情形下给自己招来一种恩将仇报的不堪遭遇。我们无论如何都不能不承认，雪漠的这种艺术描写，的确淋漓尽致地发现了某种人性黑洞的存在。

也正是在目睹了这一幕幕充满着轮回报应色彩的人性卑劣惨剧之后，那些曾经的历史当事人、后来的幽魂"大彻大悟"了。一切皆是过眼云烟，一切都最终会无着无落，借助于这些叙事话语，雪漠一方面格外强有力地实现着对于历史与"革命""造反"的批判性审视，但在另一方面，读多了这些叙事话语，我们却也不难从中感觉到一种特别突出的历史虚无主义倾向的存在。就类似叙事话语在《野狐岭》中的大面积弥漫而言，似乎雪漠所持有的的确是一种充满着虚无色彩的历史观。

二、人性与革命的冲突

相比较而言，田中禾在《父亲与她们》中对革命有着更为直接的反思。对于田中禾而言，他的值得肯定处，就在于他从二十世纪的中国历史中非常敏锐地拎出了"革命"这个关键词、这个关键的社会事物。无论从哪一个角度切入，革命，都应该被看作是理解反思二十世纪中国历史时绕不过去的一个关键事物。从此种意义上说，抓住了革命，实际上也就等于抓住了二十世纪中国历史的根本核心。

　　能够抓住革命这个二十世纪中国的根本核心命题固然值得肯定，但要想完成一部长篇小说的创作，关键问题还在于，一方面，作家对于革命所持有的究竟是一种什么样的精神立场？另一方面，作家又是以怎样的一种方式切入对于革命的艺术表现的？具体到田中禾的这一部《父亲和她们》，作家的值得肯定之处，就在于他非常敏锐地洞察到人性与革命之间的尖锐冲突问题。发生于二十世纪的中国革命，自然有其合理的一面。革命的发生，确实在很大程度上推动着中国的现代化进程，可以说是中国现代化进程一个不可或缺的重要组成部分。否则，我们也就很难解释如同父亲马文昌、母亲林春如以及二舅林春生这样的热血青年，这样的一批知识分子，为什么都会纷纷加入到革命的行列之中。然而，带有鲜明暴力色彩的革命，却又是一柄双刃剑，在拥有合理性一面的同时，却又在不可避免地戕害着正常的人性世界，与人性之间存在着尖锐的矛盾冲突。从小说本身的思想内涵来说，《父亲和她们》最值得注意的地方，就是紧紧地抓住了人性与革命的矛盾冲突这一核心命题，进而对二十世纪的中国革命进行了堪称深入的批判性反思。阅读田中禾的这部长篇小说，我们自始至终聆听到的，可以说都是人性与革命之间碰撞冲突所发出的尖锐之声。

　　比如，小说中改变了所有主要人物人生命运的一个关键性情节，就是林春如的大哥林春长，一方面为了家族的利益，另一方面也是出于对妹妹的爱，居然伪造了一份"自新声明"，并擅自把它刊发在了报纸上。从正常人性的角度来看，林春长的这样一种行为，实在是无可厚非的。林家本就是一个商人家庭，无论是从中国传统的婚姻观念来看，还是从林家自身的商业利益来说，身为长兄的林春长之坚决反对林春生和林春如参加革命，反对林春如与马文昌之间的自由爱情，都是顺理成章的事情。很显然，正是在此种人生价值理念的支撑之下，林春长才违背了妹妹的个人意愿，在林春如毫不知情的情况之下，偷偷地在报纸上以林春如的名义发表了这份后果极其严重的"自新声明"。然而，当时的林春长根本就不可能预料到，自己的这样一种看似合乎正常人性的行为，居然会与革命逻辑发生非常尖锐的矛盾冲突，居然会对自己以及相关人物未来的命运走向产生根本性的负面影响。

首先是林春长自己，为了阻止妹妹参加革命，他向民团告发了革命的三位同志，并致使其中一人被民团杀害。这样的行为，当然是革命胜利后的政府所不能容忍的。因此，他在二十世纪五十年代初期被当作反革命分子逮捕处决，就是再正常不过的事情。然后，就是他的妹妹林春如。虽然林春长的行为动机是出于对于林春如的爱，但这一行为事实上带给林春如的，却是一种事与愿违的糟糕后果。虽然林春如本人对于"自新声明"的事情毫不知情，但她面对着强大的革命逻辑却怎么也解释不清楚这个事情。因此，尽管林春如确实很早就参加了革命，而且也为革命的胜利做出了自己应有的贡献，但她却为"自新声明"而付出了惨重的代价。当其他的革命者都以胜利的姿态享受着革命成果的时候，林春如却灰溜溜地离开了部队，被打入了生活的另册。虽然说林春如可以对其他惩罚性的措施采取视而不见的蔑视态度，但是，她根本就没有预料到这样的事情居然严重地影响了自己的感情生活。马文昌与林春如本来都各有婚约在身，但是，为了实现对纯真爱情的追求，在那个血与火的战争岁月中，他们两人可以说确实做出了不懈的努力。正因为这种感情虽遭遇了种种挫折而坚决不放弃，所以，我们完全能够说，他们之间的爱情简直可以称得上惊天地泣鬼神，可以说是经受了血与火的考验而不渝。然而，即使是如此深厚真切的一种强烈爱情，面对着强大的革命逻辑，也仍然只有败退一途可供选择。马文昌最后之所以对爱情采取了退缩的态度，之所以做出了弃林娶刘（刘英）的情感决断，一个根本的原因正在于林春如的身份变化。更进一步地说，无论是马文昌，还是林春如，他们的人生道路也因此而发生了根本性的改变。在某种意义上，马文昌与林春如后来走过的之所以是小说中描写着的如此一种人生轨迹，而不是别一种人生轨迹，其根本的原因正在于此。现在看来，林春长的行为无论如何都是符合于人性逻辑的，但如此一种人性行为却与革命逻辑发生了不可调

新世纪长篇小说叙事经验研究

141

和的尖锐冲突。在二十世纪的中国，如此一种冲突的结果，只能是正常人性的被扭曲被异化。马文昌之被迫和自己其实并不爱的刘英结合，林春如之所以长期执意于一个人单身生活，都可以说是正常人性被扭曲异化的具体表现。

并不仅仅是林春长所一手炮制的"自新声明"事件，人性与革命的矛盾冲突，在田中禾的这部《父亲和她们》中，实际上是一种相当普遍的存在情形。在这一方面，林春如与母亲之间亲情关系变迁的描写，也同样是一个突出的例证。具体说来，林春如与母亲情感纠葛的发生，也与革命有关。明明家里面已经与孙家订好了婚约，但林春如却执意要毁约去参加革命。这样的一种行为，是作为旧家庭女性的母亲无论如何都难以理解和接受的。正因为如此，在林春如出于对母亲的天然信任，把自己与马文昌约好要一块投奔革命的计划告诉母亲之后，母亲才会向大哥"出卖"林春如的出走计划。在这里，一方面，是受着传统婚姻观念制约的母亲，无法理解林春如与马文昌之间的自由爱情；另一方面，则是母亲本能地想把自己的女儿留在身边，好让她过上自以为的幸福生活。然而，在当事人林春如看来，自己后来所有的人生不幸，却都和母亲的"出卖"行为有关。正因为如此，林春如才会对母亲说出这样一番话："文昌回来那天，我们约好了一起走，你为啥把我锁起来，不放我一条生路？我那么相信你，把什么话都对你说了，可你为啥要出卖他？你知道吗？团丁们追到土地庙，差点把他打死！现在你还有脸来找我？有脸说你是我妈？"林春如之所以要改名为曾超，正是为了向组织表明，身为革命者的自己，已经与自己出生的旧家庭从根本上划清了界限。以至于，当母亲恼怒异常地质问林春如为什么会如此绝情，为什么拒绝与亲生母亲相认的时候，林春如居然自己把自己左手小拇指上的一节硬生生地咬了下来，以此再度表明自己与旧家庭决裂的坚决态度。但是，正所谓母女情深，骨肉之间的亲情联系又岂是革命逻辑所能彻底切断的呢？林春如虽然表面上做出了一副大义凛然的决绝姿态，但在她的内心深处，对于自己的亲生母亲却仍然有着一种真切的牵系。到后来，当母亲终于病重不起，当旗杆寨的嫂子她们拒绝看顾母亲的时候，出面照顾病重的母亲，并最后埋葬母亲的，却依然是早已与母亲决裂了的林春如。在这样的一种行为中，我们所体会的，一方面，当然是一种亲情的人性的温暖；另一方面，则是田中禾对革命所进行的一种相当深入的批判性反思。

紧接着进入我们视野的，是张炜同样聚焦于历史的《独药师》。假若说"楔子""正文"以及"管家手记"这并列的三个部分构成了《独药师》叙事的第一个层面；那么，同样可以被进一步解析为三重结构的"正文"部分，则构成了小说叙事的第二个层面。作为小说主体故事存在的"正文"这一部分，所采用的也是第一人称的叙事方式，其叙述者"我"名叫季昨非。正如同"楔子"部分带有提示性质的分析一样，以叙述者"我"也即季昨非为中心，所谓的"革命秘辛""养生指要""情史笔记"，实际上构成了"正文"部分最重要的三条彼此交叉的结构线索。但在展开对于《独药师》矛盾性思想内涵的讨论之前，我们首先需要搞明白究竟何谓"独药师"？按照身为独药师的叙述者"我"在"正文"中的交代，独药师其实是一个与养生紧密联系在一起的一个术语，其主要功能就是通过各种养生手段，尤其是一种养生秘方的炮制，以有效地"阻止生命的终结"："父亲离世后，我就成为那个最尊贵最神秘的人，接手人类历史上至大的事业：阻止生命的终结。"小说之所以被命名为"独药师"，乃是因为养生这一带有明显神秘色彩的事物，从始至终一直处于"正文"叙事的核心部位。换言之，艺术性地把革命与养生以及中西文化之间的冲突与交融有机地纳入以养生为核心的描写过程中，乃可以被视为《独药师》最根本的思想意旨所在。尽管说其中也肯定少不了会有情感纠葛的缠绕，但这种情感缠绕的描写中却也更多地夹杂着作家对于中西文化碰撞的一种冷静审视。

作为半岛上的豪门望族，养生世家季府与辛亥革命发生关系，是从"我"父亲那个时候开始的。如果说父亲季践尚且只是革命的积极资助者，那么，到了季昨非这一代，父亲季践的养子、季昨非的兄长徐竟，干脆就直接投身于革命，成了一名货真价实的革命党人。徐竟较"我"年长三岁,刚过十二岁生日就远赴东瀛留学。虽然叙述者没有做出明确的交代,但毫无疑问,徐竟的接触革命党进而接受革命思想,正发生在他的东瀛留学期间。徐竟义无反顾地投身于自己所坚定信仰的革命事业也还罢了,关键的问题是,面对着革命与养生之间必然的抵牾冲突,季府先后两位当家人的惶惑与迷茫。道理说来其实非常简单,革命带有明显的暴力性质,必然伴随着流血牺牲,显然意味着生命的终结,而这,也就天然地构成了养生的对立面,因为养生学说的根本正在于想方设法延续人的自然生命,用父亲季践留下的遗言来说,就是"死是一件荒谬的事情"。就这样,前者必然导致生命的终结,后者却一力强调生命的延续,革命与养生之间矛盾冲突的发生,无论如何都不可能避免。事实上,不管是父亲季践,抑或是身兼叙述者功能的"我",都不仅明确地意识到了这种矛盾的存在,而且还深感困惑不已以至于往往莫衷一是无所适从。在目睹了辛亥光复登州时海防营与起义队伍对阵双方的死伤惨状之后,倍觉战事可怕的"我",面对着革命所导致的无数生灵涂炭,对革命也产生了非常复杂的感受:"有没有另一种'起义',是不流血的?"

既然对于革命产生了复杂的感受,有所惶惑与犹疑,那季府的这两位当家人与革命者之间冲突的发生,也就无可避免地势在必然了。正是因为徐竟他们和"我"秉持着可谓是截然相反的价值立场,所以二者之间才会围绕革命与养生的问题发生激烈的辩难。尤其需要注意的是,"我"与徐竟之间这种殊难弥合的思想分歧,竟然一直延续到了徐竟被捕后的慷慨就义前夕。当想方设法前来探监的"我"再次抨击半岛因为革命而流血的情形时,徐竟冷笑着打断了"我"的喋喋不休:"你真是王保鹤的学生。可我已经没有时间也没有兴趣继续这场争论了。还是'不以暴力抗恶'那一套。我赞同,好极了。不过这除非是遇到了'雅敌'才行!我们的对手是谁?是动辄凌迟的野兽!请问王保鹤的弟子,你见了这样的对手该怎么办呢?"

在以上的引文中,曾经被一再提及的王保鹤,是半岛上最早接受西方现代思想影响并创办新式学堂的具有启蒙色彩的知识分子形象。王保鹤与革命党思想立场的共同之处，是他们都致力于一种迥然有别于中国传统社会形态的新型社会形态的建立，不同之处在于他们所依循的路径存在着明显的差异，一者倡导暴力革命，一者希望能够依靠思想教化的力量。究其渊源，王保鹤的思想立场，非常接近于俄国文豪托尔斯泰所一力宣扬的"勿以暴力抗恶"的思想立场。正如同《圣经》中所言，"如果别人打你左脸，你要把右脸也伸过去"。只要是熟悉张炜的朋友，都知道托尔斯泰是张炜最为心仪的作家之一，托翁的思想与文学创作对于张炜一直产生着某种示范性的影响。就此而言，《独药师》中人物在对话时之所以要专门提及"不以暴力抗恶"这句话，一方面固然是在凸显"我"所坚持的反暴力倾向，但在另一方面，张炜在此处恐怕也多多少少存在着一点借此向托翁致敬的意味。面对着徐竟咄咄逼人的步步追问，"我"竟一时木讷而无言以对："非暴力不得，暴力不得，出路又在哪里？"假若联系中国的现实状况，很大程度上我们愿意把叙述者"我"在暴力与非暴力之间的立场游移，理解为张炜内在精神深处某种难以克服的自我矛盾。一方面，他也承认革命暴力一定程度上的合理性；但在另一方面，拥有坚定人道主义立场的张炜，毕竟是暴力的坚决反对者。哪怕是所谓的革命暴力，也不能够被轻易地认同。一方面，糟糕透顶的历史与现实逼迫着革命的发生；但在另一方面，只要是革命，就必然伴随着不可避免的暴力色彩，必然导致无数无辜生命的伤亡。面对如此一种情形，内心实际一直纠结不已的张炜，所能做的工作，就只能够是以《独药师》这样的长篇小说形式，把自己对复杂历史境况的纠结体验和盘托出在广大读者的面前。

三、秦岭风云多变幻

对革命问题具有持久探索兴趣的作家之一，乃是贾平凹。
同样是关于革命起源故事的叙述，贾平凹的《山本》与"十七年"间影响极大的那批"革命历史小说"形成了极其鲜明的对照。革命历史小说"是'在意识形态的规限内，讲述既定的历史题材，以达成既定的意识形态目的'，它主要讲述'革命'的起源的故事，讲述革命在经历了曲折的过程之后，如何最终走向胜利"①。只要读一读《红旗谱》《青春之歌》等一些具有代表性的"革命历史小说"，就不难感受到以上这些特质的显豁存在。概括言之，这些小说中的革命者可以说都是苦大仇深，人格品德高尚，具有突出的反抗性格特征。尽管说他们的走上革命道路未必都是理性自觉的结果，但在参加革命之后，思想觉悟就会迅速获得提高，能够以一种鲜明的阶级意识积极介入具有突出正义性的革命斗争之中。但所有的这一切，到了贾平凹的《山本》，却都发生了极其耐人寻味的变化，他讲的是"曲折的过程"及其反思。

到了《山本》中，贾平凹反思革命的艺术智慧，突出地表现在叙事聚焦点的选择上。如果说那些"革命历史小说"的聚焦点都落脚到类似于秦岭游击队所谓革命力量的一边，那么，贾平凹《山本》的聚焦点却落脚到了以井宗秀为代表的似乎更带有民国正统性的地方利益守护者的一边。这样一来，整部长篇小说的思想艺术格局也就自然而然地发生了根本性的变化。正如同小说的叙事话语中所描述的，故事发生的那个时代，是一个"有枪便是草头王"的战乱频仍的动荡年代。从大的角度来说，"先是蒋介石和阎锡山是结拜兄弟，蒋又和冯玉祥是结拜兄弟，他们各都联合打张作霖，打吴佩孚。蒋介石势力大了，这天下就是蒋的，可冯玉祥、阎锡山又合起来打蒋介石"。正所谓一时枭雄并起，乱哄哄你方唱罢我登场者是也。具体到《山本》所集中表现的秦岭地区，既有秦岭游击队，也有一会儿属蒋，一会儿又属冯的国军69旅（后改编整合为6军），有井宗秀隶属于69旅（后为6军）的涡镇预备团（后为预备旅），还有保安队，以及身为土匪的逛山与刀客，以及如同五雷那样可以说还不成其为气候的小股乱匪，端的是"城头变幻大王旗"者是也。

---

① 洪子诚:《中国当代文学史》，北京大学出版社1999年版，第106页。

实际上，大就是小，小也是大。真正的明眼人，既可以在大中看出小来，也可以从小中看出大来。从某种意义上说，小说是细节的艺术，作为优秀的小说家，贾平凹只能以小见大，见微知著地在"小"上做大文章，通过井宗秀、阮天保、井宗丞这样一些那个时候活跃于秦岭地区的历史人物故事，把当时那样一种大的历史境况，以小说艺术的方式细致深入地表现出来。其中，贾平凹一个了不得的创举，就是没有如既往的"革命历史小说"那样把聚焦点落在革命者身上，而是以一种类似于庄子式的"齐物"姿态把它与其他各种社会武装力量平等地并置在一起。正是凭借着如此一种艺术处置方式，贾平凹方才比较有效地摆脱了来自政治意识形态的困扰与影响。这样一来，一种直接的艺术效果，就是"革命历史小说"中革命者一贯主体性地位的被剥夺。

然而，必须注意的一点是，虽然革命者的主体地位已然被剥夺，但这却并不就意味着这一种力量在历史过程中的缺失。事实上，从艺术结构上说，整部《山本》共由两条时有交叉的故事线索交织而成。其中，不仅作为通篇的聚焦点，而且也作为小说主线存在的，乃是井宗秀与陆菊人他们这一条涡镇的故事。与这一条主线相比较，相对次要但却不可或缺的另外一条线索，就是有出生于涡镇的井宗丞介入其中的秦岭游击队亦即革命者的故事。如果说贾平凹在《老生》中的第一个历史关节点上已然对所谓的中国现代革命进行了相当深入的批判性反思，那么，到了这部《山本》之中，贾平凹很显然就在《老生》的基础之上继续推进着他对所谓"革命"的理解与思考。具体来说，作家这种进一步的深入反思，乃集中不过地体现在井宗秀的兄长井宗丞这一人物形象身上。

小说开头不久，就浓墨重彩地写到井宗秀父亲井掌柜不幸死亡的情形。身处乱世，为了应付有可能发生的特殊情况，秉持着一方有难、八方支援的基本原则，井掌柜他们共计联络了百多户人家集资，搞了一个带有互助性质的互济会。互济会第一批共集资一千多块大洋，全部由身为会长的井掌柜保管。但不知道为什么却不慎走漏了风声，结果井掌柜在去收购烟叶时被绑架，惨遭勒索。虽然从表面上看井掌柜是不慎坠入粪窖子溺亡，但实际上他的死亡却与惨遭无端勒索之后的精神恍惚紧密相关。事后，人们才从消息灵通的阮天保那里了解到，却原来，井掌柜的被绑架，与自己在县城读书的儿子井宗丞存在着脱不开的干系。人都说虎毒不食子，父子感情，乃是人伦亲情中最重要的一个部分。然而，以大义灭亲的方式而积极投身于革命之中的井宗丞，却无论如何都不可能预料到，这革命竟然会有一天不无吊诡地反过来革到自己的头上。这个时候的井宗丞，由于在历次战斗中的勇敢表现，已然升职为红十五军团的一个团长。这一年，井宗丞率领他的部下，来到秦岭东南处的山阴县马王镇，准备与驻扎在这里的红十五军团会合。没想到，尚未抵达马王镇，就有人迎上来，要求井宗丞单人独骑先去崇村报到参加会议。就在井宗丞刚刚抵达崇村的时候，叙述者以不小的篇幅描写了一种叫作水晶兰也被叫作"冥花"的花："这簇水晶兰可能是下午才长出来，茎秆是白的，叶子更是半透明的白色鳞片，如一层薄若蝉翼的纱包裹着，蕾包低垂……"这里看似斜逸横出的一段文字，细细想来，最起码有三种作用。其一，毫无疑问属于麻县长一直在努力的秦岭植物志的一个有机组成部分。其二，正所谓"文武之道，一张一弛"，眼看着被蒙在鼓里的井宗丞步步惊心地走向自己的悲剧终端，叙述者忽然跳身而出不无细致地描述介绍生来品性娇贵的水晶兰，很明显是在调节过于紧张的叙事节奏。其三，所谓"冥花"者，自然就是地狱之花的意思。就此而言，叙述者对水晶兰的这一番精描细绘，其实有着不可否认的象征与暗示意味。明显暗示着井宗丞即将踏上不归之途。果然，井宗丞一踏入山神庙，就被早已潜伏在这里的阮天保他们擒获了。阮天保给出的，是军团长宋斌下达的秘密逮捕命令，虽然井宗丞拼命挣扎，但怎奈自己已然是一只被缚之虎，终有百般能耐却也回天无力了。按照阮天保给出的说法，并不只是井宗丞一人被抓捕，同样被关起来的，还有比井宗丞级别官位更高的红十五军团政委蔡一风。到这里，井宗丞意外被捕事件背后的真相，就已经被全部揭露出来了。井宗丞在某种意义上变成了宗派斗争中蔡一风的牺牲品或者说替罪羊。井宗丞真正的悲剧质点在于，不幸卷入其中并成为这种毫无真理性可言的宗派斗争的牺牲品。革命队伍仍然不能避免人性的弱点，仍然有宗派之争、意气之用，可叹也。

四、暴力革命的批判性思考

最后我们要展开分析的，是刘醒龙那部旨在对以革命为核心命题的二十世纪中国历史进行颠覆性思考表现的长篇小说《圣天门口》。回溯已逝的二十世纪中国历史，"革命"恐怕是最为重要的关键词之一。在某种意义上，完全可以说，二十世纪的中国历史实际上也就是一部革命的历史。因此，当刘醒龙意欲借助于《圣天门口》而对二十世纪的中国历史进行一种消解与重构的艺术性努力的时候，"革命"便成为他必须面对的一个问题，如何理解、评价并叙述"革命"实际上成为衡量《圣天门口》艺术成就如何的一个重要方面。在我看来，《圣天门口》思想艺术成就一个至关重要的方面正在于对"革命"进行了相当深入透辟的质疑与反思。如果说"革命历史小说"的确是在"讲述'革命'的起源的故事，讲述革命在经历了曲折的过程之后，如何最终走向胜利"的过程，如果说"革命历史小说"在某种意义上乃可以被理解为是对某种"革命"神话的创造过程的话，那么，刘醒龙《圣天门口》之值得注意处则正在于对这样一种"革命"神话形成了强有力的消解与颠覆。如果说"革命历史小说"所着力表现的是"革命"对未来的人民解放与幸福的承诺，它所反复宣谕的一个绝对性真理便是，只有通过"革命"这样一种方式，广大民众方才有可能摆脱苦难，走向一种美好的幸福生活，那么到了刘醒龙的《圣天门口》中，"革命"并没有能够成为广大民众的真正福祉。在这一方面，小说结尾处关于傅朗西在"文革"中被批斗一节的描写显得格外意味深长。在樟树㘭，有一户人家，家里的六个男人都先后为革命献出了生命，婆媳三代只剩下了四个寡妇。直到"文革"开始，她们方才醒悟到"她家的男人全都是受了傅朗西的骗"。于是，当省委领导人傅朗西在"文革"中被押回天门口作为"走资派"进行批斗的时候，这四个寡妇便上台去控诉质问傅朗西。"你这个说话不算数的东西，你答应的幸福日子呢，你给我们带来了吗？""为了保护你，我家男人都战死了，你总说往后会有过不完的好日子，你要是没瞎，就睁开眼睛看一看，这就是我们的好日子，为了赶来斗争你，我身上穿的裤子都是从别人家借的！"也正是这些普通百姓朴素的真切追问击中了傅朗西的内心世界，促使他在离开人世之前对自己一生的行为进行了深入的反思。傅朗西是《圣天门口》中一个十分重要的人物，他终其一生都致力于革命的事业；然而，最后却走向了自己毕生事业的反面，完成了一种虽然痛苦但却又必然的自我否定。

　　从一个更为阔大的时空背景来看，"革命"并不仅仅是二十世纪中国历史一个十分重要的关键词，在某种意义上，它完全可以被理解为是二十世纪整个人类所共同遭逢的一种历史境遇。小说中的梅外婆的观念里，人的生命是高贵而有尊严的，人的生命存在是第一位的，是高于任何生命之外的其他事物。小说中另一位重要人物董重里，正是在目睹在张国焘等"左"倾路线操控下"肃反"运动中盲目杀戮视人命如草芥的情形之后才决定远离"革命"的。董重里是一位说书人，正是他以说书的方式最早在天门口开始传播革命的火种，正是他与傅朗西一起共同策划领导了天门口暴动。然而，当董重里发现现实生活中的"革命"与自己心目中理想的"革命"距离越来越遥远，当他亲身体验了"肃反"那盲目、残酷而又充满血腥意味的存在之后，他最终选择了对于"革命"的拒绝与疏离。实际上，梅外婆与董重里对于"革命"的上述种种质疑、拒绝与否定都可以被理解为是作家刘醒龙对于发生于二十世纪中国历史上的"革命"进行深入思考的一种必然结果。人的生命存在高于一切，人的生命才是最可宝贵的，如雨果所言"在至高无上的革命之上，还有一个至高无上的人道主义"。当刘醒龙在《圣天门口》中以一种相当成功的艺术努力将告别"革命"的思想淋漓尽致地涵容表现出来的时候，我们说，刘醒龙的思想境界也庶几接近了一位伟大的人道主义者的思想境界。

如果说刘醒龙的《圣天门口》的确对二十世纪的中国"革命"进行了格外深邃的质疑与思考，我们紧接着要追问的一个问题便是这一切何以成为可能？这也就是说，在刘醒龙一种艰难异常的艺术蜕变过程中，究竟有什么样的一种因素对他产生了巨大的影响，并最终促使他创作完成了《圣天门口》这样一部优秀的长篇历史小说？就我的理解而言，在这里，我们就不能不提及"新历史小说"对于刘醒龙的滋养与影响了。"新历史小说"是二十世纪八十年代中后期开始逐渐形成然后出现高潮并一直延续到二十世纪九十年代之后，在某种意义上说至今仍未完全终结的一个小说创作潮流。按照张清华的说法，莫言的《红高粱家族》、乔良的《灵旗》以及扎西达娃的《西藏，隐秘岁月》等作品一起构成了"新历史小说"的"滥觞"之作。①关于"新历史小说"的概念界定，不同的批评家有各不相同的理解方式，在王又平看来，所谓"新历史小说"是指："80年代中期以来作家以自己的历史观念和话语方式对某些历史事件和历史叙事的重新陈说或再度书写。其目的在于改写、解构或颠覆被既往的话语赋予了特定价值和意义的历史叙事。"②依照这样的说法，一个显在的事实便是，至迟到二十世纪八十年代中期的时候，在中国文坛就已经出现了以对历史的消解和重构为基本艺术旨趣的"新历史小说"作品。而这，同时也说明了刘醒龙在《圣天门口》中所进行的对历史的消解与重构的艺术努力并不具有原创性的意义，从这样一个角度看来，刘醒龙的写作似乎只能被理解为是对"新历史小说"的一种模拟与重复。那么，这是不是就意味着刘醒龙《圣天门口》的写作价值有所减弱？或者说，在这样一种基本前提之下，我们应该如何对刘醒龙《圣天门口》真正的思想艺术价

① 张清华:《莫言与新历史主义文学思潮——以〈红高粱家族〉〈丰乳肥臀〉〈檀香刑〉为例》,《海南师范学院学报》(社会科学版)2005年第2期。

② 王又平:《新时期文学转型中的小说创作潮流》,华中师范大学出版社2001年版, 第324—325页。

值作出一种相对准确合理的评价与衡估呢？

　　在我看来，我们首先应该充分地肯定，刘醒龙《圣天门口》的写作确实是在很大程度上受惠于"新历史小说"的，最起码在一种新的历史观念方式的确立方面，在一种解构性写作技法的运用方面，"新历史小说"对于刘醒龙的写作产生了极为重要的启示与榜样作用。对于这一点，无论怎样估量都是不过分的。我们的确很难想象，如果没有大量成功的"新历史小说"作品的存在，还会不会有刘醒龙的《圣天门口》在这时候出现。但是，在承认"新历史小说"对刘醒龙所产生的重要的滋养作用的同时，我们也应该充分地认识到二者之间存在着的巨大差异。在某种意义上说，正是这种巨大差异的存在，极鲜明地凸显了刘醒龙《圣天门口》同样重要的思想艺术价值。在此，为了更充分合理地澄清并说明这一论题，我们首先有必要对"新历史小说"所存在的艺术不足有所认识。按照王又平的说法，"新历史小说"的形成与"先锋小说"和"新写实小说"这两种小说创作潮流有关："经过重写的历史被解释为具有'原生态'性质，因此，它亦如新写实一样，呈现的是'杂乱无章的本相和无法把握的内在联系'，如果说'原生态'的历史碎片是出于新写实作家对于经典历史叙述的根本性怀疑的话，那么他们对于历史的叙事性本质则是毫不动摇确信无疑的，这是从先锋文学那里承继来的技术主义观念。从这个意义上可以说，新历史小说又是先锋文学的'解构'和新写实主义的'还原'的拼合，它们以此来消解'正史'，来重组历史碎片，言说新历史小说家们于当下所欲言说者。"①如果我们承认"新历史小说"与"先锋小说"之间存在着某种承继关系，那么同时也就意味着"新历史小说"与西方的后现代主义文学之间存在着一定的联系，如此，在"新历史小说"中弥漫某种强烈的虚无主义倾向也就自是题中应有之义了。换而言之，"新历史小说"的一个根本特点在于它只"解构"，而不"建构"。如果说"新

　　① 王又平：《新时期文学转型中的小说创作潮流》，华中师范大学出版社 2001 年版，第 326—327 页。

历史小说"的根本缺陷之一正在于它只"解构"而不"建构"，那么，刘醒龙《圣天门口》的根本价值则正在于对这一艺术缺陷的修正与弥补。具体来说，刘醒龙在他的这部长篇小说中，一方面极有效地消解了"十七年"期间的"革命历史小说"对于二十世纪中国历史的固型化叙述；但在另一方面，他却并没有走向历史的虚无主义，在消解历史的同时他也在积极地进行着一种艰难但却十分重要的重构历史的工作，或者说，他通过自己对历史的一种个性化的叙述过程而最终成功确立了"自己终极的精神价值的问题"。这一点主要体现在《圣天门口》中对以梅外婆、雪柠、董重里等人物为代表的非暴力文化立场的确立与肯定上。我们可以说，刘醒龙终于完成了对二十世纪中国历史的极为艰难的重构工作，他终于依凭于自己的艺术性努力在《圣天门口》中确立了"自己终极的精神价值"立场。从这个意义上看，就的确是"怎一个圣字了得"了。如果说小说中的天门口小镇的确浓缩了二十世纪中国历史的风云变幻的话，那么正是依凭这个"圣"字，刘醒龙在确立自身终极精神价值立场的同时也完成了对"新历史小说"的成功超越。

　　除此之外，我们还应该注意到，绝大多数的"新历史小说"带有明显的观念性写作的特点。所谓观念性写作，就是指一种先有某种先进的理念，然后围绕这一理念进行纯然虚构的一种带有突出的凌空蹈虚性质的小说写作方式。小说当然是虚构的，然而既然名之为"新历史小说"，那么一种纯然的向壁虚构恐怕也就是这一小说思潮容易被人诟病的地方。在谈到莫言的时候，张清华曾经指出："如果说先锋新历史小说是在努力逃避历史的正面，而试图去它的角落里寻找碎片的话，莫言却是在毫不退缩地面对并试图还原历史的核心部分。从这个意义上说，莫言的历史主义是更加认真和秉持了历史良知的。"[1]在我看来，张清华此处所指出的"新历史小说"努力逃避历史的正面的问题，其实也正是对"新历史小说"之纯然

①　张清华：《莫言与新历史主义文学思潮——以〈红高粱家族〉〈丰乳肥臀〉〈檀香刑〉为例》，《海南师范学院学报》（社会科学版）2005年第2期。

向壁虚构的不满。如果说莫言的确是在"面对并试图还原历史的核心部分"，如果说莫言的历史主义是"更加认真和秉持了历史良知的"，那么写作《圣天门口》时的刘醒龙的情形也同样如此。与凌空蹈虚的"新历史小说"形成鲜明对照的是，刘醒龙的《圣天门口》中不仅有着对二十世纪中国历史上一系列重要历史事件的艺术性表现，而且他笔下的一些人物，比如傅朗西、杭九枫等都是有人物原型的。既曰历史小说，那么便应该有真实的历史根据，在某种意义上，这正是刘醒龙《圣天门口》与"新历史小说"的根本差别所在。而这，也正是刘醒龙《圣天门口》对"新历史小说"实现艺术性超越的一个极为重要的方面。

　　总之，我们一方面固然应该承认《圣天门口》与"革命历史小说""新历史小说"之间存在着文学传统意义上的承继性关系，应该承认刘醒龙的确曾经在很大程度上受惠于这样的两种历史小说创作潮流；但在另一方面，我们却更应该强调这三者之间绝不相同的一面的存在，只有这样，我们才能见出以消解与重构二十世纪中国历史为基本艺术旨趣的刘醒龙《圣天门口》相对于"革命历史小说"，相对于"新历史小说"所表现出来的明显的超越性。事实上，也正是依凭着这样一种超越性的具备，《圣天门口》才成为了当下中国小说界一部不容忽视的长篇历史小说佳作。在某种意义上，我们完全可以说刘醒龙的《圣天门口》是一部涵纳融汇了"革命历史小说"与"新历史小说"的艺术优势，然而同时却又突出地体现着刘醒龙巨大创造性的历史小说的集大成之作。对于这一点，我们理应有极清醒的认识。

莫言与当代中国文学创新经验研究

第九章　罪错追问与"文革"叙事

不知不觉间，发生于 1966 年，终结于 1976 年的十年"文革"，结束距今已经四十多年了。作为二十世纪中国历史上绕不过去的重大历史事件之一，自打"文革"结束后，它就不断地成为中国作家思考与表现的对象。别的且不说，进入新世纪以来，仅只是长篇小说领域，就先后出现过诸如贾平凹的《古炉》、毕飞宇的《平原》、胡发云的《迷冬》、吴亮的《朝霞》、金宇澄的《繁花》、叶兆言的《很久以来》、吕新的《下弦月》、乔叶的《认罪书》、叶弥的《风流图卷》等多部有影响的作品。

一、乡村世界中的"文革"

首先进入我们视野的，是毕飞宇的《平原》。《平原》的"文革"书写成就集中体现在若干人物形象的深度塑造上。进入我们分析视野的人物形象当然首先是端方。从人物形象的功能性角度来看，《平原》中具有结构性意义的人物形象正是端方。整部小说开篇于端方高中毕业后回村参加割麦劳动，到终篇时，端方被疯狂的吴蔓玲噬咬了一大口。如果说开篇时的端方尚是一位单纯幼稚的高中毕业生，那么到终篇时端方已经是一位饱经人生沧桑的人性异化者了。虽然只有短短的半年时间，但端方的精神世界却发生了巨大的变化，可以说，正是在这半年的时间里，端方完成了其成长历程中极为关键的一个阶段，由一位懵懂无知的少年而开始步入成人世界，并成为了如毕飞宇所言的"文革"病菌的携带者。在这个意义上，其实我们也是可以把《平原》理解为一部表现端方成长历程的成长小说的。

在端方的成长过程中，有几个事件的发生是极为关键的。正是在经历了这一连串的事件之后，端方方才得以步入成人世界。首先当然是大棒子之死，在如何处置突如其来的大棒子之死的过程中，端方初次经历了人际关系的复杂，并且开始了自我人生经验的积累。应该注意到，正是在处置大棒子事件的过程中，端方首次在精神气势上压倒了继父王存粮，在事实上成为了主宰全部家庭事务的一家之主。然后便是与三丫的感情纠葛，以及三丫之死对端方精神世界的巨大冲击。应该说，在与三丫的感情纠葛中，端方扮演的更多是被动的角色。如果说三丫对端方的爱慕是发自内心且蓄谋已久的，那么端方对于这一切却是懵懂无知的，是被三丫推动着被动地介入到这一过程之中的。实际上，从端方的角度来看，他其实根本就谈不上对三丫的爱慕与否的问题。或者说，端方与三丫的偷情行为其实更应该被看作端方根本与爱无涉的青春期一时冲动的结果与产物。在这个意义上看来，小说中关于三丫死后端方怎么也想不起三丫长什么样子来的描写是有明显暗示意味的。依我所见，这一描写所暗示说明的其实正是端方无爱的一种青春期冲动的盲目随意性。从这个角度说，三丫的死亡其实是毫无价值的，她的无端死亡实际上可以看作是端方成长过程中一种必要的献祭行为。这一行为的发生对于端方个人的成长而言当然是十分重要的，但作为献祭者的三丫却只是一个悲剧性的无奈与无辜者。然后便是端方与佩全一伙的争斗与冲突了。虽然端方刚回村就与佩全一伙发生过冲突，并且在如何处置大棒子之死的过程中与佩全进行过精神上的无声较量，但端方在佩全一伙心目中权威地位的最终确立，却还是三丫死后，在一次电影散场后围追堵截高家庄人的过程中才得以最后完成的。与佩全的一味使蛮形成鲜明对照的是，端方虽然一样孔武有力，但他却更多地依赖于自己的超群智慧而获取成功。事实上，也正是在战胜佩全并开始逐渐统驭佩全一伙的过程中，端方开始体味到了权力的滋味，并开始了自己的弄权过程，虽然他所统驭的也只是一个很小的地痞团伙而已。但从实质上看，大与小的根本道理却是相通的，在备受压抑的成长过程中逐渐成长起来的端方，也正是在统驭佩全一伙时逐渐形成了自己的政治奴性人格。最后便是与村支书吴蔓玲一种更加奇异的感情纠葛了。端方与吴蔓玲的奇异感情纠葛是围绕征兵一事而展开的。端方深知自己能否最后离开王家庄的生杀予夺大权实际上掌握在吴蔓玲之手。只有吴支书同意了，他才可能去当兵，才可能离开王家庄。而离开王家庄，则正是端方最根本的人生目标所在。为了达到这个人生目标，端方是什么手段都使得出来的。我们注意到，就在得知征兵工作开始后，小说曾特别地描写过端方吃老鼠肉的一个具体场景。当得知自己吃下去的是老鼠肉时，"端方的胃一下子收紧了，提了上来，仿佛被两只手挤住了，挤了一下。一下子冲到了嗓子眼，在那里磨蹭。眼见得就要冒出来，有了喷薄的危险性。端方收了一口气，立即稳住自己，把持住了，憋足了力气，一点一点地往下摁。如此反复了三四回，端方取得了最后的胜利。他把嗓子眼里的东西原封不动地送回了肚子"。应该说，小说中的这一段描写是细致惨烈且形象生动的，但同时却也充满了暗示的意味。暗示什么呢？暗示端方一种渴望战胜自我的畸形欲望，暗示端方一定要设法离开王家庄的强烈愿望。明明十分反胃，但端方却硬是将老鼠肉吞吃了下去。其实，在还没有正式开始当兵的努力之前，端方正常的人性世界就已经开始被扭曲了。实际上，端方的担心是多余的，吴蔓玲本来就是想让他去当兵的，只不过她想在端方未走之前与他"好"上一段时间而已。如果没有混世魔王的从中作梗，那么端方愿望的实现应当是顺理成章的。但怎奈世事无常，偏偏半路上杀出个程咬金。然而，这一切的知情者却只是吴蔓玲自己，端方是毫不知情的。在端方的内心深处，他做梦都想不到身为村支书的吴蔓玲居然会对自己动情。因此，当吴蔓玲意欲向端方表白时，喝多了酒的端方居然跪在了吴支书的床前，一边磕头一边哀求吴支书能让自己去当兵。端方的下跪磕头当然格外鲜明地凸显了政治权力对其人性的异化，但同时却也突出地表现了人与人之间的难以消除的隔膜。虽然同在王家庄，同为年轻人，但端方与吴蔓玲之间的情感却发生了强烈的错位。

在这强烈的错位感中，我们所突出感受到的便是造化弄人的残酷。或许正是不合理命运作祟的缘故，《平原》中的人物总是要走向自己愿望的反面，小说的悲剧性在很大程度上正是由这动机与结果的悖反所造成的。但也正是在这动机与结果的悖反、在人与人之间难以消除的错位与隔膜感中，我们强烈地感受到一种存在的荒谬感。能够于一部高度写实的小说中极有力地凸显一种形而上意义上的存在的荒谬感来，充分证明的也正是作家毕飞宇艺术功力的深厚无比。然后，便是端方对于红旗的残酷惩罚了。为了讨好端方，红旗将自己无意中看到端方给吴支书下跪磕头的场景讲给了端方。岂料这样的举动却极度地伤害了端方脆弱且倾斜着的自尊心，于是端方不仅差一点儿吊死了红旗，而且还硬逼着红旗生生地吃下去了一段猪屎橛。而他这样做的目的，却只不过是为了防止红旗将这秘密泄露给别人。自己给吴蔓玲下跪本就是政治奴性人格的极端表现，但端方却反过来强迫红旗对自己也表示一种奴性的忠诚。在这样的一种艺术描写中，我们所强烈感受到的正是端方人性深处一种极端的恶。能够将自己的艺术笔力深深地探入人物的人性深处，并将端方人性的扭曲与异化如此鞭辟有力地勘探表现出来，正可看作毕飞宇人物形象刻画塑造之最完满成功处。

端方是人性的扭曲异化者，他以"文革"带菌者的形象进入了未来的岁月。但吴蔓玲的人性又何尝没有被扭曲异化呢？《平原》中的主要人物形象都是不同程度上的人性扭曲异化者。在某种意义上，我们甚至可以说，毕飞宇在《平原》中所展示给读者的，也正是这样一幅发生于1976年的充满强烈悲剧意味的格外惨烈的人性扭曲异化图。毕飞宇在谈到《平原》时曾经一再刻意地强调这是一部留给二十世纪七十年代的书，其根本的原因或许正在于此。吴蔓玲是南京来的插队知青，毕飞宇在这一人物以及另一知青混世魔王身上，成功地实现了对一种知青形象进行另类书写的艺术目标。或者说，他以一种反知青形象的手法而成功地刻画塑造了如同吴蔓玲这样的深度知青形象。所谓知青形象的另类书写，所谓反知青形象的手法，其实都是建立在知青形象固型化的前提之上的。众所周知，在新时期以来的文学史上，曾经出现过一个阵势颇为强大的知青文学更主要是知青小说的创作潮流。或许是因为知青小说的作者基本上均是知青的缘故，我们发现，出现在既往所谓知青小说中的知青形象差不多是清一色的正面形象。或者是苦难的承受与控诉者，或者是愚昧乡土生活的启蒙者，或者如同《棋王》中的王一生一样，干脆就是一位现实生活的超脱与批判审视者。总之有一点，在众多知青作家内心世界中，一种自觉不自觉的共识便是，乡村生活是苦难愚昧的，知识青年本就不该到乡村去插队落户。既然已经这样了，那就只能证明命运的不公平与不合理，知青是无罪也是无辜的。在这样一种情绪的主导支配下，我们在既往的知青小说中当然就很难看到作家对知青形象中负面因素的批判与审视性表达了。从这个意义上说，出现于毕飞宇《平原》中的吴蔓玲与混世魔王这样的知青形象就对既往小说中的同类形象形成了某种颠覆与重构。或者说，出现于毕飞宇笔下的知青形象由于进行了一种极为必要的祛魅化处理而显得更为客观真实了。我们所谓知青形象的另类书写，所谓反知青形象的手法，具体指称的正是毕飞宇在《平原》中对吴蔓玲与混世魔王形象的这样一种特别的艺术处置方式。

当时间的脚步走到 1976 年的时候，滞留在王家庄的知青只剩下了吴蔓玲和混世魔王，其他的知青都已先后通过招工、升学、当兵等种种手段离开了农村。但吴蔓玲与混世魔王滞留农村的原因却是大相径庭的，混世魔王是因其懒惰怠工，因其现实表现十分糟糕而留了下来，而吴蔓玲留下来却是因为她各方面的表现都太好了。生性懒惰的混世魔王一开始就对农村的插队生活充满着绝望感，因此，他一开始就以一种小市民特有的投机心理而想方设法地要离开农村。为了达到这个目的，混世魔王也曾经努力劳动过，他试图以这样的现实表现博得领导与贫下中农的同情理解，以便能够很快地离开他所厌恶的乡村世界。然而，由于这样的动机过于明显了，所以便往往轻易地被人识破，以至于一再地错失可以离开农村的机会。在迭遭打击的情况下，一种破罐子破摔的自暴自弃心理的形成便是合乎情理的了。这样，出现在我们面前的便只能是这样一个格

新世纪长篇小说叙事经验研究

外懒惰了无生机的自暴自弃者了。将竹管通到墙外，连晚上起夜撒尿都不愿挪动半步的这样一个精彩细节就活画出了混世魔王的"混世"面目。很显然，混世魔王人性的被扭曲正是在这样一个不断受挫的过程中逐渐形成的。在某种意义上，完全绝望后的混世魔王对于吴蔓玲的袭击强暴正可看作其人性彻底扭曲后的一种表现。但谁知正是这样一种绝地反击的发泄行为，却使得混世魔王达到了离开王家庄的最终目的。然而，混世魔王却也为此而付出了惨重的代价，从此以后丧失了性能力的他再也不是一个真正的男子汉了。在这个意义上说，虽然混世魔王最终得以离开了王家庄，但他实际上却依然是一个充满了悲剧性的失败者形象。然而，如果说混世魔王是一个人性的扭曲异化者，那么与他相对照，吴蔓玲人性的被扭曲与异化程度就更其惨烈无比了。在我看来，在某种意义上，吴蔓玲方才算得上《平原》中最具人性深度的一个人物形象。吴蔓玲人性的倾斜与变异与时代畸形政治对她的深层影响是分不开的。很显然，日常生活中的吴蔓玲是一个典型的乖孩子形象。正因为如此，她才会积极地响应政治的号召，才会以踏实的不怕脏不怕苦的劳动行为赢得乡亲们的好评。这样在前任支书王连方下台之后，她才有机会成为王家庄的村支书。然而，吴蔓玲的彻底被异化正是从她成为村支书之后才开始格外变本加厉起来的。在吴蔓玲成为党支书之后，由于工作格外地积极卖力，所以便得到了上级洪主任"前途无量"的高度评价。但在某种意义上说，也正是这充满政治诱惑力的四个字将吴蔓玲逐渐导引向了一种人性的异化之途。小说中曾经特别地描写过一个吴蔓玲照镜子的细节："吴蔓玲再也没有料到自己居然变成了这种样子，又土又丑不说，还又拉挂又邋遢。最要命的是她的站立姿势，分着腿，叉着腰，腆着肚子，简直就是一个蛮不讲理的小混混！讨债来了。是什么时候变成这种样子的？哪一天？"很显然，这样的一种描写是带有明显隐喻意味的。它所隐喻说明着的正是以"前途无量"为突出表征的一种政治力量的格外强大。这种政治力量不仅扭曲改变着吴蔓玲的内在精神世界，它甚至从根本上连吴蔓玲的生理状态也都改变了。在毕飞宇生动形象的艺术描写中，这样一种外在政治力量的强大也便由此而得到了强有力的证明。俗语云，爱美之心人皆有之，对于青春期的青年男女而言，爱慕追求异性之心同样是人皆有之的。吴蔓玲同样也不例外，她也有着本能的爱美之心，她也有着渴慕异性的强烈感情冲动。这一点最突出地表现在她与女伴志英的关系描写上，出席志英婚宴时无以自控的哭泣就是一个极好的证明。说到底，"她不是一个铁姑娘。她不是男的。她是女的。她是一个姑娘。她是个南京来的姑娘"。但畸形的时代政治却硬是将这样一个本来柔情似水的南京姑娘改造扭曲成了一个连爱的能力都差不多丧失了的政治动物。从这样一个角度看来，吴蔓玲对于端方所谓的"爱情"也就有了相当可疑的性质。吴蔓玲真的爱端方吗？他们之间除了政治身份的差异外，也还有着城乡的不同出身的差异。说透了，吴蔓玲对端方的"爱"是不现实也是不可能的，很难说是一种真正意义上的爱情。实际上，吴蔓玲对端方的"爱"应该更多地理解为是她久被政治压抑着的青春期感情冲动的一种集中爆发，这种感情冲动当然带有明显的盲目随意性。然而，即使是这样一种相当可怜的"爱"的要求也是无法实现的。在小说中，对于极度失意的吴蔓玲，毕飞宇艺术处置的最深刻与最残酷处乃突出地表现在对吴蔓玲与那条名为"无量"的狗之间病态关系的描写与展示上。"吴蔓玲爱上了它。爱有瘾。吴蔓玲一刻也不能离开无量了。""最迷人的爱当然还是在床上。这和所有的爱是一样的。"当毕飞宇以如此平静的笔调描写展示着吴蔓玲与无量（人与狗）之间这样一种极端病态的"情爱"关系时，我们能不为吴蔓玲人性居然被扭曲异化到如此严重的程度而感到灵魂的震颤吗？然而，作家毕飞宇却并不肯就此而放过吴蔓玲，他最后终于让无量噬咬了吴蔓玲，让感染了狂犬病的吴蔓玲在一种疯狂的状态中离开了人世。在我看来，身患狂犬病的吴蔓玲的疯狂其实也是带有明确的隐喻象征意味的。它所隐喻说明着的是已被完全扭曲异化为政治动物的吴蔓玲精神上的一种极度迷狂状态。小说最后让端方无可逃避地被疯狂的吴蔓玲狠咬了一大口，这样的一种情节设置中寄寓着的其实乃是作家毕飞宇对于"文革"、对于二十世纪七十年代的深刻思考，作家那样一种"文革"并未结束的思想也正是在这样的情节设置中得以完满实现的。

同样是表现乡村世界中的"文革"这一历史事件，贾平凹的《古炉》又与毕飞宇的《平原》有所不同。作为一部"文革"小说，《古炉》首先一个值得注意的地方，就是格外真实地写出了"文革"这样一场民族苦难悲剧的惨烈程度。关于《古炉》的具体写作动机，贾平凹在小说后记中说得很明白，一方面强调书写"文革"乃是自己义不容辞的一种责任与使命，另一方面也鲜明地表达了自己对其他"文革"作品的不满。既然不满意于其他的"文革"作品，那么，贾平凹自己所写出的又是怎样的一种"文革"小说呢？对于这一点，贾平凹在后记中，也同样有所揭示："我的旁观，毕竟，是故乡的小山村的'文革'，它或许无法反映全部的'文革'，但我可以自信，我观察到了'文革'怎样在一个乡间的小村子里发生的。如果'文革'之火不是从中国社会的最底层点起，那中国社会的最底层却怎样使火一点就燃？"

这部小说所讲述的全部故事，都发生在这个名叫"古炉"的异常贫瘠的小山村里。这样，一个必然会招致的疑问就是，发生在一个如此不起眼的小山村里的"文革"故事，难道就可以被看作是中国的"文革"故事吗？其实，关键的问题在于，如果离开了如同"古炉"这样的具体地域，我们的中国又在什么地方呢？这就正如同曹雪芹的《红楼梦》可以通过对于贾氏家族的表现而完成对古代中国形象的揭示表现一样，既然曹雪芹的《红楼梦》已经得到普遍的认可和接受，那么，贾平凹为什么就不能够通过对于"古炉"这个小山村解剖麻雀式的描写表现而揭示中国的"文革"故事呢？小说小说，就贵在其小，贵在它可以通过对鲜活灵动的生活具象的描写而达到揭示生活本质存在的写作意图。我们之所以在史学著作之外，仍然需要阅读如同《古炉》此类"文革"叙事小说者，其根本的原因恐怕也正在于此。实际上，在这里，一个不容忽视的问题是，贾平凹的《古炉》写作，乃是完全地建立在自己的个人记忆基础之上的。小说固然具有公共性的一面，但所有优秀的小说却又都是通过个人性才能够抵达所谓公共性的。这就正如同曹雪芹《红楼梦》的写作是绝对忠实于个人记忆一样，贾平凹的写作也是忠实于个人记忆的。既然我们不会因为曹雪芹的个人记忆而否认《红楼梦》的公共性，那么，也就同样不能因为贾平凹的个人记忆而否定《古炉》的公共性。我想，贾平凹之所以刻意强调《古炉》既是"一个人的记忆"，也是"一个国家的记忆"，根本的着眼点其实就在于此。

　　读罢《古炉》，印象最深的情节之一，恐怕首先就是贾平凹在小说后半部中关于古炉村武斗情形的鲜活描写。通过黄生生等来自外部世界的人们的宣传鼓动，"文革"自然也就逐渐地在古炉村慢慢地蔓延开来。在县里分别出现了"无产阶级造反联合指挥部"（简称"联指"）与"无产阶级造反联合总部"（简称"联总"）之后，本来属于化外之地的古炉村也就随之形成了尖锐对立的两派。一派是属于"联指"的以霸槽为首的榔头队，另一派则是属于"联总"的以天布为首的红大刀队。面对着日益凸显的权力与利益，两大阵营渐渐地进入了一种剑拔弩张的争斗状态之中，以至于最后终于酿成了导致多位村民死伤的武斗。整部《古炉》60多万字，分别由"冬""春""夏""秋"以及第二个"冬""春"六部分组成，其中第二个"冬"部，所集中描写展示的，就是榔头队与红大刀之间惨烈到极点的武斗故事。粗略计来，这一部分的字数差不多有十五万字，大约占到了小说总字数的四分之一。虽然在我一向的感觉中，贾平凹似乎是一位更多具有优柔品格的人，刚烈这样的语词殊难与他发生关联，但是在认真地读过《古炉》中关于武斗的描写部分之后，你却会不无惊讶地发现，却原来，一贯优柔的贾平凹其实也有着极为刚烈的一面。道理说来也非常简单，若非性情刚烈者，是很难浓墨重彩地写出武斗这样真可谓血淋淋的惨烈场面来。说实在话，我读过的"文革"小说也不可谓不多，但能够以其状况的惨烈而给我留下噩梦般的印象者，可能真的只有《古炉》这一部。"马勺仍是不松手，牙子咬得嘎嘎嘎响，能感觉到了那卵子像鸡蛋一样被捏破了，还是捏。跑到塄畔下的人听到迷糊尖叫，跑上来，见迷糊像死猪一样仰躺在那里，马勺还在捏着卵子不放，就拿棍在马勺头上打，直打得脑浆都溅出来了，才倒下去，倒下去一只手还捏着卵子，使迷糊的身子也拉扯着翻个过。"灶火就往前跑，眼看着到了池沿了，咚地一声，炸药包爆炸了。支书的老婆被爆炸的声浪掀倒在地，一个什么东西重重地砸在她的身上，等烟雾泥土全都消失了，县联指和榔头队的人去察看现场，支书的老婆才爬起来，她看见就在她脚下有一条肉，足足一乍半长的一条肉，看了半天，才认得那是一根舌头。"我想，或许有批评者会以所谓低俗的自然主义之类的言辞来指责贾平凹如此读来令人震惊的武斗场景描写。但我以为，倘不如此，就很难写出"文革"、武斗给我们这个民族所造成的巨大苦难。实际上，在读到《古炉》中如此惨烈如此鲜血淋漓的场景描写时，我所惊讶佩服的，正是贾平凹面对惨烈的死亡场景时的冷静客观不动声色。在某种意义上，大约只有如贾平凹这样一种对"文革"中武斗场景的描写，才真正当得起所谓如实写来绝无伪饰的评价。

从阅读的本能直觉来说，读贾平凹的武斗场景描写，所带给读者的感觉似乎是在榔头队与红大刀之间肯定有着不共戴天的深仇大恨。若非如此，本来同属于一个村庄的抬头不见低头见的他们，却又何必要非得打得头破血流你死我活不可呢？然而，实际的情况恰恰相反，以霸槽为首的榔头队与以天布为首的红大刀队之间，并不存在什么大不了的矛盾冲突。虽然说这两个战斗队分别隶属于县联指和县联总，但说实在话，即使是这两派的为首者霸槽和天布，也根本就不懂什么叫作"文化大革命"，不懂得他们之间为什么会形成一种剑拔弩张的尖锐对立关系。某种意义上，《古炉》中两派之间的激烈争斗，居然能够让我联想起英国作家斯威夫特的《格列佛游记》来。如果说《格列佛游记》中的小人国中两党争斗不已的原因是吃鸡蛋到底应该先打破大头还是打破小头，那么，到了贾平凹的《古炉》之中，两派之间的争斗甚至连如何吃鸡蛋这样微不足道的理由都无法找到。一句话，毫无缘由地便互相纠缠混战在一起，正是古炉村"文革"武斗的一大根本特点所在。而这一点，正好可以用来诠释贾平凹在小说后记中曾经强调过的："我观察到了

'文革'怎样在一个乡间的小村子里发生的。如果'文革'之火不是从中国社会的最底层点起，那中国社会的最底层却怎样使火一点就燃？"其实，在这段话中，贾平凹已经强有力地暗示着自己这部"文革"叙事小说的基本特征，正是要充分地揭示出"文革"究竟是怎样在古炉这个小山村中发生的，要告诉读者为什么如同古炉这样的中国最底层乡村怎样就能够使得"文革"的烈火熊熊燃烧起来。就我自己的切身体会，在这里，贾平凹的特殊之处，乃在于他非常深刻地揭示出了"文革"的发生发展与人性尤其是人性中恶的一面的内在密切联系。某种意义上，《古炉》既是一部真实书写"文革"历史的长篇小说，更是一部借助"文革"的描写真切地透视表现着人性的长篇小说。一方面，"文革"的发生，乃是人性中恶的因素发挥作用的结果；但反过来在另一方面，"文革"的逐渐向纵深处发展，也在很大程度上助长着人性恶的日益膨胀。能够以这样一种方式把古炉村其实也就是中国的惨烈"文革"面貌挖掘表现出来，事实上也正是我们充分肯定贾平凹的《古炉》，把《古炉》看作是迄今最成熟最优秀的"文革"叙事小说的根本原因所在。

二、生命伦理与革命伦理的冲突

到了胡发云的《迷冬》中，"文革"则被作家更多地看作是所谓革命伦理与生命伦理的一种尖锐冲突。胡发云的《迷冬》并没有采用那种正面展示苦难的艺术表现方式，他实际上是从一种个人记忆的方式切入对"文革"历史的反思与表现的。虽然对胡发云的个人经历不太了解，但依据我阅读小说的感觉来判断，其中男主人公多多身上，显然存有着胡发云自己某种"文革"经历的投影。这一点，既可以从其他一些文章，也可以从胡发云的个人简介，得到相应的证实。邢小群在一篇文章中曾经明确指出："主人公多多身上

新世纪长篇小说叙事经验研究

有作者自己的影子。"①再百度胡发云的个人简介，可以发现他一个突出的兴趣爱好，就是音乐。而小说中的多多，显然也是一位音乐的热爱者，甚至于多多这个名字本身，就来源于音乐简谱中"11"的发音。

胡发云在《迷冬》的书写过程中，充分地调动了个人的"文革"生存经验。从个人记忆的角度来说，《迷冬》某种意义上也可以看作是一部成长小说。对于"文革"开始时还只是一个中学生的多多而言，他所经历着的这个"文革"进程，也正是自己由初通人事到最后终于成熟起来的一个关键过程。尽管从本质上说，《迷冬》的确是一部旨在关注反思"文革"浩劫历史的社会世情小说，但这却并不妨碍胡发云借助一种成长小说的模式来架构整部长篇小说。由于成长小说框架的运用，由于对自己一种真切"文革"生存经验的充分调动，胡发云《迷冬》之对于"文革"的书写，方才拥有了一种特别的艺术感、一种强烈的艺术感染力。当然，说到成长小说，我们也必须注意到，《迷冬》中处于文本核心地位的成长者，实际上并不只是多多一人。多多之外，作为女主人公形象出现的他的恋人夏小布，也如同多多一样，正处于成长的关键阶段。我们之所以特别强调胡发云的《迷冬》通过一种成长小说的框架切入"文革"历史的深层，关键还在于牵涉个人性与公共性的关系问题。毫无疑问，"文革"属于一个涉及了全体中国人的重大公共历史事件。从这个意义上说，胡发云的《迷冬》自然也就少不了公共性的一面。但是，如果只是一味地注重公共性的传达，那么，小说文本就很可能变得空洞乏味。很大程度上，只有实现个人性与公共性的完美融合，方才可能有效避免此种空洞乏味情形的出现。在我看来，胡发云这样一种充分彰显个人历史记忆的成长小说架构，恰如其分地弥补了那样一种公共性的缺陷，很好地实现了个人性与公共性的艺术对接。

多多与夏小布这两位处于成长过程中的男女主人公，之所以能

---

① 邢小群：《〈迷冬〉印象》，《江南小说月报》2012 年第 5 期。

够以一种边缘人的姿态既介入又疏离于"文革"这一历史现场，从根本上说，端赖于胡发云关于那个名叫"独立寒秋"的文艺宣传队的特别的设定。这个"独立寒秋"文艺宣传队的人员身份构成是非常特别的。在"文革"那样一个血统论笼罩一切特别盛行的时代，"独立寒秋"却非常勇敢地打破了血统论思想的禁忌，在招生广告中大张旗鼓地强调："我们热情欢迎那些虽然出身于非劳动人民家庭，但是能和家庭划清界限，坚决站到毛主席革命路线上来的战友们。"有了这样一个主张，自然就会招来很多"非劳动人民"家庭出身的年轻人。正如秦珊珊所感觉到的那样："数月来，'狗崽子'、'王八蛋'、'孝子贤孙'、'美女蛇'一类最恶毒的咒语，已经让她变得失去了羞耻感，如今却有人预先就将'战友'的称呼留给她。"之所以会有如此一种特别的感觉形成，是因为秦珊珊由于家庭出身曾经遭受过简直无法承受的凌辱。尤其让秦珊珊难以接受的是，这些对秦珊珊施加凌辱者，都是她平时特别亲热的好朋友。这里，借助于秦珊珊这个个案的不堪遭遇，胡发云一方面写出了"文革"惨无人道的状况，另一方面却也凸显出"独立寒秋"所拥有的一种独特价值。这种价值具体表现为，为如同秦珊珊这样的"非劳动人民"家庭的子女，提供了一个能够为他们遮风挡雨的奇特避难所，一个"世外桃源"，一个能够给那些如同秦珊珊这样的被侮辱与被损害者提供某种庇护作用的"世外桃源"。

应该看到，除了一些劳动人民家庭出身者之外，这个文艺宣传队中包括多多与夏小布（尽管夏小布的身份后来曾经数度改变）在内的绝大部分成员，都是当时被打入另册的年轻人。就以上这样一种艺术处理方式来说，胡发云的这部小说很容易就能够让我们联想到那部曾经产生过极大影响的电影《辛德勒的名单》。由大导演斯皮尔伯格导演的《辛德勒的名单》所真实再现的，是德国企业家奥斯卡·辛德勒在第二次世界大战期间保护 1100 余名犹太人免遭法西斯杀害的真实的历史事件。某种意义上，由羊子与多多、夏小布他们策划创办的这个"独立寒秋"文艺宣传队，极其类似于奥斯卡·辛德勒创办的那个旨在收容保护犹太人的搪瓷厂。当然，《迷冬》中的这个"独立寒秋"文艺宣传队,与奥斯卡·辛德勒的搪瓷厂之间,还是存在着明显的差异。倘若说《辛德勒的名单》的奥斯卡·辛德勒是在以一种他者的身份来对处于极端困境中的人施以援手的话,那么,《迷冬》中的"独立寒秋"就属于一种自我拯救,是那些被当时的"革命"打入另册的"非劳动人民"家庭出身子女的一种自救行为。但是,从一种原型批评的角度来说,多多、夏小布他们的"独立寒秋"也罢,奥斯卡·辛德勒的搪瓷厂也罢,都可以让我们联想到《圣经》那个诺亚方舟的故事。很显然,胡发云之所以要以如此一种方式思考表现"文革",就是要在充分展示"文革"苦难的同时,也提供一种历史救赎与精神救赎的可能。说到这里,一个需要引起我们关注的问题,就是这个文艺宣传队究竟为什么会被命名为"独立寒秋"?一方面,这样一个来自毛泽东诗词名句的名称,是那个特定历史时代的一种必然产物。在当时,许多群众组织都用毛泽东的诗词为自己起名。但在另一方面,出自多多的如此一种命名行为,显然也还寄托着胡发云别一种深刻的象征内涵。假若把那个残酷的"文革"时代理解为"寒秋"的话,那么,"独立寒秋"这个名称显然也就具有了一种独立于"文革"时代之外的强烈感觉。正如同多多既在时代现场之中但却又总是游离于"文革"之外一样,这个诺亚方舟式的"独立寒秋"组织,与"文革"所保持的实际上也就是如此一种既在场而又有所游离的关系,保持了某种相对意义上的独立品格。

说到"独立寒秋"这个组织,其引人注目处,除了勇于打破"血统论"理念,大量吸收家庭出身存在问题的所谓"非劳动人民"子女之外,另外一个不容忽略处,在于这是一个文艺宣传队,是一个音乐的社会组织。阅读胡发云的这部《迷冬》,关键词除了"文革"之外,就应该是音乐了。对于一种特定时代境遇下一群热爱音乐的年轻人的描写展示,或者也可以说,对于一种殊为迷人的音乐世界极具魅力的形象呈现,乃是《迷冬》非常重要的一个文本构成部分。这一方面,小说文本中的精彩片断,可谓比比皆是,给读者留下了难忘的印象。"不经意间与心爱的手风琴相遇,他将它搂在怀里,有一种温暖传递过来。他用浑身的热血和柔情回报它，拉得火山爆发，拉得泉水叮咚，他近乎于炫技似的变换着音色，那一排变音键在他一次次灵光一闪的推动下，一会儿是交响乐队的浩荡，一会儿是双簧管的柔媚，一会儿是小号的嘹亮，一会儿是小提琴的缱绻，到了最后一段，他让笛子吹着主旋律，自己即兴加入华彩乐段，那密如大珠小珠落玉盘的节奏，让舞者与观众都兴奋起来"；"《清平乐·六盘山》用了信天游的素材，让憋了好久的民乐队好好地过了一把瘾。清亮悠扬的梆笛一出，宛如高原云雀直冲蓝天，接着施靖海的扬琴敲打出一串串飞瀑溅珠般的琶音，二胡便似起伏缥缈的山岚逶迤而来了"。类似以上这样一些关于音乐的描写片断，之所以能够令人过目难忘，根本的原因就在于，胡发云骨子里那样一种深厚的音乐修养，促使他的笔触只要一沾上音乐的边，就仿佛神灵附体一般地陷入了某种迷醉的状态之中。唯其如此，这些与音乐密切相关的描写片断，才会取得一种突出的简直就如同"大珠小珠落玉盘"一样的艺术效果。但一个关键的问题在于，除了自己有着一种强烈的音乐兴趣之外，胡发云为什么非得把"独立寒秋"设定为一个音乐表演团体。要想回答这个问题，就得注意小说中的这样一段叙事话语："多多没想到宫克对音乐也有如此深厚的修养，有许多独到的见解。他说，音乐是保存这个世界真善美的最后一块园地，因为它的语言有它自身的逻辑。像你们演的那首《沁园春·长沙》，虽然说歌词在说谁主沉浮，浪遏飞舟，但是旋律在说悲怆和忧伤，不管作曲的是否承认，但是音乐说出了他心底真实的东西。好派也会完蛋，屁派也会完蛋，我们这些人也会完蛋，但是，好的音乐，好的文学艺术，还会流传下去，就像我们今天还记得诗经、楚辞，谁还记得两千多年前那些个王侯将相呢？便是记得一点，也是从司马迁的《史记》里读来的……"某种意义上，这段话语，完全可以看作是作家胡发云自己的一种夫子自道。我以为，胡发云借助于宫克的口吻，实际上给出的，正是他自己之所以要在这部《迷冬》中对音乐大写特写的根本原因所在。

　　某种意义上，音乐可以看作是人类文明的一种高级存在形式。

也只有在这个层面上，我们才能够理解宫克所谓"音乐是保存这个世界真善美的最后一块园地"的论断。非常明显，《迷冬》中的"独立寒秋"这样一个以音乐为核心的社会组织，完全可以被理解为一个守护或者说体现人性的堡垒。与"独立寒秋"形成鲜明对照的，是小说所集中审视表现的以灭绝人性为突出特征的这场史无前例的"文革"。关于"文革"所具灭绝人性的特质，胡发云在《迷冬》中有着非常充分的描写展示。借助于多多的角度，胡发云所尖锐揭示的"等级和出身、粗暴和野蛮、狂热与冷酷"，正是"文革"的一种真实本质。具体来说，无论是武斗的残酷景象（我们应该注意到胡发云对于武斗的一种理性界定："这个武斗也是空前绝后的，是 1949 年这个国家建立以来在没有外敌入侵的情况下，人民之间用大刀、棍棒、铁矛以及其他种种的原始的冷兵器和现代的火兵器进行的一场非常酷烈的战争。"[①]在一个和平的时代，日常生活中本来可以和谐相处的国人之间，仅仅因为一些政治理念上的差异就大打出手，而付出巨大惨烈的生命代价，自然只能够被看作是对人性的一种灭绝行为），还是那些因为自身的问题（典型如多多的父亲，如林老师）或者因为家庭出身的影响（典型如秦珊珊，如黄为仪，如曾经一度的夏小布）而遭受的种种非人折磨，抑或是对正常人性的强制性扭曲（典型如夏小布的母亲，夏小布的母亲之所以要揭发他父亲的所谓作风问题，显然是受到时代风气一种扭曲性影响的结果），当然，更重要的，可能还是"独立寒秋"这个音乐组织在其发展过程中所遭遇的种种困难（比如被迫集体加入湖城师院红司，比如被迫远走新疆）。以上所有这些，凸显出的都是"文革"的非人本质。与"文革"的惨无人道酷烈无比形成鲜明对照的，除了打破血统论观念大量收留那些"非劳动人民"子女之外，还有音乐所具备的一种人性本质。"她们用自己的某种体验，让这样一首红色儿歌生出了一种能够揉碎人心的痛楚。那天，多多将一段慢板处理得极微弱极缓慢，似乎生命的血液正在一滴滴凝固成火红的冰

---

① 胡发云：《青春的狂欢与炼狱》，《江南小说月报》2012 年第 5 期。

珠，两个对生活还充满梦想与渴望的小姑娘相互间给予着对方最后一丝丝温暖，她们用这种柔弱的方式反抗着厄运的到来。"在这里，胡发云用充满诗意的文字所写出的，实际上正是音乐本身具有的那样一种呵护人性的美好品质。某种意义上说，"文革"所体现的，是一种灭绝人性的革命伦理，而音乐的本质，则是一种呵护人性的生命伦理。本文标题所谓革命伦理与生命伦理的对峙与碰撞，其具体所指，正是"文革"与音乐之间的一种尖锐对立本质。

三、人道主义与罪感追问

更多地从罪恶感的角度对"文革"进行反思追问的，是乔叶那部具有深刻人道主义情怀的《认罪书》。虽然就总体情形来说，很难简单地把这部《认罪书》归结为关于"文革"的长篇小说，但作家对于"文革"所进行的反思性描写，却无论如何都应该被看作是小说思想艺术上最成功的一个部分。这一方面，一个令人过目难忘的艺术场景，就是有钟潮现场参与的红卫兵造反派头头王爱国对于梅好进行的那场惨无人道的残酷折磨。在得知父亲梅校长第二天就要被枪毙的消息之后，救父心切的梅好急急忙忙赶来找王爱国，企图替父亲向王爱国求情。没想到，这王爱国居然是一个心理严重畸形的变态者。王爱国的革命行为，一方面固然是受到时代潮流席卷裹挟的缘故，另一方面却也和她容貌外形的不够光鲜密切相关。这样一位缺少女人味道的革命女性，在面对素以漂亮著称的梅好的时候，那样一种妒恨交加的心理状态就是可想而知的。尤其是她们之间还存在着身份上的巨大差异。一位是高高在上的掌握着生杀予夺大权的造反派头头，另一个则是作为"人为刀俎我为鱼肉"中的"鱼肉"存在的"反革命分子"的梅校长的女儿。处于此种对比强烈的状况之下，梅好却偏偏还要来为自己的父亲求情。她的遭受巨大凌辱，也就势在必然了。而且在老姑她们的叙述中，梅好最后的精神失常，也的确与她的被强奸之间存在着一种内在的逻辑链条联系。

然而，梅好实际上所遭受的凌辱却比这个要严重得多。文本中，王爱国所设想出的凌辱"绝招"是，既然你梅好口口声声"忠于人民忠于党"，那么，你就应该把你的"忠心"充分地展示出来。怎么样才能够展示自己的"忠心"呢？那就是主动把自己的衣服脱掉袒露出自己的胸部来。王爱国无胸，是"飞机场"，是"太平公主"，而梅好却有着足以骄人的高挺胸部。这样一来，王爱国革命行动背后潜藏着的猥琐动机，自然也就一目了然了。更有甚者，在梅好自己脱掉上衣之后，王爱国不仅唆使部下动手剥掉了梅好的裤子，而且她还用那支"黑幽幽的毛笔"在梅好的身体上写下了一个硕大的"忠"字。"这个时候的梅好，一直静静地躺在那里。闭着眼，不再说话，连低吟和自语都没有了。像死了一样。"很显然，所谓的心如死灰，大约也就是这个样子了。"身体""毛笔""书写"，把这样的一个细节与"文革"那段特别的历史联系在一起，其中一种象征隐喻意味的存在，就是一件显而易见的事情。这可端的是，不是强奸胜似强奸了。对于这一点，作家借助于钟潮之口，有着尖锐的洞穿："这个女人，这个看起来比谁都革命的女人——不，此刻，她已经不再是个女人，她已经是个男人了。她的眼睛暴露了一切：她对梅好有想法，有那种脏的想法——她当然不能像男人那样把梅好怎么样，她的那种脏，就是想侮辱梅好作践梅好的那种脏，就是把一块想吃却吃不到嘴里的糖扔进粪坑的那种脏。"一方面是堂而皇之的革命行动，一方面是不可告人的卑劣人性，二者就这样被乔叶巧妙地编织到了一起。在有力揭示历史残酷的同时，王爱国的变态人性也得到了可谓是淋漓尽致的艺术表现。

但更加令人震惊的是，这人性的卑劣与龌龊，实际上却也存在于深爱着梅好的丈夫梁文道身上。需要注意的是，关于梁文道的这段叙述，出自梅好的情敌张小英之口。由于惨遭王爱国的蹂躏，梅好终于精神失常，梅好常常一个人在晚上从家里跑出来。跟在她后面的是梁文道，跟在梁文道后面的是另一位女性张小英，让张小英无法预料的是，她居然看到了一幕难以想象的场景：眼看着梅好离河越来越近，张小英以为梁文道要上前去抓她，可是，他却没有上前阻止。他就那么悄没声息地站着，看着梅好朝河里走去，"他真的会让她死。"说实在话，读到这里的时候，我确实产生了一种彻骨寒冷的感觉。难道这就是所谓真切的爱情吗？如此真心相爱的人，怎么能够做出这样匪夷所思的事情呢？我想，无论如何，我们都不能不折服于乔叶笔锋的尖锐犀利了。一个业已精神失常的妻子，从日常生活的角度来看，怎么说都是一个沉甸甸的负担。尽管叙述者在这里并没有详尽展开关于梁文道的心理描写，但我们却不难推想出他心理矛盾的客观存在。经过了一番肯定非常激烈的思想斗争之后，梁文道终于眼睁睁地看着自己的妻子梅好，就那样一点一点地消失在河水之中。至此，我们方才能够真切地体会认识到，乔叶的难能可贵之处，不仅在于写出了"文革"的残酷，写出了类似王爱国这样的红卫兵造反派头头的人性卑劣，而且更写出了如同梁文道这样一种"文革"受难者的人性中所潜藏着的恶。众所周知，面对着"二战"中德国纳粹的暴行，思想家阿伦特曾经借助于艾希曼这一个案提出过所谓"平庸的恶"的重要命题。我不知道，面对着如同梁文道这样的一种情形，阿伦特又会做出什么样的一种深刻论断。某种意义上说，类似于梁文道这样的一种行为，把它称之为"平庸的恶"，恐怕也还是有一定道理的。

　　然而，同样是恋人之间的强烈伤害，与梁知后来的所作所为相比较，梁文道的作为就显得有点小巫见大巫了。读过《认罪书》之后，不管怎么都得承认，梁知与梅梅之间感情上的恩怨纠葛，乃是小说文本中最不容忽略的一个重要部分。梁知与梅梅，是异父异母的一对兄妹。梁知的生父是一个肛肠科医生。按照张小英的叙述，自己本来对于医生丈夫谈不上什么感情，只因为自己的暗恋对象梁文道与梅好有了婚约，又气又急，很快就和医生丈夫结了婚。梁知就是他们的儿子。"文革"期间的 1973 年，业已精神失常的梅好丧生于群英河里。这个时候，与张小英的告密有关，她的医生丈夫也已经先于梅好投群英河自尽。于是，张小英就带着梁知嫁给了心仪已久的梁文道。而梅梅，则是梁文道与前妻梅好的女儿。梁文道和张小英的结合，就这样使得梁知和梅梅成为没有任何血缘关系的兄妹关系。实际上，也正因为他们之间没有任何的血缘联系，才导致了两位名义上的兄妹之间爱情的萌生。无论怎么说，虽然他们之间没有血缘联系，但名义上兄妹关系的存在，却使得他们相爱本身，既带有乱伦色彩，也带有一种显而易见的罪恶感。此种罪恶感，一方面存在于他们各自的内心深处，另一方面则给他们的父母造成了巨大的道德压力。张小英之所以总是看梅梅不顺眼，固然与她的后母身份有关，但梁知和梅梅之间的不伦之恋，显然也是不可忽略的一个重要因素。梁文道的心脏病突发去世，这显然也是重要的诱因之一。正因为如此，所以梅梅才会在那个时期的日记中反复强调"我有罪"。套用陀思妥耶夫斯基的小说名，梅梅是《认罪书》中一位生性特别善良柔弱的不折不扣的"被侮辱与被损害者"。从罪的角度来说，她一生最大的一个罪过，就是因为自己和梁知的爱情而导致了父亲的不幸死亡。除此之外，梅梅别无罪恶可言。

与善良柔弱的梅梅相比较，梁知就可谓罪莫大焉。因为不伦之恋导致继父死亡且不说，他的罪过，集中体现在与梅梅之间的种种纠葛上。尽管梁知对梅梅的爱显然是真实的，但较之于梅梅对待爱情的纯粹程度，梁知的爱过多地掺杂了包括功利在内的其他一些因素却是难以否认的一种客观事实。具体来说，梁知之罪，首先体现在利用梅梅达到了自己官职升迁的目的。明明自己深爱着梅梅，明明知道梅梅进入钟潮家等于羊入狼口凶多吉少，但为了自己的官职升迁，梁知却硬是眼睁睁地看着梅梅一步一步地步入深渊。我们当然不能说梁知内心里不爱梅梅，否则他也不会生出"忮"的感觉了。但在有意无意之间利用梅梅以达到个人升迁的目的，却无论如何都是一件非常可耻的事情。

其实，梁知更严重的罪过，却在于和弟弟梁新一起联手逼迫梅梅自杀。梅梅被钟潮欺负之后，带着身孕南下东莞打工。在东莞，梅梅不仅生下了私生子未未，而且还遇到了她后来的男友赵小军。没想到的是，与赵小军的相遇，反而给她带来了万劫不复的更大灾难：赵小军为了五万元钱，居然与钟潮暗自联手，把梅梅视如自己身家性命的未未送给了盼子心切的钟潮。如此一种行为，对梅梅而言，自然构成了一种巨大的精神打击。为了讨回未未，梅梅跑回老家，大闹源城。她希望能够以这种方式迫使钟潮把儿子交还自己。梅梅的大闹，实际上对于梁知的官职形成了极大的威胁。这一点，梁知很清楚。关键问题在于，梁知对于梅梅的伤害并没有截止于把她骗回东莞，而是变本加厉地把她逼上了自杀的绝路："到了东莞，我又生怕她再回来，让我功亏一篑……没错，是我杀了她，是我杀了她……"这里，也就真的用得上所谓"无毒不丈夫"那句老话了。除了这句老话，你简直不知道对梁知这样一种十恶不赦的罪过还能够做出怎样的评价。难道这就是爱吗？一个口口声声爱着对方的人，居然可以为了一己私欲的满足而做出这般令人不齿的罪行吗？就这样，梅梅对于梁知毫无保留的爱，与梁知以"爱"的名义对梅梅实际造成的巨大伤害，形成了极其鲜明的反差与对照。梅梅被侮辱被损害得越是无辜，梁知对梅梅犯下的罪过就越大越难以饶恕。

但梁知的罪过，却并未随着梅梅的弃世而告终止。这就必须提及他那个奇特的练字本，提及他和金金之间的恩怨关系了。按照乔叶的设计理念，那个练字本记载的，是梁知的一段心路历程。而这段心路历程，某种意义上又可以被理解为梁知的"忏悔录"。以如此一种他人难以辨识的方式进行记录，本身就有着不可告人的私密性质。唯其私密，城府颇深的梁知才能够凭此而完成一种自我袒露式的真实心理书写。一边是发自内心的对梅梅的爱，一边是极具功利色彩的对梅梅的利用和伤害，二者之间的缠绕纠结，事实上构成了梁知这一人物形象的人性深度。然后，就是梁知和金金的相遇了。非常明显，梁知之所以对金金产生强烈的兴趣，原因就在于两人外形容貌上的极其相似。唯其如此，梁知才会通过对金金的示好获得一种自我心理补偿赎罪的感觉。在这里，一种心理转换机制的存在，显然不容忽略。关键问题在于，一旦感觉到这种自我救赎的方式有可能给自己带来麻烦，梁知就会迅速退缩："是，你是想在我身上赎罪。因为我勾起了你的旧念想，你想让自己的心更踏实一些。可当你发现事情不好收拾之后，就害怕了，就惮了，就惧了，就懦了，就怯了……你的赎罪，有多少诚意？在你看似完美的一切现状都不受影响的情况下，或许你愿意通过这肤浅的赎罪来让自己的心得到那么一些安慰。但是，当你发现这赎罪有可能会影响到你看似完美的一切现状时，你就退缩了，后悔了，终止了，甚至你宁可罪上加罪了。"实际的情形恰如金金所言，从根本上说，梁知是一个过分爱惜自己羽毛的自私自利者。一旦他的所谓"自我救赎"逾越自我利益的底线，他就会如同缩头乌龟一般迅速退回到自我保护的躯壳当中。金金用"叶公好龙"来评价他的这样一种赎罪行为，非常恰如其分。正因为如此，他的赎罪才往往会演变成一种新的犯罪。他之所以要对金金示好，本意是要自我救赎。没想到，金金不仅彻底地迷恋上了他，而且竟然还怀了他的孩子。正因为梁知在此种情形之下必然要退缩，所以金金才会不管不顾地穷追猛打，最后成为了梁知弟弟梁新的妻子。身为梁新的妻子，肚里怀着的却是梁知的孩子。就这样，梁知在伤害金金的同时，也严重地伤害了自己的弟弟梁新。梁新可以接受安安的非婚生这样一种事实，但却无论如何都无法接受安安实际上的父亲居然是自己的大哥这样一种残酷的真相。从这个意义上说，导致他车祸身亡的真正罪魁祸首，不是别人，正是梁知。梁新之死，毫无疑问对梁知构成了无法承受的打击。本来，梁知和金金还希望能够再生一个孩子以挽救安安的生命，但梁新之死却使得梁知完全丧失了做爱的能力。尤其是在得知自己身患"死精症"之后，梁知彻底陷入了绝望的状态。彻底绝望之后，梁知采取的最后一个主动行为，就是切脉自杀。关于梁知最后的自杀行为，我曾经一度产生过怀疑：这样一位过于爱惜自身羽毛的自私自利者，难道真的有勇气去自杀吗？但细细想来，却发现乔叶的这种艺术处理，其实有着相当的合理性。梁知的自杀，固然与其绝望有关，但他的这种貌似决绝的行为，所映射出的，实质上却依然是其内心的孱弱与怯懦。你根本就无法指望这样一位极端自私者能够有勇气与金金一起来面对生活的苦难。从这个角度来说，乔叶关于梁知自杀的这一笔就透出了某种特别的狠。正是借助于这特别狠的一笔，乔叶最终完成了对梁知这一人物人性深度的艺术揭示。

叶兆言从事于小说写作多年，发表作品无数，但相比较而言，大约只有这一部《很久以来》真正称得上是他迄今为止最具思想艺术深度的优秀作品。进一步说，《很久以来》不仅在叶兆言自己的创作历程中具有里程碑的意义，而且，即使把它放置在新世纪以来中国文学的大背景下，恐怕也同样是一部不容忽视的重要作品。无论是对于历史和人性丰富驳杂性的艺术呈现，还是对于以"文革"为中心的历史所具邪恶吊诡本质的思考与追问，抑或是对于艺术形式的特别营构，它都有诸多可圈可点之处。"很久以来"这一小说标题的由来，或许与顾城的那一首同名诗作的影响有关。文本中，叶兆言曾经特别引用过其中的片断："很久以来／我就渴望升起／长长的，像绿色植物／去缠绕黄昏的光线／很久以来，就有许多葡萄／在晨光中幸运地哭着／不能回答太阳的诅咒。"顾城关于时间的一种"很久以来"的艺术感觉，与小说主人公竺欣慰的悲剧命运遭际，应该说有着内在的相同之处。尽管小说的叙事起点只是1941年，距今不过八十年的时间，但如此一个小说标题所传达给读者的，却是一种超越小说故事时间的历史纵深感。对于一部以"文革"为中心的历史长篇小说来说，"很久以来"这样一个标题的设定，凸显的正是叶兆言别一种艺术智慧。

就叙述人称来说，小说分别采用了第一和第三两种不同的叙事人称。整个文本共由九章组成，其中第二章与第九章采用的，是第一人称"我"，其余七章，是第三人称。与两种不同的叙事人称相联系的一点是，小说由此也就拥有了两条具有内在交互联系的结构线索。使用第一人称的两章，作家所讲述的是发生在当下时代的现实故事，另外七章，叙事视点就回到了遥远的历史长河中，讲述的乃是历史故事。一部共有九章构成的长篇历史小说，其中两章所讲述的却是当下时代的现实故事。如此一种小说结构方式，难免会让读者产生这现实的两章是否存在着游离于小说主旨的弊端的想法。但我个人的阅读直感却并非如此。从根本上说，这两章现实故事不仅没有游离于小说的思想主旨之外，反而对作家艺术题旨的完满表达有着不容忽视的重要意义。其中，第二章的重要作用，主要在于对作家历史观的一种有力凸显。一个作家，要想写好历史长篇小说，一方面固然须得对于历史史实抱有极大的尊重，须得设法尽可能地接近还原历史的真相；但在另一方面，仅有对史实的尊重还是远远不够的，在强调还原历史真相的同时，也必须充分认识到具有一种超卓史识的重要性。正如同一个优秀的作家，只有拥有了一种相对成熟深邃的人生观或者说世界观之后，方才可能创作出优秀的长篇小说一样，一个有志于历史小说创作的小说家，也只有在拥有了一种相对成熟深邃的历史观之后，方才有可能创作出一部思想艺术成熟的历史长篇小说来。进一步说，所谓的历史观，就是指写作者对自己所欲加以艺术表现的那个历史对象所持有的基本看法。具体来说，叶兆言的历史观，乃是通过第二章中若干中国作家与两位捷克诗人之间关于捷克著名剧作家，曾经担任过捷克总统的哈威尔的观点分歧凸显出来的。在我看来，叶兆言提及哈威尔问题的本意，并非要彻底弄明白哈威尔的真相，而是试图借此强调说明历史的复杂性这样一个核心命题。假若说哈威尔这么一个人就已经足称复杂，那么，中国的"文革"，中国的一部现当代历史呢？它们就能够简单得了，能够黑白分明吗？答案显然是否定的。借助关于哈威尔的讨论而明确地提出历史的复杂性问题，毫无疑问正是作家特别设定小说第二章的根本意图所在。

第九章的存在，同样有着非同寻常的意义。除了交代主要人物命运的归宿之外，这一章最重要的价值在于，叶兆言借助小芋这个人物提出了一个小说的方法论与真实性的问题。"我"的伯母和小说中的主要人物之一冷春兰是姨表姐妹，而冷春兰，又恰好是小芋的养母，"我"之所以能够有缘结识小芋，正是因为这重关系。"我"又恰好是一个小说作家，在了解到竺欣慰的一些人生故事之后，便自然萌生了把它写成小说的念头："相当长的一段时间，我意识到自己很可能再也不会去写这篇小说。时过境迁，写作的最佳时机已过去，黄花菜早凉了，欣慰的遭遇曾是最热门的伤痕文学题材，它可以用来拨乱反正，用来控诉'四人帮'，用来反思'文革'，可以引起轰动，有可能得文学奖，然而随着时间发展，社会风气改变，作为一个敏感的文学题材它早已过气了，已经人老珠黄风光不再。说老实话，当初没写这篇小说，理由也很简单，它稍稍有那么点时髦，过于主流，过于报告文学，而真正的文学恰恰是应该远离这些东西。时髦的时候不想写，过气了又不想写，结果就是一直没写。"叙述者"我"的这段叙事话语，貌似在谈论自己为什么没有写出以竺欣慰为故事原型的小说来，实际上却是在对新时期以来这一类型的小说写作进行一种深度反思。这段话的潜台词，其实是，既往的小说写作历程中，实际上已经有好多人写过类似竺欣慰这样的故事，只不过由于政治意识形态或者作家自身艺术观念的局限，这些作品的思想艺术价值其实特别有限。事实上，在二十世纪的八十年代之初，刚刚从事小说写作不久的"我"，曾经尝试过相关小说片断的写作。首先须得明确，在一部长篇小说中，写作者与笔下的人物一起讨论小说的写作方式，作家所采用的显然是类似于西方后现代那样一种"元小说"的艺术表现手法。其次，这里的"很久以来"，也格外地意味深长。也正由此，我方才顿悟，叶兆言的"很久以来"除了历史纵深感的传达之外，另外一重意思，显然是在说明对竺欣慰事件这一表现对象，他已经思考酝酿了很久很久。为什么一直未能变成文本事实呢？作家的主体原因之外，更重要的原因，恐怕在于社会文化语境的制约与影响。到小说中的"我"最早尝试小说写作的二十世纪八十年代，实际上也仍然存在着这样一种无形的压力和逼迫。前述"欣慰的遭遇曾是最热门的伤痕文学题材，它可以用来拨乱反正，用来控诉'四人帮'，用来反思'文革'，可以引起轰动，有可能得文学奖"云云，所充分说明的，实际上正是这种情况。归根结底，无论是就社会文化语境而言，还是就作家自身的主体思想状况来说，如同《很久以来》这样一部旨在充分呈现以"文革"为中心的一部复杂性历史的长篇小说都不可能在二十世纪八十年代出现。叶兆言之所以要特别设定出小说的第九章来，很显然就是要试图交代说明这种情况。对历史的反思，无论如何都离不开特定社会文化语境的宽容与开放，叶兆言《很久以来》的写作，再次充分地证明了这一点。

很多"文革"题材的长篇小说，都只是把故事情节集中在"文革"期间，但叶兆言的《很久以来》的一大特殊处，却是把笔触一直延展至了八十年前的1941年。假如按照所占文本篇幅的比例来衡量，你就会不无惊讶地发现，作品对"文革"的描写实际上只是集中在第七和第八章，还没有占到整部小说的三分之一。根本原因在于，假若只是把笔触集中于"文革"一隅，无论是历史的复杂性真相，还是人物那样一种乖谬异常的命运遭际，都无法得到真正强有力的艺术呈现。更何况，依我愚见，表现"文革"，固然是叶兆言写作的重心之一，但与此同时，对一部堪称复杂的中国现当代历史进行尽可能深入的追问与沉思，对于人物跌宕起伏根本就无从把捉的悲剧命运做形象的艺术展示，也一样是不容忽略的题中应有之义。要想很好地实现这样的艺术目标，仅仅把笔触停留在"文革"阶段，就显然是不可能的。一句话，只有在描写"文革"的同时，把"文革"的前世今生也同时鲜活真实地呈现在读者面前，作家才有望真正把"文革"写深写透。

四、任性、怪诞的精神反抗

最后，我们要论述的一部作品，是女作家叶弥的《风流图卷》。阅读《风流图卷》，一个突出的感觉就是，叶弥在进行描写时笔触的任性与汪洋恣肆。事实上，也正是借助于如此一种任性与汪洋恣肆的笔触，作家方才格外成功地刻画塑造了包括柳家骥也即柳爷爷、奶奶高大进、常宝、陶玉珠等在内的一众行为举止看似多少显得有点怪诞不经的人物形象。面对着畸形政治时代的社会禁锢，这些人物形象以各自不同的方式进行着不无惨烈的对抗。首先，当然是身为孔燕妮父亲孔朝山干爹的柳爷爷。柳爷爷可以说是当代一位有着突出名士风度的知识分子。一封由孔燕妮读给柳爷爷听的信，是她的父亲孔朝山游历一番，拜访了若干柳爷爷的老朋友之后，专门写给干爹柳爷爷的。需要强调的一点是，信中提到的陈从周、汪曾祺、丁聪、聂绀弩、储安平、吴祖光以及林昭等，都是历史上实有其人的可谓大名鼎鼎的"右派分子"。叶弥之所以要让这些实有其人者成为柳爷爷的朋友，一方面的可能，是要强化柳爷爷这一人物形象的真实感；另一方面，却也隐隐约约地暗示读者，身为市政协副主席的柳爷爷这一人物形象，极有可能是存在真实生活原型的，尽管我们的确无从猜测这位生活原型究竟是哪一位。但不管怎么说，有生活原型也好，没有生活原型也罢，柳爷爷在那个讲究齐整划一的集体时代对自我个性的坚持，却是毋庸置疑的一种客观事实。我们注意到，针对孔朝山信中所提及的以上一众朋友，柳爷爷曾经给出过这样的一种说法："你不要朝下念了，我对这些不感兴趣。我的这些老朋友小朋友，对政治的兴趣远远大过对生活的兴趣……"关键在于，日常生活中的柳爷爷，不仅如是说，而且还身体力行如是做。一方面，他的确没有主动介入过所谓的政治生活。另一方面，诚所谓"食色性也"，一直把享受生活当作自己最高人生追求的柳爷爷，除了讲求美食之外，就是对美色不管不顾的追逐；尤其后一点，更是突出不过地表现在他与年幼的定彩姑娘之间。唯其如此，柳爷爷才会成为孔燕妮的母亲，一位可谓意志坚定的革命者谢小达的仇恨对象，"我妈认为，柳爷爷的身体，从头到脚，他都认真对待，唯独不会认真改造他的旧思想"。质言之，柳爷爷与革命者母亲之间的根本分歧就是，一个要身体，要生活，另一个却只要灵魂，只要所谓纯洁的革命。尽管在柳爷爷的理解中，自己并不招谁惹谁，只是一味地坚持着自己长期养成的生活方式与生活格调而已。他根本就没有意识到，在那样一个政治凌驾于一切生活事物之上的时代，即使你拼命想方设法地试图远离所谓的政治，政治到头来也会径自找上门来。具体原因无他，不过是因为你的生活方式无意间冒犯了所谓革命的尊严而已。结果，就在1958年的6月23日，柳爷爷果然惨遭劫难，沦落为"右派分子"。正是面对着这样一种山雨欲来风满楼的情势，对时事早已洞若观火的柳爷爷，才毅然地采取了抱着昙花纵火自焚的自绝行为。但千万不能被忽略的一个细节是，即使在纵火自焚之前，柳爷爷也没有遗忘和定彩的男欢女爱："柳爷爷见到将开的昙花，精神大振，一把拉了定彩甩到床沿上。那定彩的大屁股刚碰到床边，两条腿就迫不及待地打开了，用了全身心的力量，那腿竟打开到不可思议的角度，几乎成了一百八十度。"一个人，能够在毅然决定赴死之前，仍然从容不迫地行男女之事，柳爷爷其实是在以如此一种尊重生命的方式，对当时不合理的社会禁锢做强有力的抗议。

然后，是那位身世说起来很是有些传奇色彩的奶奶高大进。生性习惯于追逐时尚的高大进，三十七岁的时候就抛家跑到延安参加革命去了。没想到，在延安，由于三角恋的缘故，无意间失手杀死了情敌小张娃娃，结果被"保留党籍，削职回家，参加当地的革命运动"。回到家乡的高大进，依然保持着革命的惯性，把自己家以及夫家的土地和财产全部都依照革命的要求分给了穷人。具体来说，她从一位可谓是大公无私的革命者向生命享受者的人性蜕变，是在喜欢上"老丝瓜"之后开始的。这个人之所以被称为"老丝瓜"，乃是因为他虽然老了但却依然厉害（其实也就是生命力的强盛与坚韧）。很大程度上，正是"老丝瓜"在奶奶高大进生命中的出现，从根本上影响并改变了她的生命轨迹。一个是有着光荣人生履历的革命者，另一位却是被打入政治另册的地主分子，高大进和"老丝瓜"之间的如此一种跨越阶级界限的感情，自然为当时的社会禁锢所不容。就这样，到了1968年的时候，由于这种跨阶级的感情，再加上奶奶曾经的曲折人生经历，他们的被批斗被折磨就无法避免了。面对如此一种在劫难逃的命运，高大进与"老丝瓜"坦然地选择了以双双自杀的方式弃绝人世。就这样，奶奶高大进和"老丝瓜"一起，用实际的行动为自己的一部风流史画上了终结的句号。

还有那位因王来恩的检举告密而早在1958年就被处决了的护士常宝。常宝本来是医院里一位特别讲究生活品位的漂亮女性，王来恩长期觊觎却无法得手，只因为常宝平时正眼也不瞧他一下。就此而言，王来恩的检举，其实是典型不过的一种挟私报复行为。他的检举，对常宝的精神世界产生了严重影响。这样，也才有了常宝后来自杀未遂被孔燕妮父亲救起这样一种情节的发生。既然已经被检举，那接下来的故事肯定也就是常宝的被批斗。多少带有一点滑稽色彩的是，常宝邻居们所谈论着的她的罪行："常宝的邻居们对前来调查的人员说，她资产阶级思想严重，第一表现在穿上，第二表现在吃上，她经常拿一只小锅子煲各种营养汤吃。因此，这个小锅子也有罪，要与她一起接受批斗。批斗小锅子？是的，批的就是它！常宝是资产阶级的话，它就是资产阶级帮凶。常宝是反革命的话，这只锅子等同于反革命家属。"只因为曾经煲过各种营养汤，所以连同一只小锅子也要被定性为资产阶级帮凶而受到批判，这就是那个畸形政治时代的荒唐逻辑。被批斗倒也还罢了，关键的问题是，到最后，常宝竟然就因为王来恩如此一种简直是莫须有的检举而被处决，付出了特别惨重的生命代价。明明是一个人的隐私行为，到最后却充满诡异色彩地导致了这个人的死罪，这，就是那个畸形政治时代发生的一出荒唐闹剧。然而，我们无论如何都不能轻易忽视的一点是，常宝的获罪竟然同样是因为自己身体的缘故。

行文至此，我们就不难发现，柳爷爷、奶奶高大进与常宝他们几位的死于非命，其实都跟他们对自己身体的极端珍视与爱惜紧密相关。事实上，倘若我们要为叶弥的这部《风流图卷》提炼概括若干关键词，身体恐怕是其中无论如何都绕不过去的一个语词。说到身体，另外一个必须被我们提出来加以专门讨论的命题，就是叶弥到底为什么一定要把孔燕妮的男友张风毅设定为《曼娜回忆录》也即《少女的心》这一手抄本的作者。只要是从那个不正常的畸形政治年代走过来的朋友，就都知道，《曼娜回忆录》曾经是那个年代广为流传的一个手抄本，曾经因为其中对曼娜的性描写而被看作是黄色小说。正如同前面曾经提及过的柳亚子、吴祖光、林昭这些真实的历史人物一样，在这里，叶弥又一次巧妙地把真实存在过的事物，嫁接到了《风流图卷》这一小说文本之中。嫁接倒也罢了，关键在于，这一被嫁接的真实文本为什么不是别的，而是《曼娜回忆录》呢？事实上，只要我们把《曼娜回忆录》与柳爷爷、奶奶高大进、常宝、陶玉珠、孔燕妮以及张风毅这一众人物形象的生活联系在一起，我们就可以发现，叶弥的主旨其实就是试图对人的身体或者干脆说就是肉体有所张扬与表达。很大程度上，也只有到这个时候，我们才可以提出一个重要的疑问，那就是，叶弥的这部长篇小说既然被命名为"风流图卷"，那么，究竟何谓"风流"？或者说叶弥心目中的"风流"究竟应该作何解？结合我们前面所进行的文本解析，以我所见，叶弥此处的"风流"，其实首先也就是通常意义上男女风流韵事的那样一种肉体意义上的"风流"。从这一方面来说，正因为他们身处于一个禁欲主义大行其道的畸形政治年代，所以这一众人物形象肉体上的张扬才具有突出不过的叛逆与反抗的意义和价值。但更进一步说，除了所谓的肉体风流之外，更重要的，恐怕却是精神层面上的"风流"与"风骨"的意思，是对思想自由与个性独立的一种坚持。无论是柳爷爷的纵火自焚，还是常宝的被枪决，抑或是奶奶高大进与"老丝瓜"的双双自杀，包括陶玉珠、孔燕妮以及张风毅等在内，这些人物形象身上都突出地体现着一种与那个社会禁锢时代相对抗的精神风骨。更进一步说，这些人物形象日常生活中的那些非同寻常的言行举止，往往能够让我们情不自禁地联想到魏晋南北朝时期那些以任性、怪诞与放达为显在标志的所谓名士风度来。究其根本，假若说当年的阮籍与嵇康他们是在以如此一种任性、怪诞、放达的行为来对抗不合理的社会政治的话，那么，叶弥《风流图卷》中的柳爷爷、奶奶高大进、陶玉珠、孔燕妮、张风毅等一众人物形象的看似不合常理的言行举止，也可以做如是解。不管怎么说，在当下这样一个非同寻常的时代，叶弥这样一位看似柔弱的女子，能够在《风流图卷》这部长篇小说中写出一种坚硬、刚强的精神风骨来，我们无论如何都必须向她表达最充分的理解与敬意。

第十章　从边缘反观中心的边地叙事

一、"边地小说"与多元文化主义

进入新世纪之后，尤其是近几年以来，文坛上出现了相当一批颇有影响的，以中国边疆地区少数民族生活为主要表现对象的长篇小说。迟子建的《额尔古纳河右岸》、杨志军的《藏獒》、阿来的《空山》、范稳的《水乳大地》和《悲悯大地》、红柯的《乌尔禾》、马丽华的《如意高地》等都是其中较为优秀的作品。这些小说的大量涌现，一方面固然是因为，汉民族文化的强势存在使少数民族文化长期处于弱势地位，很大程度上遮蔽了异质文化的表现空间。作为对主流汉文化的一种反拨，着重于从少数民族群体的历史变迁和生存现状出发，探究蕴藏在民族文化内部的精神渊源和人文质素，便成为一些小说家特别是少数民族作家趋于一致的自然诉求。另一方面，"多元文化主义"在我国思想文化界的迅速蔓延也是这类小说得以成长壮大的重要推动因素。

现代意义上的"多元文化主义"是伴随着后现代文化思潮而兴起的，后现代主义反中心、反理性、反秩序的思维理念与多元文化主义提倡文化的多元性、差异性以及追求文化差异基础上的平等等核心观念不谋而合，正如美国哲学家施雷格所说，后现代主义是"多元文化主义的赞歌"①。具体到文学观念上，就是指，淡化或消解主流文化，突出和强调非主流文化或异质文化的价值呈现，

①　W. Nicgorski, "American Pluralism: a condition or a goal?" in F. C. Power .The Challenge of Pluralism. New York: Peter Lang, 1992, p.15. 转引自王晓路等著《文化批评关键词研究》，北京大学出版社 2007 年版，第 83 页。

"长期被压抑在边缘地带的非主流意识形态和文化由此被推向'中心',并开始通过强调自己与主流话语的差异而确立自己的文化身份"①。由此看来,在中国当下文坛上出现的诸多反映边疆地区少数民族生活的小说作品都或多或少地受到过这种"多元文化主义"的影响,处于边缘地位的少数民族群落明显地表现出对本民族文化的强烈认同感和归属感,他们在发掘本民族文化与汉民族主流文化差异性的基础上,力图建构本民族的文化谱系,以争取自己平等的权利和尊严。从表现边陲自然人文风貌的广度和深度方面来看,这些作品也明显体现着某种趋同性,那就是对汉文化的隐性拒斥和对作为书写对象的某一特定民族宗教文化的天然亲近。事实上,这种书写方式,颠覆了我们以往将其一以贯之地命名为"少数民族文学"这种称谓所带来的某种强制与歧视意味。更何况,由于各民族社会文化交流的日益广泛,已经有一部分以少数民族为书写对象的小说作品,并非出自本民族作家之手。鉴于以上原因,将这类作品命名为"边地文学"(这里主要是指边地小说)恐怕要比"少数民族文学"更为妥帖和恰当。与此相适应,将边地文学作品中所体现出来的文化因素称为"原住民文化"也就是一种合乎情理逻辑的现实选择了。

"边地小说"是边地文学的主要文体样式,作为一种游离于主流文学之外的小说形式,边地小说呈现出迥异于其他小说的审美艺术特征,成为新世纪文坛上展现边疆人文风貌,透视边地人民情感生活的一支重要文学流派。丰富奇特的原住民文化、返璞归真的生活方式、神秘莫测的宗教历史、宁静遥远的自然生态以及在这种异质土壤中成长起来的人性和人情美,都是边地小说予以着力表现的领域。

---

① 王晓路等:《文化批评关键词研究》,北京大学出版社 2007 年版,第 83 页。

二、原住民文化的守护与解体

当我们津津乐道于博大精深的中华文化时，其实在内心深处无意间已经把汉民族文化置于中华文化的核心位置。这样的大一统思维存在着明显的弊端，就是在一定程度上忽视了中华大地上同样闪耀着熠熠光辉的边地原住民文化。这些产生于边地少数民族历史发展进程中的文化形态，虽然在历史上因为各民族之间的交流融合而发生了某种嬗变，但却始终未脱离开母体根系的滋养。然而，在现代物质文明的不断侵袭下，边地原住民文化却面临着行将消亡的尴尬处境，尤其是在当代社会中，汉文化对原住民文化的冲击达到了前所未有的地步。因此，透过历史和现实的双重镜像，既以朴素而深厚的情感深入到原住民文化内部，又以清醒而理智的姿态审视这种文化在发展过程中的命运遭际，便成为边地小说首要的艺术表征。

如果说红柯的《乌尔禾》因为关注视点依然还停留在远赴边疆支援建设的一群汉人身上，而对当地原住民的文化涉及较少的话，那么迟子建的《额尔古纳河右岸》则是汉族作家表现边地原住民文化的成功之作。作为一位擅长表现底层普通民众生存状态的优秀作家，迟子建始终相信："真正的历史在民间，编织历史的大都是小人物。因为只有从他们身上，才能体现最日常的生活图景，而历史是由无数的日常生活画面连缀而成的。"[①]早在她的另一部反映东北沦陷区普通人生活的长篇小说《伪满洲国》中，便可以看到这一鲜明的特征。然而，与《伪满洲国》不同的是，这一次，迟子建将笔触伸向了一个完全不同的文化群落——鄂温克。尽管作者声称，她非常"熟悉那片山林，也了解鄂温克与鄂伦春的生活习

① 胡殷红：《人类文明进程的尴尬、悲哀与无奈——与迟子建谈长篇新作〈额尔古纳河右岸〉》，《艺术广角》2006 年第 2 期。

新世纪长篇小说叙事经验研究

性"①，但她毕竟是一位汉族作家，民族文化之间固有的差异和隔膜不可能因作者的主观意愿而瞬间改变，因此，小说中的鄂温克民族必然带有"他者"的印记，是一个异族人眼中的鄂温克。那么，我们不禁要问，在一个异族人眼中的鄂温克会是怎样的呢？还是真正意义上的鄂温克吗？迟子建似乎也意识到了这一不利因素，小说中，她打破传统的写作思路，选取第一人称"我"作为叙述者，而"我"又是鄂温克最后一个酋长的女人，90岁高龄的"我"经历了鄂温克民族近百年的历史沧桑，也是鄂温克历史的见证人，可以说，"我"应该是最有发言权的，从"我"的口中叙述的历史当然也就具有了相当的真实性。这里，作者巧妙地将读者的视线从作者（隐性叙述者）转移到"我"（显性叙述者）的身上，试图打消读者的疑虑，可谓用心良苦。事实证明这种叙述策略的确取得了较为理想的效果。小说中的鄂温克族差不多可以被看作是一个已经消亡了的民族。叙述者之所以自称是鄂温克最后一位酋长的女人，所暗示说明的正是鄂温克民族与鄂温克文化行将消亡或已然不复存在的事实。一个以部落生存为基本特征的民族居然连酋长都不再产生，那么离它彻底解体的日子定然为期不远了。而正是在这个根据所谓的"丛林法则"应该被淘汰的民族身上，我们却看到了一种奇特但同样真实且迸发着无穷魅力的文化存在。

在"额尔古纳河右岸"那片繁茂广阔的原始森林中世代繁衍生息的鄂温克民族，在一次次的迁徙和游猎中同样创造了具有自身特色的文化形态，或者我们可以称之为"鄂温克原住民文化"。从外在表现上来看，它涉及鄂温克人生活的方方面面：他们住在一种叫"希楞柱"的用松木杆搭建的简易帐篷里，以放养驯鹿和狩猎为生，有储藏食物的专门仓库——"靠老宝"；他们高兴了就跳"斡日切"舞（一种"圈舞"或"篝火舞"）来庆祝；部落里的人得重病时，会请萨满（巫师）来"跳神"以祛除病魔，人死了要举行风

---

① 胡殷红：《人类文明进程的尴尬、悲哀与无奈——与迟子建谈长篇新作〈额尔古纳河右岸〉》，《艺术广角》2006年第2期。

葬仪式；斯特若衣查节是他们庆祝丰收的传统节日，每到这时，人们就会聚集在一起唱歌跳舞，交换猎品，有的氏族之间还会联姻；他们信奉"玛鲁"神……这些鄂温克人奇特的生活方式和风俗习惯为我们展示了一种完全不同于汉族或草原游牧民族的文化形态，使我们这些习惯于生活在工业文明包围中的"现代人"感受到了边地原住民文化中那种悠远、神秘的远古气息。当然，作者写作的目的不止于此，或者说，这些呈现于读者面前的生存图景仅仅是作者为了表达其思想主旨的道具而已，"借助那片广袤的山林和游猎在山林中的这支以饲养驯鹿为生的部落，写出人类文明进程中所遇到的尴尬、悲哀和无奈"①才是作者真正的目的之所在。这里，有鄂温克人对于自己赖以为生的大自然敬若神明般的敬畏与崇拜，有鄂温克人面对频繁降临的死亡时达观而超然的姿态，也有鄂温克人在极其艰难的生存困境中激发出来的坚韧的生存意志与生存能力，更有鄂温克人在强大的现代文明侵入时奋力挣扎却无可奈何的尴尬悲凉。尤其是在近一百年的历史变迁中，无论是外族人的入侵还是瘟疫、饥饿的折磨都没有使他们放弃对本民族文化的坚守和信仰，这个多灾多难的民族始终保持并发展着自己独立的文化特性，直到现代工业文明一步步蚕食着他们赖以栖息的广袤森林时，他们还在试图做最后的抗争。然而，这种抗争毕竟是脆弱而无力的，越来越多的人选择了离开，选择了山下物质产品更为丰富的生活。小说中，鄂温克人向新的猎民定居点的大规模搬迁可能是这个民族的最后一次迁徙了，一百年前，他们因俄国人的驱赶从额尔古纳河左岸逃离到右岸的森林中，一百年后，即便是这么一块小小的家园也被无情地剥夺了。当激流乡新上任的古书记上山动员"我"搬入定居点时，这位饱经沧桑的老人不无悲愤地表示，"我们和我们的驯鹿，从来都是亲吻着森林的。我们与数以万计的伐木人比起来，就是轻轻掠过水面的几只蜻蜓。如果森林之河遭受了污染，怎么可能是因为几

---

① 胡殷红：《人类文明进程的尴尬、悲哀与无奈——与迟子建谈长篇新作〈额尔古纳河右岸〉》，《艺术广角》2006 年第 2 期。

只蜻蜓掠过的缘故呢？"是啊，由伐木造成的人为灾难为什么偏偏要让无辜的鄂温克人来承担呢？要知道，当他们一旦放下猎枪，走出森林，他们也就失去了可以维系民族文化命脉的土壤，也就意味着这个民族无可挽回的消亡。可是，谁又能听到这弥漫着哀怨的声音呢？处于边缘地域的民族连带他们的文化在强大的主流文化面前从来都是弱者，从来都是被同化被吞噬的对象。正因为如此，当迟子建让一个九旬鄂温克老人叙述他们民族的历史时才更多了一份抗争的悲壮，多了一份悠远的悲悯，多了一份彻骨的悲凉。

　　小说中，多次出现"火"的意象，对于鄂温克人来说，"火"既是一种用来烧烤食物和取暖以及获得光明的具体可感的事物，又是深入部族民众内心的一种至高无上的神灵，它同时具有具象和抽象的双重特征。在汉族和其他某些民族的意识中，火和暴力、灾难、革命等概念时常纠结在一起，人们一旦提及它，就会产生莫名的恐惧抑或无端的冲动，所以在许多小说作品中，火要么是革命、暴力的化身，要么被赋予破坏者或毁灭者的角色。像《额尔古纳河右岸》这样直接将"火"作为一种自然状态的生命意象而顶礼膜拜还是非常罕见的，这源于鄂温克民族所独有的"火"文化。小说开头，当"我"发现达吉亚娜他们下山定居没有带去火种时，曾感慨道："他们告诉我，布苏的每座房子里都有火，再也不需要火种了。可我想布苏的火不是在森林中用火镰对着石头打磨出来的，布苏的火里没有阳光和月光，那样的火又怎么能让人的心和眼睛明亮呢！我守着的这团火，跟我一样老了。无论是遇到狂风、大雪还是暴雨，我都护卫着它，从来没有让它熄灭过。这团火就是我跳动的心。"可见，鄂温克人对火的崇拜已经到了无以复加的地步。他们用火塘烤熟食物、照明取暖，在篝火旁跳舞嬉戏，无论搬迁到哪里都要郑重其事地将火种驮在驯鹿身上一起带走，任何人都不得往火里吐痰、洒水、扔不干净的东西，母亲送"我"的新婚礼物就是一团火，甚至母亲达玛拉和伯父尼都选择死亡的方式也都是跳入火中。火在温暖他们身体的同时，也温暖着他们孤独而顽强的心灵，鄂温克人既然从大自然中获取了神圣的火，那么将心灵连同肉体毫无保留地投入火中，也就成为这个民族至高无上的死亡仪式。在鄂温克人的心目中，这种"森林中用火镰对着石头打磨出来的火"不容许有丝毫的玷污，它已经融入了鄂温克人的生命之中，和"玛鲁神"具有同等的尊严和地位。保存和守护火种成为每个鄂温克成员不可推卸的责任和使命。而异族的"火"不是战火就是山火，它们是生活在异族土壤中并给鄂温克人带来不幸的罪魁祸首，与纯洁神圣的"鄂温克之火"比较起来，它们具有完全相反的品性。因此，当下山的鄂温克人不再需要火种时，也同样意味着这个民族正面临着火文化可能彻底消失的窘境，而"没有火的日子，是寒冷和黑暗的"。小说中，几代鄂温克人对火从膜拜、守护到无意识的放弃过程，也恰恰喻示了一种古老文化几近衰亡的无奈结局，表达了作者对鄂温克文化与鄂温克民族悲壮旅程的无限同情和惋惜。

与《额尔古纳河右岸》全方位展现边地原住民文化不同，阿来的《空山》似乎更倾向揭示原住民文化在面对强大的主流汉文化冲击碰撞时无可依存的状态，以此来表现四川藏地原住民文化的变异和退化过程。

计划中的《空山》共分为三部六卷，迄今，阿来已经完成了五卷，阿来自称，希望"用这 6 个故事来概括建国前后，50 年间一个村庄的变迁，呈现一个共同的主题"[①]。虽然第六卷还没有问世，但从已出版的前五卷来看，展现处于弱势地位的四川藏地原住民文化与呈现出多元混乱特征的强势汉文化在不同时期的碰撞冲突中，逐渐枯萎乃至消亡的历史命运，应该是其核心的命题所在。卷一《随风飘散》很明显是这部长篇小说的序曲，也统领着小说的整体叙述走向。格拉和兔子是《随风飘散》的主人公，他们更多地被赋予了某种象征意蕴，二人殊途同归的命定结局正是"机村"由内而外趋向解体的诗意写照。兔子生下来就因先天不足而体弱多病，"死亡"的阴影始终伴随着这个孱弱的少年，他的死亡喻示了

---

① 转引自卜昌伟《阿来〈空山 2〉追问迷失人性》，《边城晚报》2007 年 2 月 14 日。

维系"机村"正常运转的脆弱的生命机体功能的丧失，而格拉"所有的意识消散"则表明了一个更为沉痛的事实，即，机村人千百年来所固守的精神家园在强大的异族文化冲击下已然支离破碎，几近消亡了。当然，在《随风飘散》中，这个封闭的村庄对外来文化的印象还仅仅停留在"电话""公路""汽车"等具体可感的新鲜事物上，这些物质文明的衍生物虽然也曾在机村人的内心掀起少许的波澜，但很快就被宁静古朴的生活状态所湮没，人们更多的是以一种敬而远之的心态来看待这些"不会说话"的东西，文化之间的碰撞还处于表层，并没有真正地深入到机村人的日常生活当中。直到卷二《天火》当中，机村人才实实在在地感受到，这种异质文化并非他们所想象的那样简单，并非一两件让他们感到陌生而新奇的物事就能够代表，并且，这种异质文化不再遥不可及，而是以近乎疯狂和残忍的方式迅速冲毁了埋藏在机村人情感深处的信仰堤坝，一场"机村历史上前所未有的大火"的出现便是这两种文化得以近距离交锋的导火索。有关火灾的起因，虽然始终没有"查明"，但很明显与人们过度砍伐森林有直接的关系，也就是说，这场火灾归根结底是人为的，那么这场人为导致的火灾又应该归咎于哪些人呢？在小说中，我们可以看到，除了来自外乡的伐木工人之外，就是机村人自身，而机村人当初并不愿意砍伐这片世世代代佑护着他们的繁茂森林，在他们的潜意识当中，色嫫措湖和这片森林就是神的化身，而神是无论如何也不能侵犯的，否则就会遭到神的惩罚。但是，在"国家"和"国家"的代表老魏等人的强制与诱使下，机村人的固有意识开始逐渐产生松动乃至发展到"唯一目的就是挥动刀斧"的地步，他们已经从思想深处接受并默认了这种外来的观念，尽管这种默认当中还有许多不情愿的成分，但却终究在行动上采取了妥协的方式，最终酿成了火灾的发生。在救火大军开入机村后，机村人只能盲目地跟随和执行救火指挥部的决定，尽管这些决策很明显违背了科学规律，事实也证明是完全错误的，但大多数机村人都没有提出任何的异议，甚至当指挥部决定炸毁色嫫措湖的堤坝引水救火时，也只有格桑旺堆等几个人表示了坚决的反对。机村人似乎在一瞬间沉默了，连他们自己都沉浸在与天地相斗的"其乐无穷"的火一样的激情当中。色嫫措湖顷刻间消失了，湖中的那对"金野鸭"也飞走了，但"天火"却没有因此而停止，反而轻易地越过了人们苦心构筑的防火带……机村人非但没有在救火过程中保住仅存的森林，还失去了他们赖以生存并寄托着机村人美好希冀和信仰的色嫫措湖，可谓得不偿失。"山林的大火可以扑灭，人不去灭，天也要来灭，可人心里的火呢？"巫师多吉用他掷地有声的话语道出了潜藏于机村人的内心却无从表达的愤懑与无奈之情。

除了前两卷，在《空山》的后三卷中依然可以看到阿来文化冲突主题的延续与拓展，卷三《达瑟与达戈》中，伐木场的后勤科长为了从猴子身上赚取钱财，极力怂恿撺掇机村人射杀猴群，机村人虽心存顾虑，但最终还是没有挡住钞票的诱惑，一次次违背了与猴群之间的千年契约，肆无忌惮地屠杀起猴群来。卷四《荒芜》中，索波带领机村人费尽千辛万苦开垦出来的田地差点被伐木工人用来建立烈士陵园来纪念为抢救木材而死去的工人，而当庄稼需要收割时，机村人又忙着收集木头和松茸，卖给村外来的收购商人。卷五《轻雷》中，几乎所有的机村人都参与了盗伐盗卖木材的活动，就连拉加泽里这个即将要参加高考的尖子生也毅然放弃了学业，加入到他们的行列中。不过，从《达瑟与达戈》开始，阿来就不仅仅是在表现本土弱势文化与外来强势文化之间的对抗，他更进一步地深入到藏民的内在精神世界之中。机村人从对异质文化的本能抵制，逐步认同到完全接受的过程，也从更深层次上说明了边地原住民文化在异质文化的侵袭下崩溃解体、无可挽回的悲剧性命运。由此可见，"《空山》是神性解体之后的空山，是人性灼伤之后的空山，是传统的藏文化受到现代的以及异质的杂多文化影响之后人们无处可逃的文化之空山"[1]。

当然，对《空山》的文化解读还不止于此，《空山》超越于同类作品的关键，还在于阿来笔下的文化形态并不是一成不变的，而

① 雷达：《〈空山〉之"空"》，《文学报》2005 年 8 月 18 日。

新世纪长篇小说叙事经验研究

是具有时间上的动态性和空间上的多维性。就四川藏地的原住民文化来讲，既承续了藏族文化的某些本质因素，又因为邻近汉民族聚居区而不可避免地受到农耕文化的影响，它是藏族文化和特定村落文化的结合体。而小说中，作为异质文化的代表，即从机村人的角度来说，也是极为复杂的。这里既有动乱年代的阶级斗争观念，又有改革开放时期的拜金主义浪潮，既有先进的物质产品，也有空洞的政治口号。而且，伴随时间的演进，这种杂糅诸多因素的异质文化也在逐渐发生变化，对四川藏地原住民文化的影响也并不都是消极的、破坏性的，在某些情况下，也起到了正面的作用，比如达瑟就是从汉人的图书中得到了一系列有益的启发，使他在看待问题时比机村人更透彻，更长远。所以，始终以一种开放和动态的眼光审视并表现笔下的两种基本文化形态之间的冲突碰撞过程，恐怕才是阿来文化述说的艺术旨归所在。阿来在谈到自己的创作时，也曾表示，"少数民族乡村更面临着双重的命题——既有着本民族文化的瓦解，也有村镇文化被瓦解的悲哀"[1]。这至少说明了，在《空山》中，四川藏地原住民文化的解体呈两方面展开，一是现代文化在意识形态上对藏文化的冲击，二是现代文化在物质形态以及由物质形态所衍生出来的精神形态上对村镇文化的冲击，二者相互交融，共同构成整部小说的文化结构。

三、宗教·自然·历史

质而言之，宗教本身就是一种文化，宗教从产生的那一刻起就与文化息息相关，宗教在为文化提供必要载体的同时，也受到文化的诸种制约与影响。因此，在谈论文化概念时，我们很难将宗教剥离开来，尤其是在反映边地原住民文化历史的边地文学作品中更是

---

① 吴立艳：《阿来：写小说对我来讲，不是一夜情》，《第一财经日报》2005 年 11 月 30 日。

这样。边地人民的精神世界往往是与本地传统的宗教信仰紧紧联系在一起的，这种宗教情怀在民族历史的发展长河中，逐步演化为一种带有强烈宗教意识的文化形态，浸润在边地人民日常生活的每一个角落。而这种源自对大自然的敬畏感而产生的宗教意识，与汉民族的宗教观又有着极为明显的差异性，和汉族或者说主流宗教形态相比，边地人民的宗教观念中更多地含有一种自然崇拜情结，在他们心目中，亲近和敬畏大自然本身便是体现自我宗教虔诚度的一种极为重要的表达方式。这样，宗教、历史、自然和在此基础上所形成的独特文化之间难分难解的关系便成为边地文学作家解读并取得对边地原住民文化认同感时，始终也绕不开的领域。

　　与红柯和迟子建一样，范稳也是一位汉族作家，但由于他身处云南省这个紧邻西藏的边境省份，有更多机会与藏族人民进行近距离的接触，再加上他对藏民族宗教文化历史近乎狂热的尊崇，所以在他的小说中，青藏高原的自然风貌、人文习俗、历史源流和宗教意识都能够分外贴切地黏合在一起，让读者在不知不觉中进入小说所营构的艺术画面中。《水乳大地》便是最好的明证。总的说来，在《水乳大地》中，共有三种宗教，藏传佛教、天主教和东巴教。古老的藏传佛教和带有原始气息的东巴教，可以说是这片雪域高原上土生土长的宗教形态，而由法国传教士传入的天主教则是外来宗教的代表。本土宗教与外来宗教教义以及所产生的文化土壤的极大差异使杜朗迪神父和沙利士神父自来到这片土地开始，就面临着被拒斥和驱逐的危险。然而，在沙利士神父和教民的不懈努力下，天主教最终站稳了脚跟并发展壮大起来，起初，他们也试图通过与佛教徒辩论的方式，证明自己的宗教是世界上最好的宗教，杜朗迪神父甚至设计轻易从喇嘛手中获取了大片土地，他们的目的很明确，即推翻藏传佛教在藏民心中的宗教统治地位，并取而代之。但事与愿违，他们非但没有得逞，反而遭到了噶丹寺喇嘛及信徒的暴力反抗，杜朗迪神父也惨死于这场宗教冲突中。这件事使沙利士神父第一次深切地意识到，因信仰纷争而杀人是对宗教精神的亵渎与背弃，若想让上帝的福音真正降临到这片土地上，就必须学会和当地宗教和平共处。为了避免与本地宗教再次发生冲突，沙利士神父带领幸存的教民从澜沧江西岸迁移到了东岸，开辟了新的传教点。此后，虽然天主教与本地宗教尤其是藏传佛教之间也产生过各种各样的龃龉，但最终都化险为夷，相安无事。而且这些摩擦都没有演变成流血冲突，反而因为几代神父的明智处理，使不同信仰的人们相互团结起来。显而易见，范稳在这里表达的是一种宗教和解、共生共荣的意识取向。而宗教和解的前提是宗教精神的趋同性和一致性。无论是藏传佛教、东巴教，还是天主教，虽然形式各不相同，但三者的精神本质却是相通的。首先，它们都产生于人类对大自然本能的敬畏感，因此而具有了某种神性的特征。尤其是在对大多数藏族人所信仰的藏传佛教的描述中，范稳运用了许多具有魔幻色彩的场景，来表现佛教信徒对大自然既亲昵又敬畏的宗教情怀。比如小说第六章中，前土司坚赞罗布在批判会上看到了一个人临死前的魂灵，他便预感到将会有灾难发生，果不其然，不久，澜沧江峡谷里新修的吊桥顷刻间被拦腰折断，致使吊桥上许多人丧命。死人的魂灵与自然灾害之间之所以能发生联系，是因为藏族人将自然灾害本身看作大自然对人类的惩罚，而死人的魂灵被看到，正是灾害即将到来之前对人类某些不当行为的警告。再比如，噶丹寺的六世让迥活佛圆寂后，将自己的身体融化在西藏的太阳中。这一标志性的举动也说明藏族人"身体由自然生，死后复归自然"思想的根深蒂固。这些亦真亦幻的细节描写虽然不免有杜撰的成分，但却来源于藏族人民真实的宗教意识，在他们的心目中，神灵观念作为其宗教体系的一部分，已经逐步潜隐到他们的日常生活中了，成为他们精神世界的信仰支柱。"他们的命运就是用脚步丈量大地，让自己的脚底高过苍茫的群上，用自己的心和神山圣湖、神圣的寺庙触摸、亲近和拥抱。"其次，它们都以拯救世间苦难的苍生为根本目标。在小说中，法国传教士千里迢迢来到澜沧江峡谷传教就是为了让西藏的芸芸众生都能够享受到上帝的恩泽，使这些迷途的羔羊死后能进入天堂。而藏传佛教的基本理念也是慈悲为怀、救民于水火等信条。纳西族的东巴教虽然是一种较为原始的宗教，但它的教义与前两者基本上也是同出一辙的，因此，共同的精神特性为三种宗教的和谐相处奠定了强有力的思想基础，使它们在近一个世纪的发展过程中，能够找到各自应有的坐标，相互理解，相互尊重。

值得一提的是，范稳在表现西藏地区的宗教意识和宗教关系时，并不是以静止的眼光来看待笔下的宗教的，而是将宗教放在民族冲突、部族争斗等因素所组成的广阔历史画面中，动态地呈现出来。《水乳大地》的叙述时间跨度贯穿了整个二十世纪，这里，既有泽仁达娃与野贡土司两个家族的世仇家恨，又有藏族人与纳西族人之间的民族矛盾；既有国共两党厮杀搏斗的内战硝烟，又有"文化大革命"造成的人为灾难；既有洪水来袭时，藏、纳两个民族冰释前嫌、共同救灾的感人景象，又有安多德神父与六世让迥活佛握手言欢、化干戈为玉帛的欣慰场面。这种浑融博大的叙述手法的运用，将神秘悲悯的宗教情怀、优美清新的自然生态和苦难艰辛的历史变迁有机地融为一体，大大开拓了文本的时空表现维度，使小说呈现出斑斓多姿、气势磅礴的色彩。

范稳的另一部小说《悲悯大地》，是他计划在近年内完成总称为"藏地三部曲"的三部长篇小说创作的第二部。与《水乳大地》讲述澜沧江地区几种不同的宗教派别之间尖锐激烈的矛盾冲突故事不同的是，《悲悯大地》则通过对一个藏民成佛故事的讲述表达一种被作者称之为"悲悯"的深厚感情。虽然从所谓"悲悯"主题的传达，从小说所特意设定的副标题"一个藏人的成佛史"来看，小说中最主要的一个人物形象就是那位后来终于成为洛桑丹增喇嘛的都吉家族的长子阿拉西，但另外一个人物即朗萨家族的达波多杰少爷的重要性也是不容忽视的。在我的理解中，对于《悲悯大地》这部长篇小说而言，达波多杰少爷与阿拉西——洛桑丹增喇嘛完全是两个应该被等量齐观的人物。从这个意义上说，小说那个副标题的设定就很难说是一种符合文本实际的表述。在我看来，这样的一个副标题概括说明的，其实只是小说文本一半的事实而已。在某种程度上，我甚至还固执地以为范稳对这一副标题的设定，有着一种过于刻意的更强烈地凭此而吸引广大读者眼球的动机。在这样的动机背后，市场这只无形的大手的确发生着潜在的影响，恐怕也并非纯粹是一种子虚乌有的推测。

实际上，《悲悯大地》是由两条基本平行的故事线索结构而成的。一条是达波多杰少爷迷恋暴力，所以就外出游历，去寻找他自己理解中的"藏三宝"——"快刀、快枪、快马"的故事。另一条就是阿拉西一路艰辛地叩长头到拉萨，寻找自己理解中的"藏三宝"——"佛、法、僧"并最终成佛，也即变身为洛桑丹增喇嘛的故事。需要指出的一点是，不管是达波多杰少爷，还是阿拉西，他们之所以要离开故土去刻意地追寻各自向往理解中的"藏三宝"，其根本的原因正在于都吉家族与朗萨家族之间难以释解消泯的刻骨仇恨。应该说，这样的一种故事缘起是格外重要的。起于仇恨，而终于悲悯，作者为小说所设定的"悲悯"这样一种基本的思想艺术主旨，也正是在这样的一种叙事进程中得以凸显完成的。我们之所以在这里特别强调达波多杰这一人物与故事线索的重要，乃是因为这一线索与阿拉西成佛的那条线索之间形成了一种异常强烈的对比意味。在某种意义上来说，正是依凭着达波多杰少爷这条线索的存在，所以才格外强烈有力地烘托出了阿拉西那样一种宗教悲悯情怀的重要性。应该说，阿拉西这一形象确实体现象征着某种远大的精神性追求。阿拉西战胜并克服种种现实的羁绊刻意成佛的历程，在藏地的宗教文化传统中，当然有着真实的依凭，也可以得到普遍的认同与理解。然而，由于我们缺乏这样一种文化背景的强力支撑，所以在并非藏族人的我们看来，阿拉西——洛桑丹增喇嘛的行为却又的确具有一种神秘的奇迹色彩。从当下中国的现实文化语境来看，如阿拉西这样的人物形象的确具有着不容否认的针砭现实的意义。只要我们把这一形象与当下正被物欲严重困扰着的中国社会联系起来，那么，这一人物身上所强烈表现出来的那样一种牺牲自我以普度众生的宗教悲悯情怀，那样一种高贵的精神选择，就显得极其难能可贵了。其对于当下现实的批判性价值也就昭然若揭了。

然而，我们在宗教高度上，对于《悲悯大地》所凸显出的精神高贵的充分肯定，却并不意味着这部作品就是完美无瑕的。我注意到，对于《悲悯大地》，批评界在总体肯定的前提下出现了两种稍有相左的观点。一种认为它实现了对于《水乳大地》的超越，另一种则认为从文学性的意义上说它还是要稍逊《水乳大地》一筹。贺绍俊所持有的便是第一种看法。"相对于他的第一部长篇《水乳大地》，我以为这一部更好，说它更好，是从文学角度说的，就是说这是一部更具文学性的作品，……但《水乳大地》多少还留下学者文本的痕迹。《悲悯大地》同样是追求精神性的，但完全去掉了学者文本的痕迹。更富有文学形象，叙述也更加文学化。"[1]我的看法有所不同，虽然我也承认《水乳大地》与《悲悯大地》都是时下中国文坛并不多见的精神性文本，但从文学性上来看，《悲悯大地》还是要略微逊色一些。我不知道贺绍俊所理解的文学性具有怎样的内涵。在我的理解中，所谓的文学性，如果只是着眼于人物形象的塑造的话，那么就意味着对于人物人性深处某种矛盾冲突的艺术展示与表达。具体来说，我觉得，《悲悯大地》人物形象塑造上一个明显的败笔，就是对阿拉西——洛桑丹增喇嘛成佛过程的后半段过程的描写缺乏足够令人信服的艺术说服力。虽然藏族人有着极虔诚的宗教信仰，但是由人而成佛毕竟不是一件简单容易的事情。范稳很显然也意识到了这一点，从他为阿拉西成佛所设置的多重障碍中，我们即可有充分的感受。然而，令人遗憾的是，在阿拉西由人成佛的后半段，作者并未能潜入人物的内心深处，将人物内心中那种足以惊心动魄称之的深层矛盾冲突细致充分地表现出来，以至于使得这一人物在文学意义上的真实性受到了明显的伤害。虽然，这一主要人物的存在，对于小说"悲悯"主题的传达有着足够重要的作用和价值。

四、人性与人情美的发现与表达

边地小说作家在书写边地独特的文化及宗教历史的同时，并没

---

① 贺绍俊：《悲悯与精神容量》，《小说评论》2006 年第 6 期。

有忘记在这些远离"文化中心"的土壤上世代繁衍、生生不息的人民，他们将所有的信念和希望都寄托在这片土地之上，这里饱含了太多的泪水，也收获了一种无法言说的幸福。因此，大多数边地小说作家，都把在日常生活中，展现边地人民的人性人情美，塑造真实生动的人物形象作为其表现的核心所在。

在《乌尔禾》中，虽然出现了诸如"志愿军""连长""指导员""下岗"这样一些政治性的语汇，但它们的作用也只是对故事发生的时代背景作以必要的交代而已。作家真正的用意是在抽空了政治因素之后，在相对封闭的边地草原这样一个现实时空中，在书写现实苦难的过程中强有力地渲染表现出人性的善良与美好来。活跃于《乌尔禾》中的主要是汉人，但是他们的基本精神状态，却与生活于内地的汉人有着很大的不同。在某种程度上，我们甚至可以把他们称之为深受边地草原文化熏染的，已经完全少数民族化了的汉人。可能是由于他们长期生活在边地草原的缘故，他们实际上已经被赋予了少数民族身上才可能具备的神性品格。事实上，也正是依凭着他们具备了神性的品格，所以当现实苦难降临的时候，他们才能够用一种异常达观博大的胸怀去面对并穿越这现实的苦难。这一点，在王卫疆这一人物身上，有着极鲜明的体现。或许是由于从小受到海力布叔叔精神影响的缘故，王卫疆很小的时候就显示出了一种格外善良的天性，放生羊的故事就极充分地表现出了这一点。然而，王卫疆的放生羊还真就产生了一种奇异的作用，从根本上拯救了小丫头燕子的，的确是这被放生了的大白羊。在这个意义上，说王卫疆与燕子之间存在着某种先定的情缘，真还是很有一些道理的。但是，尽管王卫疆并没有任何的过错，然而，燕子最后却相当绝情地抛弃了王卫疆，给王卫疆带来了一种巨大的精神痛苦。对于王卫疆来说，燕子的离弃简直是一种直逼眼下的现实苦难。但是，王卫疆最终却以极坚韧的精神意志穿越了现实苦难。在这个时候，真正支撑他的正是草原文化中的神性因素。当王卫疆处于极度的痛苦状态的时候，海力布叔叔以自己曾经获得过的只有短短三秒钟的人生幸福，告诉他不要抱怨生活，而应该以一种感恩的心态去面对生活。毕竟，王卫疆曾经与燕子有过长达五六年之久的美好时光。在通常的意义上，类似事件的发生只会给当事人造成一种难以超越的仇恨感觉。红柯的这种处理方式之所以格外地显得可信，关键的原因就在于存在着一种草原文化的神性背景，就在于曾经承受过巨大苦难磨炼的海力布叔叔的言传身教。实际上，也正是在王卫疆穿越现实苦难的过程中，在海力布叔叔那不无神奇色彩的人生经历中，我们充分地感觉到了人性的善良与美好。在某种意义上说，红柯的诗性笔触是充满魔力的。在这样一种语言魔力的作用之下，甚至连燕子那样的背叛行为，都唤不起一点读者心目中仇恨的感觉来。相反地，我们在燕子的行为中还异乎寻常地同样感觉到了一种人性美好的存在。之所以会有这样一种奇异感觉的产生，从根本上说，正是得益于作家对于草原文化，对于"乌尔禾"这样一种特定场域的成功描摹与渲染的缘故。

杨志军的《藏獒》也是如此。作家在小说中以饱含激情的笔触，既极其形象生动地刻画塑造出了如父亲、藏扎西、梅朵拉姆这样具有高度的悲悯与仁慈情怀的人物形象，同时也极成功地勾勒刻画出了如冈日森格、那日、虎头雪獒这样具有着鲜明突出的责任与忠诚感的藏獒形象。正是通过人物形象与藏獒形象一种相得益彰的成功塑造，杨志军的《藏獒》极明显地张扬了一种在当下时代愈来愈罕见的诸如正义、良知、善良、悲悯、仁慈这样的人性理念，并凭此而与投合时代极度弥漫的物欲追求心理、张扬一种弱肉强食的"丛林法则"的《狼图腾》这样的作品形成了鲜明的差别与对照。

首先来看藏獒形象的刻画塑造。这里应该明确的一点是，我们谈论的藏獒已经不再是原初意义上作为一个动物种类的藏獒，而是出现于杨志军笔端业已高度人格化了的藏獒。或者说，我们所面对的只是杨志军理解中的一种藏獒形象，作者对于藏獒品性的提炼与表达其实突出地体现了他对于理想人性的一种理解与呼唤。小说中用笔最多、刻画最成功的藏獒形象是冈日森格，是这只前世曾经保护过在雪山上修行的僧人的阿尼玛卿雪山狮子的化身。冈日森格的主人本来是阿妈河部落的一个普通猎人，因为它格外出众格外"气高胆壮，有兼人之勇"，所以被部落头人甲巴多看中后强行占有。为了永远拥有冈日森格，甲巴多头人暗中派人害死了它的旧主人。谁知这一切却并未能瞒过冈日森格，当它凭借自己超群的智慧作出准确的判断之后，便不管不顾地咬死了甲巴多头人，为自己的旧主人报仇雪恨。这就是冈日森格的忠诚，嫌贫爱富或者随便地将自己的情感转移到新的主人那里，这样的选择从来就不会属于冈日森格这样优秀的藏獒。只有在犯了命案，在确认自己的旧主人已经死于非命之后，冈日森格才把流浪过程中收留了自己的七个上阿妈草原的孤儿（塔娃）认作了自己的新主人。他们一块过一种相依为命的流浪生活，一块为了追寻海生大雪山冈金措吉——传说中一个没有痛苦、没有忧伤的地方，便尾随父亲来到了与上阿妈草原有着不共戴天之仇的西结古草原。而《藏獒》的主体故事构成在很大程度上所依赖的正是民国二十七年由于马步芳军队的作祟，上阿妈草原与西结古草原结下的永难释怀的仇恨。正是因为有了这样一种基本的叙事前提，冈日森格与七个上阿妈孩子进入西结古草原才酿成了一系列重大的事件，冈日森格以及其他藏獒的忠诚与职责也正是在这一系列事件中才得以有力地凸显出来的。对于冈日森格而言，一旦认定七个上阿妈的孩子是自己的主人，就无论如何也不能随便离弃主人，哪怕山高路远，哪怕有无穷艰难险阻，它也要守护在主人的身边。虽然由于父亲的悉心呵护，它可以与父亲建立友好的信任关系，但这并不能阻止它去救援七个上阿妈孩子，或者说，在利用这种信任关系去援救自己主人的过程中，我们所感受到的不仅仅是冈日森格的忠诚，更有它那样一种超群的智慧。应该承认，既然忠诚与职责是藏獒这一动物种类的基本特性，按照小说中的说法"有恩不报不是藏獒，施恩图报也不是藏獒。藏獒就是这样一种猛兽：把职守看得比生命更重要。永远不想着自己，只想着使命；不想着得到，只想着付出；不想着受恩，只想着忠诚。它们是品德高尚的畜生，是人和一切动物无可挑剔的楷模"，那么，杨志军小说写作中面对的一个艺术难题便是，如何在普遍地凸显出藏獒忠诚品格的同时避开一种藏獒形象类型化的艺术陷阱。或者说，在普遍地凸显出藏獒形象的忠诚与职责的同时完成对于藏獒形象的个性化塑造。事实上，杨志军做到了。在小说中，重点描写并给读者留下深刻印象的藏獒形象，除了冈日森格外，还有西结古的獒王虎头雪獒、白狮子嘎保森格、大黑獒那日以及饮血王党项罗刹等。将这几个藏獒形象进行细致的比照分析后便可以确认，它们在保持共同的忠诚獒性的同时都充分地个性化了。

冈日森格最突出的个性化特征是超群的智慧与坚忍的意志，这一点与它在小说中的具体处境存在着紧密联系。由于身处对自己充满着敌意的西结古草原，面对着随时都可能降临于己身的伤害，冈日森格身上所体现出来的便是一种高度的警觉意识与提防心理。极度困难的现实处境告诉冈日森格，要想生存下去，要想保护救援自己的主人，那它就必须在与嘎保森格、虎头雪獒以及党项罗刹的打斗中取得完全的胜利，舍此而别无他途。如果说在面对白狮子嘎保森格时，冈日森格还可以凭借自己的实力而力拼取胜的话，那么在面对獒王虎头雪獒，面对饮血王党项罗刹时，就绝非仅凭实力可以取胜的。于是，便正如小说中所描述的那样，实际上也正是更多地依仗着自己的超群智慧，依仗着自己的坚韧意志，冈日森格才战胜了所有的对手，不仅改变了主人的命运，而且也使自己顺理成章地成为了西结古草原上的新獒王。作为西结古草原的獒王，虎头雪獒当然绝对地忠实于西结古草原，由于它在西结古藏獒中居于一尊的王者地位，虎头雪獒所显示出来的便是多少有一些傲慢成分掺杂于其中的那样一种傲视群雄的王者气度。这一点，在它面对冈日森格、面对嘎保森格时均有十分突出的表现。獒王之所以会在与冈日森格的打斗中落败，与它的这样一种傲慢心态的存在不无关系。"獒王的目的不仅是战胜对方，更重要的是显示自己山峰高耸的威仪并且留下经久不衰的佳话"，"而冈日森格却不是这样想的，它不是什么獒王，没有地位身份的负担，不必做出正气凛然的样子以显示大人物的庄严和伟大，它是一个备受歧视的外来者，它参与打斗是为了活下去，为了救主人，而不是为了显示自己的堂堂威仪"。一方是为了自己的生存，而另一方则格外地爱惜自己的羽毛、格外地珍视自己作为獒王的威仪。从这样两种不同心态出发的打斗在开始之前其实就已经预示着最后的打斗结果。在某种意义上，獒王的失败与冈日森格的胜利是一种顺乎逻辑的必然结果。同样是作为雄性的藏獒，白狮子嘎保森格的特点又不同于冈日森格与虎头雪獒。嘎保森格最突出的个性特征是自视甚高。这是一只表现欲特别强的野心勃勃的藏獒。战胜藏马熊后放肆地吃掉本该由獒王享用的心脏的行为就突出地表现了嘎保森格的个性特征。然而，正所谓太刚者易折，嘎保森格的悲剧结局同样与它的这样一种心性有直接的关系。发生在白狮子嘎保森格身上最令人难以接受的惨烈一幕是，在与冈日森格及那日争抢自己的孩子小白狗嘎嘎而不得的情况之下，它居然将自己的亲生孩子吞吃了下去。以吞食爱子的方式而体现出来的对于爱子的极端的深爱，所凸显的正是心性高傲一向自视甚高的白狮子嘎保森格獒性被极度扭曲的状态。当然，使得白狮子嘎保森格个性得以充分实现的，是它彻底绝望后毅然决然地从高地悬崖上纵扑而下的跳崖自杀行为。正是在它那纵身一跃的矫健身姿中，白狮子嘎保森格那样一种曾经不可一世的骄矜之心得到了一种近乎完美的艺术表现。与嘎保森格的跳崖自杀相映成辉的是大黑獒那日的撞墙自杀行为。一方面是主人无法违抗的命令，另一方面却是自己倾心爱慕的异性，处于两难境地中的大黑獒那日便只有一头撞向坚硬无比的嘛呢石经墙了。虽然在父亲的精心救护下，大黑獒那日最后神奇地起死回生了，但正是在它那撞墙自杀的行为选择中，我们深切地领会到了獒性的高傲孤绝。除了高傲孤绝的獒性之外，作为雌性的藏獒，我们同样在大黑獒那日身上体会到了温柔多情的一面。这一点最集中不过地体现在它对于冈日森格倾心的爱恋以及对于小白狗嘎嘎无限怜爱的行为之中。尤其是小白狗嘎嘎，本来与那日并无任何血缘联系，但出于一种本能的母性情怀，那日却将小白狗嘎嘎视如己出而抚爱有加。在其中，雌性藏獒那样一种极为宽容广博的温柔的母性情怀也就得到了堪称淋漓尽致的展示。然而，如果说白狮子嘎保森格吞食亲子的行为应该被看作是獒性的扭曲的话，那么饮血王党项罗刹的一系列个性变化就更应该被看作是獒性的变异了。在某种意义上说，党项罗刹身上也表现出了藏獒的忠诚，但它的这种忠诚却只是针对送鬼人达赤的。由于送鬼人达赤从小就在以一种恶意折磨的方式培养着党项罗刹对外在世界的仇恨，因此，在被父亲彻底感化之前的党项罗刹便是一个十足的仇恨化身。此类藏獒的个性其实已经完全走向了藏獒忠诚本性的反面，但造成这一切獒性变异的根本原因却在于人的因素的介入。正是因为先有送鬼人达赤的满腹恶意存在，所以才有党项罗刹这样作为仇恨化身的藏獒的形成。在这个意义上说，通过党项罗刹这样一种藏獒形象的塑造，与其说作者是在描写一种獒性的扭曲变异，不如说是在展示表现并鞭挞批判着人性的一种丑陋与恶意。

小说题名为"藏獒"，其对藏獒形象的刻画塑造当然格外引人注目。然而，小说更大的成功却在于一系列人物形象的成功塑造。通过对父亲、藏扎西、梅朵拉姆等人物形象的成功塑造而极其鲜明有力地张扬表现一种难能可贵的人性的悲悯与仁慈，实际上应该被看作是小说更为重要的思想艺术题旨之所在。小说中闪现着耀眼人性光辉的人物形象首先是父亲这个形象。从小说叙事学的角度来看，父亲既是小说中最主要的人物形象，同时也更多地承担着视角式人物的功能。《藏獒》的艺术结构并不复杂，基本上是依循父亲进入西结古草原之后的行踪来架构故事的。从读者接受的角度来看，我们实际上是跟随着汉人记者父亲的行踪与视角而一步步地走近并进入西结古草原，走进了这样一个笼罩着神秘的藏传佛教氛围的青藏高原上藏民的生活世界之中。这也就是说，如同我们一样，对于青藏高原上的藏民世界而言，父亲其实是一个外来者，一个局外人。然而，令人惊异的是，作为一个异族的异教徒，父亲却毫无障碍近乎于天然地很快就融入了藏民的生活之中。

父亲的仁慈与悲悯主要是通过他与藏獒、与七个上阿妈的孩子之间的关系而体现出来的。虽然父亲的存在与否都无法改变七个上阿妈孩子进入西结古草原的人生选择，但由于这七个孩子是跟在父亲后面进入西结古的，所以父亲便觉得自己绝对有责任保护这七个孩子的人身安全。构成《藏獒》这部长篇小说情节主线的其实就是父亲千方百计地要保全这七个孩子生命的全部努力过程。能够使出浑身解数去拯救七个上阿妈孩子的生命，其中体现出的当然是父亲一种难能可贵的仁慈与悲悯情怀。然而，父亲的仁慈与悲悯情怀更多地还是通过他与藏獒之间的关系而表现出来的。首先当然是冈日森格。虽然父亲与冈日森格同样没有任何牵系，但在他发现与西结古藏獒拼命打斗之后的冈日森格仍然还未断气的时候，他还是毅然决然地伸出了自己的援手。这样的描写是真实的，但更为真实的却是这样一段描写，当父亲面对西结古藏獒的围攻，父亲也有过自私卑微的时候，这里，一方面凸显出父亲性格的复杂性，另一方面更主要的是使父亲的那样一种悲悯与仁慈情怀显得十分真实可信。然而，如果说冈日森格因跟随父亲进入西结古还显得多少与父亲有些联系的话，那么，大黑獒那日与饮血王党项罗刹则不仅与父亲无关，反而还都多少伤害过父亲，因此父亲与它们关系的展示更能充分地凸显出父亲的悲悯与仁慈情怀来。大黑獒那日对父亲的伤害是十分严重的，父亲的"大腿被牙刀割烂了，胸脯也被牙刀割烂了。然后就是面对死亡"。父亲确也曾因此而产生过掐死大黑獒那日的念头，但最后却终于放弃了。不仅如此，父亲还想方设法地要帮助身受重创的大黑獒那日早日康复。这样一种以德报怨的行为当然是其悲悯与仁慈情怀的充分证明。也正因此，父亲才被藏民认为是"汉扎西""汉菩萨"的。当然，将父亲的悲悯与仁慈情怀更充分地表现出来的乃是他与饮血王党项罗刹之间的关系描写。由于送鬼人达赤刻意的折磨培养，饮血王党项罗刹的獒性被严重扭曲，变成了一个十足的仇恨化身。不仅外来的汉人如白主任对它十分厌恶，即使是将藏獒看得十分重要的藏民比如大格列头人、藏医尕宇陀也都情愿让它死去。但父亲却依然顽固执着地要救活奄奄一息的党项罗刹。虽然驯服感化党项罗刹的过程是极其艰难的，但父亲最终还是凭依着自己的坚韧而取得了成功。没有任何道理地要去救活并感化党项罗刹这样千夫所指的恶与仇恨的化身，其中所充分凸显的当然就只能是父亲那样一种悲悯与仁慈的天性了。

父亲当然是小说中最夺目的一个人物形象，但父亲之外，如藏扎西、梅朵拉姆这样的人物形象其实也同样可以被视作悲悯与仁慈情怀的体现者，他们的存在与父亲的形象相映成辉，极其鲜明有力地凸显了小说的思想艺术主旨。藏扎西的人性闪光处首先表现在义释七个上阿妈孩子的行为之中，虽然他后来为此曾有隐约的悔意产生，因为他知道自己这样做会受到严厉的惩罚，轻则失去做喇嘛的资格，重则被砍掉双手。但是，当七个上阿妈的孩子与父亲再度处于险境的时候，藏扎西还是毅然决然地出手施救了。藏扎西并未因内心的矛盾而放弃施救的行为，他的悲悯与仁慈情怀在此处得到了一种有力的体现。然而，藏扎西人性的闪光并未到此为止，就在他的奔逃途中，遭遇了正被群獒围攻的汉人李尼玛。虽然明知此时对李尼玛施以援手，对自己意味着什么，但人性的良知还是迫使他出手施援了。结果自然是，"为了一个与他毫不相干的汉人，他终于成了牧马鹤部落的强盗嘉玛措的俘虏"。宁愿牺牲自己也要施救于他人，这样的一种人性情怀不是悲悯与仁慈又是什么呢？

同样值得注意的是梅朵拉姆，这样一位美若天仙的汉族姑娘。梅朵拉姆的悲悯与仁慈主要体现在她对巴俄秋珠的格外关爱上。由于阿爸、叔叔以及阿妈三位亲人的死均与上阿妈草原有关，所以巴俄秋珠对上阿妈草原充满了难以释怀的仇恨，他之所以始终不肯放过七个上阿妈孩子的根源正在于此。对这个无家可归甚至连靴子也穿不上的流浪塔娃，梅朵拉姆给予了许多的关心爱护。虽然巴俄秋珠的仇恨之心如坚冰般难以融化，但梅朵拉姆最后却终于以自己的真诚爱意感化了巴俄秋珠，"她用仙女的姿态、仙女的温柔、仙女的情肠把他抱住了，这一抱似乎就抱走了他那已经被她追撵得有点慌乱有点动摇的仇恨，抱出了他的全部感动，感动得他觉得不听梅朵拉姆的话就不是人了"。事实上，也正是由于有巴俄秋珠的被感化，有他撞开送鬼人达赤的行为，所以才最终救活了七个上阿妈的孩子与藏扎西。

如作者所言，远远地去了的，是历史与现实的实际情形，隐隐地来了的，只能是人类心中一种对于美好的充满了忠诚、勇敢、仁慈、悲悯的人性的永恒怀想。如今，置身于"狼"声不绝于耳的实际践行着"丛林法则"的喧嚣市声之中，我们也大约只有通过如杨志军《藏獒》这样优秀的长篇小说才可能重温那生命曾经拥有过的高贵与尊严、人性曾经拥有过的悲悯与仁慈了。

总之，边地小说作家在创作中对边地文化的解读，对边地风土人情的人性化观照都使得这种小说样式体现出越来越多值得我们关注与思索的领域，是多元文化形态中一道独特的异域景观。本文只是撷取其中较为重要的几个方面予以分析，希望对边地小说家以后的写作有所助益。

第十一章　奢华与时尚中的大上海叙事

从城市与文学尤其是小说之间的关系的角度来考察，进入现代社会之后，中国大约只有北京与上海这两座城市与小说创作发生过密切关系。但如果把这个时间范围局限到进入新世纪之后，那么，小说界一大特别引人注目的景观，恐怕就是上海叙事的异军崛起。具体来说，举凡金宇澄的《繁花》、吴亮的《朝霞》、王安忆的《考工记》、夏商的《东岸纪事》、范迁的《锦瑟》、唐颖的《家肴》、傅星的《怪鸟》，连同禹风的《静安那一年》等，所有这些以上海为主要书写对象的长篇小说接二连三地出现，实际上已经构成了文学界一股特别强劲的"上海旋风"。

一、上海的日常叙事与宏大叙事

首先，当然是那部可谓获奖无数的金宇澄的《繁花》。说到作品的深厚思想内涵，首先一个问题就是，《繁花》到底应该被定位成怎样的一部小说？如果从小说的艺术结构来说，《繁花》显然应该被切割为单数章与双数章两大部分。关于二十世纪六十到七十年代末期的单数章的叙事内容，主要是三位主要人物沪生、阿宝与小毛的成长历程以及他们成长历程中所遭逢的那些人与事。单就这一部分而言，《繁花》或许可以被看作是一部成长小说。尽管成长小说的定位肯定是不成立的一种说法，但一个不可否认的事实却是，在这篇小说的写作过程中，金宇澄肯定非常充分地调动了自己的全部人生经验。同样不容忽视的一点是，《繁花》肯定不是一部自传体小说，你很难指认小说中的哪一位主要人物的原型是金宇澄自己，但必须看到的一点却是，小说中最主要的三个人物沪生、阿宝与小毛，都毫无疑问是金宇澄的同龄人。而这也就明显意味着整部小说所调动凝结的，实际上正是金宇澄他们这一代人的基本人生经验。细致观察《繁花》，即不难发现，小说先后写到过两代人的社会状况，其中的一代人，自然是沪生、阿宝与小毛他们这一代，另一代则是他们的父辈一代。我们之所以认定《繁花》是一部准自传体小说，与小说的观察视点显然是沪生他们这一代人存在着直接的关系。然而，在强调成长经验重要性的同时，我们也得清醒地意识到，即使是在成长意味极其突出的单数章部分，对于社会世相的观察与表现，依然是小说文本非常重要的组成部分。在这里，或许有一个可能的认识误区需要我们略加辨析。这就是，作为一部旨在观察表现数十年间上海市民生活的长篇小说，《繁花》到底能不能够被看作是一部市井小说？答案自然是否定的。原因在于，所谓市井小说，虽然从表现对象上看，与金宇澄《繁花》是非常一致的，但前者的一大特质，却是对于各种民情习俗简直就是不厌其烦的描写与展示。而《繁花》，虽不能说就与民情习俗无关，但民情习俗没有成为作家的表现重心却是毋庸置疑的一件事情。既不是成长小说，也不是市井小说，那么，《繁花》究竟是一部怎样的小说呢？按照我的观察理解，对于社会现实状况以及人性实际情形的关注表现，实际上一直是小说单数章最核心的内容所在。到了双数章中，成长意味被完全剥离之后，作家的关注重心更是落到了社会现实与人性内涵上。从这样的角度来看，金宇澄的《繁花》就只能够被看作是一种具有突出批判性色彩的社会世相小说了。当然了，更进一步说，其中显然也还存在着对于生命存在的一种深切体悟与表达。

关于《繁花》的思想内涵，对于特定时代上海市民精神的一种捕捉与表现，肯定应该被看作是《繁花》的思想艺术主旨之一。但作为一部在现代城市诗学的建构方面有着突出建树的长篇小说，《繁花》的思想内涵难道就只能够被理解为是对一种市民精神的捕捉与表现吗？很显然，这样的一种理解是相对偏狭的。我们在前面曾经指出金宇澄是一位很好地把民间叙事与知识分子叙事结合在一起的优秀作家，假若说民间叙事一面更多地体现在作品的叙事层面的话，那么，其知识分子精神内涵的一面就主要体现在对历史和现实的一种批判性反思上。

　　毫无疑问，金宇澄《繁花》对于历史的批判性反思，主要体现在以单数章出现的所谓二十世纪六七十年代的叙事之中。在这一历史时段中，最核心的社会事物就是席卷一切的革命。在那样一个革命的年代，包括上海这样一向扮演着中国现代文明排头兵的大城市也都是无法幸免的。因此，如何呈现一种革命化年代上海市民的日常生存景观，实际上就是金宇澄所必须面对的一个问题。说到二十世纪六七十年代的叙事，在这个革命时期，革命最典型化的表现，其实就是持续了长达十年时间之久的"文革"。就我个人一种真切的阅读体会而言，读过《繁花》之后，难以忘怀的艺术场景之一，就是金宇澄的"文革"叙事。以我愚见，若是谈论《繁花》而忽略其中的"文革"叙事者，肯定没有真正地读懂《繁花》。这里，一个关键的问题，恐怕就在于我们一定得认识到，对于上海滩上市民生活一种活色生香的艺术表现，与金宇澄知识分子的精神价值立场也即他对于"文革"历史的批判性反思，实际上是完全可以并行不悖的。说到《繁花》的"文革"叙事，最核心之处就在于金宇澄从一种人道主义的立场出发，对"文革"的反人性本质进行了堪称尖锐的揭示与表现。这一点，首先集中表现在沪生、阿宝及其家人的"文革"遭遇上。沪生出身于一个军人革命干部家庭之中。如此一种本来在革命时代非常骄傲的出身，遭遇"文革"，自然只能被打入另册。阿宝则出身于一个资本家的家庭之中，他的祖父可谓拥有家财万贯。这样的一种家庭出身，遭遇"文革"后，他的处境也不可能比沪生强到哪里去。就此角度而言，沪生与阿宝其实很有一些"同是天涯沦落人"的感觉。他们之所以能够成为一生好友，显然与这一点有关。具而言之，《繁花》对于"文革"反人性本质的洞穿与揭示，集中表现于阿宝父亲、姝华以及蓓蒂这三个人物形象上。

说到这里，我们便需停下来略微展开讨论一下《繁花》中的人物形象问题。从根本上说，《繁花》是一部极具繁复之美的长篇小说，不仅人物形象众多，而且人物之间的关系可谓互相勾连而呈盘根错节之势。约略计来，能够给读者留下深刻印象者，就有30位之多。此处之所谓深刻印象者，就是指尽管作家面对不同人物确实存在着使用笔墨多寡不均的问题，但这些人物却都达到了活灵活现生动饱满的程度。更进一步说，读过《繁花》，恐怕任何一位读者都无法对小说故事情节做出基本的提炼与概括。一部长篇小说，能够达到如此一种难以被"复述"的地步，充分说明的，正是小说作品艺术表现上的巨大成功。

首先是阿宝父亲。阿宝父亲，人生经历相当复杂。身为资本家的儿子，他却积极投身革命，并因此而不断承受苦难命运的磨折。"文革"开始，阿宝父亲更是在劫难逃，天天都得挂着认罪书，自觉接受思想改造。关键处在于，这种长期"被革命"的革命经历，在很大程度上扭曲了阿宝父亲的正常心性。如此一种被扭曲的状况，极其鲜明地表现在他"文革"后期对待自香港回国探亲的哥哥嫂子的态度上。面对多年未见的骨肉亲人，他不仅断然拒绝了儿子带来的所有礼物，而且还把他们赶出了家门。唯其如此，才会有小阿姨的激烈反应："姐夫，神经病发作了，阿姐还未回来，亲骨肉还未看到，真是铁石心肠了，脑子让汽车轮盘轧过了。阿宝爸爸不响。"难道说阿宝父亲果然就是无视亲情的铁石心肠吗？一句"不响"隐隐地透露出了他内心的些微悸动。但终归有一点不容否认，那就是，阿宝父亲对于亲情的决绝姿态，乃是所谓革命思维对正常人性的一种扭曲异化。

然后是姝华。作为沪生他们同龄人的姝华，属于"文革"时代少有的有自己独立思想的年轻人。她的思想的形成，与她当时大量阅读老书、外国书有直接的关系。大量地阅读老书、外国书在那个时候自然是不合时宜之举，所以沪生才会要求小毛："沪生说，如果来信，小毛就回信，劝劝姝华，少看老书、外国书。"既然如此这般不合时宜，姝华在"文革"中的命运遭际也就可想而知了。到了知青下乡的时候，姝华就被发派到了遥远的吉林。在吉林，姝华嫁给一个当地的男人，并且成为三个孩子的母亲。等到沪生在车站偶遇姝华的时候，姝华的精神已经出现了严重的问题。小说并没有交代姝华到吉林后有什么不堪的遭遇，但从沪生再次见到姝华时她精神错乱的状况，我们却完全能够想象得到那个反人性时代对有思想青年的无情摧残。由姝华的悲惨遭际，我们自然就不难联想到蓓蒂的下落不明不知所终。身为剥削阶级的子女，由于父母都被拘捕，年幼的蓓蒂只好与年迈的阿婆相依为命。对于自小就弹钢琴的蓓蒂来说，钢琴就是她的命。但"文革"开始后，偏偏就是蓓蒂的钢琴被抄家的造反派弄走了。请一定注意，钢琴在此处只应该被理解为与"文革"的野蛮相对立的文明的一种象征。正如同贾宝玉须臾也离不得那块通灵宝玉一样，蓓蒂也同样离不得钢琴。在这个意义上，蓓蒂与阿婆最后的隐然失踪不知下落，实际上正是对"文革"的反人性本质提出的最强烈抗议。

接下来，就是那部在很大程度上可以与《繁花》一起被称为"上海叙事""双璧"的夏商作品《东岸纪事》。为了更好地完成这部故乡的传记，夏商"于是开始采风，搜集资料，2005 年春节正式动笔，特地买了尼康相机，跑遍六里乡，去寻找上世纪遗留下来的陈旧角落，当时尚存不少破房老树，待 6 年后完成初稿，再去故地，照片上的风景已消失殆尽"。细细品味夏商"后记"中的这些文字，大约有以下几点值得特别注意。其一，假如说夏商曾经的先锋小说写作更多地带有凌空蹈虚或者说玄思冥想的性质，那么，他的这部以自我生存经验为强力支撑的《东岸纪事》就可以说带有突出的"纪实"性质。在一篇文章中，我曾经专门探讨过以想象虚构为本质特征的小说创作中"纪实与虚构"的关系问题。在其中，我所特别强调的就是："而这，事实上就已经涉及到了我们关于小说写作中'纪实与虚构'关系的第一重理解，那就是故事情节可以虚构，但故事所赖以存在的社会与时代却容不得一点虚构。无论如何，你都不能够让那些明代的人物一个个西装革履，坐宝马汽车走柏油马路的吧。从这个角度来看，王安忆之所以要在《天香》中做足'器物美学'方面的功夫,其根本意图正是为了保证自己能够真实地把晚明时代的社会境况描摹呈示出来。"①如果说王安忆在"器物美学"方面所做出的全部努力,乃是为了确保自己真实地把晚明时代的社会境况描摹呈现出来,那么,夏商之所以要在浦东四处采风,四处搜集各种资料,也正是为了保证自己能够在"时代与社会"的层面上尽最大可能做到一种真切的"纪实"。大约也正因为如此,所以,夏商才会在"后记"中特别强调:《东岸纪事》试图写成浦东的清明上河图,所有地名都是真实的,穿插其间的重大历史事件也是真实的,当然,故事与人物是虚构的,完稿的篇幅比预期的大一些,也许是因为我对这片土地有太多的话要讲。"毋庸讳言,当夏商特别强调"故事与人物是虚构的"的时候,他其实同时也就在强调着时代与社会等方面"纪实"性特质的存在。其二,一部 40 万字的长篇小说,夏商的写作竟然耗费了整整 6 年时间。在当下这样一个人心浮躁的时代,夏商能够沉下心去,用 6 年的时间悉心经营打造一部长篇小说,其实是非常不容易的一件事情。尤其值得注意的一点是,为了使这部长篇小说成为二十世纪八十年代浦东地区真正意义上的"风俗志",成为一种"清明上河图"式的艺术存在,在酝酿写作过程中,夏商可以说做足了类似于人类学家的"田野调查"工夫。"纸上得来终觉浅,绝知此事要躬行",夏商以他带有明显行为艺术特征的《东岸纪事》写作过程,再一次强有力地证明了古人这句名言的合理性。把《东岸纪事》与"后记"联系起来,我们方才能够发现,却原来,作品中所真切描写记述着的二十世纪八十年代浦东地区以"动迁"为核心的社会变迁过程,夏商其实正是一位始终在场的亲身经历者。夏商的写故乡,其实也就是在写自己,是对自我人生历程中一段真切记忆的及时性打捞与回望。尽管夏商已经创作了很多小说作品,尽管其他作品肯定也或多或少与他的生存经验有关,但最充分地调动并投入了自我生存经验的一部,却毫无疑

---

① 王春林:《小说写作中的"纪实与虚构"——从王安忆长篇小说〈天香〉说开去》,《山西大学学报》(哲学社会科学版) 2017 年第 3 期。

问只能是这部《东岸纪事》。《东岸纪事》之所以能够成为迄今为止夏商高端思想艺术成就的代表性作品，其根本原因恐怕正在于此。

放眼十九世纪末二十世纪初以来中国社会的发展历程，最重要的一个核心事物就是所谓的现代化、城市化。"某种意义上，我们完全可以说，城市化的疾速发展本身，乃可以被看作是经济时代真正形成的一个突出表征所在。晚近一个时期以来，标志着中国城市化进程突飞猛进的一个重要事件，就是由中国社会科学院社会学研究所在 2011 年 12 月 19 日正式发布的 2012 年社会蓝皮书《2012 年中国社会形势分析与预测》中称，2011 年是中国城市化发展史上具有里程碑意义的一年，城镇人口占总人口的比重将首次超过 50%。这一数据的发布，就意味着中国的城市人口事实上已经超过了农村人口。"[1]如果说现代化亦即城市化的确可以被看作是现代中国最核心的事物之一，那么，以文学艺术的形式将这一城市化进程凝结表现出来，就毫无疑问是中国作家一个不可推卸的重要责任。就此而言，夏商这部真切扫描记录二十世纪八十年代浦东地区由传统乡村向现代城市转型过程的长篇小说，自然就可以被看作是这一方面极具代表性的一部作品。从现代中国城市诗学建构的角度来看，如同《东岸纪事》这样形象生动地真切记述浦东城市化进程的长篇小说，也是不可或缺的一个重要维度。一个非常简单的道理，倘若有人在很多年后意欲了解把握二十世纪八十年代中国城市化进程的具体状况，那么，正如同恩格斯曾经特别强调巴尔扎克的《人间喜剧》"给我们提供了一部 19 世纪法国社会，特别是巴黎上流社会的卓越的现实主义历史"一样，夏商这部《东岸纪事》所承担的，恐怕也差不多是如此一种重要的功能。

行文至此，一个无论如何都无法回避的问题就是，为什么整部《东岸纪事》的叙事时间从二十世纪七十年代一直延续到了二十世

---

① 王春林：《城市化进程中的精神症候》，见裴亚红主编《民治·新城市文学》精选集（8），花城出版社 2017 年版，第 157 页。

纪八十年代末期，但我在具体行文的过程中却仍然反复强调夏商的这部长篇小说乃可以被视为二十世纪八十年代浦东地区的一幅"清明上河图"。对此，我给出的回答是，一方面，形象生动地描摹展示浦东地区进入二十世纪八十年代以来日益迅即的城市化进程，毫无疑问是夏商写作这部长篇小说最主要的动机所在。而且，更进一步说，除了如同夏商这样的感同身受有切身体验者，其他作家类似书写的可信度恐怕多少也还是值得怀疑的。但在另一方面，正是在真切书写记录浦东城市化进程的过程中，夏商无论如何都不可能不涉及父辈的生活状况（从年龄的角度来看，夏商与活跃于小说文本中的崴崴、乔乔他们很显然属于同龄的一代人。这一代人的上一代，其具体所指，也就是刀美香与柳道海他们这一些人）。一旦涉及刀美香与柳道海他们这一代人的生存状况，二十世纪七十年代就无论如何都不可能被回避。换言之，倘若舍弃了二十世纪七十年代的那个"史前史"阶段，那么，二十世纪八十年代浦东的城市化进程，自然也就难以写得明白。这样一来，虽然说夏商的书写重心无可置疑地落脚到了二十世纪八十年代的浦东，但从人物命运的完整性来说，作家的叙事时间还是上溯到了二十世纪七十年代，对诸如刀美香和柳道海这样一代人二十世纪七十年代的知青生活进行了相对细致深入的描写与展示。之所以会是如此，一个关键的原因在于，与真切地记录二十世纪八十年代浦东地区由乡村而城市的城市化进程相比较，对于人性世界的挖掘与呈现，对于人物命运的勘探与透视，乃是小说这种艺术形式所应承担的更重要的思想艺术使命。

二、"物"的聚焦与上海的生活和思想地图

与夏商的聚焦现实上海有所不同，王安忆、吴亮、唐颖以及范迁他们所聚焦的，可以说都是历史上那座曾经的上海。不管怎么说，《考工记》都应该被看作是作家王安忆已经持续了很长一段时间的所谓"上海书写"的一个重要组成部分。事实上，关于王安忆

的"上海书写"，我此前在一篇专门讨论《天香》的文章中，也已经有所提及："如果说李洁非更多的是从中国文明整体迁变的角度思考明代问题的，那么，王安忆对于明代的特别关注，就很显然与作家长期以来对于上海这一特殊地域的思考存在着重要的关系。实际上，只要稍微留意一下王安忆的小说写作历程，即不难发现对于上海这一特定地域社会、文化形态演进历史的探究，始终是王安忆小说中一个潜在的主题层面。关于这一点，我们只要把王安忆的《69届初中生》《流水三十章》《纪实与虚构》《桃之夭夭》《富萍》《长恨歌》《启蒙时代》等长篇小说连缀在一起，探究上海这样一个隐形的主题层面，自然就会水落石出浮出海面。以至于，我们甚至可以说，对于一向被誉为'海上文学传人'的王安忆来说，以小说的形式来承载自己探究上海的心得，差不多已经变成了一种理性自觉的写作行为。或者，也可以这么说，以小说的形式书写自己长期的居留地上海，业已构成了王安忆所无法摆脱的一种艺术情结。她的许多小说创作，因此都可以被看作是其艺术情结的宣泄和释放。只不过这一次，作家的艺术视野投向的乃是明代时期的上海而已。这一次，王安忆之所以选择明代的上海作为自己《天香》的主要表现对象，一个方面固然与李洁非所阐述的那些理由不无关系，但另一个更为重要的原因，却很显然在于，明代这个特定的时间段落对于上海的发展历史而言，具有十分重要的意义。"①在王安忆自己，一开始写作诸如《69届初中生》与《流水三十章》的时候，或许并没有生成所谓"上海书写"的自觉意识，但到了《长恨歌》之后，她的如此一种以小说的形式持续不断地为上海"作传"的意识，就越来越明确了。虽然从总体的写作格局来说，王安忆的小说写作路径，并没有狭隘地局限于"上海书写"这一个方面，溢出此种框限者可谓比比皆是，但相比较而言，最能够彰显她小说创作成就的，恐怕只能是"上海书写"这一系列。

---

① 王春林:《闺阁传奇 风情长卷：评王安忆长篇小说〈天香〉》,《文艺争鸣》2011 年第 18 期。

王安忆《考工记》所集中讲述的，是一个"旧"人如何遭遇"新"时代的故事。事实上，《考工记》并非王安忆第一部思考表现这一主题意向的作品。早在作家问世于新时期文学之初的获奖中篇小说《流逝》中，王安忆笔下就曾经出现过欧阳端丽这样一位曾经的资本家少奶奶形象，主要讲述她以及她所归属于其中的那个资本家家庭在十年"文革"中的生活境遇与命运变迁，集中描写展示欧阳端丽从一位养尊处优的资本家少奶奶向一位生存能力超强的普通家庭主妇的角色转型过程。进入二十世纪九十年代之后，王安忆更是以《长恨歌》这样的一种"鸿篇巨制"，集中书写民国时期曾经的海上名媛王琦瑶，在遭遇到新时代之后发生的一系列可谓是波澜起伏的命运变迁。在其中，曾经的"上海小姐"的名号似乎构成了一条无形但却结实的绳索，牢牢地绑架束缚着她的全部精神世界。她最后因"上海小姐"名号而死于非命，在凸显某种怀旧心理的同时，其实有着明显不过的宿命色彩。虽然并没有从王安忆处得到过相应的证实，但就她的创作轨迹来看，自觉地以小说创作的形式为上海作传的她，似乎一直在思考着来自一个过去时代的"旧"人，究竟应该以怎样的一种方式与早已发生天翻地覆变化了的"新"时代相处的问题。如果说二十世纪八十年代的《流逝》中依然残存有时代意识形态的控制痕迹，欧阳端丽的转型过程中多多少少遗留有劳动光荣的思想印记，如果说二十世纪九十年代《长恨歌》中王琦瑶的命运变迁有着难以回避的传奇性色彩，那么，在进入二十一世纪已经二十年的时间之后，当王安忆再一次触碰到所谓"旧"人与"新"时代这一主题意向时，就不仅彻底过滤掉了曾经的意识形态色彩，而且也明显地"去传奇化"了。在剥离掉生活周边的一切枝枝蔓蔓之后，作家将叙事视野聚焦到身为小说主人公的"旧"人陈书玉身上，借助于他所寄身于其中的一所老宅子，以极其内敛的笔法不动声色地书写了一段"旧"人遭逢"新"时代之后的"浮萍"人生。

虽然说阿诺的成长过程是《朝霞》非常重要的一部分内容，但这肯定不是吴亮的书写主旨之所在。依我愚见，通过阿诺、纤纤、沈灏、江楚天等年轻一代与邦斯舅舅、阿诺父亲、马戤伦、朱莉、宋老师等父辈这两大人物群体的真切艺术扫描，吴亮在《朝霞》中其实是要分别展示表现"文革"期间上海的生活与思想这样两幅形象生动的地图。首先，是上海的生活地图。之所以特别强调作家处理世俗日常生活的能力，是因为我们所实际面对的，是吴亮这样一位由文学批评家而华丽转身为小说家的作家。既然吴亮的前身是一位以理性能力见长的文学批评家，那我们当然有理由担心他是否具备书写再现充满烟火气的世俗日常生活的能力了。《朝霞》的文本事实不无惊艳地告诉我们，这一次华丽转身，吴亮交出的是一份非常漂亮的答卷。作家呈现世俗日常生活的能力，的确称得上形象生动、活色生香，甚至会让读者生出某种毛茸茸的生活质感。认真读过《朝霞》之后，我们完全可以负责任地说，就艺术地处理世俗日常生活的能力而言，吴亮丝毫都不输于当今中国文坛那些一流的小说家。唯其如此，他才能够在《朝霞》中首先勾勒描绘出一幅"文革"时期上海的生活地图来。

说到对于世俗日常生活的艺术表现，一个非常重要的内容，就是关注呈现日常生活中最为鸡毛蒜皮的那些个家长里短，那些个人情世故。也因此，在阅读《朝霞》的过程中，每每遇到作家处理世俗日常生活经验的精彩之处，我都会情不自禁地在刊物上写上旁批曰："且看吴亮如何人情世故，如何家长里短。"比如，第74章节的这样一个片段——人都说三个女人一台戏，没想到，阿诺和宋老师两个人竟然也是一台戏。只要联系上下文我们就可以知道，邦斯舅舅给阿诺写信，委托他去看情人朱莉，结果却遗漏了朱莉的地址和联系方式，阿诺万般无奈，只好找朱莉的闺蜜——自己一度的暗恋对象宋老师帮忙，没想到，宋老师却在窥破阿诺的心思之后故意推三阻四，最终逼迫阿诺和盘道出了自己其实只是想和朱莉单独见面说话的初衷。能够不动声色地将其中的细致曲折渐次循序道来，见出的果然是吴亮一番不凡的叙事功力。

吴亮《朝霞》对世俗日常生活的艺术表现，最引人注目的一个部分，就是对于"文革"时代边缘化人群中各种情欲故事的处理。这里，既包括邦斯舅舅与朱莉，也包括翁柏寒与翁史曼丽，既包括

新世纪长篇小说叙事经验研究

李致行爸爸与沈灏妈妈，也包括阿诺、纤纤、宋老师与殷老师之间的曲折感情缠绕。其中，多少带有一点惊心动魄意味的，恐怕是李致行爸爸与沈灏妈妈。李致行与沈灏是同学，李致行爸爸和沈灏妈妈是因为他们各自的儿子才得以认识的。相识之后，又是一次天鹅阁餐厅的偶然相遇，然后就是李致行爸爸以寻找儿子为名的上门主动出击："李致行爸爸说，那我回去了，亲戚等着，沈灏妈妈说，有空来白相呀，反正你也认得了，李致行爸爸左右看看无人，靠近沈灏妈妈说，你太好看了，沈灏妈妈灿烂一笑说，怎么个好看，李致行爸爸说，魂都被沈灏妈妈勾去了，沈灏妈妈轻声说，连我名字都不晓得，瞎讲点啥？"吴亮这个场景的处理虽然非常简洁，但却堪比《水浒传》中西门庆勾搭潘金莲一节。看似不动声色的言语对答之间，某种郎情妾意的暧昧情愫就已经被浓浓地渲染出来了。他们之间倘若不进一步发生男女情欲的纠葛，才是不合常理的一件事情呢。实际上，李致行爸爸和沈灏妈妈之所以会一拍即合发生情欲故事，还各有其内在的深层原因。就沈灏妈妈来说，丈夫长期支内，属于典型的怨女。而李致行爸爸，也有自己难言的苦衷，隐约透露出的，其实是李致行妈妈嫁给李致行爸爸时的一种不情愿与无奈。这一点，在文本中借助李致行的记忆也得到了确切的证实。由此可见，李致行爸爸其实也是个旷夫。既然男女双方分别属于旷夫怨女，那他们之间情欲缠绕故事的最终酿成，也就顺理成章势在必行了。但究其根本，吴亮在《朝霞》中之所以一定要描写叙述李致行爸爸和沈灏妈妈之间的情欲故事，其主旨恐怕还是要凸显情欲本身的力量："女人的身体会不会背叛她的阶级属性，背叛她的自尊和恐惧，破解这个问题对他来说，好像来得比较早，沈灏妈妈与李致行爸爸的私情曾经被他意外地窥见一次，那年他才十岁，但足以让一个初入人世的男孩子心惊胆战了……"这个片段，首先从成长者阿诺的视点切入，表明李致行爸爸与沈灏妈妈之间的私情，曾经在怎样一种程度上影响过阿诺自己对于情欲的理解。但这个片段的书写重心，却显然更在于对沈灏妈妈偷情过程中那种身心处于分裂状态的二元论表现。在这里，吴亮其实意在凸显情欲那种本能力量的强大。由此而生发开去的一个重要问题就是，在一部关注表现"文革"的长篇小说中，吴亮为什么要花费这么多的笔墨来刻意书写诸如此类的男女情欲故事？我想，要回答这个问题，最好重温一下西方中世纪之后的文艺复兴。我们都知道，文艺复兴是十四世纪中叶至十七世纪初在欧洲发生的一个大规模的思想文化运动。文艺复兴时期出现的一大批优秀文艺作品，一个非常突出的特点，就是集中体现了人文主义思想，在反对中世纪神权统治下的禁欲主义和宗教观的同时，大力主张个性解放。在当时出现的诸如薄伽丘短篇小说集《十日谈》一类的小说作品中，一个鲜明不过的书写主题，就是通过对于人类情欲的大胆正视与书写以达到彻底颠覆宗教神权禁欲主义的目的。我觉得，我们也不妨在这种人文书写的意义上来理解看待吴亮《朝霞》中的那些情欲故事。众所周知，"文革"一大突出的特点，就是如同中世纪一般地黑暗禁欲，从根本上视包括情欲在内的人类欲望如洪水猛兽。但实际的情况是，一方面是来自政治的高压与禁欲，而在另一个方面，日常生活却依然在延续，情欲故事也不仅没有完全退出历史舞台，而且还以地火的形式在持续不断地熊熊燃烧，并最终冲破禁锢的地平线，从根本上颠覆摧毁这个具有突出反人性本质的黑暗禁欲时代。唯其如此，我们方才称得上是比较准确地理解把握了吴亮《朝霞》中情欲故事深厚的人文内涵。

其次，是上海的思想地图。"文革"既是一个禁欲的时代，也是一个思想高压的时代。但正如同禁欲主义压抑不住人类的情欲本能一样，对于思想的高压也不可能从根本上控制简直就是地火一般具有突出反叛色彩的异端思想："这些话必须以自己才认得的潦草字加上某些专用代号，密密麻麻地写进一本旧账簿的空白缝隙，塞在储藏室的枕头底下，写出来固然是一种冒险，自己对自己的告白，虽然它脱离了主人，貌似被藏到世界的另一个秘密地点，房间中的房间，没有窗的密室，人口拥挤的大城市深处，它照样是隐患。"这个片段中，吴亮精确地再现了那个万马齐喑的"文革"时代思想领域禁锢与反禁锢的状况。从总体上，当时的思想领域乃是一片肃杀。面对着来自政治的高压，大多数人处于平庸的畏惧状态。但也正是在这一片灰色的肃杀与畏惧之中，却也还是有无畏的反叛者坚持在以地下书写的形式记录下点点滴滴的思想火花。

《朝霞》中，与思想的反叛联系在一起的人物，主要有马立克、阿诺、邦斯舅舅、马馘伦、张曼雨、何乃谦、浦卓运等。其中，最有代表性者，无论如何当数那位阿诺思想启蒙者的社会青年马立克。马立克之所以能够成为一位饱学的思想叛逆者，与他所出身于其中的那个高级知识分子家庭，存在着紧密的内在关联。他的父亲马馘伦是一位精通译事的翻译家，在"文革"那个非正常的政治时期，马馘伦能够被特调至北京承担秘密重任，可见其专业造诣之高。马立克的饱读诗书与个性化思想能力的突出，很明显是受到了父亲影响的缘故。家庭的影响之外，马立克自己所经历的苦难，对他思想的发展与成熟也无疑发生着重要的作用。1966年"文革"爆发之初，他的资产阶级知识分子家庭无可逃避地被查封。两年后，马立克以慢性肝病的名义回上海治疗休养，变身为社会青年，彻底成为那个时代并不多见的具有叛逆精神的地下思想者："他喜欢睡在终年黑暗的房间中——将身体形而上学化，他把他仅剩的热情全部交予思想……"尽管没有具体展开，但我们却完全想象得到马立克在边疆生活期间所经历的苦难历程。这些人生苦难对于马立克的思想当然会产生不容否认的影响。马立克不仅自己是一位"文革"时代难得的阅读与思想者，而且也正是在他的启蒙影响下，把他看作精神偶像的阿诺，也在大量阅读的基础上开始逐渐地走向精神与思想的成熟，开始用自己个人化的思考方式来理解认识这个世界。论述至此，我忽然想起前文中曾经提出过的那个吴亮究竟是谁的问题。实际上，这个问题不应该拥有某种单一的确切答案。一方面，我们仍然坚持认为，视角性人物阿诺身上更多地带有作家自身的影子；但在另一方面，我们却也很难说文本中的其他一些人物，比如马立克身上，就绝对没有吴亮的影子存在。因此，以一种开放性的方式来理解认识这一问题，恐怕才是更具真理性的某种结论。

三、历史变迁中的命运诘问

无论如何，唐颖的《家肴》都绝不能仅仅被看作是一部以上海日常叙事为特色的世情小说，作品最根本的思想艺术价值，主要体现为日常叙事过程中作家对历史所提出的严峻诘问。具体来说，作家的如此一种历史诘问，集中体现在元鸿这一主要人物身上。元鸿，本来是二十世纪四十年代后期上海滩那个经济王国里一位寻常可见的资本家。依照妹妹元英事后的说法，他之所以会成为与国民党有瓜葛的资本家，与他在自己供职的洋行里为小舅子出头说话紧密相关。设身处地地想一想，在中国这样一块官本位长期盛行的土地上，要想做生意而不与当政者发生关联，绝对是不可能的事情。从这个角度来看，做生意的元鸿，与执政者国民党的警备司令部发生某种关联，就是难以避免的一种结果。一方面，与国民党政权多多少少存在一些瓜葛；另一方面，再加上身为资本家的原罪，这样，到了二十世纪五十年代初期肃清反革命的时候，元鸿自然也就在劫难逃了。细细想来，元鸿这一人物形象，除了比较好色与花心之外，几乎谈不上有什么人性的缺憾。究其根本，他的悲剧质点在于，尽管他早已有所预感，并且也的确有所准备（如他所说，他曾经给地下党捐过钞票），但在那个将一切私有视为极端罪恶的政治畸形时代，他的资本家身份，再加上与国民党政权的丝缕瓜葛，就注定了他被捕入狱的最终结果。单就这一点来说，唐颖的这部《家肴》或许也可以看作是对周而复《上海的早晨》所涉资本家命运的别一种书写。之所以强调是对资本家命运的别一种书写，就是因为与周而复笔下那些仅仅只是被迫公私合营的资本家相比较，元鸿到最后不仅获刑长达十五年之久，而且刑满后也不允许离开服刑地，一直到他退休后才获准从服刑地返回上海。一个很是有一些作为的年轻资本家，仅仅因为私有财产的拥有便简直莫须有地获刑十五年，这一事件本身所包含的那样一种荒诞色彩，一直到今天想来都

是匪夷所思的。对于这一场由历史导演的荒诞剧，某种意义上，恐怕还是小说中那位名叫元福的人物理解得更为透彻："他一向最服元鸿，尽管元鸿坐过牢，他还是服他，他说过，那不是元鸿的错，元鸿是生错了社会而已。"

　　唐颖的值得称道处在于，在处理元鸿人生悲剧的时候，她把元鸿的服刑过程推至远景，而只是集中描写展示由于他的被捕服刑给家人带来的严重负面影响。首先是他的二房太太宝珠。宝珠的难能可贵处在于，她虽然过惯了富家太太养尊处优的生活，但在元鸿银铛入狱后却不仅坚持着没有改嫁，而且不惜变卖家产，宁肯四处欠账借钱，也要想方设法保持某种生活的品质。这一方面，最具代表性的一个行为，就是她的坚持做头发："她被亲戚们在背后指指点点，首先她不该每星期去理发店，并且是去名理发店洗头吹发。"依我所见，借助于表面上看起来只是日常生活中一个普通细节的洗头发，唐颖写出的其实是宝珠对某种内在高贵精神的一种不妥协的坚执。又或者，我们干脆可以说，她实际上是在以如此一种方式向不合理的命运提出无声的抗议。与此同时，尽管宝珠们的日常生活因元鸿的入狱而变得非常艰难，但她们却仍然坚持要节衣省物，坚持要尽可能去帮助狱中的元鸿。比如，宝珠和芸姐姐的那一次雨中送物。虽然说这些东西未必能全部为元鸿所有，但那些悍然把这些东西据为己有的人，却总该各方面对元鸿客气一些。曾经的富家太太宝珠，之所以会坐在雨中号啕大哭，正是因为元鸿被打入政治另册被捕入狱。

　　如果说宝珠的命运已然足够悲惨，那么，相比较而言，元鸿那位其实尚无正式名分的小老婆阿馨的命运，就会更加令人唏嘘不已。阿馨不经意间地怀孕，正在元鸿因山雨欲来而四处躲避自顾不暇的时候。女儿满月后仅仅一个礼拜的时间，元鸿便被捕入狱，那个时候其实对世事仍处于懵懂无知状态的阿馨，所面临的一个关键性选择，就是究竟应该何去何从。那个关键时刻，在元英的诱导之下，阿馨虽然几经犹豫，但最终却还是选择把刚出生的女儿送人后自己改嫁。在当时，元英曾经反复要她一定想清楚，想来想去，还

莫言与当代中国文学创新经验研究

是"没有什么可想的，带着和反革命男人养的孩子，自己连谋生的本事都没有，最后还不是苦了孩子？"一个无法回避的问题是，虽然当时以为这样的决定是在为女儿着想，但一直到过了很多年与元鸿意外重逢之后，阿馨才真正猛然惊醒，实际上是一种潜藏着的自私心理在作祟："她后来非常恨年轻时的自己，说为孩子想，其实是为自己想。在恐惧的同时，满脑子南市的残墙断垣的破窝棚，她很怕回到过去的贫困中。她当时虽然不太清楚反革命家属会有何种遭遇，她担心的是生存问题。"这里，唐颖所深刻揭示出的一点，就是贫困对一个人生命与情感的严重挤压与扭曲。尽管说阿馨内心中依然对元鸿充满依恋，但出于对曾经的贫困生活的畏惧，她最终还是选择了无可奈何的逃离。也正是在这个层面上，宝珠与阿馨形成了极其鲜明的一种对照。在元鸿无辜入狱后，宝珠之所以会坚定地留下来守着，乃因为她在某种程度上根本就不知道即将面对的贫困是何种滋味。而阿馨之所以选择远远地离开，乃是曾经的贫困生活记忆作祟的缘故。两相比较，直让人感叹贫困所拥有的巨大力量，感叹造化弄人的残酷无情。但如果从阿馨的一生行迹来看，她某种深入骨髓的精神情结的生成，也同样肇始于这一辞夫别子外嫁事件。要想搞明白这一点，就必须联系阿馨与元鸿很多年之后在二十世纪八十年代的意外重逢。与元鸿的意外重逢，最终导致了两个方面的结果。其一，促使阿馨重新发现了一个身为欲望主体的自己。虽然阿馨早已嫁给自己曾经的数学老师很多年，但因为丈夫阳痿的缘故，她实际上等于守了很多年活寡，身体也因此而干涸了很多年。就此而言，正是与元鸿的意外重逢，再一次打开了她的身体，使她干涸已久的身体重新成为了一种欲望主体。质言之，如此一种对身体的重新发现，恐怕只有到了欲望喧哗的二十世纪八十年代方才成为可能。很大程度上，正是因为有了作为欲望主体的身体的重新被发现与被打开，也才有了阿馨晚年与元鸿之间的那些欲望与情感纠葛。其二，相比较来说，更重要的一点，却是女儿的被迫送人给阿馨造成的永远都无法平复的那样一种情感与精神创伤。依照唐颖在小说中的描写，阿馨到最后是因为特别严重的忧郁症上吊自杀

225

新世纪长篇小说叙事经验研究

的。一个不容回避的关键问题显然是，既然在她的晚年不仅已经与元鸿意外重逢，而且也还有过一段时间共同生活的经历，那么，阿馨到底有什么解不开的心结致使她最终因忧郁症而上吊自杀呢？对此，身兼叙事视角功能的容美，曾经产生过相应的怀疑与猜想："我想，阿馨如果得了忧郁症也不是大出血引起，她有心病，这心病有段时间了，现在不过是爆发出来……"从容美的这些疑问出发，我们即不难想象得到，阿馨忧郁症的罹患，绝不仅仅只是因为与元鸿的情感纠葛。与这种情感纠葛相比较，更为重要的，其实是她内心深处对早年因故送给别人家的女儿的牵挂。她之所以要不依不饶地纠缠小姑子元英，正是因为当年孩子的被送人，不仅为元英所一力主张，而且也更是通过她所提供的路径方才变成现实的。一方面，阿馨自己固然要为自己一生的不幸命运负责；但在另一方面，我们不管怎么样都得承认，阿馨悲剧的最初起点，正是元鸿当年的无辜入狱。

四、上海叙事中的知识分子书写

另外一部可以称得上上海叙事的长篇小说，是海外华人作家范迁的《锦瑟》。具体来说，这部长篇小说关于男主人公"他"与上海之间关系的书写，集中体现在"他"1949 年重返上海滩之后。如果说在前一个时段，范迁的叙事焦点主要落脚到祝文南与恽姐这两个人物形象身上，那么，到了被命名为"永劫回归"的这一个时段，作家的叙事焦点就再一次回归到男主人公"他"的身上。与"他"当年灰溜溜地被迫离开上海相比，1949 年后重新回到上海的"他"，已然成为了历史的胜利者，多少带有一点"衣锦还乡"的味道。既然是以历史胜利者的姿态归来，倘若"他"能够如同战友小崔那样以一种"识时务者"的心态顺应社会政治的大潮，而不是"不识时务"地逆历史潮流而动，那么，"他"也就很可能如同小崔一样"春风得意马蹄疾"地最终升迁为某部门的行政长官。遗憾之处在于，在参加革命以来，"他"虽然已经目睹了不少如同祝文南和恽姐这样反差巨大的不同际遇，而且也非常清楚自己到底怎么做才能够讨好新政权，但身为知识分子的"他"内心深处却总是会有一条人性的底线不可逾越。关键的问题是，一旦"他"听从了内心的召唤，恪守了人性的底线，就必然会触犯新政权的诸多禁忌。这样一来，虽然身为胜利者，但一种悲剧性命运的最终生成，却是无法避免的结果。

这一点，突出不过地表现在"他"与故人珏儿、汤姆他们的关系中。实际上，早在进入上海之前的苏北时期，极度敏感的"他"就曾经设想过革命胜利后上海现代城市文明的必然陨落。对照一下后来所发生的社会现实，我们便无论如何不能不佩服"他"预感的精准性，除了火烧阿房宫没有变成事实之外，其他的一切在"他"的有生之年都一一发生了。而且，多少带有一点巧合意味的是，重新回到上海之后的"他"，竟然被委派去征收一批房产，也正是在完成征收房产的过程中，"他"才与故人珏儿、汤姆他们再度重逢的。其实，在面对自己当年曾经短暂寄居于其间的那幢米色房子的时候，"他"就不仅曾经设想过，而且也真心希望珏儿和汤姆他们早已远走高飞了。没想到，敲开门之后，所见到的，除了老女人毛姨之外，便是珏儿和汤姆夫妇了。尤其是与内心始终没有忘怀的珏儿的再次重逢。只有在这一次再度重逢后，"他"才发现，其实珏儿一直就深埋在自己的内心深处，从来都没有离开过。然而，"他"根本就没有预料到，正是故人珏儿和汤姆夫妇在"他"生命中的再度出现，给"他"带来了一连串的厄运。尽管说"他"一直心念旧情，利用手中的权力竭尽所能地保护着汤姆家的房产，但因为汤姆和珏儿他们无意间得罪了当年曾经给他们家开过很多年车的老朱，所以老朱多次不管不顾地举报汤姆和珏儿这样的资本家依然占据着大房子，依然过着奢靡的生活，到这个时候，仅仅依靠"他"的力量实在已经无法保住汤姆家的房产了。不仅如此，因为汤姆当年在不知情的情况下替友人藏了一支枪，而且这个把柄还被无赖汉老朱紧紧抓住不放，尽管有"他"出面竭尽所能地利用和战友小崔的关系疏通说情，但由于此事性质非同一般，在"镇压反革命"的运动中，汤姆不仅最终逃无可逃地被判处了二十年有期徒刑，而且连家属的面都不允许见一下就被远远地发配到了遥远的青海去服刑。

一直养尊处优的纨绔子弟汤姆根本就不可能熬过长达二十年之久的刑期。去青海服刑没几年，汤姆就撒手人寰离开了这个苦难的世界。一方面，汤姆已然亡故；另一方面，"他"对珏儿依然旧情不忘，一种顺理成章的结果，就是他们俩历尽坎坷之后的结合。虽然说他们俩这个时候的结合，其实更多地带有在困境中彼此扶持的相濡以沫的意味。然而，在那个把一个人的社会政治身份看得比什么都重要的畸形政治年代，"他"这样的国家干部与珏儿这样的资本家遗孀的结合，必然要付出极其惨重的代价。一个公民，竟然会因为自己的婚姻问题，会因为个人的私生活而遭受不应有的处分，如此一种违背常情常理的事情，大约也只有在特定的社会文化语境中才可能变成现实。

但"他"人生中的劫难却并未到此终结。究其根本，"他"之所以能逃过"反右斗争"第一拨就落水，还是与珏儿有关："救了他的却是那次东山一夜之欢。"因为回来后珏儿即显示出怀孕的迹象，所以"他"便把全部精力都投入到照顾珏儿的事情上，根本就无暇他顾。但正所谓"江山易改，本性难移"，对于"他"这类总是更多地顾及人性底线的知识分子来说，在那个不正常的畸形政治年代，不可能每一次都能够侥幸逃过劫难。这不，只是因为"他"生性耿直与孤傲，不服当年部下小韩对自己的无端指责，因为"他"面对来自张局长的批评意见不仅一时没有接受，而且还当面顶撞，"他"终于没有逃出第二批右派的名单。很大程度上，也只有到"他"被划成右派被打入政治另册，坠入人生最低谷之后，"他"才彻底认识到历史劫难的无法逃避，以及人生命运的吊诡与无常。就这样，当年的那位其实曾经一度自视甚高的圣约翰大学的高材生"他"，一步一步地走向了自己所期望的辉煌人生的反面并进而反省："风起于青萍之末，摧城略地。社会变成这个样子，看起来每个人都没有责任，但实质上每个人都有不可推卸的责任。"即如

"他"自己，倘若当年有足够的勇气承担起对恽姐的责任来，或许恽姐的命运就不会那么悲惨。说实在话，在一部旨在凸显知识分子在一个大历史转折时期苦难命运的长篇小说，范迁能够让男主人公"他"生成如此一种清醒的自省意识，其实特别难能可贵。

从表面上看，"他"的自然年龄或者说生理年龄一直延续到了1977年，延续到了49岁的时候，但实际上，"他"的精神年龄，或者说"他"的精气神，早在爱妻珏儿过早地离开了这个苦难的人世，或者说更早一些，早在"他"逃无可逃地被划成右派的时候，就已经宣告终结了。从这个意义上来说，此后的"他"，不过是一具苟延残喘的行尸走肉而已。对于早已丧失了知识分子主体性的"他"其实同样早已完成了的悲剧人生，恐怕还是叙述者一段理性的议论性话语称得上是盖棺论定之言："这个世界远比我们的认识要复杂得多，不管你是受过什么高等教育，你还是没法看清生命的全貌，还是没法掌握自己的命运。"也因此，相对于男主人公"他"、珏儿、汤姆等一众人物的悲惨人生来说，到了小说结尾处，范迁以一直身居海外的艾茉莉在1977年通过海关回国探亲这一情节来为整部长篇小说作结，就很显然充满着强烈的艺术反讽意味。

第十二章　生存焦虑与底层叙事

一、关于底层叙事命名问题的思考

二十世纪九十年代中期以来，在迅猛发展的市场经济大潮逐渐向纵深推进的同时，中国的知识分子群体也开始了一场迅速的自我分化过程。曾经是铁板一块的知识分子，很快便分解为人们习惯上称之为"新左派"与"自由主义"这样两个政治、思想极端对立的群体。粗略地来说，所谓的自由主义知识分子，更多地强调应该在中国实现类似于西方资本主义的民主制度，而所谓的新左派则很显然与西方的新左派有着直接的渊源。西方的新左派以对资本主义制度进行尖锐的批判与反思为显著特征。因为这个群体本身产生于资本主义的社会基础之上，所以他们对资本主义制度的弊端有着更为真切的体会，批判起来自然也就很有思想力度。而中国新左派的形成，与中国经济领域中迅速发展的资本主义，其实也存在着极为密切的关系。正因为中国的资本主义在发展过程中同样表现出了对所谓社会公正问题的忽视，因此，以对中国社会—经济领域的资本主义的批判与反思为基本特色的中国新左派自然也就应运而生了。

之所以一开始就介绍二十世纪九十年代中期中国新左派的形成状况，根本原因在于，中国文学领域中所谓"底层叙事"这样一种创作潮流的出现，与思想文化界中国新左派的积极倡导与推动，存在着不容忽视的直接联系。在某种意义上，的确可以说是先有新左派，而后有底层叙事。所谓底层叙事，当然主要是从文学作品所具体表现的客体对象层面而言的。自从市场经济迅猛发展以来，中国社会阶层的分化趋势也就日益明显了。其中，主要由现在依然生活在贫瘠的乡村世界中的农民，已经离开故土并进入城市依凭打工为生的所谓打工农民，以及城市里下岗失业的工人这三部分人组构而成的社会弱势群体，具有突出的代表性。当然，有必要指出的是，当下的中国学术界，围绕究竟何谓底层群体的问题，也存在着不小的分歧。比如，相对于大多数的人群而言，肯定只是少数人的同性恋群体，实际上也在某种程度上可以被看作是一个被压迫着的底层弱势群体。因此，我们在这里就首先有必要强调，我们的所谓社会底层，主要是从经济收入以及由此而连带出的社会地位的角度来加以界定的。这样数量很大的一些人挣扎于社会的最底层，生活每况愈下，有的人甚至连基本的温饱问题都难以解决。以这样的社会群体为主要表现对象，充分地透露出一种对所谓底层人群的悲悯与同情，通过文学性的笔触强烈地呼吁全社会都应该来关注这些弱势人群的文学作品，当然也就是我们这儿所谓的"底层叙事"了。需要特别指出的一点是，我们此处所讨论的底层叙事，主要是针对小说这样一种特定的文体而言。这其实也极充分地说明了，一直到当下这个时代，小说作为一种文体，在中国乃至世界文学中都依然占有着相当重要的地位。

在一般的文学批评家看来，能够得到认可的所谓底层叙事的代表性作家作品主要是一些中短篇小说，其中包括陈应松的《马嘶岭血案》《松鸦为什么鸣叫》《太平狗》，曹征路的《那儿》《霓虹》，王祥夫的《上边》《愤怒的苹果》《顾长根的最后生活》，迟子建的中篇小说《世界上所有的夜晚》，罗伟章的《饥饿百年》《我们的成长》等。由于底层叙事作为一种小说创作潮流，依然处于发展过程之中，到现在为止并没有终结，所以，究竟哪些小说作品应该被指认为是底层叙事的代表性作品，是一个迄今为止依然众说纷纭并没有形成公论的文学话题。这里所罗列出的作家作品，一方面当然遵从着我们自己的阅读经验，另一方面则也是结合文学批评界的普遍认识得出的。关于这一点，有必要首先加以特别的说明。

我们注意到，围绕所谓的底层叙事，文学界曾经开展过激烈的文学论争，即便到现在，也不能说论争就已经宣告终结了。

具体来说，论争主要围绕两个问题进行。首先就是关于底层叙事的代言问题。按照学者刘旭的看法，"底层"一词源自西方马克思主义理论家葛兰西。刘旭认为，当下中国社会中"底层"的"主体构成实际上就是工人和农民，他们的主要特征就是：政治上基本无行政能力；经济上一般仅能维持生存，至多保持'温饱'；文化上受教育机会少，文化水平低，缺乏表达自己的能力"[1]。在刘旭看来，在这个意义上，也就完全可以认定："只有当底层有了表述自己能力的时候，才会有真正的底层，一切底层之外和从底层出身但已经摆脱了底层的人都丧失了表述底层的能力。因为被表述意味着被使用和利用，即使最善意的他者化表述也是使用底层来证明不属于底层的东西，或将底层引入误区。"[2]应该承认，刘旭的确提出了一个意义十分重大的命题，尤其是在二十世纪九十年代以来丛林法则业已成为公众所认可的"文明"规则的社会现实语境当中，在贫富差距日益加大且二者之间的对立冲突日益尖锐的情形之下，底层命运如何被表述的提出就更具有了一种格外重要的现实意义。对于这样一个重要的问题，我们当然应该从政治学、社会学、文化学等多方面的角度去进行认真的剖析和研究，而文学写作与文学研究同样也无法回避这一重要现实问题的存在。

然而，另外的关键问题在于，真正的底层人群并不具备自我言说的能力。一旦某人具备了自我言说的能力，他其实就已经从底层人群中被剥离了出来，他已经不再属于底层人群了。正因为这种悖论的存在，才导致论争延续至今都没有得出大家公认的结论。因此，尽管有关的论争迄今未能形成统一的认识，但对于这个问题，我们却必须明确地表示我们的基本立场。那就是，虽然我们也承认作家们与广大底层民众之间存在着比较遥远的距离，但一个迫在眉睫的问题却是，当这些底层民众苦苦地挣扎于生存线上之时，如果连往往自诩为人类良心的作家们都不去关注表现他们的苦难生存状态，那么，他们的生存不也就更没有指望了吗？正因为如此，所

---

① 刘旭：《底层能否摆脱被表述的命运》，《天涯》2004 年第 2 期。
② 刘旭：《底层能否摆脱被表述的命运》，《天涯》2004 年第 2 期。

以，在我们看来，其实所谓的底层叙事还是完全能够成立的。不仅从逻辑上如此，而且在事实上，也的确有相当一批作家创作出了数量可观的底层叙事作品。

其次，论争的第二个焦点问题是，是否只有那些参与到底层叙事创作思潮当中的作家，才可以称得上是具有人性与文化良知的作家呢？曾经有一个时期，似乎写不写底层民众的生活，已经成了衡量作家精神立场正确与否的基本指标。一时之间，那些所谓底层叙事的代表性作家，也就莫名其妙地拥有了一种精神优越感。似乎自己因为对底层生活的关注与表现，而成了当下时代中国文化良心的当然代表。我们认为，这样的一种道德优越感，其实是完全没有必要的。真正意义上的文学创作应该是多元化的，底层叙事当然有自己充分的文学价值，然而，这却并不意味着那些没有介入底层叙事的作家就应该受到谴责，受到文学界近乎无声的口诛笔伐。因为，从根本上说，任何一个作家都有选择文学题材的自由。同时，任何一种文学题材的创作都有可能产生出优秀的文学作品来。

二、底层叙事在新世纪长篇小说中的几种不同形态

如果说在二十世纪九十年代中期之后的一个阶段，所谓的底层叙事还只是更多地表现在中短篇小说创作之中的话，那么，在进入新世纪之后，一个十分引人注目的文学现象，却是已经有越来越多的作家开始以长篇小说的形式来切入并表现底层生活了。粗略地计来，诸如贾平凹的《秦腔》《高兴》，阎连科的《受活》，许春樵的《男人立正》，曹征路的《问苍茫》，孙惠芬的《吉宽的马车》，钟求是的《零年代》，刘国民的《首席记者》等，就都可以看作是这一方面的代表性作品。在某种意义上，底层叙事由中短篇小说向长篇小说领域的蔓延，也已经构成了底层叙事这一文学现象进入新世纪之后一个突出的发展特征。不仅如此，伴随着底层叙事向长篇领域的蔓延，底层叙事也正在逐渐地体现出一些新的思想艺术特质。

所以，我们完全有必要对于新世纪长篇小说中的底层叙事问题进行一番相对深入的探讨和研究。

具体来说，新世纪的长篇小说创作对于底层问题的思考与表达主要呈现出了以下四种不同的形态。

首先就是一种带有明显的文化保守主义色彩的"现代性"批判形态，这一方面的代表作品主要有贾平凹的《秦腔》和阎连科的《受活》。应该看到，这两部曾经产生过很大影响的长篇小说的表现对象，都是正在处于日渐凋敝衰落过程之中的中国当下乡村社会。

进入市场经济时代之后，许多农民相继以进城打工的形式脱离了乡村世界，并开始逐步地融入现代化的都市之中，踏上了其实依然十分漫长的向城市居民的演变道路。但从总体上来看，还是有更多的农民留守在乡村，乡村世界的存在及变化，依然在很大程度上影响并左右着中国的总体命运。正因为面对这样的一种现实状况，所以，新世纪以来仍然有相当多的作家将他们的艺术笔触对准了乡村，以极富艺术灵性的方式描摹展示着处于全球化思潮强烈冲击之下的中国乡村世界。南帆对于这一点进行过深入的描述和分析："虽然乡村的土地面积远远超过城市，但是由于城市的巨大生产力，乡村在社会生活之中的比重远远不如城市。尽管如此，文学似乎没有撤换乡村的主角身份。正如人们所看到的那样，农业文明仍然是文学的强大资源。文学意识到，人们的感觉和无意识很大程度上是农业文明的产物。悠久的农业社会逐步设定了身体和感官的密码，农业文明不可能如此迅速地彻底撤离。更为重要的是，农业文明的许多观念重新产生了重大的启示——尤其是在工业社会的后期，在愈来愈多的人开始总结现代社会的时候。如果说，经济学或者社会的乡村是一个苦恼的难题，那么，文学的乡村隐含了另一些出人意料的丰富内容。"[1]

贾平凹的《秦腔》是一部对当下时代由于现代化的冲击故而陷入了空前生存困境的乡村世界进行深入表现的优秀长篇小说。二十

---

[1]　南帆:《启蒙与大地崇拜：文学的乡村》,《文学评论》2005 年第 1 期。

世纪八十年代的中国乡村社会曾经一度具有极大的活力，但是却好景不长，由于国家政策的变化，更由于以市场化城市化为标志的现代化的强烈冲击，在进入九十年代之后，中国乡村世界就不可避免地进入了它的凋敝时期，贾平凹笔下的清风街很显然就是这样一个典型的标本。由于中国城市化进程的加速发展，吸引了乡村中大量的劳动力，大量的农民流入城市。农民进入城市之后的命运遭际相当悲惨，相当一部分人做苦工出卖低廉的劳动力，还有一部分青春女性靠出卖肉体，但农村凋敝的现实却依然无法抵挡农民大量流入城市的这样一种巨流。俗话说，谷贱伤农，农民的被迫离开土地直接源于两方面的原因，其一是粮食价格的极为低廉，其二则是各种高额税费的强行征缴。这两方面原因结合的结果便是土地的大片荒芜，便是农民的被迫出走。说到农民与土地之间本应有的那种紧密关系，《秦腔》中关于夏天义与土地之间那样一种血肉关系的展示，正是小说中最能击痛并打动人心的地方。小说中不无荒诞意味但更具悲壮色彩的一个感人情节，便是年事已高的夏天义带着一个哑巴孙子，带着一个傻子引生在七里沟进行淤地劳动的动人描写。在夏天义充满悲壮色彩的淤地过程中，我们可以明显感觉到一种知其不可为而为之的愚公精神的存在。很显然，夏天义的淤地事业肯定只能以失败的结局而告终，但这一人物对土地的那样一种深情眷恋，他身上所体现出来的那样一种悲壮的抗争精神，却给读者留下了极为深刻的印象。在某种意义上，我们完全可以说夏天义乃是一个土地的精灵。这样一个极富象征意味的老农民的去世在很大程度上有力地说明着当下中国乡村世界的衰颓与凋敝状况。于是，贾平凹在《秦腔·后记》中不由得感叹道："我站在街巷的石碌子碾盘前，想，难道棣花街上我的亲人、熟人就这么很快地要消失吗？这条老街很快就要消失吗？土地也从此要消失吗？真的是在城市化，而农村能真正地消失吗？如果消失不了，那又该怎么办呢？"很显然，贾平凹的这一系列问题正是从中国乡村世界的衰颓与凋敝的状况中而生发出来的。

　　在某种意义上，我们完全可以说，乡村世界的凋敝过程，同时也正是秦腔、是农村中传统文化日渐衰败的过程，二者互为因果地同步进行的。上文已分析过的夏天智，我称他为秦腔的精灵，在一种象征意义的层面，夏天智完全可被视作传统文化的化身。因此，当小说中夏天智最终走向死亡，也就意味着传统乡村世界与浸润其中的传统文化和道德精神必然消失终结的命运。从小说的基本叙事立场上看，对于故乡有着深刻依恋之情的贾平凹很显然是站在了乡村世界和传统文化的一边，面对着乡村世界的日渐凋敝，面对着传统文化的慢慢消失，我们认为，贾平凹在他的这部具有突出的悲悯情怀与文化挽歌情调的《秦腔》中，其实非常明显地表达出了对于导致这一切变化发生的所谓"现代化"进程的强烈质疑。

同样强烈地表达了对"现代化"的质疑与反思精神的，是阎连科以一种颇为奇异的创作手法完成的，那部带有明显现代主义文学色彩的长篇小说《受活》。小说之所以被命名为"受活"，是因为作家所虚构出的远在耙耧山脉深处的"受活庄"，尤其是"受活庄"的农民们在二十世纪五十年代之后的生存遭遇构成了这部小说的主体故事。"受活"一词本是流行于耙耧山脉的一个方言语词，按照小说中的解释，所谓"受活"，意即享乐、享受、快活、痛快淋漓。但实际上出现在小说中的，却是受活庄人们的极为残酷的苦难生活。从这个意义上来看，小说标题命名的一种反讽意味的存在，就是无法被否认的一种客观事实。具体来说，小说的主体故事讲述的乃是"政治狂人"柳县长为了筹集巨额款项去俄罗斯购买列宁遗体，于一个偶然的机会发现了受活人所独具的绝术才能之后，先后组织了两个"绝术团"去全国各地表演。但最后的结果却不仅是柳县长政治狂热的购列之举被上级部门察觉后的必然失败，而且受活人以丧失尊严为代价所进行的辛勤表演所赚得的全部钱财也被外部世界的圆全人抢劫一空。当饱经折磨与蹂躏的受活人终于又回到受活庄的时候，他们不仅没有能够带回预想中的更多的钱财，反而带回了一种前所未有的尊严与精神被抢掠一空的痛切感觉。在这样的一个主体故事中，受活人所遭逢的当然是来自外部世界一种巨大的损害与侮辱。然而，就在不断地讲述与推进这一主体故事情节的过程中，阎连科又不时停下来，以插叙或回叙的方式在小说文本中的"絮言"部分回望过去的岁月，情不自禁地讲述自二十世纪五十年代以来，自茅枝婆将受活人与受活庄以"入社"的方式带入外部普遍"世界"之后，受活人所遭逢的那一次又一次不堪回首的凌辱与伤害。从"铁灾"到"大劫年"，从"黑灾、红难、黑罪、红罪"到"绝术团"，可以说，自从茅枝婆带领受活人"入社"之后，来自外部"世界"的灾难以及伴随而来的损害与侮辱就没有离开过受活人的身边。

　　小说对受活人为代表的底层民众苦难生活的表现，固然应该引起我们的高度注意，但相比较而言，更为重要的却是阎连科在《受活》中传达出的对"现代化"神话的批判性质疑与反思。很显然，如果我们将柳县长为了发展经济而不惜使用任何手段的一系列言行，与二十世纪九十年代以来的中国当下社会现实联系起来，并将其做进一步的放大，那么也就完全可以将他的这一系列言行理解为一种极其强烈的"现代化"诉求。"现代化"，当然是二十世纪中国所必须面对的最重要的现实命题之一。我们注意到，在二十世纪八十年代以来的中国社会中，逐渐地形成了一种关于"现代化"问题的普遍共识。那就是，"现代化"不仅是中国而且也是整个世界发展的一种必然趋势与必然归宿，任何一种与"现代化"相悖逆的选择都是不可信的，都有可能把人类导向某种灾难的深渊。其实，这样一种关于"现代化"的理念，正是二十世纪八十年代之后中国最为普遍的一种不容质疑的意识形态神话。也正是因为这一足够强大的现代化意识形态神话不仅存在，而且还日益散播着巨大的影响，所以，"文革"结束后新时期以来的中国文学所形成的一个巨大的共同主题，便是对现代化的一种近乎绝对化的顶礼膜拜与讴歌称颂。在这样一种关于现代化的文学大合唱中，几乎很少有清醒睿智的作家提出必要的质疑与反省。在某种意义上，这可以被视为一向视个性和原创为最高价值为根本生命所在的中国文学界的悲哀。然而，令人欣慰的是，这种情形在世纪之交的中国文学中已经表现出了某种被打破的迹象，一些作家确实已经意识到这一根本问题存在，并且也已经操持起了其文学写作的长矛，开始了一种可贵的洞穿"现代化"意识形态神话的努力。我们在阎连科、韩少功、莫言、张炜、李锐等小说家的笔下，都看到了这种对"现代化"的审视与反思。《受活》中，借助于为筹措巨款而牺牲受活人尊严的"绝术团"演出，阎连科不无尖锐地揭示了这种狭隘的"现代化"对人造成的伤害。说到底，现代化的最终目的应是人的更好的发展，经济的发展只是实现人的发展的途径而已，如若本末倒置，必将给人、尤其是底层人带来极大的恶果。也正是在这样的意义上，我们才认为，阎连科在《受活》中以对"现代化"的质疑与反思的方式而表现出的对于底层社会的绝大悲悯的情怀与姿态确实是极其难能可贵的。

第二种是对于中国现代左翼文学的阶级冲突模式有着明显的继承和拓展意味的小说形态，这一方面最具代表性的长篇小说乃是曹征路以深圳的打工阶层生活为主要描写对象的《问苍茫》。曹征路一向被看作是底层叙事的代表性作家，甚至于，底层叙事这一概念的出现，就与他的那篇影响巨大的中篇小说《那儿》有着密切的关系。或许是由于受到了理论批评界的影响，或者是出于一种自我创作的理性自觉的缘故，自从《那儿》开始，曹征路就成为一位底层叙事的自觉实践者，成为了中国现代左翼文学传统的积极传承者。这一点，在《问苍茫》中的表现同样非常突出。具体来说，活跃于《问苍茫》中的人物形象主要有三类，其一是从内地千里迢迢来到深圳打工的产业工人，最有代表性的便是贵州姑娘柳叶叶。其二则同样是来自内地的为深圳资本家服务的知识分子，常来临、赵学尧、何子钢、唐源等可谓是他们中的代表性人物。其三就是深圳的那些资本家了，他们当中最值得注意者又是陈太、文念祖等。从某种意义上说，小说的基本故事情节也正是在作家一种强烈的阶级意识的主导支配之下，主要围绕深圳的私有企业中格外尖锐激烈的劳资矛盾而具体展开了自己的艺术描写。

柳叶叶等五位姑娘是来自贵州贫困山区的打工妹，她们是满怀着对未来的美好想象来深圳打工的。然而，深圳这个所谓打工者的天堂带给这些姑娘的回报又是什么呢？我觉得她们的现实遭遇其实是相当悲惨的。先是小青和香香成了发廊里的洗头妹，实际依靠出卖自己的肉体为生，紧接着又是张桃花给一个来自香港的小老板当了二奶，最后只剩下柳叶叶与毛妹还一直坚持在工厂里继续打工。但是，正所谓好景不长，没过多久，毛妹就为了抢救工厂生产车间中突然发生的火灾而被严重烧伤。本来，包括柳叶叶在内的许多工人都相信毛妹肯定能够得到相应的经济补偿，但谁知屋漏偏遇连阴雨，偏偏就是在这个时候，工厂遭遇了难以克服的重大困难。结果工厂背信弃义，不仅拒绝给毛妹相应的补偿，而且还反诬毛妹是要故意使自己烧成重伤以骗取工厂的巨额赔偿。最后毛妹在实在走投无路的情况之下，以自杀身亡的方式向这个不公平的、充满了剥削和压榨的世界提出了强烈抗议。而小说中最具人性深度的打工者形象柳叶叶，也正是在目睹了这一切之后，她那一直沉睡的精神世界才渐渐觉醒过来的。本来，柳叶叶不仅对工厂、对自己的老板、对于工厂的所谓常来临书记都充满了高度的信任感。然而，常来临美丽诺言的一再无法兑现，尤其是毛妹的悲惨遭遇，最终使柳叶叶从自己美好的幻梦中清醒了过来。她发现，这个看起来很美好的世界，其实充满了罪恶与残酷，充满了对普通劳动者的肉体与精神伤害。说到底，这个世界是属于拥有大量钱财的资产者的世界，谁拥有了金钱，谁也就拥有了对这个不公平世界的支配权。正是在毛妹事件的强烈刺激下，正是在逐渐认识到常来临的很多承诺其实只是美丽的肥皂泡之后，柳叶叶这样一个本来柔弱善良的贵州山乡女子，慢慢地成长且逐渐成熟起来。她最后之所以能够毅然决然地舍弃常来临，与为维护深圳外来农民工利益而一直坚持努力着的唐源一起，共同选择了以维护农民工利益为自己终身从事的事业，其实有着相当令人信服的性格发展逻辑。这里必须提及的是与柳叶叶相关的两件事情，一是她的打工诗歌写作，二是她在特别紧张的打工生活之余，还要坚持去报考夜大学习知识。这两件事情的重要性在于，它们充分地证明了日常生活中的柳叶叶本就是一个有自己精神追求的人。唯其有自己一贯的精神追求作铺垫，所以，她最后所作出的人生选择才能够被广大的读者所接受。从一位懵懂无知的淳朴山乡女子，到最后终于成长为一位自觉维护自身利益的深圳维权者，能够把人物所走过的这样一种精神心路历程真实地表现出来，所充分证明的也正是作家曹征路不俗的艺术功力。

出现在《问苍茫》中的深圳资本家（老板）形象中，人性构成上最具复杂性、最有人性深度的，乃是宝岛电子公司的女老板陈太。作为唯利是图的老板，她当然有着对自己手下的员工进行无情盘剥的一面。这一点，在她一开始任用内心世界颇为阴毒的马明阳做自己的所谓职业经理人，从毛妹被烧惨案发生之后，她不仅拒绝按照规定给毛妹以应得的补偿，而且最后居然诬陷毛妹是故意将自己烧伤的行为中，在她最后当公司完全陷入困境之后隐匿失踪的行为中，即已凸显无疑了。但值得特别注意的是，她的人性构成中其实也还有另外的温情且充满牺牲精神的一面存在。这一点，在她向常来临倾诉的一段话语中有着无保留的透露："一个女人，在她最爱美丽最爱幻想的时刻，做出了一个最理智的决定，为什么？为了钱。她做过舞女，做过伴娘，可是远远不够，这个理智的决定就是做一个老人的情妇，这个老人有钱，她需要大把大把的钱。因为她唯一的亲人就要死了，得了白血病。"却原来陈太经商办公司的背后，居然有着如此感人的一个人性付出的故事。生活挣扎于这样一个故事之中的漂亮女性，她所付出的惨重代价也就是可想而知的。也正因为陈太有着这样的一种特别经历，所以，我们同样也就能够理解身为老板的她为什么会表现出对常来临柔情蜜意的一面来。却原来，在这样的情感纠葛之中，其实有着陈太一种对情感寄托的真诚追求。我们都知道，曹征路可以说是一个深受所谓"新左派"思想影响的作家，他能够以这样一种方式去理解看待，并且进一步塑造出如同陈太这样的老板（资本家）形象来，的确是相当难能可贵的。在某种意义上，陈太形象的出现，标志着曹征路对所谓"新左派"思想某一侧面的超越。

然而，与以上两位人物形象相比较，《问苍茫》中最值得注意、最有人性深度的一个人物形象应该还是常来临这个知识分子。出现在小说中的常来临，很显然属于我们这个时代少有的仍然保持有一定理想主义品格的知识分子形象。小说的深刻之处在于，作家曹征路能够以特别鲜活生动的笔触，将常来临这个并没有完全堕落的知识分子内心世界的尖锐矛盾冲突尽情地展示在广大读者的面前。具体来说，常来临的人性深度主要表现为他在面对老板（资本家）与打工工人之间格外尖锐的利益冲突时，那样一种无所适从难以选择的两难困境。一方面，他的确非常清楚工人们的艰难生存境况，作为公司的工会主席他也很想让工人们得到更多的实惠和利益。而在另一方面，他却又是老板信任的职业经理人，他需要想方设法替老板将公司打理好，为老板赚取更多的利润。只有意识到老板在工厂面临空前困境早已悄然隐遁之后，常来临才彻底看清了自己在公司所处的真正位置，才产生了某种难以消解的精神痛苦。在工人面前他代表资方，气宇轩昂能说会道十分理智。可一扭脖子他又代表了劳方，天真幼稚简单好哄只会跳脚。两张面孔让他品尝到了那个著名王子的痛苦，既想做事，又想做人，既要体面，又要实惠。在某种意义上说，小说是一种呈现的艺术，曹征路能够生动异常地将常来临的两难精神处境尽情地展示呈示在读者的面前，事实上，就已经充分说明了他小说写作的成功。

从曹征路对以上几位人物形象的塑造来看，曹征路的叙事立场其实非常明显地站在了打工工人的一边。打工工人是现实生活中的弱势群体，是所谓的被侮辱被损害者，作家在小说中对他们表示强烈的同情，并进而为他们的不幸遭遇鼓而呼，当然应该得到充分的肯定。我们之所以认定曹征路的这部小说明显地继承了现代左翼文学的传统，根本原因正在于作家对劳资矛盾的尖锐揭示中表现出了对产业工人不幸遭遇的强烈同情。粗略地回顾一下，就不难发现，追求社会公平与正义，反抗阶级压迫和现存社会制度，强调人民性、大众性，这些正是中国现代左翼文学最鲜明的思想特征所在，而批判现实主义则是左翼文学作家表达自己理想诉求的特定文体模式。很显然，这些特征在曹征路的《问苍茫》中已经得到了某种程度上的回应式实现。当然，我们还应该注意到，在曹征路的笔下，也出现了如同陈太这样具有相当人性复杂性的资本者形象。这样一种人物形象的出现，突出地表现出了曹征路某种人道主义悲悯情怀的具备。作为已经接受过新时期思想文化大潮以及文学领域的现代主义思潮洗礼的在新世纪从事小说创作的作家曹征路，他与传统意义上的中国现代左翼文学的根本区别，恐怕也正在于此。因此，类似于曹征路这样一种底层叙事的写作意义，也就正如刘继明所总结的："在一个资产阶级意识形态日益'普世化'的时代里，新左翼文学的真正价值，正在于它试图召唤和激活一种被宣布已经失效的无产阶级或社会主义美学传统，在于它和现代主义、后现代主义以及消费主义趣味格格不入的异质性和批判性。"①

第三种是具有明显的道德自我超越化倾向的一种艺术形态，此种形态最值得注意的代表性作品是许春樵的《男人立正》。《男人立正》虽然可以看作是一部底层叙事的长篇小说，但是，与那样一种差不多只是一味地渲染表现着底层生活的苦难与不幸的底层叙事潮流相比较，许春樵的《男人立正》却又多少显示出某种超拔的思想艺术品格。如果说曹征路《问苍茫》的主要描写对象是进城打工的农民，那么，《男人立正》的主要描写对象则是城市中的下岗工人。应该承认，伴随着中国社会市场化进程的日益向纵深推进，大量下岗工人的出现已经是一个不争的社会现实，许春樵小说中的双河机械厂与76号大院不过是这样一种普遍社会现实的象征性缩影而已。而这个社会阶层的集中代表人物就是小说的主人公陈道生。

由于有陈小莉涉嫌贩毒被捕事件的发生，她的父亲陈道生为了想方设法救助女儿出狱，上了自己的所谓"生死弟兄"刘思昌的当，无奈被骗巨款30万元。因为刘思昌已经悄然失踪，所以陈道生自己只好独力承担起了偿还30万元巨款的沉重债务。应该说，老实厚道的下岗工人陈道生怎样凭借自己的努力偿还巨额借款的全部过程，正是许春樵这部《男人立正》所关注的真正焦点所在。小说标

---

① 刘继明:《全球化背景下的中国文学》。本文系作者应邀为牛津大学 Green Economics Annual 论坛撰写的书面发言，见左岸文化网【左岸特稿】2007年4月28日。

题的所谓"男人立正"云云，也正是在这样的意义上方才能够成立的。我们前边关于许春樵的这部长篇小说在底层叙事的潮流中显示出一种明显的超拔性思想艺术品格的论断，也同样是建立在这样一种焦点叙事的基础之上的。在我的理解中，小说文本对陈道生偿还巨款的过程所进行的详尽细腻的描写，一方面当然是在向读者充分地展示一个底层社会的下岗工人所可能遭逢的生计的艰辛与人格自尊的打击，另一方面却也是在渐次有力地形塑着陈道生作为一位男人所逐渐确立起来的人性的刚硬与坚强。按照常理推断，陈道生要想凭借个人一己的努力还清借款，简直是一种天方夜谭式的不可能行为。然而，也正是在这样一种天方夜谭式的不可能的还款行为过程中，陈道生逐渐地凸显了难以被生活中的磨难所击垮的男儿本色。一方面，许春樵并没有回避现实生活中底层社会的生存苦难，无论是陈道生艰难异常的还款过程，还是76号大院中各色人等的生存境况，都可以被看作是对底层苦难生活的真实描摹与展示。但在另一方面，作家更主要地还是通过陈道生并未被巨大的苦难完全压垮的描写，在凸显陈道生男儿本色的同时，却也同样十分有力地显示了一种超越苦难的可贵精神内涵。实际上，也正是凭借着这样一种可贵精神内涵的强力支撑，《男人立正》方才以一种超拔性思想艺术品格的具备，而明显地区别于那些差不多只是一味地渲染表现底层生活的苦难与不幸的底层叙事潮流。

真正值得引起我们深入思考的地方在于，许春樵最后居然真的设计出了一种陈道生凭借个人的努力偿还30万元巨额债务的故事情节。就我个人的阅读感觉而言，许春樵的这种情节设计带有某种相当突出的浪漫化痕迹。在某种意义上说，这样一种浪漫化的"奇迹"与作家此前对于底层生活苦难近乎残酷的真实书写之间，形成了一种十分明显的断裂效应，给读者以一种相当突兀的不真实感与不和谐感。这样一种情节设计的出现，非常突出地表现了许春樵将底层社会在道德人性方面高度纯洁化的一种艺术倾向。而陈道生本人，则正是一个带有突出理想化色彩的、道德人性被高度提纯化了的人物形象。且不说作为故事情节主体的陈道生那带有明显悲壮色彩的还款行为，即使仅仅通过他开服装店以及后来养猪时的两个细节，就可以极充分有力地说明这一点。当同一条服装街上的其他服装店都在出卖着来自东莞、石狮等地的所谓"世界名牌"而牟取暴利的时候，只有老实厚道的陈道生依然坚持着经营从上海、杭州、苏州的国营服装厂进货的正品服装，以至于"一条国产裤子的进价比双河市面上的'世界名牌'零售价要贵一倍"。这样的一种经营理念与经营方式，在当下时代无序竞争异常激烈的市场经济大潮中，除了彻底失败之外并不会有别的更好的结果出现。即使到了在双河市已经走投无路，而只能到湖远乡下凭借养猪而偿还巨额借款的时候，陈道生也依然保持着一种高度纯洁化的道德人性状态。当猪瘟袭来，猪场先后死去 186 头猪的时候，虽然一时糊涂将死猪以一万块钱的价格卖给了耿铁头，但醒悟过来的陈道生还是极为坚决地到防疫站举报了耿铁头，而且同时举报了自己。如果不是一位道德人性的高度纯洁化者，处于如此人生绝境中是断然不会采取这样一种行为方式的。在我的理解中，许春樵之所以要将陈道生的道德人性做高度纯洁化的处理，一方面固然是要凭此而强有力地凸显主人公的男儿本色来，另一方面却也是在为主人公的"被侮辱与被损害"进行着充分的艺术铺垫。在我看来，此处的许春樵似乎已经确然地走入了一种文化想象的误区之中。那就是，既然是不公正社会现实中的被侮辱与被损害者，那么他（或他们）就只能是道德人性的纯洁者。好像只要他（或他们）稍微表现出一点人性的负面因素来，那么他（或他们）的苦难命运遭际就会是罪有应得一样。实际上，也正是在这样一种文化想象的观念误区的主导影响之下，作者于有意无意间赋予主人公过多的人格魅力。

其实，这样的一种底层叙事浪漫化的创作倾向，并不仅仅只是出现在许春樵的《男人立正》里面，而是一个时期以来许多底层叙事作家不约而同的共同选择。关于这一点，牛学智有着极敏锐的洞察。在他看来，或许正是因为底层叙事曾经被人指责为"就事论事"地把丰富的现实"问题化"了，虽则尖锐，然而却失去了可以跨越时空的永恒"人性"，所以，"许多'底层叙事'的作者正是敏感地领悟到了这个提示的所指，迅速快捷地把本来就有点出卖'苦难美学'的'底层叙事'，相当聪明地转向了'甜美美学''和谐美学'以及'幸福美学'"[1]。但在实质上，这样的一种底层叙事浪漫化倾向值得引起我们的高度警惕。说到底，当下时代的底层叙事之所以会出现一种浪漫化的创作倾向，与所谓文学应该具备恒久的人性价值的这样一种理念，存在着十分紧密的联系。从某种意义上说，正是这样的一种理念，使得本来就缺乏直面现实勇气的中国作家再一次拥有了某种回避现实问题的美妙遁词。从这样的一个意义层面上来看，虽然许春樵《男人立正》的情节设计自有他自己的一番道理，但我以为这样一种底层叙事的浪漫化倾向实际上还真是需要引起我们的高度警觉。

最后一种则是带有十分突出的宗教救赎意味的艺术形态，这一方面的最重要的代表性作品是贾平凹表现打工农民生活的长篇小说《高兴》。在某种意义上说，《高兴》可以被看作是《秦腔》的续篇，正因为《秦腔》中如同清风街一样的乡村世界早已是一片凋敝的状况，所以，如同《高兴》中的刘高兴和五富这样的农民才只能离开乡村，到西安城里来讨生活。然而，虽然刘高兴和五富他们很可能是所有打工农民中最为底层的拾荒者，但刘高兴这个人物却很显然属于打工农民中的另类形象。在某种意义上，刘高兴与五富之间的关系，真的可以让我们联想起塞万提斯笔下的堂吉诃德与桑丘·潘沙来。从阅读的感觉来看，刘高兴身上的理想主义品格与五富身上的现实品性，以及五富对于刘高兴的唯命是从，真的与《堂吉诃德》有着极明显的相似性。很显然，贾平凹在刘高兴这一人物形象身上注入了很多的理想主义色彩。虽然是一位挣扎于生存线上的拾荒人，但刘高兴却天然地向往城市："我说不来我为什么就对西安有那么多的向往。"由于对城市有着天然的亲近感，所以他总觉得自己有一天能够成为真正的西安人。除了每天不得不拾荒维持

① 牛学智：《"底层叙事"为何转向浪漫主义》，《读书杂志》2009年第2期。

新世纪长篇小说叙事经验研究

生计以外，刘高兴还有着较为丰富的精神生活追求，他不仅要穿皮鞋，爱整洁，而且还要吹箫自娱，甚至还与孟夷纯之间发生了不失浪漫的爱情故事。然而，虽然贾平凹凭借着刘高兴这一形象完成了自己与城市的和解，但在我的感觉中，刘高兴的拾荒人身份与他的精神品格之间却总是有着一种强烈的不和谐感。如果严格地把《高兴》作为一部现实主义的小说来理解的话，那么刘高兴的性格特征就会有明显的不真实感。难道现实生活中真的会有如同刘高兴这样的拾荒人吗？即使这一形象如贾平凹的后记所言带有个案意义上的真实性，那么他在拾荒人中究竟又会有多大的代表性呢？如果联系贾平凹一贯的小说创作风格来看，刘高兴很显然是明显地打上了贾氏烙印的人物形象，这就是说，在刘高兴身上，十分鲜明地显示着贾平凹个人的艺术趣味，这样一位拾荒人中的艺术家，完全可以看作是贾平凹内在的精神品格与艺术趣味外化的产物。他与孟夷纯之间的感情故事，明显地体现着贾平凹与中国本土小说传统之间的联系，带有十分突出的才子佳人的意味。这样一种人物形象的设计与构想，很显然只能被看作是贾平凹超脱于现实之外的一种文化想象的产物。既然刘高兴这一理想主义的人物形象的真实性值得怀疑，那么是否就意味着贾平凹《高兴》文本某种分裂性的存在呢？我现在所面临的困难，就是如何把刘高兴这一特别的人物形象与拾荒人悲惨的生存境况整合为一个艺术整体的问题。在某种意义上，我们只有从反讽的角度来看待贾平凹对于刘高兴的想象性描写，才能使这一问题得到合理的解释。如果这样理解的话，那么《高兴》这部作品的悲剧性就愈发浓烈了。我们注意到，在五富的尸体被警察发现后，刘高兴曾经产生过这样一种突出的感觉："在这个时候我才知道我刘高兴仍然是个农民，我懂得太少，我的能力有限。"此情此境之中，那个总是沉浸于玄妙的虚幻精神世界中的刘高兴终于落到了地面，终于清醒地意识到自己其实"仍然是个农民"。却原来，刘高兴的精神境界愈是高远纯粹，梦醒之后无路可走的悲剧意味也就愈是浓烈沉重，二者之间存在的巨大反差，就使得《高兴》事实

上成为了一部具有绝大悲悯情怀与深刻批判意识的沉痛之作。

从刘高兴与五富最后的人生结局来看，他们的人生当然充满了苦难。贾平凹在小说文本中对于这一点，自然有着极为充分的艺术描写，并且也的确给读者留下了相当深刻的印象。然而，与贾平凹对打工农民苦难命运的艺术展示相比较，《高兴》这部小说中更值得注意的，却是贾平凹出示给打工农民的一种宗教救赎的精神指向。有论者曾经这样谈论过小说中的细节问题："要知道，高兴曾经先后卖血、卖肾，买主是西安的'一个大老板'。这本是'左翼文学'最为常见的叙事模式，但高兴对此似乎'缺乏觉悟'，将一个在'左翼'的'成规'里的阶级问题，归结为无常的命运（'天'）乃至于家庭出身（而不是'阶级归属'）。"[①]很显然，在高兴关于自家命运的解释中，已经表现出了非常明显的宿命化意味，这种宿命化意味与宗教精神之间自然存在着一定的相同之处。虽然刘高兴曾经一度沉迷于自我制造的精神幻觉之中，但在他从幻梦中醒来开始真切地意识到自己实质上的悲惨处境的时候，他却并没有走向对不公平命运的反抗。如果说在曹征路的《问苍茫》中，当柳叶叶处于人生的极度迷茫阶段的时候，曾经有如同唐源这样的阶级启蒙者及时出现在她的身边，给予她深入的现实斗争的启蒙教育，最终把她引领上一条批判对抗资产者的人生道路，那么，贾平凹《高兴》中的具体情形就不是如此了。具体来说，贾平凹通过对曾经与刘高兴相恋的妓女孟夷纯以及"锁骨菩萨塔"的联袂描写，提供给刘高兴们的乃是一条宗教救赎的精神途径。按照小说的介绍，"锁骨菩萨"居然还曾经做过妓女，这让刘高兴感到非常的震惊。历史上曾经为妓的"锁骨菩萨"在小说中的现实对应者，便是刘高兴相恋着的妓女孟夷纯。这样看来，小说中的孟夷纯就实在并不是一个可有可无的无关紧要的人物，她的存在，对于小说思想内涵的表达有着极为重要的作用。

孟夷纯之所以成为妓女，是为募集办案经费抓捕杀害哥哥的

① 黄平：《〈高兴〉：左翼之外的底层文学》，《西安建筑科技大学学报》（社会科学版）2008 年第 4 期。

凶手。在小说中，把孟夷纯的身世与"锁骨菩萨"联系起来的，正是对孟夷纯满怀爱恋的刘高兴："我蓦地想起了锁骨菩萨，难道孟夷纯就还真是个活着的锁骨菩萨？锁骨菩萨。锁骨菩萨。我遇到的是锁骨菩萨！"事实上，也正是在产生了这样的一种联想之后，刘高兴才对孟夷纯做了进一步的推理分析："这菩萨在世的时候别人都以为她是妓女，但她是菩萨，她美丽，她放荡，她结交男人，她善良慈悲，她是以妓女之身而行佛智，她是污秽里的圣洁，她使所有和她在一起的人明白了……"只有在读到这个地方的时候，我们方才可能清楚地意识到，贾平凹的底层叙事绝对不会如同曹征路的作品一样，将自己笔下饱经苦难的主人公引领向觉悟反抗的人生途径，他所出示的其实是一种带有精神救赎意味的宗教归宿。贾平凹的《高兴》究竟能够在多大的程度上与陀思妥耶夫斯基的《罪与罚》进行比较姑且不论，但从作家对孟夷纯这个人物形象，对这个形象与"锁骨菩萨"之间的隐秘联系，对这个形象与刘高兴之间的情感关系的处理与描写上，我们却又的确能够明显地感觉到作家对于底层叙事问题上一种特别突出的宗教救赎立场的出示和表达。这样的一种精神指向，很显然不同于我们之前已经具体分析过的那样三种叙事倾向。

三、怎样看待新世纪长篇小说中的底层叙事

以上，我们对于新世纪长篇小说创作中底层叙事的四种表现形态进行了一番不失深入的扫描与梳理。从我们的描述分析来看，可以说新世纪长篇小说中的底层叙事的确已经取得了相当丰硕的创作成果。那么，我们究竟应该怎样看待评价新世纪长篇小说中总体意义上的底层叙事创作呢？首先必须注意到，与底层叙事在中短篇小说中那样一种单一狭隘化的状况相比较，进入新世纪以来，以长篇小说这样的一种文体形式出现的一批底层叙事作品，在思想内涵与艺术形式这样的两个方面，都已经呈现出了某种令人惊喜的多样化

丰富景观。虽然如同陈应松的《马嘶岭血案》《太平狗》，曹征路的《霓虹》等小说，作为早期底层叙事的代表性作品，已经得到了文学界的普遍肯定。不仅一时好评如潮，而且，《马嘶岭血案》之荣获 2004 年度《人民文学》奖，《太平狗》之荣获第二届中国小说学会的中篇小说大奖这样一些事实，都是这一方面的有力明证。但是，我们在充分肯定以上这些底层叙事作品的思想和艺术价值的同时，却也应该注意到，从某种意义上说，这些作品的确表现了某种思想观念的偏狭性特征。

我们之所以认为一些中短篇小说中底层叙事的代表性作品表现出了某种偏狭的思想性特征，乃是因为从根本上说文学创作正是明显地映现着作家思想认识立场的文化想象行为。为什么说文学创作是一种文化现象行为呢？要想合乎情理地解释这一现象，我们就必须对新历史主义的理论有所借鉴。新历史主义"主张在文学研究中引入对'文本的历史性'和'历史的文本性'的双向关注。所谓'文本的历史性'指的是'所有的书写文本——不仅包括批评家研究的文本，而且包括人们处身其中的社会大文本——都具有特定的文化具体性，镶嵌着社会的物质的内容'。所谓'历史的文本性'，指的是由于我们无法回归并亲历完整而真实的过去，我们体验历史，就不得不依靠残存的历史文献。但是，这些文献不仅携带着历史修撰者的个人印记，而且是'经过保存和抹杀的复杂微妙的社会化过程的结果'"[1]。从以上的界定可以看出，在新历史主义的观点看来，所谓客观真实的历史其实是不存在的，从根本上说，历史也只是一种打上了修史者鲜明个人印记的叙事过程而已。既然连所谓的历史都变成了一种叙事过程，连历史学家都变成了历史这种"叙事文本"的撰写者，那么，那些历史小说的创作者就更是属于对"叙事文本"的再叙事了。这也就是说，在某种意义上，出现于历史小说家笔端的历史图景，其实只是这些作家对历史的一种合乎情理的文化

① 陈榕:《新历史主义》，见赵一凡、张中载、李德恩主编《西方文论关键词》，外语教学与研究出版社 2006 年版，第 673 页。

新世纪长篇小说叙事经验研究

想象而已。在这种历史图景中，极明显地打上了这些作家的主观精神印记。如果说，历史小说中的所谓"历史"是这样一种情况的话，那么，出现于底层叙事小说作品中的底层生活又该作何解呢？我以为，虽然我们的作家看似都置身于现实生活之中，但实际上出现于不同作家笔下的底层生活却是大不相同的。在某种意义上，作家们所谓对于底层生活的理解与把握，其实与他们对于历史生活的艺术表现是一样的道理。这样，我们自然也就可以把作家们对于底层生活的艺术表现，看作是作家从各自不同的思想立场出发，对底层生活所进行的一种合乎情理的文化想象行为了。既然可以把底层叙事作品看作是一种文化现象行为的产物，那么，如同《马嘶岭血案》《太平狗》以及《霓虹》这样的作品，自然也就应该看作是作家陈应松与曹征路他们从自己的特定思想立场出发，对他们所描写的底层社会的一种文化想象。笔者之所以认为他们的这些小说思想层面上存在着偏狭的一面，其实并非要否定他们从自己的特定立场出发对描写对象的想象权利，我想指出的只不过是他们的这种想象行为多少显得有些过于残酷、血腥而已。要知道，从某种意义上说，真正能够决定某一底层叙事作品之思想艺术境界高下的，实际上并不是要看谁对苦难场面描写展示得更为"残酷、血腥"，而是要比拼作品所具有的精神深度如何，要通过小说文本的描写来反观作家自身所具有的思想能力和艺术构型能力如何。这也就是陈应松他们的一些作品之所以比托尔斯泰、陀思妥耶夫斯基们的作品肯定要"残酷、血腥"得多，然而在思想艺术境界上却绝对无法与这些大师相提并论的根本原因所在。

实际上，也正是因为我们已经觉察到了陈应松、曹征路这些底层叙事的代表作家的一些作品，在思想层面上存在着明显的偏狭之处，所以对于新世纪以来的长篇小说创作中的底层叙事作品所表现出来的思想艺术的多样化丰富景观，才感到有一种由衷的欣喜与快乐。很显然，新世纪长篇小说领域的底层叙事中，现代化的反思与批判、现代左翼文学传统的继承和拓展、道德的自我超越化倾向以及宗教救赎这样四种不同形态的创作方式的同时并存，极其鲜明地拓宽了底层叙事原来相对偏狭的思想艺术面貌。这样不同的四种形态，当然也是作家们从其各自不同的思想立场出发，对现实生活中的底层社会进行文化想象的结果。虽然这些作家的写作还没有达到尽善尽美的程度，但正是因为有他们的加盟，有他们的不懈努力，所以底层叙事才具备了更为远大的思想艺术发展前景。更何况，除了不同思想境界的拓展之外，新世纪长篇小说中的底层叙事也还的确取得了艺术层面上的拓展。这一点，最明显地表现在阎连科的《受活》之中。如果说此前的底层叙事基本上采用的都是现实主义的写作方式的话，那么，在《受活》中，阎连科很显然已经开创了一种具有突出现代主义意味的新的艺术表现方式。虽然现实主义肯定依然还会是底层叙事的主体创作方式，但诸如现代主义或者以后还可能出现的浪漫主义创作方式的加盟，对于底层叙事未来的进一步发展当然是有益无害的。

　　就在我将要结束这篇长文的时候，读到了李建军先生题名为《永远站在鸡蛋一边——论超越了文学的文学精神》的一篇文章，对于李建军在此文中所具体阐述的伟大的作家总是更喜欢谈论文学对人类生活的意义和作用的观点甚为信服。在具体分析引述了中国古代的司马迁、美国的当代批评家苏珊·桑塔格、日本的当代作家村上春树的例证之后，李建军写道："总之，一个时代的文学如果达到了成熟的境界，它就不会止步于对形式的迷恋，就不会将注意力仅仅投注在技巧上，而是极大地超越了就文学而论文学的狭隘性，从而将文学与他人和外部世界广泛而紧密地关联起来，进而赋予它以充分的'整体性'。""我们最后的结论就是：只有选择站在作为'鸡蛋'的弱者一边，只有超越了'形式主义'和'个人主义'的有限性，文学才能超越'文学'而成为伦理性的精神现象，才作成为既有益于'自我'又包含着'利他主义'精神的伟大的文学。"[1]我们当然清楚地知道文学是需要极高明的文学技巧与文学

　　① 李建军：《永远站在鸡蛋一边——论超越了文学的文学精神》，《小说评论》2009 年第 3 期。

新世纪长篇小说叙事经验研究

语言的，但如果这些问题已经得到了解决的话，那么，李建军的观点就绝对是能够成立的。而很显然，我们这里所具体谈论着的底层叙事问题，实际上也与李建军的命题存在着重要的紧密联系。在某种意义上说，选择了底层叙事，也就意味着站在了作为弱者的"鸡蛋"一边。如此看来，底层叙事就真的可以说是大有可为。

第十三章　塑造世纪苦灵魂的知识分子叙事

我们注意到，在时间的脚步跨入新世纪之后，中国文坛曾经先后出现了一批旨在关注、思考和表现知识分子这一特定人群，塑造世纪苦灵魂的长篇小说。具体来说，这一方面值得引起高度关注的作品，主要有宗璞的《西征记》、格非的《春尽江南》、范迁的《锦瑟》、刘醒龙的《蟠虺》、严歌苓的《陆犯焉识》、田中禾的《父亲和她们》等。

一、抗战中的民族正气书写

首先进入我们分析视野的，是宗璞《野葫芦引》长篇小说四部曲中的第三部《西征记》。在整部《西征记》中，宗璞用力最多，给读者留下印象最深的两位青年知识分子形象，是同时作为小说艺术聚焦点存在的男女主人公玮和嵋。作为三年级学生的玮本来可以留在学校继续读书，而且，在他的老师萧子蔚的心目中，玮还是一个十分难得的可造之才。萧先生一方面很明白玮要上前线去的行为正当性，但另一方面却又为玮这样一种专业学科的可造之才的无法继续深造而深感痛苦。然而，玮要上前线去的阻力却并不只是来自萧先生，更有来自内心中深爱着他的殷大士。为了把玮从部队中拉回来，殷大士曾经专门利用特权赶到了玮所在的部队。但所有的这一切却都没有能够阻挡住玮投笔从戎报效祖国的脚步，用他自己的话说，自己的服役行为其实并没有什么大不了的，只不过是尽一个公民的"本分"而已。必须注意到的是，在这里，宗璞丝毫也没有人为地拔高主人公的思想境界。但是，作家愈是强调玮的从军行为不过是在尽自己的"本分"，玮的行为就愈是显得分外感人。尤其值得注意的是，玮在通讯学校的学习结束之后，本来是被分配安排在昆明附近的炮兵学校。如果真是到炮兵学校的话，那么，玮当然就会安全得多。但正所谓天有不测风云，偏偏就是在这个时候，眼看着部队就要开拔，另外一位被分配到保山某通讯学校的学员阿谭却因突发高烧而住院。值此紧要关头，玮便自告奋勇地取代了阿谭，来到了更加接近前线的生命危险系数更大的保山通讯学校。一个非常明显的事实就是，假如玮留在了昆明附近的炮兵学校，那么他牺牲的可能性就是微乎其微的。在某种意义上说，正是因为他毅然决然地顶替阿谭来到了保山通讯学校，所以最后才为报效祖国而献出了自己年轻宝贵的生命。

　　小说中关于玮为了接通前线的通讯电缆而身负重伤的那段描写，是十分朴素感人的。"玮没有一点犹豫，一个箭步蹿了出去，冲过了街，跳过矮墙，来到树下。""'啊！'玮叫了一声，右手用力一推，把电缆抛在地下，那是他全身的力气，左手无力地拉着树杈。一个兵跑过去，接住他。玮受伤了。"虽然并没有什么豪言壮语，但一个有血有肉的坚强英雄战士的高大形象却已经矗立在我们的面前。玮之所以在面对死亡威胁的时候，能够做到视死如归，从根本上说，是因为他已经亲身经受了战争中血与火的考验，已经目睹了那么多战友的英勇牺牲。必须承认，小说中关于玮住院之后生命渐渐消失的那一部分描写也同样是相当感人的。当我在读到这些文字的时候，无法控制的泪水曾经哗哗地滚落而下。说实在话，宗璞在此处不仅没有以煽情的文字极尽渲染之能事，反而采取了特别克制的一种叙事方式。那么，为什么还会使我在阅读时泪流不止呢？说到底，还是因为作家对玮这一人物形象的刻画塑造很成功的缘故。正是因为作家对玮的形象塑造特别成功，玮已经拥有了一种格外鲜活的生命力，正是因为我自己在阅读的过程中已经对玮留下了很好的印象，所以，当我读到玮英勇牺牲的这段故事情节的时候，才会被作家宗璞的描写文字所深深地感动。当然，从长篇小说的体式上说，此处宗璞在叙事过程中所特别插入的多少带有一些意识流意味的抒情色彩相当浓郁的"梦之涟漪"章节，也是十分成功的。从某种意义上说，正是借助这样的章节设计，玮身上那样一种高贵的精神方才得到了很好的提炼升华。

嵋可以说是《西征记》中与玮相映生辉的另一个人物形象。如同自己的表哥玮一样，嵋本来也并不在这次的征调之列，而且她的这一举动还遭到了男友庄无因的坚决反对。在庄无因看来，作为学生的他们在教室好好读书同样是自己的"本分"。虽然庄无因的反对不无道理，但在江昉先生所讲授的《国殇》以及玮的毅然投军行为的感召之下，嵋还是和自己的好朋友李之薇一起，穿上军装，成为了伤兵医院的一名志愿者护士。按照小说中对嵋的描写来推断，她的年龄及成长历程其实极类似于现实生活中的作家宗璞自己。宗璞 10 岁时因抗战爆发随家南迁至昆明，到抗战结束的时候，她已经是 18 岁的少女了。西征的时间比抗战的胜利早一年，这个时候的宗璞应该是 17 岁，正好与小说中嵋的具体情形相仿。同时我们自然也早就注意到了，作为系列长篇小说《野葫芦引》中最重要的人物形象之一的嵋的父亲，明伦大学的教授孟弗之的人物原型，其实正是冯友兰先生。这样看来，嵋则很显然是小说中一个带有明显自传性色彩的人物形象。如果我们的确可以把嵋与现实生活中的宗璞联系起来的话，那么，自然也就能够在某种意义上把宗璞的《野葫芦引》看作是一部成长小说了。

如果从成长小说的角度来看，则嵋在从军之后所先后目睹经历的战争中一切生与死的景象、一切人生的苦难，无论是医院里丁医生的严谨敬业、陈院长的善恶交织，还是她在意外掉队之后先后邂逅阿露和本杰明的奇特遭际，无论是那位无名女兵无意间留下来的遗信，还是随同彭田立队长他们对马福土司的说服工作，都可以被看作是嵋在成长过程中必然要领受的人生启蒙教育。当然，其中，对她的心灵世界产生了巨大震撼作用的，还是表哥玮极其悲壮的牺牲过程。请看叙述者的叙述："我们的玮玮他死了！嵋心里有一个巨大的声音在喊。这声音像战鼓，咚咚地敲着，从四面八方传过来。"这样意想不到的死亡对嵋形成了极大的刺激："她不能回忆过去，也不想将来。她很少说话，觉得自己好像凝固了。有时候之薇问她什么话，她也不回答。之薇便说：'孟灵己，你傻了么?！'""我不傻，嵋在心里回答，我只是不明白，不明白战争，不明白生和死，生和死交织成一张密网，把人罩得透不过气来。没有人能逃脱这张网。"嵋本来是一个只不过十大几岁的懵懂少年，如果没有战争的发生，她应该正在安静的书桌边读书呢。然而，战争的发生，却硬是活生生地逼着她去面对惨烈的生与死，尤其是还得面对自己亲人的生与死。正是这生与死的不断面对，迫使着本来不是哲学家的嵋，也开始思考生与死的形而上问题了。很显然，经历了这一切之后的嵋，也就不再是参加战争之前的那个懵懂少年了。此后的她，在看待思考一切问题的时候，因了对死亡曾经的面对与直视，自然也就着上了别样的一种成熟色彩。当然，嵋的思考，既是小说中人物的思考，也更是作家宗璞自己对战争问题的一种深入思考。在某种意义上，正是凭借着这样的一种思考，宗璞的这部以战争为主要描写对象的长篇小说，方才显示出一种人道主义的悲悯情怀，而且具有了别样的一种思想深度。

二、理想化人格与知识分子的涣散无力

与宗璞《西征记》的聚焦历史有所不同，格非在"江南三部曲"最后一部《春尽江南》中，所聚焦表现的，却是当下时代涣散无力的知识分子形象。某种意义上说，知识分子在当下这个精神彻底沦落的污浊时代究竟何为，乃是格非在《春尽江南》中提出来的一个极其重要的核心问题。说到这个核心问题，就必须对谭端午这个小说的中心人物形象展开一番深入的剖析。有必要强调的一点是，正是在尖锐地追问知识分子在当下这个时代究竟何为这个核心问题的过程中，格非相当成功地完成了对端午这一人物形象的刻画塑造。对于端午形象的成功塑造，乃是《春尽江南》突出思想艺术成就一个非常重要的方面。但是，在具体深入分析端午这一人物形象之

前，我必须首先把自己在阅读《春尽江南》的过程中，对于端午的一种强烈认同感表达出来。认真地回想一下自己长期以来的小说阅读经历，在新时期以来出现的众多优秀作品中，能够在精神层面上引起我强烈认同感的，实际上是非常少见的。说实在话，此前曾经引起我强烈认同感的只有两位知识分子形象，一位是王蒙长篇小说《活动变人形》中的倪吾诚，另一位则是贾平凹长篇小说《废都》中的庄之蝶。但相比较而言，或许是因为年龄约略相仿、人生经历基本相似的缘故，这种认同感最强烈的，恐怕还应该就是格非这部《春尽江南》中的端午。在端午身上，我不无惊讶地发现了一种自我的映像式存在。倘要进一步追问之所以如此的原因，我们大约只能说，格非之能够如此深入如此一针见血地切入端午的精神世界之中去，恐怕也与创作过程中个人生活经验的充分调动存在着非常密切的关系。格非从事小说创作已经有二十多年的时间，虽然并非高产作家，但发表作品的数量也已经不少了，仅长篇小说就已经有六部之多。但如果与格非自己的人生经历联系起来加以考察，其中充分调动了格非自己的生活经验，具有鲜明自传性色彩的人物形象，实际上却恐怕只有端午一人而已。某种意义上，《春尽江南》中的端午这一知识分子形象之所以能够被挖掘批判到体无完肤的地步，恐怕也与其中格非自我生存经验的强势介入存在着内在的联系。而我，之所以对端午产生强烈的认同感，根本原因就在于我和格非都出生于二十世纪六十年代中期，因而有着大致相似的人生轨迹的缘故。

端午这一知识分子形象，留给读者最深刻难忘的印象，恐怕就是他的百无一用。人都说"百无一用是书生"，这个特征最为突出极其真切地体现在诗人端午身上。只要略微回想一下，你就不难发现，在自己置身于其中的日常生活中，端午是一个什么都不会干，即使干也干不好的文弱书生。好不容易自告奋勇承担了一回租房的日常事务，结果还酝酿出了一场声势颇为浩大的房屋风波。对于当下时代的中国家庭而言，孩子的受教育，孩子的成长，毫无疑问是非常重要的事情。然而，除了曾经去若若的学校为孩子们作过一次偶然的演讲之外，你根本看不出端午为了若若做过一些什么。不仅如此，每当妻子庞家玉因为要教育若若从而不可避免地和若若发生冲突的时候，端午所采取的态度就是视而不见退避三舍，一个人躲到外边去散步。除了写诗，除了一直在写那部想不好开头的长篇小说，除了总是端着读那本《新五代史》，除了和几位朋友偶一喝酒消遣，除了和小自己好多岁的绿珠姑娘调情，你可以发现，端午几乎不承担任何家庭责任和社会责任，不做任何事情。以至于你很难想象，假如没有生性泼辣个性坚韧的庞家玉替他遮风挡雨，端午是否还能够很好地生活下去。对于端午在日常生活中的百无一用，最了解的，莫过于已经厮守了二十多年的妻子庞家玉："去银行办理按揭，以及接下来的装修，都由庞家玉一手操办。她知道端午指望不上。用她的话来说，端午竭尽全力地奋斗，不过是为了让自己成为一个无用的人、一个失败的人。这是她心情比较好的时候所说的话。在心情不那么好的时刻，她的话往往就以反问句式出现，比如：'难道你就心甘情愿，这样一天天地烂掉？像老冯那样？嗯？'"都说哀莫大于心死，一个人，一个现代知识分子，居然心甘情愿地努力要成为一个"无用的人""失败的人"？根本原因何在呢？说实在话，在初始接触到端午这一人物形象的时候，他的百无一用，确实曾经让我联想到当年俄罗斯文学中影响巨大的"多余的人"的形象。当年的这些"多余的人"，一向被称为"思想的巨人，行动的矮子"。他们出身于贵族之家，形成了先进的思想认识，但却因无法探寻到改变社会现实的合理化道路而徘徊彷徨，缺乏实际行动的能力。这也就是说，这些"多余的人"最起码从主观意愿上来说，还是愿意努力改变现状的。但对于端午来说，他的百无一用却是自己主动选择的结果。"他家在唐宁湾的房子被人占了。这件事虽然刚刚发生，但其严重程度却足以颠覆他四十年来全部的人生经验。他像水母一样软弱无力。同时，他也悲哀地感觉到，自己与这个社会疏离到了什么地步。"从端午能够清醒地意识到自己与社会现实之间的疏离程度这种描写来看，他的百无一用，确实是自己主动寻求的一种结果。

现在的问题是，知识分子端午为什么要自觉地疏离于时代之外，要以一种"生活在别处"的方式做一个"百无一用"的书生呢？要想很好地回答这个问题，我们就必须把端午的存在方式和他的诗友们进行一番简单的比较。端午、徐吉士、陈守仁，三位都是在二十世纪八十年代的中国很有些影响的青年诗人。那个时候的他们真可谓是热血澎湃，充满着青春朝气，昂扬着生命激情，一种理想主义精神存在的事实明证。实际上，也正是因为当时的他们有着共同的理想追求和事业志趣，所以才会有徐吉士和陈守仁力邀端午到鹤浦暂住避难事件的发生。而端午一生的命运遭际，其实也正是那次在鹤浦招隐寺偶遇李秀蓉之后被彻底注定的。然后，很快地，这几位诗人伴随着时代大潮告别了理想主义的二十世纪八十年代，进入了以经济活动为中心以世俗功利为本质的当下时代。进入新时代之后，或许是受到时代文化语境强劲制约的缘故，几位知识分子的命运也随之发生了耐人寻味的分化。陈守仁摇身一变，成为腰缠万贯的商人，徐吉士如鱼得水地混迹于新闻界，先是担任《鹤浦晚报》的新闻部主任，后来又升官成为这家报社的社长。正如同格非在为这个人物的命名（吉士的命名灵感，很显然直接地来自《诗经》中的"有女怀春，吉士诱之"一句）所强烈暗示出的，除了完成自己的本职工作之外，徐吉士日常生活最主要的内容，就是四处寻花问柳勾引小姑娘。而这也就意味着，曾经有着高远精神追求的两位诗人，已经完全放弃了自己的精神操守，已经彻底融入污浊不堪的时代现实之中，与世俗功利的时代携手共舞沆瀣一气了。如果说我们对徐吉士和陈守仁精神变迁的解读尚且合理的话，那么，端午之拒绝融入当下这个时代，端午之自觉地把自我放逐于时代现实之外，心甘情愿地做一个百无一用的书生，实际上也就意味着端午对于当下这个时代的一种批判和拒斥，意味着端午对自我精神操守的一种坚持和维护。从这个层面上看来，端午与环绕在他周围的芸芸众生相比较，还真是很有一些浊世滔滔唯我独清、众人皆醉唯我独醒的感觉。一句话，借助于端午这一人物形象，格非格外强劲有力地传达出了自己对于时代现实一种独特而又激烈的批判声音。实际上，面对着来自现实生活的种种诱惑，要想真正地拒绝与时代合作，要想彻底地做到百无一用，确实是很不容易的事情，的确需要具备极大的勇气。

如果我们试图寻找一个语词来对端午的精神特质进行某种概括提炼，最恰当的恐怕就是一种突出的无力感。关键的问题在于："如果没有外力的作用，离婚，实际上已经变得遥不可及。他知道自己无力改变任何东西。最有可能出现的外力，当然是突然而至或者如期而来的死亡。他有时恶毒地祈祷这个外力的降临，不论是她，还是自己。"在这里，格非入木三分地揭示出了端午精神性格上特别软弱无力这样一种突出的特点。如果说政治的、社会的问题尚且不至于那么切近直接地构成对端午的压迫的话，那么，家庭内部和妻子的感情问题无疑直接影响着端午个人的日常生活。但是，身为知识分子的端午居然无力到了连离婚的勇气都彻底丧失的地步，以至于他只能祈祷依靠如同死亡这样一种外力的作用来解决问题。既然连离婚这样与自己的生活幸福密切相关的问题都无力解决，我们自然也就无法奢望端午有能力去积极承担并完成更为重要的时代使命了。实际上，也只有在这个意义层面上，我们才能够更真切地体会认识到格非在端午这一人物形象身上的复杂深切寄托所在。一方面，借助端午的不合作，借助端午的百无一用，格非固然尖锐深刻地对当下这样一个污浊不堪的时代进行了强有力的批判性反思；但在另一方面，我们也必须注意到，如同端午这样一类软弱无力的知识分子形象，却又绝非是格非理想中的知识分子形象。因此，在充分肯定端午的百无一用所具深刻批判性的同时，格非却也同样对端午此类知识分子的洁身自好软弱无力犹豫不决进行着深刻的自我反省和批判。这一点，主要借助于绿珠这个人物形象表现出来。在小说中，当绿珠真诚地向跟自己有着情感纠葛的端午询问自己未来去向的时候，端午将手里的一根烟捏弄了半天，犹豫再三。面对着端午犹豫再三的姿态动作，面对着他同样忐忑犹豫自相矛盾的话语内容，脾气向来直爽的绿珠一针见血地指出了端午的精神性格弱点："'我简直不知道你在说什么！'绿珠不客气地打断了他的支支吾吾，从地上站起来，使劲地拍打着身上沾着的锈迹斑斑的锈屑和枯草，冷笑道：'你这人，真的没劲透了。'"很显然，绿珠在此处对端午的态度，完全可以被看作是作家格非的一种姿态立场。在这里，作家的描写再一次促使我联想到俄罗斯文学中那些"多余的人"。如果说多情少女强烈的爱情都无法彻底唤醒"多余的人"的生命热情的话，那么，端午的情况也庶几近之了。尽管心里有着对于绿珠的强烈迷恋，但在面对绿珠的生命与情感召唤的时候，端午却又犹豫再三无法决断，从根本上丧失了行动的能力。以至于你很难想象，一个面对少女的爱情都犹豫不决的知识分子，他在社会上究竟还能够干什么？！如同徐吉士、陈守仁那样与时代同流合污沆瀣一气，当然应该受到严厉的批判和指责，然而，如同端午这样干脆就彻底丧失了行动的能力，成为"生活在别处"的逃避者，也同样必须进行深刻的批判和反省。我们在前面曾经指出，端午乃是格非小说中一位少见的具有鲜明自传性色彩的知识分子形象，这样看来，格非对于端午的批判性审视，实际上也就意味着一种强烈彻底的自我批判与反省。冷漠、自私且又不无邪恶，妻子庞家玉情急之下对于端午所下的断语，认真地琢磨品味一下，还真是相当准确到位的。能够有勇气榨出自己皮袍下面藏着的"小"来，能够毫不留情地深入展开一种对于自我的批判反省，所充分凸显出的，正是格非一种非同一般的思想勇气和写作能力。

　　同样聚焦当下时代并积极探寻着知识分子理想人格的，是刘醒龙的《蟠虺》。需要注意的是，无论是悬疑艺术手段的有效征用，抑或是艺术结构的精心营造，刘醒龙所欲抵达的最终艺术目标，却是对学术界学术腐败问题的直面批判，是对知识分子精神世界的深度勘探与表现。倘若仅仅只是从小说题材的角度来说，刘醒龙的《蟠虺》完全可以看作是一部旨在透视表现学术领域学者众生相的学术小说。尽管说进入新世纪以来，以知识分子为主要表现对象的知识分子题材在长篇小说领域并不鲜见，但严格说来，把艺术聚焦点对准学术界的，还的确是相当罕见。除了刘醒龙的这部《蟠虺》之外，一时之间还真想不起来有其他的同类题材作品。别的且不说，单只是题材的选择，《蟠虺》就有着不容小觑的意义和价值。更何况，在其中，刘醒龙也还有着对当下时代学术界学术腐败现象的尖锐揭露与批判。这一点，集中体现在曾经的楚学院院长、后任文化厅副厅长与青铜重器学会会长郑雄对于学术研究资源的垄断上。尽管从表面上看起来，身为曾本之大弟子的郑雄一向对曾本之毕恭毕敬，以至于连外出参加学术会议都要坚持陪侍在侧，但明眼人一眼即可看穿，郑雄的行为实质上其实很有一些"挟天子以令诸侯"的意味。究其实质，郑雄就是试图借助手中的行政权力彻底垄断关于曾侯乙尊盘的学术研究。从根本上说，他所欲控制的，不仅仅是那些反对曾本之的学术界同仁，而且更是曾本之本人。郑雄非常清楚，自己与曾本之是一损俱损一荣俱荣的关系。只有维持住曾本之在楚学界的学术泰斗地位，他自己在学术界的根本利益方才不会受到影响和威胁。正因为郑雄早已经习惯了对曾本之的暗中控制，所以，一旦得知曾本之居然要甩开自己去宁波参加一个专业会议，他的即时反应才会特别失态。很大程度上，因为我们置身于一种特定社会体制的缘故，长期困扰中国学术研究界一个非常严重的问题，恐怕就是越来越明目张胆的学术政治化现象。来自市场经济的消费意识形态影响之外，政治对于学术研究工作的强势介入与干预，毫无疑问是制约影响学术研究向纵深处发展的主要原因。刘醒龙在《蟠虺》中所详尽描写的老省长与郑雄他们对以曾侯乙尊盘为代表的青铜重器研究工作的越界干扰和控制，就可以被视为学术政治化的一种突出表现。在这种艺术描写的背后，我们所强烈感觉到的，正是刘醒龙对不合理的学术政治化现象的有力揭示与批判。

但小说终归是一种关于人性的艺术，如何运用恰切的艺术表现形式把人性的真实状态尽可能生动形象地展示在读者面前，是衡量所有小说作品的一个重要标准之所在。我们发现，在一部体量相对庞大的长篇小说中，作家对人性深度的挖掘表现，往往会集中体现在人物形象的塑造上："人物形象的塑造完全可以被看作是作家总体创造能力综合体现的一种结果。一个人物形象的成功塑造，既深刻地映现着一个作家对于客观世界的认识与把握能力，也有力地表现着一个作家对于深邃人性世界的体验与勘探能力，同时更考验着一个作家是否具有足够的可以把自己对世界的认识与对人性的把捉凝聚体现到某一人物形象身上的艺术构型能力。一句话，人物形象的成功塑造与否，乃是衡量某一作家尤其是长篇小说作家总体艺术创造能力的最合适的艺术试金石之一。"[①]我们之所以认定刘醒龙这部旨在描写表现当下时代学术生态的《蟠虺》是一部优秀的长篇小说，很大程度上也正因为作家凭借其突出的艺术构型能力成功地塑造了若干位具有相当人性深度的人物形象。一部学术小说，知识分子自然会成为人物形象的一种主体构成。因是之故，作家对人物形象的塑造过程，实际上也是在对知识分子的真实精神世界进行着深入的挖掘与勘探。其中，最不容忽视的两位人物形象，就是曾本之和郑雄。

　　作为楚学院研究曾侯乙尊盘的学术泰斗，曾本之实际上长期处于某种难以排解的思想矛盾状态之中。虽然他的这种心理矛盾状态一直到自己所钟爱的弟子郝文章出狱前后方才集中爆发，但其内心围绕曾侯乙尊盘所发生的纠结却已经延续很长时间了。在这里，我们首先须得注意到刘醒龙关于小说叙事时间的特别处理。刘醒龙《蟠虺》的叙事时间处理，事实上有三个时间节点不容轻易忽略。其一，是主体故事发生的当下时间，从曾本之在老鼠尾收到那封莫名其妙的甲骨文来信起始，一直到春节后故事的终结，前后差不多一年的时间。其二，是郝文章因企图"盗窃"曾侯乙尊盘并因此而被捕入狱的八年之前。其三，则是更其遥远的郝嘉跳楼自杀的1989年夏天。虽然前者绝对构成了叙事主体，但在小说的叙事过程中却不难发现，叙述者的视点实际上总是会回溯到前两个时间节点去。这样，三重的叙事时间实际上就一直处在一种不断叠加并置的状态之中。而作家对几代知识分子命运的审视与表现，也正是在这样一种叙事时间不断叠加并置的过程中得以最终完成的。严格说来，曾本之关于曾侯乙尊盘的内心纠结，早在郝嘉跳楼自杀的1989年就

①　王春林:《繁荣中的沉潜与拓展》,《文艺争鸣》2006年第5期。

已经开始了。需要强调的一点是，曾本之那个时候的心理纠结，还只是集中在曾侯乙尊盘的真伪问题上；伴随着故事的不断推进，我们后来才搞明白，原来这个别有用心的人不是别人，正是特别擅长铸造各种青铜重器的青铜大盗老三口。自打发现曾侯乙尊盘被掉包之后，如何才能够找到原初的真品，就成为曾本之无法释怀的一个心病。他之所以总是会长时间地盯着家里的曾侯乙尊盘照片发愣，根本原因显然在此："与之对坐时，别人看到的是一个老男人对既往辉煌的留恋，看不到他那胸膛深处涌动的心潮，比龙王庙下面，长江和汉水交汇时形成的暗流还要汹涌。"更进一步说，曾本之弟子郝文章的自愿被捕入狱，其实也与他对伪器的发现有关。唯其意欲结识青铜大盗老三口以便彻底澄清曾侯乙尊盘一事的真相，郝文章才不惜做出代价如此惨重的自我牺牲。

曾侯乙尊盘的真伪之外，令曾本之无法释怀的另外一个精神情结，就是青铜时代的曾侯乙尊盘究竟是用失蜡法还是用范铸法方才得以铸造成功的问题。曾本之之所以能够成为楚学界关于曾侯乙尊盘研究的学术泰斗，很大程度上得益于他对早已失传的青铜重器铸造工艺的研究。"多年前，曾本之在青铜重器学界，石破天惊地指出，曾侯乙尊盘是用失蜡法工艺制造的。曾本之还通过一系列相关研究证明，最早使用失蜡法制造青铜重器的人是楚庄王的儿子楚共王，为中国青铜史写上全新的一页。"从根本上说，曾本之的学术地位，正是由对失蜡法的坚决主张而奠定的。然而，在此后渐次深入的研究过程中，曾本之却逐渐地意识到自己对于失蜡法的学术主张极有可能是错误的。他之所以要在宁波会议上刻意地汇聚几位国内对失蜡法持强烈质疑态度的青年学者，所透露出的正是这样的一种学术信息。然而，业已延续数十年之久的学术研究经历告诉曾本之，如果由自己出面否定失蜡法，毫无疑问将会引起一场楚学界的大地震。正因为早已经充分认识到曾本之自我否定的震动效应，所以在他的好友马跃之看来："以曾本之在青铜重器学界一言九鼎的地位，青铜时代中国的制造工艺不存在失蜡法的判断一旦公开，其效果简直就是学术大屠杀。所伤及的不仅是众多同行同道，连研究丝绸与漆器的人都会被波及，未来是被腰斩，还是五马分尸，甚至被口水淹死现在都不得而知。"虽然马跃之对于能够断然自我否定的曾本之做出了高度的评价，但设身处地地想来，如同曾本之这样一位学术泰斗的自我否定，其实是极端痛苦的一件事情。毫无疑问，一向把学术研究视为自己生命的曾本之之所以如此表现失常，正是其内心精神痛苦的自然流露表现。

以上两方面之外，曾本之所需要面对的还有院士的评选问题。身为一位以学术研究为终身志业的学者，能够成为院士自然是一种极具诱惑力的愿望："曾本之无法否认，每次听到院士二字，自己的心跳就会加速。"正因为对曾本之的这种心理有着敏锐的洞察，所以郑雄他们才会把院士评选一事作为制衡曾本之的一种筹码。面对着成为院士的巨大荣誉诱惑，曾本之的确曾经一度处于难以轻易平复的矛盾纠结状态。设身处地地想一想，曾本之能够有今天举足轻重的学术地位，实际上是非常不容易的事情。这里，曾本之其实面临着一个类似于哈姆雷特"生存还是毁灭"的到底是要真理还是要名利的两难选择问题。如果要名利，那曾本之什么都不需要做，只需要顺水推舟，一切自会有谙熟于各种规则潜规则的郑雄去替他打理。但如果要真理，则不仅申报院士无望，而且还面临着学术泰斗地位的崩塌问题。到底该如何选择呢？真正难能可贵的是，在经过了一番格外痛苦的精神自我搏斗过程之后，曾本之所毅然选择的，还是对于学术真理的认同："过去人还不太老时，我太在乎像'院士'这样的所谓荣誉，以为很荣耀，也很得意，等到突然发现自己人老体衰时，才意识到实际上是吃了大亏。如果实事求是去做，或许还能做一些更有意义的事情。现在明白过来，只怕来不及了。"就这样，尽管已经年过七十，但曾本之却依然实现了一种非常不容易的衰年变法，完成了化蛹为蝶的艰难精神蜕变过程。某种意义上，曾本之的精神选择，完全可以让我们联想到小说开头处曾本之自己写下的那两句话："识时务者为俊杰"与"不识时务者为圣贤"。从曾本之所做出的最终人生选择来看，他毫无疑问是一位逆潮流而动的不识时务者。识时务容易，不识时务难。但也唯其能够不识时务，所以，他的精神境界方才得到了强有力的提升，方才成为我们这个时代实际上已经非常少见的具有突出理想主义情怀的知识分子"圣贤"形象。

三、历史变迁中知识分子的苦难命运

与格非、刘醒龙有所不同，严歌苓、田中禾和范迁他们更多思考表现的，还是既往历史中的知识分子形象。相比较而言，《陆犯焉识》中塑造最成功、最具人性深度的人物形象，是作为小说主人公的人文知识分子陆焉识。我们首先应该确认，曾经有过在美国留学的经历，能够精通四国语言，而且会打马球、板球、弹子的语言学博士陆焉识，他最突出的一个精神特征，就是对自由的向往与追求。这一点，无论是在早年留学期间，还是在抗战期间，抑或是在解放之初，甚至因为莫须有的罪名被抓捕关押之后，都有着鲜明的体现。先是留学期间。陆焉识之所以要跑到美国去留学，正是为了追求自由的缘故，摆脱被迫与冯婉喻结婚的困境。唯其如此，等到他结束留学生活要回国的时候，才会有一种如丧考妣的痛切感受。再是抗战期间。陆焉识之所以会在抗战期间的重庆与韩念痕相识相爱，一个非常重要的方面也是因为自由："他怕自己爱念痕其实是假，爱自己的自由是真；他是没有公开地爱自己的自由的。他从小到大，大事情自己从来没做过主，只有跟念痕的恋爱是自由自主的。"不只如此，他在抗战期间之所以被捕入狱，也是因为维护自由权利的缘故。"陆教授还因为别的原因做了人们的热门话题。除了在学生中蛊惑自由主义、民主主义，陆教授还不按照教育部审定的教案教学，而是按照自己脑子带来的课本上课。学校的秘密特务把焉识举报了上去。"既然已经被举报，受到警告就是一定的。但陆焉识的顽固在于，他不仅把警告置若罔闻，而且还写文章不无尖锐地揭露了这种警告。陆焉识如此坚决的对抗行为，给他自己换来的，自然也就只能是长达两年之久的牢狱之灾了。接下来是建国初期。因为与早在 1936 年就已经成为中国地下党员的大卫·韦素来交恶，所以，大卫·韦便写文章质问如同陆焉识这样反感共产主义的教授是否有资格教育新社会的大学生。对此，陆焉识曾经以信件的方式予以答复。即使在被捕入狱之后，陆焉识也还是要在可能的情况下，坚持自己的自由理念。"犯人里也有一帮一伙的，但老几不入任何伙。在美国，在上海他都不入伙，宁可吃不入伙的亏，兜着不入伙的后果，现在会入这些乌合之众的伙吗？……老几还剩下什么？就心里最后那点自由了。"

问题在于，尽管人文知识分子陆焉识朝思暮想地向往并追求这样的一种自由，但在他所生活于其中的二十世纪的中国，陆焉识却从来都没有真正实现过对自由的向往与追求。阻碍他获得这种自由状态的，首先来自他自己的家庭。在这一方面，令人印象特别深刻的，就是他的继母冯仪芳对于他的"柔情"式操控。这一点，早在父亲蹬腿之后陆焉识把继母留下来的时候，实际上就已经开始了。照理说，如同陆焉识这般年龄家境的一代知识分子，已然接受了西方新思想新文化的影响，已经认识到没有爱情的婚姻是不道德的。但正是在面对着恩娘的温柔的杀伤性武器，陆焉识方才拱手投降，方才服服帖帖地接受了恩娘送给自己的小恩娘——冯婉喻的："他想，女人因为可怜，什么恶毒事都做得出，包括掐灭一个男人一生仅有的爱情机会。冯仪芳要用冯婉喻来掐灭陆焉识前方未知的爱情。但她们是可怜的，因此随她们去恶毒吧。"不只是结婚一事，更为可怕的是，即使在陆焉识和冯婉喻结婚之后，也无法摆脱恩娘的控制，无法过上正常的夫妻生活。严歌苓的如此一种残酷的描写，完全能够让我们轻易地就联想起张爱玲的《金锁记》来。正是因为有了恩娘强烈的控制欲，所以，陆焉识和冯婉喻事前早已经策划好的内迁计划只能无奈搁浅，冯婉喻只能没有选择余地地留在上海陪着一贯强势的恩娘。于是，也才有了抗战时期重庆岁月里陆焉识和韩念痕之间的情爱故事。

尽管说家庭与恩娘确实在一定程度上影响扼杀着人文知识分子陆焉识的自由，但在二十世纪的中国，真正地控制并扼杀着陆焉识自由的，实际上是无所不在的社会政治。在这里，一个非常重要的原因在于，二十世纪的中国就是一个政治的中国，即使你不来找政治的麻烦，政治也要来找你的麻烦。在这样一个特别强调群体意识的政治化国度，如同陆焉识这样推崇自由理念的个人主义者之遭到覆灭性的打击，就是非常自然的事情。非常"自我"的陆焉识遭到群体政治的伏击，是从他留学回国之后开始的。最早是在抗战前夕的 1936 年。1936 年，基本上不通人情世故、对于政治更是一无所知的陆焉识，由于自己的宽厚与单纯，由于不自觉地写了两篇文章，莫名其妙地卷进了凌博士与大卫·韦两个阵营的冲突之中。"焉识莫名地讨厌自己：他做了别人要他做的人，一个是凌博士要他做的陆焉识，一个是大卫·韦要他做的陆焉识。他身不由己。一不留心，他失去了最后的自由。"不仅如此，陆焉识根本就不知道，其实他这时候的莽撞行为也已经给日后的自己埋下了甚为严重的祸根。然后，就到了抗战期间，陆焉识只身一人跟着自己所供职的大学内迁到了陪都重庆。在重庆，除了和韩念痕搞了一场可谓轰轰烈烈的爱情之外，陆焉识最大的壮举，恐怕就是因为维护自己的自由理念，坚持在课堂上公开宣示自己的自由理念而付出了相当惨重的代价，而被迫在半地牢里度过了长达两年之久的牢狱生活。假若说在抗战时期陆焉识的两年牢狱生活已经算得上是冤枉的话，那么，到了建国之后的 1954 年，仍然坚执自己顽固的自由理念的陆焉识，在一场声势浩大的"肃清反革命"的政治运动中被再次抓捕，并且这一服刑就是长达 22 年的漫长岁月，很显然更是冤枉到极点了。更何况，在这期间，除了内地的 4 年时间之外，剩余的将近 20 年的时间，陆焉识都是以"陆犯焉识"的名义在荒无人烟的西北荒漠中度过的。需要特别注意的是，即使已经被捕入狱，不识时务的陆焉识依然在坚持自己所认定的理念，并为此而付出过更加惨重的代价。那是在 1954 年，因为陆焉识被无故随便加刑至 25 年，陆焉识不服，还要"大闹法庭"，认为法庭简直就是在草菅人命。自己所面对着的明明是一个没有什么道理好讲的体制，但陆焉识却偏偏要认死理，要较这个真。于是，等待着他的，自然也就只能是更加严厉的专政手段了。

读田中禾的《父亲和她们》，总是让我不由自主地想起苏联作家帕斯捷尔纳克的小说代表作《日瓦戈医生》来。如果说帕斯捷尔纳克的长篇小说主要透视表现的是知识分子在俄国革命中的悲剧性命运，那么，田中禾的小说就可以看作是一部透视表现知识分子在二十世纪中国革命中沧桑遭际的小说力作。换言之，田中禾小说对二十世纪中国历史的深度透视，对这一时间段里人性与革命之间尖锐冲突的艺术表现，主要是依托于马文昌、林春如等一代曾经有志于革命追求的知识分子的命运变迁而实现的。需要注意的是，小说展示知识分子曲折命运变迁的过程，实际上也可以看作是作家田中禾成功地刻画塑造具有相当人性深度的知识分子形象的过程。根据我们的阅读经验，举凡优秀的长篇小说，大约都少不了对人物形象的深度塑造。是否塑造出了成功的人物形象，应该被看作衡量评价一部长篇小说的重要标准之一。依照这样的一个评价标准，相对深入地刻画塑造了马文昌与林春如等知识分子形象的《父亲和她们》，自然可以被纳入当下时代优秀长篇小说的行列之中。

在我看来，马文昌与林春如这些知识分子悲剧性命运的质点，就在于虽然他们以满腔的真诚与热情积极地参与到中国革命的进程之中，但如此一种追求的结果却是事与愿违，遭到近乎于冷酷无情的命运的折磨与嘲弄。对于年轻气盛风华正茂的青年知识分子马文昌与林春如而言，对革命的参与过程与对自由爱情的积极追求过程，完全可以说是合二为一的。对于均以中国传统的婚姻方式各有婚约在身的马文昌与林春如来说，要想彻底地挣脱旧的时代强加到自己身上的婚姻枷锁，要想真正地实现解放自身的人生目标，只有热情地参加到革命者的行列之中才有可能。在当时，革命的合理性，一方面体现为要推翻一种不合理的旧制度，另一方面则更体现为可以切实地解决马文昌与林春如他们面临的现实问题。必须看到，为了积极投入到自己心目中所向往追求的革命进程之中，两位青年知识分子可以说均付出了相当惨重的人生代价。为了保护嫡亲的孙子马文昌，年迈的祖父马云鹤居然被民团押着游街，可谓是丢尽了老人的脸面。老爷子最后的猝死，很显然与这样的一种屈辱体验存在着直接的联系。林春如的自毁婚约，当然使得自家的大哥在孙家面前颜面丢尽。如果说，对于这样的一种代价，林春如自己尚且可以无动于衷的话，那么，丢下尚在襁褓中的婴儿前去追随参加革命，对于初为人母的林春如而言，当然应该有一种撕心裂肺的生离体验。

然而，一心追求革命与进步的马文昌和林春如，根本不可能预料到自己后来居然会遭到革命的无情嘲弄。在这一方面，典型的例证，一个是林春如的改名事件。虽然林春如确实是革命的真诚追随者，但是一纸说不清楚的"自新声明"却把她置于十分尴尬的境地之中，导致了林春如后半生道路的艰难异常。另一个则是马文盛之死。马文盛是马文昌一个脑袋多少有点不够数的兄弟，打小跟着肖芝兰一起长大，与兰姐之间其实有着胜过母子的亲情关系。然而，马文昌为了表示自己的革命精神，居然主动向政府举报了肖芝兰们私分土地以逃避土改的实情。最后的结果是，马文盛被稀里糊涂地戴上了一顶地主分子的帽子。对于这一点，肖芝兰叙述时曾经有过尖锐的揭示："这是你们马家的事，跟我不相干，你想当地主谁也没办法。可你想过文盛没有？他从小在地里干活，没吃过啥，没穿过啥，没享过一天福，为了你那顶官帽，现在得替你当地主分子，只要你良心过得去，我无所谓。"然而，真正的问题是，对于马文盛来说，当地主分子是小事，被迫远离比母亲还要亲的兰姐却是大事。马文盛最后选择上吊自杀，显然与此存在着紧密的关系。

在这里，不容忽视的一个问题是，正是在如此尖锐的冲突过程之中，马文昌与林春如这些知识分子的精神世界受到了强烈的挤压，这样，他们精神世界的被扭曲异化，自然也就无法避免了。这一点，最突出地体现在马文昌这个知识分子形象身上。即如前边我们刚刚提及的马文盛之死，马文昌那种看起来大义灭亲的行为，实际上也可以看作是他的精神世界被扭曲的一种结果。当然，更突出地体现着马文昌正常人性被扭曲的，却还是他后来热衷于给青年学子作报告的一个意味深长的细节。在这里，一个非常严重的问题，

莫言与当代中国文学创新经验研究

就是真实的历史记忆被改写的问题。马文昌的那条瘸腿，明明是因为饿极了在肖王集偷牛料被毒打所导致的结果，但在当事人事后的讲述中，却把它改写成了朝鲜战场留下的纪念。马文昌本人明明在肖王集遭受了异常的人生屈辱，到了他后来的讲述中，却变成了"讲到在肖王集接受贫下中农改造，乡亲们对他的关怀、爱护，他总是满怀激情，讲出的感人情节常使听众热泪盈眶"。值得注意的是，马文昌的这些修改历史记忆的行为，没有丝毫被迫的意义，都是他自己主动做出的。现在的问题就是，身为受害者的马文昌，为什么要对自己的历史进行主动自觉的修改？导致这一切行为的原因何在？在我看来，这样一种异常情形的出现，实际上所充分说明的，恐怕正是作为知识分子的马文昌人性世界被严重扭曲的问题。正因为马文昌在他自己的人生历程中，已经经历了太多类似的经验教训，已经清楚地知道说出历史事实的真相对于自己究竟意味着什么，所以，他才不无自觉地选择了此种犬儒色彩鲜明的改写历史的行为。

　　虽然说，在精神世界逐渐地被扭曲异化的过程中，马文昌他们也都有过近乎本能的挣扎，面对着究竟应该不应该严厉地处分中学教师邹凡的问题，马文昌确实曾经一度产生过强烈的自我怀疑。然而，虽然有过如此一种不无强烈的自我怀疑，但革命的意志终归还是在这种内心的精神较量中占了上风。否则，这样一种自觉地改写历史事实的行为也就不会出现了。我想，只有在这个意义上，我们才能够明白田中禾在小说封底上所特别讲述的一段话："两个男女主人公综合了那一代知识分子的人生，他们曾经是我少年时代的偶像。他们年轻时都曾满怀激情，意气风发，追求自由和梦想。几十年后，我发现他们不但回归了现实和平庸，而且变成了又一代奴性十足的卫道者。他们的人生，是不是就是中国人的人生缩影？"实际上，在这里，我们所读出的，一方面固然是对历史的批判性反思，另一方面却也有着对知识分子自身的一种批判性反思。

参考文献

图书：

[1] 钱仲联等:《中国文学大辞典》,上海辞书出版社,2000 年。

[2]（美）艾布拉姆斯:《文学术语词典》,吴松江译,北京大学出版社,2014 年。

[3]（英）雷蒙·威廉斯:《关键词: 文化与社会的词汇》,刘建基译,生活·读书·新知三联书店,2016 年。

[4] 汪民安:《文化研究关键词》,江苏人民出版社,2020 年。

[5]（英）安东尼·吉登斯、菲利普·萨顿:《社会学基本概念》,王晓修译,北京大学出版社,2019 年。

[6]（英）特里·伊格尔顿:《二十世纪西方文学理论》,伍晓明译,北京大学出版社,2018 年。

[7]（英）F.R. 利维斯:《伟大的传统》,袁伟译,生活·读书·新知三联书店,2000 年。

[8]（美）马泰·卡林内斯库:《现代性的五副面孔 现代主义、先锋派、颓废、媚俗主义、后现代主义》,顾爱彬、李瑞华译,商务印书馆,2002 年。

[9]（美）爱德华·W.萨义德:《世界·文本·批评家》,李自修译,生活·读书·新知三联书店,2009 年。

[10]（德）瓦尔特·本雅明:《发达资本主义时代的抒情诗人》,王涌译,华东师范大学出版社,2017 年。

[11]（日）竹内好:《近代的超克》,李冬木等译,生活·读书·新知三联书店,2005 年。

[12]（美）夏志清:《中国现代小说史》,刘绍铭等译,浙江人

莫言与当代中国文学创新经验研究

民出版社，2016 年。

[13] 李欧梵：《现代性的想象：从晚清到当下》，浙江大学出版社，2019 年。

[14]（美）王德威：《被压抑的现代性：晚清小说新论》，宋伟杰译，北京大学出版社，2005 年。

[15]（美）王德威：《史诗时代的抒情声音》，生活·读书·新知三联书店，2019 年。

[16]（美）王德威：《想象中国的方法：历史·小说·叙事》，百花文艺出版社，2016 年。

[17]（美）周策纵：《五四运动史》，四川人民出版社，2019 年。

[18] 陈思和：《中国当代文学史教程》，复旦大学出版社，1999 年。

[19] 董健、丁帆、王彬彬主编：《中国当代文学史新稿》，北京师范大学出版社，2011 年。

[20]（苏）格·尼·波斯彼洛夫：《文学原理》，生活·读书·新知三联书店，1985 年。

[21] 南帆主编：《二十世纪中国文学批评 99 个词》，浙江文艺出版社，2003 年。

[22] 吴晓东：《漫读经典》，生活·读书·新知三联书店，2008 年。

[23]（英）约翰·凯里：《知识分子与大众：文学知识界的傲慢与偏见，1880-1939》，吴庆宏译，译林出版社，2008 年。

[24] 王又平：《新时期文学转型中的小说创作潮流》，华中师范大学出版社，2001 年。

[25] 洪子诚：《中国当代文学史》，北京大学出版社，1999 年。

[26] 王学泰：《游民文化与中国社会》（增修版上），同心出版社，2007 年。

[27] 胡适：《胡适文集》，北京大学出版社，1998 年。

[28] 刘半农：《半农杂文》（第一册），星云堂书店，1983 年影印本。

[29] 赵园：《地之子：乡村小说与农民文化》，北京十月文艺出版社，1993 年。

[30] 敬文东:《被委以重任的方言》,中国人民大学出版社,2003 年。

[31] 李锐、王尧:《李锐王尧对话录》,苏州大学出版社,2003 年。

[32] 王春林:《多声部的文学交响》,北岳文艺出版社,2012 年。

[33]（美）彼得·盖伊:《现代主义——从波德莱尔到贝克特之后》,译林出版社,2017 年。

[34] 张京媛主编:《新历史主义与文学批评》,北京大学出版社,1993 年。

[35] 黄子平:《"灰阑"中的叙述》,上海文艺出版社,2001 年。

[36] 王晓路等:《文化批评关键词研究》,北京大学出版社,2007 年。

[37] 裴亚红主编:《民治·新城市文学精选集》,花城出版社,2017 年。

[38] 赵一凡、张中载、李德恩主编:《西方文论关键词》,外语教学与研究出版社,2006 年。

期刊:

[1] 洪治纲:《捍卫先锋,就是捍卫文学的未来》,《文学报》2009 年 1 月 22 日。

[2] 李丹梦:《面对心灵的"乡土"》,《文艺争鸣》,2009 年第 2 期。

[3] 王鸿生:《反乌托邦的乌托邦叙事——读〈受活〉》,《当代作家评论》2004 年第 2 期。

[4] 王春林:《2008 年的长篇小说创作略论》,《文艺争鸣》2009 年第 2 期。

[5] 洪治纲:《中国当代先锋文学发展主潮》(下),《小说评论》2005 年第 6 期。

[6] 王春林:《新时期长篇小说文体流变概述》,《文艺报》2008 年 12 月 13 日。

[7] 申霞艳:《消费社会的文学生产》,《文艺争鸣》2009 年第 2 期。

[8]（美）弗雷德里克·詹姆森,张京媛:《处于跨国资本主义时代中的第三世界文学》,《当代电影》1989 年第 6 期。

[9] 黄平:《破碎如瓷:〈古炉〉与"文化大革命",或文学与历史》,《东吴学术》2012 年第 1 期。

[10] 孙郁:《从"未庄"到"古炉村"》,《读书》2011 年第 6 期。

[11] 莫言、杨扬:《小说是越来越难写了》,《南方文坛》2004 年第 1 期。

[12] 郜元宝:《声音、文字与当代汉语写作》,《文景》2002 年创刊号。

[13] 张炜:《我想抓住"真正的语言"》,《文艺报》2003 年 4 月 19 日。

[14] 李陀、阎连科:《〈受活〉:超现实写作的新尝试》,《读书杂志》2004 年第 3 期。

[15] 张新颖:《行将失传的方言和它的世界——从这具角度看〈丑行或浪漫〉》,《上海文学》2003 年第 12 期。

[16]（美）布莱德雷·温特顿:《当词语超越含义之时》,崔婷译,《当代作家评论》2004 年第 4 期。

[17] 张志忠:《谁为当下的文学声辩》,《文艺评论》2013 年第 9 期。

[18] 石华鹏:《替余华〈第七天〉"辩护"》,《文学报·新批评》2013 年 7 月 25 日。

[19] 陈应松:《还魂记·后记》,《钟山》2015 年第 5 期。

[20] 张清华:《莫言与新历史主义文学思潮——以〈红高粱家族〉〈丰乳肥臀〉〈檀香刑〉为例》,《海南师范学院学报》(社会科学版)2005 年第 2 期。

[21] 邢小群:《〈迷冬〉印象》,《江南小说月报》2012 年第 5 期。

[22] 胡发云:《青春的狂欢与炼狱》,《江南小说月报》2012 年第 5 期。

[23] 胡殷红：《人类文明进程的尴尬、悲哀与无奈——与迟子建谈长篇新作〈额尔古纳河右岸〉》，《艺术广角》2006 年第 2 期。

[24] 雷达：《〈空山〉之"空"》，《文学报》2005 年 8 月 18 日。

[25] 吴立艳、阿来：《写小说对我来讲，不是一夜情》，《第一财经日报》2005 年 11 月 30 日。

[26] 贺绍俊：《悲悯与精神容量》，《小说评论》2006 年第 6 期。

[27] 王春林：《小说写作中的"纪实与虚构"——从王安忆长篇小说〈天香〉说开去》，《山西大学学报》（哲学社会科学版）2017 年第 3 期。

[28] 王春林：《闺阁传奇 风情长卷：评王安忆长篇小说〈天香〉》，《文艺争鸣》2011 年第 18 期。

[29] 刘旭：《底层能否摆脱被表述的命运》，《天涯》2004 年第 2 期。

[30] 南帆：《启蒙与大地崇拜：文学的乡村》，《文学评论》2005 年第 1 期。

[31] 牛学智：《"底层叙事"为何转向浪漫主义》，《读书杂志》2009 年第 2 期。

[32] 黄平：《〈高兴〉：左翼之外的底层文学》，《西安建筑科技大学学报》（社会科学版）2008 年第 4 期。

[33] 李建军：《永远站在鸡蛋一边——论超越了文学的文学精神》，《小说评论》2009 年第 3 期。

[34] 王春林：《繁荣中的沉潜与拓展》，《文艺争鸣》2006 年第 5 期。

莫言与当代中国文学创新经验研究

图书在版编目（CIP）数据

新世纪长篇小说叙事经验研究／王春林著. -- 北京：作家出版社，2021.11

ISBN 978-7-5212-1579-3

Ⅰ. ①新… Ⅱ. ①王… Ⅲ. ①长篇小说 - 小说研究 - 中国 - 当代 Ⅳ. ①I207.425

中国版本图书馆CIP数据核字（2021）第218907号

新世纪长篇小说叙事经验研究

作　　者：王春林
责任编辑：郑建华　李　雯
装帧设计：孙惟静
出版发行：作家出版社有限公司
社　　址：北京农展馆南里10号　　邮　　编：100125
电话传真：86-10-65067186（发行中心及邮购部）
　　　　　86-10-65004079（总编室）
E-mail:zuojia@zuojia.net.cn
http://www.zuojiachubanshe.com
印　　刷：唐山嘉德印刷有限公司
成品尺寸：152×230
字　　数：263千
印　　张：18.25
版　　次：2021年11月第1版
印　　次：2021年11月第1次印刷
ISBN　978-7-5212-1579-3
定　　价：78.00元